한국 근대 산문시의
미적 특성과 위상

한국 근대 산문시의 미적 특성과 위상

초판 인쇄 2021년 7월 20일 **초판 발행** 2021년 7월 30일
지은이 이현정 **펴낸이** 박성모 **펴낸곳** 소명출판 **출판등록** 제13-522호
주소 서울시 서초구 서초중앙로6길 15, 2층
전화 02-585-7840 **팩스** 02-585-7848 **전자우편** somyungbooks@daum.net **홈페이지** www.somyong.co.kr

값 18,000원 ⓒ 이현정, 2021
ISBN 979-11-5905-451-8 93810

한국
근대 산문시의
미적 특성과
위상

The Aesthetic Characterisics
and Status of the Korean Prose Poem

이현정 지음

　나는 시를 사랑하고 아끼는 현대시 전공자지만 현대소설이나 현대극 장르를 자주 기웃거리며 그들의 학문적 연구 동향을 살펴왔다. 고백하건대, 한때는 소설 연구에 흥미를 느껴 전공을 바꿔볼까 고민하기도 했다. 그러나 내가 대학원을 다닐 무렵, 학문의 세계에는 인간의 세계보다 더 보수적이고 견고한 선이 존재했다. 그 선을 넘었을 때 쏟아지는 질타는 학문적 배신에 대한 비난이 아니다. 그것은 자신의 전공 분야에 열중해서 치밀하게 연구하는 것, 그것이 곧 학자의 자질이라 여겨졌기 때문이다. 요컨대, 학자에게도 장인정신이란 게 필요한데, 다른 분야를 기웃거리다 전공을 바꿔버리면, 처음부터 착실한 학자로 보이지 않을 뿐더러 깊이 있는 연구를 기대할 수 없다고 여겨왔던 것이다. 그 당시 나는 그런 비난을 받을 용기가 없었다.

　그렇게 흔들리고 있을 무렵 현대시는 내가 다른 장르에도 관심을 두고 있다는 걸 다 알고 있다는 듯, 어느 순간 자신의 몸을 열어 이미 자신에게 다른 장르가 들어와 있음을 내게 보여주기 시작했다. 정말 그랬다. 현대시에는 서사적 내용도, 줄글의 형식도, 극적 구성과 대화도 있었다. 그때부터 나는 현대시의 장르적 융합에 감탄하며 시의 매력에 깊이 빠져들었다. 현대시는 참으로 다재다능하고 변화무쌍했다. 그러한 현대시를 접하면서 나는 질문을 던지기 시작했다. 다른 장르적 요소가 짙게 깔려 있는데도 불구하고, 그것이 시라고 불리는 이유는 무엇인가? 무엇 때문에 시인가? 산문과 시의 결합 또는 극과 시의 결합을 통해 현대시가 얻은 것은 무엇인가? 시는 어떤 요소를 유지하면서 자신을 변화시키는가? 대체 어디까지가 시인가? 나의 산문시 연구는 이처럼 다른 장르에 대한 곁눈질과 시에 대한 근본적인 질문으로부터 시작되었다.

흔히 현대시는 자유시라 불린다. 우에다 빈의 free-verse를 번역한 말이 자유시이다. free-verse는 엄격한 형식적 규칙에서 벗어난 운문을 의미한다. 따라서 정형의 율격을 벗어나 자유롭게 행을 배치한 운문이 자유시인 것이다. 일부 학자들은 행을 구분하지 않는 산문시 또한 정형의 율격을 벗어나 있다는 이유로 산문시를 넓은 의미의 자유시 범주에 포함시키고 있다. 주요한의 「불놀이」가 산문시임에도 불구하고 자유시로 불리는 것은 그런 이유에서이다. 그러나 한국에서 산문시 장르는 수용시기, 창작시기, 형태, 구조 등에서 자유시와 구별된다. 무엇보다 자유시는 행을 구분해야 한다는 제약을 가지고 있다. 산문시는 정형률뿐만 아니라 행 구분조차 파괴한 줄글의 형태로 자유시의 형태적 제약마저 넘어서려 한 또 하나의 근대적 양식이다. 따라서 이 책은 산문시를 자유시의 하위 개념이 아니라 엄연히 정형시, 자유시와 구분되는 시의 또 다른 형식적 양식으로 간주한다.

요컨대, 산문시는 형태적으로 행 구분이 없는 시다. 이는 작가가 의도적으로 행을 파괴하여 외형상 산문과 동일하게 줄글의 형태로 표기된 시를 말한다.

그렇다면 산문시는 시적인 산문과 어떻게 다르며, 줄글의 형태를 취하고 있음에도 그것이 시일 수 있는 까닭은 무엇인가? 이 책은 이러한 질문을 품으면서 잉태한 필자의 박사 논문을 그동안 다듬고 보완하여 온전한 책의 형태로 재탄생시킨 것이다. 이 연구는 한국 산문시의 개념을 규정하고 그 특성을 고찰하여 유형화함으로써 한국 산문시의 장르적 성격을 규명하고자 했다. 또한 1930~1940년대 이상·오장환·정지용의 산문시 81편을 대상으로 한국 근대 산문시의 미적 특성과 위상을 밝히는 데 이 책의 목적이 있다.

1장에서는 한국 근대 산문시가 어떻게 형성되고 전개되었으며, 산문시의 개념 및 장르적 특성이 어떻게 논의되어 왔는지를 살폈다. 이를 바탕으로 2장에서는 산문시의 개념을 규정하고 그 특성에 따라 산문시의 유형을 나누어 설명하였다. 요약건대, 산문시는 행을 구분하지 않는 줄글 형태의 시를 말하는데, 단락이나 연을 통해 시적 분위기나 의미 등을 구분할 수 있고, 비유·상징·이미지·압축·암시 등으로 표현의 밀도를 지니며, 서정적·서사적일 수도, 운율적·비운율적일 수도 있는 시이다. 이에 이 책에서는 산문시를 그 형태적 특성에 따라 단락이나 연 구분이 없는 산문시와 있는 산문시로, 표현론적 특성에 따라 서정적 산문시와 서사적 산문시로, 운율적 특성에 따라 율문형 산문시와 비율문형 산문시로 나누어 각각의 특성을 살폈다. 3장에서는 이상의 산문시 35편을 형태적 특성에 따라, 4장에서는 오장환의 산문시 24편을 표현론적 특성에 따라, 5장에서는 정지용의 산문시 22편을 운율적 특성에 따라 각각 고찰함으로써 그들 산문시의 미적 가치를 밝혔다. 6장에서는 이상·오장환·정지용이 보여준 형태적·표현론적·운율적 산문시의 미적 특성이 어떤 위상을 지니며, 이후에 그것이 한국 현대시에 어떻게 반영되고 계승되는지를 간략하게 살폈다. 이 부분에 대한 더 구체적인 연구는 필자의 후속 작업이 될 것이다. 7장은 이 책의 결론에 해당하는 부분으로 전체 논의를 요약하면서 한국 산문시의 무한한 가능성을 시사했다. 이 책이 한국 근대 산문시의 형성 및 전개 과정과 한국 근대 산문시의 미적 특성을 이해하는 데 도움이 되기 바라며, 아울러 한국 산문시에 대한 더 확장된 연구의 발판이 되길 바란다.

이 연구를 이루기까지 많은 분의 도움과 격려를 받았다. 하마터면 잃어버리고 살았을 내 안의 꿈을 가장 먼저, 그리고 가장 끈질기게 깨워주신 구명숙 교수님께 무한한 감사함을 전한다. 논리적이고 명석한 학자의 표본을 보여주시며 문학과 학문을 제대로 사랑하게 해주신 최시한 교수님께도, 비평의 정도正道를 묵묵히 걸어가시면서 인간적인 따뜻함으로 학문의 깊이를 더해주신 이숭원·권성우·유성호 교수님께도 글로는 다 전하지 못하는 감사함을 품고 있다. 이분들의 정치한 지도로 이루어진 연구를 정성을 다해 탄탄한 책으로 만들어주신 소명출판에도 깊은 감사를 드린다. 덕분에 이 연구는 든든한 배후를 얻었다.

그리고, 내 가족들! 끝까지 공부하고 강의할 수 있게 안팎으로 완벽하게 지원해주시는 시댁 식구들과 사랑하는 남편과 아들, 그들이 아니었으면 나는 행복한 가정이 무엇인지 잘 모르고 살았을 것이다. 평생 그 감사함을 갚으며 살겠다. 내가 사랑하는 시보다 더 시적인 삶을 살고 있는 친정 식구들, 그들은 긍정적인 마음 하나로 일생의 가난과 역경을 누구보다 멋지게 넘고 있다. 글쓰기를 마지막 유산으로 남겨주고 돌아가신 아버지, 네네, 끝까지, 네네, 그래도 가겠습니다. 2015년 스승의 날, 나에게 그냥 그런 스승 말고, 진짜 좋은 스승이 되라는 메시지를 남기고 하늘나라로 간 조카, 2019년의 마지막 날, 갑자기 유명을 달리해 49일간 소리 향香을 피우게 했던 작은오빠, 그들의 죽음이 오늘의 나를 실컷 살게 했다. 자연처럼 살고 있는 큰언니와 큰형부, 부디 병마와 싸워 이겨주길 바란다. 그리고 사랑하는 엄마, 당신께 나의 전부를 드립니다. 나는 곧 당신입니다.

무엇보다 이 땅에 시를 있게 한 많은 시인과 우리의 시를 사랑하고 아끼는 고귀한 독자들에게 고개 숙여 감사함을 전한다.

시시한 모든 삶이 시적인 삶이 되길 바라며……．

2021년 슬픔이 지나간 자리에서
이현정

차례

제1장

한국 근대 산문시의 전개 과정과
장르적 혼선 양상

1. 한국 근대 산문시의 형성 및 전개 과정

한국 산문시[1]는 자유시와 더불어 신문학 초기에 형성되어 부단히 지속되어 오는 현대시의 중요한 장르이다.

1910년대는 고유한 문화를 지키려는 경향과 이를 혁신하고자 외래 문화를 수용하려는 경향이 상호 충돌하는 가운데 다양한 시 양식들이 표출되던 시대였다. 이 시대에 한국 시사詩史의 가장 특징적인 면모는 시의 형태적 자유로움을 지향하는 데 있었다. 시가詩歌로부터 시詩를 분립分立하면서 한국의 시는 비로소 입으로 소리 내어 낭독하는 것이 아니라 눈으로 따라가며 읽는 것이 되고 다양한 공간적 조직, 시각적인 구성 등을 통해 회화성을 띠게 되었다. 시의 형태적 자유로움은 자기 세계내면를 가진 개인의 발견, 그리고 그것을 기반으로 한 개인과 사회의 관계 발견이라는 근대 주체의 문제 의식을 반영하면서 근대시의 지평을 확립했다.[2] 이러한 과정에서 형성된 대표적인 근대시 양식은 음악적 · 외재적 율격의 구속으로부터 자유로우면서도 내재적 리듬이 힘의 균형을 보강하는 자유시였다. 자유시는 전통의 예속으로부터 해방과 자유를 지향하는 정신의 소산이며, 나아가 개성과 독창성을 통해 자아의 신장을 추구하는 과정에서 모색 · 형성된 것이다. 자유시는 자

---

1 산문시(散文詩, prose poem)란 행을 구분하지 않는 줄글 형태의 시를 말하는데, 단락이나 연을 통해 시적 분위기나 의미 등을 구분할 수 있고, 비유 · 상징 · 이미지 · 압축 · 암시 등으로 표현의 밀도를 지니며, 서정적 · 서사적일 수도, 운율적 · 비운율적일 수도 있는 시이다. 그러나 산문시에 대한 정의와 장르적 특성은 연구자의 관점에 따라 다른 양상을 보인다. 제2장에서 본격적으로 산문시의 개념과 특성을 논의할 것이다.

2 '1910년대의 한국 시사(詩史)의 특징'에 대한 기술은 이명찬, 「근대 이행기 한국 시문학의 특성」(이승하 외편, 『한국현대시문학사』, 소명출판, 2005, 20~21쪽)을 참조하여 요약하였다.

유와 개성의 자유롭고 분방한 표현을 위하여, 규칙적인 패턴 속에서 반복되는 운율의 음보에 의존하는 대신, 리듬의 단위들과 단어, 구, 절, 행의 반복과 균형이나 변화에 의존하며 길이가 일정하지 않는 시행들을 사용하는 근대적 양식으로서 독자적인 특권을 획득했다.[3] 산문시는 정형률뿐만 아니라 행을 파괴한 줄글 형태로 자유시의 형태적 속성마저 넘어서려 한 또 하나의 근대시 양식이다. 다시 말해, 신문학 초기에 정형시와 대립되는 형식적 차이로 자유시와 산문시가 근대시 양식으로 나란히 형성된 것이다.[4]

한국 산문시의 형성 및 전개 과정은 이미 여러 학자들에 의해 밝혀진 바 있으므로 기존 연구를 바탕으로 살펴보도록 하겠다.

대부분의 산문시 연구자들은 한국 산문시가 사설시조 및 가사 등 전통 문학의 자생적 영향에 기인한 양식이라는 점을 중시하면서, 한국 최초의 산문시를 1910년 1월 『대한흥학보』에 발표된 이광수의 「옥중호걸」로 지목하고 있다.[5] 이 작품은 전통적인 정형의 음수율 4·4조 내지는

3　'자유시'에 대한 기술은 정우택, 『한국 근대자유시의 이념과 형성』, 소명출판, 2004, 21·168쪽에서 인용한 것이다.

4　형식을 기준으로 시 장르를 분류하면 정형시, 자유시, 산문시로 나눌 수 있다. 따라서 산문시는 자유시의 하위 개념이 아니다. 그러나 논자에 따라 산문시를 넓은 의미의 자유시 장르 속에 포함시키는 견해가 있다. 그것은 정형시의 대립적 개념으로 자유시만을 언급하면서 산문시를 자유시 속에 포함시켰기 때문이다. 주요한의 「불놀이」가 산문시임에도 불구하고 자유시로 여겨진 것은 그런 이유에서이다. 그러나 한국에 있어 산문시 장르는 수용시기, 창작시기, 형태, 구조 등에서 자유시와 구별된다고 본다. 따라서 이 글은 산문시를 자유시의 하위 개념으로 보지 않고, 엄연히 정형시, 자유시와 구분되는 시의 또 다른 형식적 양식으로 간주한다.

5　한국 산문시의 형성 과정을 연구하면서 이광수의 「옥중호걸」을 한국 최초의 산문시로 보는 연구자들은 다음과 같다. 문덕수, 『한국현대시론』, 선명문화사, 1974; 강남주, 「초창기 한국 산문시의 형성고」, 『한국문학논총』 3, 한국문학회, 1980; 김영철, 「『학지광』의 문학사적 위상」, 『한국근대시론고』, 형설출판사, 1988; 최진송, 「한국 산문시의 변천 과정 연구」, 『어문학교육』 12, 한국어문교육학회, 1990. 그러나 장만

3·4조을 지니고 있지만 전체적으로 행 구분이 없는 형태를 취하고 있어 "가사체에서 산문시형으로 넘어가는 과도기의 모습을 보여 준다"는 평가를 받고 있다.[6] 단순히 행 구분이 없는 시를 산문시로 본다면, 이 작품을 한국 산문시의 효시로 보는 것이 옳고, 이 작품으로 인해 한국 산문시가 순수하게 내부에서 자생적으로 형성된 시라는 자부심을 가질 수도 있다. 그러나 행을 구분하지 않는 줄글 형태이면서 전통적 율격의 구속으로부터도 자유로워진 한국 산문시가 성립되는 데 있어서는 외래적 영향을 배제할 수 없는 것이 사실이다.

한국 산문시의 외래적 영향 관계를 논한 연구에는 강남주, 김성권, 김은철, 김영철, 장만호, 양동국 등의 연구[7]가 있는데, 이들은 한국 산문시의 자생적 발생 측면을 중시하면서도 1910년대 서구 산문시의 수용 또한 한국 산문시 성립에 지대한 영향을 끼쳤다고 보고 있다.

호는 「한국 근대 산문시의 형성 과정 연구-1910년대 텍스트를 중심으로」(고려대 박사논문, 2006)에서 이광수의 「옥중호걸」은 산문시가 아니라 엄연히 시가, 구체적으로 가사의 형식으로 보아야 한다고 했다. 그는 시행발화를 지양하고 문장발화를 최소 단위로 구현하고, 시적 주체가 전면적으로 부각되는 형식의 시를 산문시로 보면서, 최남선의 「쓰거운 피」(『소년』, 1910.3)가 '이다', '하다'를 중심으로 하는 서술어를 사용하고 주체의 인식과 의지를 담아내고 있다는 점에서 한국 산문시의 형성 시점이 된다고 하였다. 그러나 산문시의 형식적 특성의 기준을 행 구분을 하지 않는 시라고 할 때, 최남선의 「쓰거운 피」는 작가가 의도적으로 문장마다 행을 구분하고 있기 때문에 산문시가 아닌 분행 자유시 또는 장행 자유시에 해당한다. 따라서 저자는 행 구분이 없고 연 구분만 있는 이광수의 「옥중호걸」을 한국 최초의 산문시로 보는 것이 옳다고 생각한다. 그러나 「옥중호걸」은 정형의 음수율을 지니고 있어, 운율적 규범에서 자유로워진 산문시가 아님은 분명하다. 따라서 산문시형으로 넘어가는 과도기적인 모습을 보인다고 할 수 있다.

6 김영철, 앞의 글, 76쪽.
7 강남주, 앞의 글; 김성권, 「1910년대 산문시에 관한 고찰」, 『서강어문』 3-1, 서강어문학회, 1983; 김은철, 「한국 근대 산문시의 모색과 갈등」, 『논문집』 10, 상지대, 1989; 김영철, 「한국 산문시의 정착 과정 연구」, 『한국현대문학연구』 5, 한국현대문학회, 1997; 장만호, 앞의 글; 양동국, 「한일 근대 산문시 출현과 『현대시가』-폴 포르 수용을 중심으로」, 『일본언어문화』 11, 한국일본언어문화학회, 2007.

1910년 8월 『소년』지 3권 8호에 가인假人이 번역한 「사랑」[8]을 시초로, 『학지광』, 『청춘』, 『태서문예신보』에 투르게네프의 산문시를 비롯한 서구 산문시들이 번역되어 소개된다.[9] 1910년대 서구 산문시의 이입은 실제로 산문시 형태를 시도하게 되는 단계로 나아가는데, 전신자이기도 했던 김억이 1915년 5월 『학지광』 제5호에 발표한 「밤과 나」는 그 스스로 '산문시'라고 규정한 작품으로 산문시로서의 형태상 특징을 잘 보여주고 있다. 김영철은 「『학지광』의 문학사적 위상」에서 산문시의 "모방과 시험은 1915년 『학지광』에 와서 형태뿐 아니라 시정신, 표현 기법 등에서 어느 정도의 정제된 모습과 세련미를 획득하게 된다"고 하면서 "『학지광』은 산문시를 번역·소개하여 한국 산문시 수용에 하나의 전기를 마련하였으며 이와 동시에 수편의 창작 산문시를 발표함으로써 명실공히 한국 산문시의 개화에 커다란 공적을 남겼다"고 보았다.[10] 이후 최남선, 현상윤, 주요한 등에 의해서도 산문시 형태가 시도되었는데, 김성권은 「1910년대 산문시에 관한 고

---

8 이 시는 가인(假人) 홍명희가 폴란드 시인인 안드레에 네모에프스키의 「사랑」을 일역본을 대상으로 중역한 것으로 같은 폴란드인인 빌스키이의 부탁을 받아 하세가와 후타바테이(長谷川二葉亭)가 번역한 것이라고 한다. 그의 일역은 1908년 6월 『趣味』에 「愛」라는 제목으로 실렸다(김병철, 『한국 근대 번역문학사 연구』, 을유문화사, 1975, 298～299쪽). 역자 가인은 번역시 서두에서 산문시라는 명칭을 두 번씩 사용하고 방점까지 찍어 강조하면서 「사랑」이 산문시임을 밝히고 있다. 방점까지 찍은 이유는 산문시 명칭이 당시로 볼 때 생소한 개념이었기 때문일 것이다. 이 서문은 우리 시단에서 '산문시'라는 명칭이 처음 사용된 것이라는 문헌상의 의의를 갖는다. 그러나 비록 홍명희의 손을 거친 번역이라 해도 『소년』이 육당 최남선 일인의 책임하에 발간되던 잡지였고, 홍명희는 육당이 발굴해낸 신인으로 1910년대에 거의 활동을 하지 않았다는 점, 최남선이 당시 시적 산문을 자주 발표했다는 점을 감안할 때 「사랑」 선택은 바로 육당 최남선의 선택이었다고 할 수 있다. 따라서 산문시 번역의 첫 등장은 육당 최남선의 시적 관심의 산물로 볼 수 있다. 김영철, 「한국 산문시의 정착 과정 연구」, 『한국현대문학연구』 5, 한국현대문학회, 1997, 59～61쪽.
9 1910년대에 외국 산문시가 번역되어 소개된 작품을 표로 정리하면 다음과 같다.

찰」에서 "1910년대의 산문시는 용어의 사용, 서구 산문시의 이입과 실험이 있었다는 점에서 구체적인 문학 양상의 하나로 파악될 수 있다"고 보았다. 그에 의하면, 당시엔 산문시에 대한 혼동과 한계로 인해 자유시 형태까지 산문시로 포함하는 경우가 있었지만, 최남선, 현상윤, 김억, 주요한의 산문시들은 "여타의 시 형태들과 달리 서정적인 일면을 구가하고 있"으며, 그것은 "자연물에 대한 묘사나 자기 반성적인 문맥, 개아의 서정으로 드러났다"고 하였다. 특히 주요한의

작품명	원작자	역자(본명)	출처(년 월)
사랑	네모에프스키	가인(假人)(홍명희)	『소년』(1910.8)
문어구	투르게네프	역자 미상(최남선)	『청춘』(1914.10)
기화(奇火)	쇼로렌쇼	몽몽(夢夢)(진학문)	『학지광』(1914.12)
걸식(乞食)	쯔르게-네프	몽몽(夢夢)(진학문)	『학지광』(1915.2)
부활자의 세상은 아름답다	안드레프	몽몽(夢夢)(진학문)	『학지광』(1915.2)
「기란잔리」의 일절	타고르	순성(瞬星)(진학문)	『청춘』(1917.11)
「원정(園丁)」의 일절	타고르	순성(瞬星)(진학문)	『청춘』(1917.11)
「신월」의 일절	타고르	순성(瞬星)(진학문)	『청춘』(1917.11)
명일? 명일?	트로거네프	안서생(岸曙生)(김억)	『태서문예신보』(1918.10.26)
무엇을 내가 싱각흐겟나?	트로거네프	안서생(岸曙生)(김억)	『태서문예신보』(1918.10.26)
기	IVAN TRUGENEL	안서생(岸曙生)(김억)	『태서문예신보』(1918.11.2)
비렁방이	IVAN TRUGENEL	안서생(岸曙生)(김억)	『태서문예신보』(1918.11.2)
늙은이	IVAN TRUGENEL	안서생(岸曙生)(김억)	『태서문예신보』(1918.11.6)
N. N	IVAN TRUGENEL	안서생(岸曙生)(김억)	『태서문예신보』(1918.11.6)

10 김영철, 「『학지광』의 문학사적 위상」, 『한국 근대시론 고』, 형설출판사, 1988, 77·81쪽.

「불노리」와 「눈」은 그러한 서정적인 일면이 더욱 내면화된 것으로 "10년대 시의 성숙을 짐작케 하는 작품들임을 알 수 있다"고 하였다.[11] 한편, 1910년대의 텍스트를 중심으로 한국 근대 산문시의 형성 과정을 연구한 장만호는 "1910년대의 산문시는 '노래'로 상징되는 정형적 시가의 애국과 계몽으로부터, 자유와 개인을 지향하는 근대적 의식으로 전환되는 전환기의 계시적인 형식이었다"고 하면서, "결국 1910년대의 산문시들은 근대적 주체의 전면적 부각을 가능케 한 형식이었다"고 결론지었다.[12] 그러나 초기에 산문시를 시도한 이들의 장르인식 양상은 비교적 영성했고, 산문시 장르의 내적 필연성보다는 일시적이거나 우연하게 또는 단순한 모방의 단계에서 창작되어, 산문시의 존립기반이 매우 허약했다. 근대 초기에 산문시를 썼던 시인들은 나중에는 산문시를 부정하면서 산문시를 창작하지 않았다는 공통점을 지니기도 한다. 김은철은 「한국 근대 산문시의 모색과 갈등」에서 이들의 산문시가 지속적으로 창작되지 않은 원인을 '산문시에 대한 뚜렷한 장르 의식이 희박했고, 그 당대가 율문의 해체 과정도 채 겪지 않은 시기였기에 그 필연성이 덜할 수밖에 없었으며, 당대에 유행한 국민문학운동 또한 시조와 민요를 선호하게 하여 산문시의 전개를 지연시키게 되었기 때문'이라고 지적한 바 있다.[13]

1920년대의 산문시 형태를 연구한 박노균은 1920년대 새로운 형태의 자유시는 단형화와 장형화의 양극화 현상을 보여주는데, 장형화

---

11 김성권, 앞의 글, 201 · 224 · 225쪽.
12 장만호, 앞의 글, 185~186쪽.
13 김은철, 앞의 글, 205~206쪽.

의 대표적인 경우의 하나가 산문시 형태라고 하면서 대표적 산문시로 주요한의 「불노리」, 홍사용의 「나는 왕이로소이다」, 이상화의 「나의 침실로」, 한용운의 「님의 침묵」 등을 들어 논의하고 있다. 그는 1920년대 산문시 형태는 연과 행의 구분이 있는 작품들이 주류를 이루었고, 형태상 주요한의 확산형과 한용운의 절제형 사이에 홍사용과 이상화의 산문시가 위치하며 홍사용은 주요한에, 이상화는 한용운에 밀착되어 있다고 보았다. 또한 이들 산문시 형태는 내용 우위의 당대 시대 상황의 문학적 표현이며, 18세기 평민가사와 사설시조의 내용 우위 전통을 잇는 우리 문학사의 지속적 현상의 하나로서 의의를 갖는다고 설명하였다.[14]

이와 같이 근대 초기의 한국 산문시 형성 과정에 집중한 연구들은 한국 산문시가 순전히 서구의 영향하에서만 성립된 것이 아니라 사설시조 및 가사 등 전통문학의 자생적 영향으로 발생한 양식이라는 점을 중시하고 있다. 또한 근대 초기의 한국 산문시는 전통적인 정형률에서 완전히 자유로워지지 못하거나, 자유시와 산문시를 혼동하는 등 장르적 인식이 뚜렷하지 않은 상태에서 모방적 또는 실험적으로 시도된 형식임을 밝히고 있다.

근대 초기의 산문시 형성 과정에서 나아가 한국 산문시의 시대별 특성 및 전개 과정을 고찰한 연구에는 김춘수,[15] 정효구,[16] 조의홍,[17] 구모룡,[18] 김미정[19]의 연구가 있으나, 이들의 논의는 시대별로 대표적인

---

14 박노균, 「1920년대의 산문시 형태」, 『개신어문연구』 4, 충북대 개신연구회, 1985.
15 김춘수, 「산문시와 이야기시의 전개 양상」, 『현대시』 4-7, 1993.
16 정효구, 「한국 산문시의 전개 양상」, 『현대시』 4-7, 1993.
17 조의홍, 「한국 산문시의 형성 과정 연구」, 동아대 박사논문, 1993.

산문 시인을 언급하고 있을 뿐, 그들 산문시의 미적 특징이나 한국 산문시의 시대별 특징을 충분히 제시하지 못하고 있다. 이들의 논의를 종합해 보면, 한국 산문시는 1930년대 이상의 「오감도」 시편『조선중앙일보』, 1934.7.24~8.8, 오장환의 『성벽』풍림사, 1937, 1940년대 정지용의 『백록담』문장사, 1941 등에서 탁월한 성과를 거두고, 해방 이후 청록파 시인 박두진, 조지훈 등에 의해 이어지며, 1950년대 김구용의 산문시로 새로운 위상을 개척한다. 1960년대 이후의 산문시 전개 양상을 논의한 정효구는 "서정주는 1960년대 이후 우리 시단에서 산문시를 발전시키고 정착시키는 데 공헌한 대표적 시인"이며, "정진규는 서정주와 더불어 1970년대부터 지금에 이르기까지 지속적으로 산문시의 영역을 개척하고 발전시킨 또 하나의 주요 시인"이라고 평가하였다. 또한 1980년대의 시단에 새롭게 산문시를 정착시키고 발전시키는 데 큰 공헌을 한 시인으로는 최두석을 지목했으며, 그 외 1990년대에 산문시집을 낸 최승호, 김춘수, 이성복에 대해 언급하였다.[20] 한편, 하종기의 조사[21]에 의하면, 1990년대 이후 문학잡지에 발표된 신작시 및 신인 등단작 중 산문시가 차지하는 비중이 점점 높아지고 있어 한국 산문시가 오늘에 이르기까지 꾸준하게 창작되고 있음을 확인할 수 있다.

18 구모룡, 「90년대 산문시의 행방」, 『현대시』 9-9, 1998.
19 김미정, 「한국 산문시의 전개 양상 연구」, 건국대 석사논문, 2005.
20 정효구, 앞의 글, 50·54·59·64쪽.
21 하종기는 2012년 1년 동안 문학잡지에 발표된 신작시를 조사하였는데, 그 결과 산문시는 신작시 중 15~23%를 차지하고 있었고, 그중 『창작과 비평』에 발표된 신작시를 10년 단위로 비교한 결과 1992년 9%에 그쳤던 산문시가 2012년에는 15%에 이르렀으며, 최근 5년간 『현대시』에 발표된 신인 등단작 중 산문시의 비중은 30%를 넘고 있었다. 하종기, 「정진규 시 연구-산문시 창작 방법을 중심으로」, 중앙대 박사논문, 2013, 2쪽 주6 참조.

이처럼 자생적인 동시에 외래적인 영향으로 신문학 초기에 형성되어 축적된 한국 산문시는 현대시의 한 양식으로서 그 역사성과 더불어 작품의 양과 질적 성장을 보여주고 있기 때문에 현대시에서 더는 소홀히 할 수 없는 중요한 위치를 점하고 있다. 그럼에도 불구하고 한국 산문시에 대한 학문적 연구는 한국 산문시의 형성 과정 및 대략적인 전개 양상에서 더 진전되지 못하고 있다. 특정 시인의 산문시를 논한 연구가 다소 존재하고 있지만, 무엇보다 한국 산문시의 개념 및 장르적 특성이 아직까지 명확하게 잡히지 않고 있다는 문제점이 있다. 그것은 산문시에 대한 이해가 연구자들의 관점에 따라 다른 양상을 보이기 때문이다.

2. 산문시에 대한 다른 이해 양상

산문시의 개념 및 장르적 특성에 대한 논의는 조지훈, 김춘수, 송욱, 신석초, 김준오, 김현, 오세영, 이상섭, 성기옥, 허만하 등에 의해 문학개론적으로 설명된 바 있고,[22] 김종길, 김용직, 김구용, 윤재근 등에 의해 원론적으로 문제시되어 거론된 적이 있으며, 마광수, 김영철, 장만호, 구모룡, 강홍기, 이현정 등이 산문시를 연구하면서 그 개념 및 특성

---

22 조지훈, 『시의 원리』, 현대문학, 1993, 149~150쪽; 김춘수, 「한국 현대시 형태론」, 『김춘수 시론 전집』 1, 현대문학, 2004, 112쪽; 송욱, 『시학 평전』, 일조각, 1969, 206~402쪽; 신석초, 「산문시와 산문적인 시」, 『현대문학』 189, 1970; 김준오, 『한국 현대 장르 비평론』, 문학과지성사, 1990, 98쪽; 김현, 「산문시 소고」, 『김현 문학 전집』 3, 문학과지성사, 1991, 92~102쪽; 허만하, 「산문시에 대하여」, 『현대시학』 419, 2004, 165~195쪽.

을 부분적으로 언급하여 논한 바 있다.

우선 1974년 『심상』 6월호에 특집 「산문시의 문제점」이란 제목 아래 김종길, 김용직, 김구용, 윤재근이 각자 피력한 산문시의 정의 및 특징을 살펴보면 다음과 같다.[23]

김종길은 포이트리poetry 또는 포에지poésie라고 하는 정신적인 특질 내지 실질로서의 시가 산문의 형태 속에 담긴 것, 즉 '산문으로 쓴 시'가 산문시라고 했다. 그러므로 산문시는 정형시 및 자유시와 더불어 시의 형태적 분류에 그 개념의 기초를 둔 것이라 할 수 있고, 산문의 형식으로 시적인 내용을 담는 것이 산문시의 상례이나 율적 산문Rhythmic Prose으로 쓰여진 산문시, 즉 운율이 느껴지는 산문시 또한 존재한다고 하였다.

김용직은 산문시의 특성을 최초의 산문시 작가인 보들레르가 그의 작품집인 『파리의 우울』에 붙인 서문의 일절을 참고하여 논하고 있는데, 그는 보들레르가 노린 것은 어떻든 산문, 그것도 그 스타일에서 보아 산문에 속하는 시였다 하면서, 이런 경우의 산문이란 그 자체에 시적인 리듬이 없다는 특징을 가진다고 하였다. 또한 산문시는 특별히 의도된 행과 연의 구분이 없으며, 사실에 충실하고 분석적이거나 토의적이기 위해서 있는 그대로의 상태로 비창조적인 산문의 언어로 써야 하며, 산문이면서 짤막해야 하기 때문에 사회나 역사적인 문제에 깊숙이 파고들 수가 없으며 우주라든가 인간에 관해 철저하게 파헤칠 수도 없다는 특성을 갖는다고 보았다.

---

23 김종길, 「특집 : 산문시의 문제점 ─ 산문시란 무엇인가」; 김용직, 「특집 : 산문시의 문제점 ─ 해석, 창작, 수용의 궤적 ─ 한국 시단에 끼친 산문시의 발자취」; 김구용, 「특집 : 산문시의 문제점 ─ 산문시는 왜 쓰는가」; 윤재근, 「특집 : 산문시의 문제점 ─ 이상의 산문시」, 『심상』 통권9호(2-6), 1974.6.

김구용은 산문시의 영역이 무한하여 시인에 따라 천차만별일 수 있다는 것이 산문시의 매력이라고 하면서 산문이 요하는 시간을 단축하고 고도의 내용을 담으려면 새로운 산문시가 나타나야 한다고 했다.

윤재근은 어디까지나 문학성을 전제로 한 산문의 시가 산문시라고 하면서 시의 정형적인 구속을 거부하고 산문으로써 더욱 폭넓은 '정情'을 표현한 '새로운' 서정시가 산문시라고 하였다. 또한 산문시는 비교적 그 길이가 짧지만 극도로 응축된 표현을 하므로 시적인 산문과 구별되어야 하며, 산문시의 운율은 언어의 음악성을 민감하게 수용하여 호흡의 조화에 맞추어 쇄락하고 거침이 없는 내재율을 갖는다고 보았다. 산문시는 짧은 산문이 아니며 산문시의 음악성이 내재율에 있고 정형定型을 거부한다는 점에서 자유시와 동일하지만 자유시처럼 시행을 나누어 음율音律의 마디를 허락하지 않는다는 점에서 산문시는 자유시와 다르다고 설명한다. 그는 또한 산문시가 일화적逸話的이고 묘사적일 때는 실패하게 되고, 시적 대상과 시상詩想이 공존하면서 의식의 심층에서 표현되어야 성공한 산문시라고 하였다.

이들의 논의를 보면, 산문시의 형태적 특징을 '산문으로 쓴 시'로 보고 있지만, 김종길과 윤재근은 산문시가 시라는 점을 중시하여 산문시에도 운율이 존재한다고 주장하는 데 비해, 김용직은 산문을 운문의 대립으로 인식하고 산문시의 시적인 리듬을 부정하고 있으며, 김구용은 시와 산문의 결합이 다양성을 나을 수 있다고 보고 더욱 새로운 산문시가 쓰여져야 한다고 주장하고 있다. 이렇게 볼 때, 산문과 시의 결합으로서의 산문시는 연구자들이 산문적인 면과 시적인 면 중 어떤 점에 더 우위를 두냐에 따라 그 정의 및 특성이 달라지고 있음을 알 수 있다. 김춘수, 마광수, 송욱 등이 산문시의 산문적인 면을 중시했다면, 신석초, 오세영, 김준오, 김영철, 강홍기 등은 산문시의 시적인 면을 중시하고 있는데, 대표적인 논의를 살펴보면 다음과 같다.

우선 마광수는 "진정한 산문시는, '일종의 리듬의 배열을 통한 음악적 효과와 서정적인 여운을 돋구어 주고 있는 시에 있어서의 음악적인 배려 자체를 완전히 씻어서, 철저하게 평면적인 산문을 만들어 버렸을 때에 주는 시로서의 감동적 효과'를 기대할 수 있게 쓰여진 작품이어야 한다"고 하였다. 그에 의하면 산문시는 글자 그대로 '산문으로 된 시'이므로 리듬 의식 없이 창작되어야 하며, 시적인 어휘, 교묘한 수식어의 배열이 주가 되어서는 안 되고, 내용적으로 인간 존재에 대한 감동적 진실이 완전한 산문으로 담겨져 있는 시여야 한다는 것이다. 그는 그것을 "완전한 산문에 시정신만이 가미된 것"이라고 표현하였는데, 그가 말하는 '시정신'은 "현실의 여러 상황을 체험적으로 구상화해서 감동적으로 독자에게 전달시킨다는 예술적 본질"로서의 '시정신'이다. 즉 독자에게 감동을 줄 수 있는 내용으로서의 시정신을 담고 있어야 한다는 것이다. 그는 그러한 시적 감동이 절실하게 느껴져야 진정한 산문시라고 하였다. 그가 이처럼 산문시에서 평범한 현실 속에 밀착된 일상적 언어로서의 산문과 내용상의 시적 감동을 중시한 이유는, 현대시의 난해성과 실험성으로 인해 시가 독자들과 멀어지는 것을 염려하여 "산문을 좋아하는 현대인의 취향에 맞추어 형식은 그러한 산문을 빌리고 내용은 시를 담자는 것, 그것으로 독자와 시인간의 거리를 좁혀 보자는 것"으로, 산문시가 "다시 시를 감동의 예술로 끌어올려 줄 수 있는 최선의 방편이 된다"고 여겼기 때문이다.[24] 그의 견해는 현대시에서 산문시의 역할 및 가능성을 언급하고 있다는 점에서 유념할 필요가 있다고 생각한다.

한편 오세영은 산문시란 일반적으로 시가 지닌 언어의 내적 특징인 은유, 환유, 이미저리 등은 본질적으로 갖추고 있으면서 다만, 언어 진술의 외적 특징이 불규칙적인 리듬과 산문적 형태^{운문의 상대 개념으로서}로 되어 있는 시라고 하였다.[25] 그는 이후 『문학과 그 이해』[26]에서 산문시의 정의는 현대의 자유시와의 구분, 또 '시적인 산문', '짧게 쓰여진 외재적 산문'[27]과의 구분을 통해 정의 내려야 한다고 하였다. 그에 의하면, 첫째, 산문시는 '시적인 산문'과 다르다. 소설이나 수필과 같은 산문문학 양식에 속하는 '시적인 산문'의 경우, 부분적이기는 하지만 이미지로 형상화되고 상징적·암시적인 표현이 원용되며 비유 혹은 상징이 설명적이고 장식적인 위치에 있는 데 반해, 산문시는 시적인 산문보다 훨씬 짧고 함축적이며 의미가 밀집되어 있고, 비유, 상징 등도 보다 본질적이라고 하였다. 길이에 있어서도 산문시는 보통 반쪽, 길어야 3~4쪽을 넘지 않아야 한다고 하였다. 둘째, 산문시는 그 진술이 행, 연 등으로서가 아니라 패러그랩 단위로 전개된다는 점에서 자유시와 명확히 구분되는데, 통사론적, 문체론적 측면에서 자유시의 인공미

---

24 마광수, 「산문시의 쟝르적 특질고」, 『연세어문학』 13, 연세대 국어국문학과, 1980, 7~24쪽.

25 오세영, 『한국 낭만주의 시 연구』, 일지사, 1980, 169쪽.

26 오세영, 『문학과 그 이해』, 국학자료원, 2003, 418~420쪽.

27 외적 산문과 내적 산문은 언어가 갖는 두 측면의 특징을 구분하기 위해서 만들어진 용어로 전자는 언어의 외면적 측면 즉 소리를 기준으로 구분한 개념이며 후자는 언어의 내면적 측면 즉 그 소리에 의해서 전달 혹은 형상화되는 일체의 내용(지시적·암시적 의미)을 기준으로 구분한 개념이다. 이에 따르면 운문과 산문(외적 산문)이란 언어의 외면성을 기준으로, 시와 산문(내적 산문)이란 언어의 내면성을 기준으로 구분한 담론의 양식인 것이다. 위의 책, 454쪽.

보다는 패러그랩 단위의 산문적 진술이 훨씬 자연미를 연출한다고 하였다. 자유시는 산문시보다 훨씬 더 많이 생략, 함축, 명사형화된 문장 등을 원용하고 반대로 접속사, 긴 문장을 회피하는데 그것은 결과적으로 인공미를 조형해내기 위해서라는 것이다. 셋째, 산문시는 비록 불규칙적이고 측정 불가능한 외재적 산문으로 되어 있지만 그 나름으로 내재율, 리듬, 음성적 효과를 심도 있게 표현한다고 하였다.

김영철은 산문시와 이야기시를 구분하여 설명하였는데, 산문시와 이야기시는 시의 하위 장르이긴 하나 서로 밀접한 관계를 갖고 있는 것은 아니라고 하면서, "산문시는 정형시, 자유시와 함께 시 형식과 관련된 장르 개념임에 비해 이야기시는 서경시, 서정시와 함께 시 내용에 관련된 장르 개념"이라며 두 장르를 구분하였다. 또한 "시를 운문의 개념으로 확장해 볼 때 산문과 운문이라는 서로 상반된 양식의 결합"이 산문시이며, 이야기시는 "내러티브가 중심이 되는 서사 양식과 시 양식의 결합"으로 보았다. 그는 "산문시는 형식적 제약은 물론 운율의 배려 없이 산문 형식으로 제작된 시"이기 때문에 행연의 구분도 없고 운율적 요소도 없지만, "산문시도 시인만큼 당연히 시로서의 요소를 갖추어야 한다"며 "시가 지닌 언어의 내적 특징인 은유, 상징, 이미저리 등의 표현 장치나 시적 언어가 선택"되어야 하고 "그러면서도 언어 진술의 형태로 되어 있는 시"가 산문시라고 하였다. 또한 산문시가 자유시와 구분되는 점은 주로 형태의 운율적 내지 시각적인 밀도에 있는데, 산문시는 자유시에 비해 운율성이 희박하고 시각적인 면에서도 정연성이 배제된다고 하였다. 다시 말해 "자유시는 시각적으로 행연의 구별이 분명하게 드러남에 비해서 산문시는 문장의 연결 방식이 행연이 아닌 단락paragraph에 의존"하기 때문에 "자유시와 산문시는 양자가 다 시적 성격을 공유한다는 점에서는 같으나 단지 문장 연결 방식이 행과 연에 있느냐, 아니면 단락에 있느냐에 의해서 구별"된다고 하였다.[28]

한편 장만호는 자유시와 정형시가 행을 구분하는 '시행 발화'를 통해 이루어지는 형식인데 비해, 산문시는 시행 발화를 지양하고, "문장 발화를 최소 단위로 구현한 시"라고 규정하였다. 즉 "산문시는 행갈이 시의 권위와 이점을 포기하고, 문장 발화를 통해 시적인 것을 획득하는 형식"이라는 것이다. 또한 산문시는 "주체의 표출에 더 적극적이며, 시의 주체가 표면화되는 형식"이라고 하였는데, 그것은 산문시의 "시적 언술이 시행이라는 방식에 의해 굴절되지 않는다는 점에서 시인의 의도와 내면이 직접적으로 표면화되는 형식"이기 때문이라고 하였다.[29]

강홍기는 산문시의 외형적 범주는 작자의 의도를 좇아 구분하는 도리밖에 없다고 하면서, "작자가 의도적으로 행 구분을 시도한 작품은 내용과 문체 여하에 상관없이 분행 자유시로 보고, 의도적으로 행을 파괴하여 외형상 산문과 동일하게 표기된 작품을 산문시"로 보고 있다. 그는 산문시의 연 구분에 있어서 "산문도 단락에 의해 구분되고 있는 것이므로 연의 구분을 단락의 구실로 받아들인다면 산문시에도 연 구분이 크게 문제될 바 없지 않겠는가 하는 생각"이라고 하였고, 산문시의 외형적 특성을 바탕으로 산문시를 정의한다면 "분행 의식이 의도적으로 배제된 산문 형식의 시라고 정리할 수 있다"고 하였다. 또

28　김영철, 「산문시와 이야기시의 장르적 성격 연구」, 『인문과학논총』 26, 건국대 인문과학연구소, 1994, 36~39쪽.

29　장만호, 앞의 글, 29~33쪽.

한 산문시의 내면적 특성은 "시정신이나 심상 등이 은유나 상징 같은 효과적이고 밀도 있는 표현을 통해 작품화된 것"이지만, 산문시와 단형 산문을 구분하기는 쉽지 않다고 하였다. 그는 무엇보다 산문시에도 운율이 중요한 시적 장치의 일부인 것을 지적하면서, 산문시의 내재적 운율 구조를 밝히고자 하였다. 그는 자유시에 관여하고 있는 반복률, 병렬률, 대우율, 경중률, 교체율, 점층률, 연쇄율, 순차율, 구문율과 같은 아홉 가지의 내재율 유형이 산문시 속에서도 관여하고 있음을 확인해 보임으로써, 산문시의 운율이 조화로운 미적 질서를 만들어내며 그것이 산문이 아니라 시일 수 있게 하는 중요한 변별 요인으로 작용한다고 주장하였다.[30]

이 외 이상섭, 성기옥, 이현정 등이 산문시에서의 운율의 중요성을 언급하였는데, 우선 이상섭[31]은 "많은 산문 형태의 시가 그 리듬의 구조가 독자에게 파악되지 않는 까닭에 문자 그대로 산문으로 읽혀 그 뜻이 전혀 다르게 이해되기도 한다"며 산문시의 리듬이 제대로 파악되지 못함을 안타까워했으며, 성기옥[32]은 산문시가 "실제로는 자유시보다 오히려 더 면밀하다고 할 만큼 리듬에 대한 배려가 섬세하다"면서 "막힘없는 유려한 리듬의 조성을 통하여, 혹은 반복과 병치의 기법을 통하여, 심지어 오늘의 자유시가 흔히 소홀히 하는 말소리의 음향적 효과에 대한 배려에 이르기까지, 시적 리듬에 대한 배려의 폭은 자유시 못지않게 크고 다양하다. 줄글 형태이므로 해서 드러낼 수 없는 시로

---

30 강홍기, 「산문시 운율론」, 『현대시 운율 구조론』, 태학사, 1999, 201~243쪽.
31 이상섭, '율격' 항, 『문학 비평용어 사전』(신장 1판), 민음사, 1999.
32 성기옥, 「고전시가에 있어서의 산문시 문제」, 『현대시학』, 1993.1, 110쪽.

써의 율문적 속성을 산문시는 이처럼 그 자체의 언어로써 조성해 내기 위한 갖가지의 장치를 설비하고 있는 것이"라고 지적한 바 있다. 또한 이현정[33]은 "산문시에서 행 구분을 하지 않는다는 것은 개별 작품이 만들어 내는 자연스러운 리듬이 이들의 구별을 필요로 하지 않는다는 의미로 받아들여져야 하며, 동시에 이것은 산문시에서 행이 아닌 다른 요소들이 리듬 형성의 단위가 될 수 있다는 가능성을 내포하는 것으로 보아야 한다"며 산문시의 리듬의 중요성을 강조하였다.

이상에서 논의된 산문시의 개념 및 특성을 보면, 연구자들이 공통적으로 인정하는 산문시의 보편적인 개념이 있고, 연구자들 간에 서로 대립되는 견해를 표명하는 부분이 있음을 알 수 있다. 즉 산문시라는 씨니피앙의 씨니피에에 대한 인식 및 설정이 연구자들의 견해에 따라 다르게 표명되고 있다는 것이다. 우선 대부분의 연구자들이 인정하는 산문시의 개념은 산문시가 '행을 나누지 않은 산문 형식의 시'라는 점이다. 그것이 산문시의 형식적인 특징인 만큼 행을 나누지 않는다는 점에서 산문시는 정형시, 자유시와 형식적으로 다른 시 양식이다. 그러나 논자에 따라 산문시를 넓은 의미의 자유시 장르 속에 포함시키는 견해가 있는데, 그것은 정형시의 대립 개념으로 자유시만을 언급할 때 산문시 또한 운율적·형식적 구속으로부터 자유롭다는 점에서 자유시 장르 속에 포함될 수 있기 때문이다. 그러나 자유시와 산문시는 엄연히 형식적으로 다른 양식이다. 자유시가 운율의 자율성 안에서 내재율을 가지고 형식의 자율성 안에서 행과 연을 구분하고 있는데 비해, 산

---

33 이현정, 「정지용 산문시 연구」, 연세대 석사논문, 2003, 8쪽.

문시는 우선 행을 구분하지 않고 산문과 같이 줄글 형태를 취한다는 점에서 자유시와 다르다. 산문시의 연 구분은 그것이 산문과 같이 단락이 나뉘어진 것으로 보고 자유시의 연 구분과 같은 의미로 받아들일 수 있다. 즉 의미나 시상의 전개에 있어 한 전환점으로써 연이 구분된다고 볼 수 있는 것이다. 이렇게 볼 때, 자유시와 산문시는 행의 구분 여하에 따라 우선 구별된다는 것을 알 수 있다.

한편, 자유시에는 내재율이 분명히 존재하지만, 산문시의 내재율 존재 여부에 대해서는 연구자들 간에 서로 대립되는 견해를 표명하고 있다. 그것은 산문시를 '산문으로 쓰여진 시'라고 할 때, 그 '산문'을 '운문'과 대립되는 개념으로서의 '산문'으로 보면 산문시의 내재율이 부정되고, 산문으로 쓰여졌지만 그래도 시라는 점을 중시하면 산문시의 내재율을 인정하게 되기 때문이다. 같은 선상에서 산문시의 시적 표현기교 역시 그 필요성 여부에 있어 견해차를 보이고 있다.

이와 같은 견해의 차이로 산문시의 시적 성취를 판가름하는 기준 또한 다르게 나타나고 있다. 산문시에서 시적 특성을 중시하게 되면, "언어의 내적 특징인 은유, 환유, 이미저리" 혹은 "리듬, 표현의 밀도 등 시적 장치"에 의해 산문시의 시적 성취를 판가름 하게 되고, 산문시의 산문적 특성을 중시하게 되면, "일상적인 언어의 도움으로 하나의 현실을 재현하는 모방적인 기술" 여하에 그 성취가 달려있게 되는 것이다.

이처럼 산문시의 개념 및 특성이 연구자의 관점에 따라 다른 양상을 보이고 있기 때문에, 무엇보다 산문시를 다른 장르와 구별할 수 있는 기준점을 정하여 산문시의 장르적 개념을 보다 명확히 할 필요가 있다.

또한 산문시와 운율의 상관 관계를 규명하여야 한다. 산문시는 장르의 혼합이 이루어낸 양식이므로 자유시와 같은 내재율이 관여할 수도 있고, 산문과 같이 운율이 느껴지지 않을 수도 있다. 산문시에 내재율이 관여한다면, 그것이 어떤 양태를 띠고 나타나며 그 작품에 어떤 영향을 미치는지에 대한 면밀한 연구가 필요하고, 운율이 느껴지지 않는 산문체로 쓰여진 산문시라면 운율이 느껴지지 않는데도 불구하고 그것이 시일 수 있는 이유를 찾아야 한다.

산문시의 미적 특성을 밝혀내기 위해서는 한국 산문시 장르가 안고 있는 이러한 문제점을 해결하여 산문시 장르에 대한 이론적 전제를 반드시 확립하고, 산문시의 형식과 구조의 측면, 즉 언어, 리듬, 구성, 담화 양식의 측면 등에서 산문의 내용과 형식이 어떻게 시와 결합하여 미적 구조를 이루는지를 면밀하게 고찰하여야 한다. 무엇보다 중요한 것은 산문시를 그 자체로 자율적인 '조직 혹은 구조의 특정한 문학의 유형'[34]이라는 인식을 가지고 접근해야 한다는 것이다.

---

34 René Wellek · Austin Warren, 이경수 역, 『문학의 이론』, 문예출판사, 1987, 336쪽. "장르들에 대한 이론은 질서의 원리이다. 즉 그것은 문학과 문학사를 시간 혹은 장소(시대 혹은 민족 언어)에 의해 분류하는 게 아니라, 조직 혹은 구조의 특정한 문학의 유형들에 의해 분류한다."

산문시의 개념과 유형

1. 산문시의 개념

한 편의 문학 작품이 어떤 종류에 속하느냐 하는 문제는 한 작가가 자기를 드러내는 방식으로 어떤 묘출描出 양식을 따르는가 하는 문제에 귀착된다.[1] 그런 의미에서, 한 시인이 자신의 '정신 기술의 한 방식'으로써 산문시란 장르를 선택한 것은 그것이 그 시인의 의식을 드러내는 데 가장 적합한 양식이었기 때문이다.

산문시를 쓴 대부분의 시인들은 뛰어난 운율적 감각과 시적 기교로 행 구분이 되어 있는 자유시도 많이 쓴 시인들이다. 다시 말해, 그들은 보다 운문적이고 함축적인 자유시로 시를 쓰는 것이 미숙해서 산문시를 쓴 것이 아니라는 말이다. 얼마든지 다른 시 형태로 시를 쓸 수 있음에도 그들이 산문의 형식으로 시를 쓴 것은 어떤 새로운 영감의 근원이 필연적으로 산문의 형식을 요청했기 때문이다.

무엇이 시인으로 하여금 산문시 장르를 선택하게 하는지, 무엇이 독자로 하여금 산문의 형식을 취하고 있음에도 시로서 인지하게 하는지 등 산문시가 제기할 수 있는 문제들은 실로 근본적이고 다각적이지만 이에 대한 해답을 줄 수 있는 연구는 미비했다.[2]

특히 한국 산문시 연구는 문학 원론적 차원에서 장르적 성격 규명이 충분히 이루어지지 않고 있기 때문에, 무엇보다 산문시에 대한 장르적 이해의 혼선들을 종합하고 정리하여 산문시의 개념과 유형을 범주화

---

1   박철희, 『문학개론』, 형설출판사, 1975, 62쪽.
2   이병애 역시 이러한 문제제기로 프랑스 산문시를 연구한 바 있다. 이병애, 「프랑스 산문시의 한 행로」, 서울대 박사논문, 1996, 3쪽.

할 필요가 있다. 그것이 이루어져야 한국 시인들이 산문시를 통해서 무엇을 획득할 수 있었는지, 한국 산문시의 미적 특성이 어떻게 나타났는지 등의 한국 산문시의 시사적詩史的 위상을 규명할 수 있을 것이다.

국립국어원의 『표준국어대사전』에 의하면 산문시는 "산문 형식으로 된 시. 시행을 나누지 않고 리듬의 단위를 문장 또는 문단에 둔다. 산문과는 달리 서정적으로 시화하여 묘사하는 데 특징이 있다"고 정의되어 있다.[3] 산문시에 대한 이러한 사전적 정의는 문학적으로 보다 다양하고 구체적인 산문시의 특성을 포괄하지는 못하고 있다. 그것은 국내 연구자들의 산문시에 대한 정의 및 특성이 산문시의 의미의 비중을 어디에 두느냐에 따라, 연구자의 문학적 지향점을 어디에 두느냐에 따라 다양성을 보이고 있기 때문이다. 이에 저자는 기존 연구에서의 산문시 개념들을 포괄적으로 수렴하되 산문시 자체의 자율적 특성을 중시하면서 산문시의 개념과 유형을 제시하고자 한다.

산문시란 일종의 모순 어법이다.[4] 흔히 정반대되는 것으로서 대조적으로 거론되는 산문과 시의 결합이 산문시라는 시의 한 양식이 된 것이므로, 산문시의 개념은 무엇보다 산문시가 어떤 점에서 시일 수 있는지를 밝히는 정의가 되어야 한다. 그것은 '시적인 것'은 어떤 것인가에 대한 물음과 같은 맥락에 있다.

러시아 형식주의자들은 문학 연구에 언어학을 적용하면서 그에 대한 하나의 해답을 제시해 주고 있다. 야콥슨은 언어 전달의 활동 속에서 '시적 기능'을 정의하고 있는데, 그에 의하면 의사소통은 발신자,

---

3   국립국어원, 『표준국어대사전』(http://stdweb2.korean.go.kr/).
4   유종호, 「시적인 것」, 『시란 무엇인가』, 민음사, 1995, 233쪽.

맥락context(지시적 기능)
메시지message(시적 기능)

발신자addresser (감정표출적 기능) —— 수신자addressee (지령적 기능)

접촉contact(교화적 기능)
코드code(메타언어적 기능)

수신자, 메시지, 접촉, 맥락, 코드 — 이 여섯 가지 요소로 이루어진다. 말하자면 발신자의 메시지가 수신자에게 옮겨가는 과정에서 '메시지'는 신체적이거나 심리적인 '접촉'을 통해서 전달되고, 반드시 일정 '코드' 속에 담겨야 하며, '맥락관련 상황'을 지시해야만 소기의 의사소통이 가능해진다는 것이다. 그런데 특정한 의사소통 행위에서 이 요소들 중의 어느 하나가 우위를 차지하면, 각각의 요소에서 다른 의미 기능이 나타나는데, 그것은 다음과 같이 도식화된다.

야콥슨은 전달이 '메시지' 자체를 강조하고 지향할 때에 발생하는 언어의 '시적 기능'을 발견하고, 그것이 '기호의 촉지성觸知性'을 증진시키며 '시적 기능은 선택의 축에서 결합의 축으로 등가의 원리를 투사한다'는 시성詩性, poeticity의 원리를 밝힌 바 있다.[5] 전달이 메시지를 지향하면 메시지 자체를 부각하기 위해 표현 방법을 강조하게 되어 시적 기능이 우세해지는 미적 효과를 가지게 된다. 시는 소리 · 리듬 · 이미지 · 비유 · 함축 등에 의해 언어의 밀도를 높이고 수신자의 주의를 그 표현의 특징 쪽으로 끌어당김으로써 언어의 지시적인 기능이 극소화되고 기호의 촉

5 Roman Jakobson, *Linguistics and Poetics*, Style in Language, 1958, pp.350~377. 그 외 신문수 편, 『문학 속의 언어학』, 문학과지성사, 1989 참조.

지성이 높아지게 되는 것이다. 따라서 모든 시 작품은 기본적으로 여섯 가지 기능 중에서 '시적 기능'이 우세하게 존재하기 때문에 '시적인 것'이다. 그러니까 산문시가 아무리 산문의 성격을 지니고 있다 하더라도 산문과 비교할 때 산문시는 시적 기능이 기본적으로 존재하기 때문에 '기호의 촉지성'이 산문에 비해 강화되어 있는 것이다.

그러나 현대시는 이 '기호의 촉지성' 외에 다른 기능들이 접목되거나 부각되면서 산문시를 비롯한 다양한 성격의 시를 보여주고 있다.

그렇지만 야콥슨이 제시한 이러한 의사소통의 기호학적 도식은 다양한 시적 담화의 속성을 이해하는 데에 여전히 유효하다. 시의 담화적 성격에 야콥슨의 이러한 기호학적 도식을 적용하면, 발신자는 시인 또는 화자, 메시지는 작품인 텍스트, 수신자는 독자 또는 청자가 된다. 이 때 메시지는 맥락과 접촉, 코드에 의해 의미를 전달하게 된다. 그러나 이 요소들 중의 어느 하나가 우위를 차지하게 되면, 시의 성격 및 유형 또는 기능이 달라지게 된다.

우선 전달이 발신자인 화자를 지향하게 되면 화자의 정서적인 반응이 강조되어 일반적인 서정시가 되고, 수신자인 청자를 지향하게 되면 대화적 성격을 띠게 되어 어떤 효과를 노리는 목적론적 또는 지령적인 시가 되며, 전달이 메시지텍스트 자체를 지향하면 시적미적 기능이 우세한 시가 되고, 전달이 맥락을 지향하면 구체적이고 객관적인 정보를 전달하고자 하는 기능이 강조되어 지시적 · 정보적 · 묘사적인 시가 되며, 접촉을 지향하면 메시지에 의해 어떤 관계가 창출되는가가 중시되어 친화적 · 교화적交話的인 시가 되는 것이다. 또한 전달이 코드를 지향하게 되면 의사소통의 기저에 놓인 등가와 조합의 통시적 패턴들이 중시되면서 발신자와 수신사 사이에 공통되는 기호 체계를 강조하게 되어 메타언어적인 기능이 우세한 시가 된다.[6]

이렇게 볼 때, 산문시 또한 이러한 요소들의 우위에 따라 그 성격이 달라진다고 할 수 있다. 즉 산문시는 그것이 아무리 산문의 형태를 띠고 있다 하더라도 텍스트를 지향하게 되면 시적 기능이 우세해지고, 화자 자신을 지향하게 되면 서정적인 산문시가 되며, 수신자나 접촉을 지향하게 되면 교화적 또는 교시적인 산문시가 되고, 맥락이나 코드를 지향하게 되면 산문성이 강화되어 지시적이고 서사적인 산문시가 되는 것이다. 이처럼 산문시는 시의 다양한 성격을 복합적으로 가지고 있는 장르이다.

그렇다면 산문시의 개념은 산문시의 이러한 개방적 성격을 내포하면서도 그것이 다른 시 장르와 어떤 면에서 다른지 산문시 자체의 자율적인 양식으로서의 특성을 부여할 수 있어야 한다. 저자는 이러한 점에 중점을 두고 산문시의 개념을 규정하고자 한다.

우선, 한국 산문시가 자생적인 요인과 더불어 일본을 통한 서구 산문시 이입의 영향으로 형성된 만큼, 서구 산문시의 발생 및 전개 과정과 서구에서의 산문시 개념을 간략하게 살펴보겠다.

시에서 산문체 양식의 도입은 낭만주의 시정신에서 비롯되었다. 낭만주의는 법칙, 규범, 통일, 조화를 중시하는 고전주의를 반대하고, 인습, 도덕, 규율에 도전하면서 인간의 본능과 개성, 다양성을 긍정적인

---

6 박여성, 「옮긴이 해설-대립, 조합, 구조의 변증법」, Roman Jakobson · Morris Halle, 박여성 역, 『언어의 토대-구조 기능주의 입문』, 문학과지성사, 2009, 120쪽; 김준오, 『시론』(제4판), 삼지원, 1999, 274~279쪽; 문덕수, 『시론』, 시문학사, 99~103쪽; 유종호, 앞의 글, 245~248쪽을 참조함.

가치로 받아들이기 때문에, 낭만주의 시정신 또한 자발적인 흐름을 강조하면서 시에서 서정이나 감정을 산문체를 통해서 자유분방하게 흘러넘치게 하였다. 그러나 산문시가 하나의 시 장르로 인식된 것은 프랑스 상징주의에서였다. 그 첫 성과는 보들레르의 산문시집 『파리의 우울』[1869]이다. 보들레르는 포우의 영향을 받아 이 시집을 상재했고 여기서 산문시라는 용어를 처음으로 사용하였다.[7] 보들레르는 『파리의 우울』 헌사에서 산문시의 미학을 다음과 같이 언급한다.

우리 중 누가 한창 야심만만한 시절, 이 같은 꿈을 꾸어 보지 않은 자가 있겠소? 리듬과 각운이 없으면서도 충분히 음악적이며, 영혼의 서정적 움직임과 상념의 물결침과 의식의 경련에 걸맞을 만큼 충분히 유연하면서 동시에 거친 어떤 시적 산문의 기적의 꿈을 말이오.

이처럼 집요한 이상이 생겨난 것은 특히 대도시들을 자주 드나들며 무수한 관계에 부딪히면서부터요. 친애하는 친구여, 당신도 깨지는 듯한 유리 장수의 소리를 상송으로 번역해 보고 싶은 유혹을 느끼지 않았소? 이 소리가 거리의 가장 높은 안개를 가로질러 다락방까지 보내는 모든 서글픈 암시들을 서정적 산문으로 표현해 보고 싶은 유혹을 말이오.[8]

---

7 여기까지 '서구 산문시의 발생 및 전개 과정'에 대한 기술은 김영철, 「산문시와 이야기시의 장르적 성격 연구」(『인문과학논총』 26, 건국대 인문과학연구소, 1994, 42쪽)를 참조하여 요약한 것이다.
8 Charles Pierre Baudelaire, 윤영애 역, 「아르센 우세에게」(『파리의 우울』, 민음사, 2008, 18쪽)에서 인용함. 이 헌사는 당시 『프레스』지와 『아르티스트』지의 국장을 겸임하던 예술 애호가 아르센 우세에게 보내는 헌사인데 처음 1862년 8월 26일 『프레스』지에 실렸던 것이 그 후 『파리의 우울』이 출판되면서 책머리에 붙여졌다. 20쪽 주 1에서 인용.

보들레르는 프랑스 시의 전통이었던 단단한 12음절 시형과 과장된 수사법으로는 현대인의 심리적 좌절을 묘사할 수 없다고 생각했다.[9] 그는 모든 형식적 제약으로부터 자유로운 산문이라는 형식만이 대도시 안에서 이루어지는 다양한 삶의 모습을 무난하게 표현할 수 있다고 보고, 산문시의 문학적 입지를 굳히고자 했는데, 그가 제시한 산문시의 미학은 "리듬과 각운이 없으면서도 충분히 음악적이며, 영혼의 서정적 움직임과 상념의 물결침과 의식의 경련"을 "유연하면서 동시에 거친" 문체로 담을 수 있다는 것이었다.[10]

보들레르 이후 서구의 산문시는 말라르메, 랭보, 끌로델 등의 프랑스 상징파 시인과 러시아의 투르게네프 등에 의해서 활발하게 창작되었다.[11]

일본 근대시의 성립 과정에서 이러한 서구사조의 이입 및 영향은 불가분의 관계에 있었고, 일본에서 유학 중이던 당시 한국의 문인들은

9 　김현, 「산문시 소고」, 『김현 문학 전집』 3, 문학과지성사, 1991, 96쪽. 김현은 이 글에서 산문시라는 문학적 용어가 처음 등장했던 프랑스 시단을 소개하면서 보들레르의 산문시가 갖는 의의를 밝히고 있는데, 그에 의하면 보들레르의 산문시는 프랑스의 전통을 이겨내 보려는 야심적 노력의 소산이며, 교감의 시학을 내세우며 일상어를 대담하게 시에 도입하려 했다는 점에서 의의가 있다고 하였다. 또한 보들레르는 사회학적 측면에서 현대인의 권태와 고뇌, 자신을 벗어나려는 여러 시도를 보여줌으로써 탈사회화의 경향을 보여주었는데, 그것이 이후 프랑스 시단을 소멸의 시학으로 발전하게 하였으며 그것은 나아가 다다·초현실주의 운동으로 계승 극복된다고 하였다. 위의 책, 92~97쪽.

10 　민희식은 「『악의 꽃』에서 산문시 『파리의 우울』에 이르는 보들레르의 미적 세계」(『민족과 문화』 1, 한양대 민족학연구소, 1993)에서 보들레르의 산문시 대부분은 대위법적 구성에 의해 다양성을 지닌 현대미를 창조하고 있다고 지적한 바 있고, 석준은 「보들레르의 산문시 연구」(『동서문화연구』 2, 홍익대 동서문화연구소, 1994, 5·11쪽)에서 보들레르가 정의한 산문시의 특성인 '리듬과 각운 없는 음악적이고 시적인 산문'은 주로 반복과 모음조화, 자음조화를 통하여 추구된다고 밝힌 바 있다.

11 　김영철, 앞의 글, 42쪽.

이러한 서구사조와 번역시가 소개되던 일본 문예지의 동인으로 활동하면서 새로운 시적 흐름에 끊임없이 자극받고 능동적으로 수용하여 그것을 다시 한국 문예지에 소개하였다.[12] 1910년대 우리의 서구 산문시 이입은 이러한 과정에서 이루어진 것이다. 특히, 『학지광』과 『태서문예신보』에 번역·소개된 서구 산문시는 프랑스와 러시아의 상징파 시인들의 산문시였고, 김억·김찬영 등이 창작·발표한 산문시 역시 프랑스 및 러시아 상징주의 시세계의 영향을 받아 허무주의적인 세계관을 보여주었다. 그것은 1910년대라는 일제 압제하의 시대 상황의 영향 탓도 있었겠지만, 절망·허무·죽음·고독·비애 등 데카당틱한 페시미즘의 시세계는 분명 상징주의의 영향이었다.[13]

그러나 서구의 산문시는 강력한 작시법에 근거한 '시구詩句, verse', 즉 '격 규칙에 의해 생성된 율격 단위들'에 대립되는 개념으로 형성된 양식[14]인데 비해, 우리의 경우는 정형시의 규칙성이 서구처럼 엄격하지 않았기 때문에 서구의 산문시 형식이 그대로 받아들여지지 못하고, '형태'와 '정서'만이 수용된 것으로 보인다.

한편, 서구의 대표적인 산문시 개념은 파운드와 프레밍거에 의해 규정되는데, 파운드는 산문시를 산문 형식과 시적 내용의 결합으로 보았

---

12 제1장 각주 7 참고 이외 다음의 연구 또한 이러한 영향 관계에 주목한 연구들이다. 정한모, 「요한의 시와 서구의 근대시」, 『한국 현대 시문학사』, 일지사, 1974; 김병철, 『한국 근대 서양문학 이입사 연구』, 을유문화사, 1988; 안정희, 「프랑스 상징주의 이입과 수용 양상 − 서정주 초기시에 미친 보들레르 영향」, 고려대 석사논문, 2006; 이건우 외, 『한국 근현대문학의 프랑스문학 수용』, 서울대 출판문화원, 2009.

13 김영철, 「한국 산문시의 정착 과정 연구」, 『한국현대문학연구』 5, 한국현대문학회, 1997, 76쪽.

14 장만호, 「한국 근대 산문시의 형성 과정 연구 − 1910년대 텍스트를 중심으로」, 고려대 박사논문, 2006, 29~30쪽.

다. 즉 형식은 산문이지만 내용은 시적인 것이어야 산문시가 된다는
것이다.[15]

프레밍거는 산문시 개념이 성경에서부터 포크너의 소설에 이르기까
지 무책임하게 사용되어 왔지만, 그것은 고도로 의식적인 어떤 형식을
의미하는 것으로 사용되어야 한다고 주장하였다. 그러면서 산문시가
타장르와 구별되는 특징을 다음과 같이 제시하였다.

① 길이가 비교적 짧고 함축적이라는 점에서 시적인 산문(poetic prose)
과 다르다.
② 행을 나누지 않는다는 점에서 자유시(free verse)와 다르다.
③ 내재율(inner rhyme. metrical runs)과 선명한 효과 및 이미저리 그
리고 표현의 밀도를 지니고 있다는 점에서 짧은 형식의 산문(prose
passage)과도 구별된다.

이와 같이 그는 산문시를 시적 산문, 자유시, 산문과 엄격히 구분하
면서, 산문시의 특징으로서 시행 구분을 초월한 단락성과 상징 및 이
미지 등의 표현성을 강조하고 있으며, 심지어 산문시가 내재율과 율격
적인 흐름을 지닐 수도 있다고 언급하였다.[16] 프레밍거의 이러한 산문
시 정의는 포괄적이고 정확한 정의로 판단되어 산문시를 논하는 국내
연구자들에 의해 자주 인용되고 있다.

---

15 T. S Eliot, *Literary Essays of Ezra Pound*, London and New York, 1954, p.12.
16 A. Preminger, *Encyclopedia of Poetry and Poetics*, Princeton University Press, 1974, pp.664
   ~665.

기존 연구를 바탕으로 지금까지의 산문시 개념 및 특성에 대한 논의들을 종합해 보면, 대체로 산문시는 정형시의 대립 개념으로서 자유시와 같이 운율적·형식적 구속으로부터 자유로운 양식이라는 점, 그러나 자유시와 달리 행을 구분하지 않는다는 점, 일반 산문에 비하여 비교적 짧은 길이를 가졌다는 점, 산문과 같이 보이지만 이미지나 상징이 시 전체의 유기적 조직 속에 용해되어 있고, 리듬을 가질 수도 있어서 일반적 산문과는 구별된다는 점, 산문의 형식을 빌린 만큼 산문의 언어로 토의적, 비평적, 서사적 내용 등을 담을 수도 있다는 점 등의 특징이 언급되어 왔다.

　이러한 특징들을 따져보면, 산문시는 우선 자유시와 비교해서 형태적 특성이 규명될 수 있고, 화자의 표현론적 태도가 무엇을 지향하느냐에 따라 서정적일수도 서사적일수도 있으며, 운율적 특성 및 이미지나 상징, 비유 등의 표현성으로 산문과 비교될 수 있는 특성을 갖는 양식임을 알 수 있다.

　요컨대, 산문시의 개념 및 특성은 다음과 같이 제시할 수 있다.

　① 형태적으로 산문시는 행 구분이 없는 시다. 이는 작자가 의도적으로 행을 파괴하여 외형상 산문과 동일하게 줄글prose의 형태로 표기된 시를 말한다. 행의 구분은 없지만, 단락paragraph이나 연의 구분을 통해 시적 분위기나 의미 등을 전환할 수 있다. 다시 말해, 산문시의 형태적 개념은 '행을 나누지 않는 줄글의 형태로 시적 분위기나 의미 등을 단락이나 연으로 구분할 수 있는 시'이다.

　② 화자의 표현론적 태도가 화자 자신을 지향하여 화자의 서정적 감정을 표현한 서정적 산문시가 있고, 시적 대상 및 지시적·외연적 맥락

등을 지향하여 서사적인 특성을 지니는 서사적 산문시가 있다.

③ 운율적으로 보면 산문시는 행의 파괴 속에서도 자유시의 내재율과 같이 운율이 느껴지는 산문시가 있고, 일반 산문과 같이 평이한 산문의 언어로 운율을 완전히 배제하고 쓰여진 산문시가 있다.

④ 일반 산문에 비해 이미지, 상징, 비유, 압축, 단절, 암시 등으로 표현의 밀도를 지니는 '시적 기능'이 우세하다.

이에 다음 절에서 이와 같은 산문시의 형태적 특성과 표현론적 특성, 운율적 특성을 고찰하고 그 특성에 따라 산문시를 유형화시켜 보고자 한다. 이미지나 상징, 비유 등의 표현성은 산문시 작품의 구조 속에 용해되어 있는 '시적 기능'이므로 그 표현성의 정도에 따라 따로 유형화할 수는 없지만, 그것이 산문시의 시적 특성을 부여하는 자질이므로, 각 유형의 산문시에서 이미지나 상징, 비유 등의 표현성이 어떻게 나타나는지 아울러 살필 것이다.

2. 산문시의 특성 및 유형

1) 형태적 특성에 따른 유형[17]

산문시는 형태적으로 행을 구분하지 않고 줄글 형태를 취한다는 점에서 자유시와 확연하게 구분된다. 자유시가 행과 연의 구분으로 이미지나 시적 정서, 의미 등을 전환시킨다면, 산문시는 기본적으로 행과

---

17 이와 관련해서는 제3장에 이상의 산문시를 통해 '단락이나 연 구분이 없는 산문시'와 '단락이나 연 구분이 있는 산문시'의 각 특성이 실재 산문시 작품에서 어떻게 나타나는지 구체적으로 살펴보도록 하겠다.

연을 나누지 않음으로써 정서 및 주제를 통합하지만, 시적 분위기나 의미 등을 전환하거나 전개 시키고자 할 때 단락이나 연을 구분하기도 한다. 따라서 산문시의 형태적 개념은 '행을 나누지 않는 줄글 형태로 시적 분위기나 의미 등을 단락이나 연으로 구분할 수 있는 시'라고 규정할 수 있다.

자유시에서 행의 변형 문제는 매우 중요한 것인데, 이는 음수율, 음보율에서의 해방은 가져왔지만 행 구분에 있어서는 일정한 제약을 받고 있음을 의미한다. 칸에 의하면 시행이란 "사상과 형식의 동시적 정지", 즉 "목소리의 정지와 의미의 정지로 나타낼 때의 가장 짧은 조각"으로 정의되고 있다.[18] 따라서 자유시는 각 행이 하나의 단위이며, 그것은 시적 주체의 인위적인 의도에 의해 분절된다는 점에서 여백과 암시의 기능을 갖는다.[19] 현대시에 와서 자유시의 행 구분은 통사휴지의 일탈로 인한 행간걸림enjambment 현상이 나타나기도 하는데, 이는 통사론적으로 아무 관련도 없는 앞의 말들과 직접적으로 이어지고, 동시에 연관성 있는 뒤의 말과는 유리되는 현상을 지칭한다.[20] 이와 같이 자유시에서의 행은 시 형식 속에 이미 규정되어 있는 체계와 구조의 구성 개념으로서, 자유시는 행을 구분해야 한다는 제약을 받고 있다.

그러나 자유시의 행은 시의 형태미를 결정해주는 중요한 구실을 하고 있으며 자유시에 여러 효과를 안겨 준다. 김춘수[1961]는 자유시가 "행 구분을 하는 데에는 몇 가지의 중대한 이유가 있다"며 시행의 구

---

18 J. Huret, "G. Kahn, Réponse à une Enquête", *Enquête sur L'évolution littéraire*, Charpentier, 1891, pp.394~396.
19 장만호, 앞의 글, 31쪽.
20 한계전, 『한국 현대시론 연구』, 일지사, 1983, 25~26쪽.

실을 설명한 바 있다. 요약적으로 정리하면 '각 행은 리듬의 한 단락을 보여주면서 리듬과 리듬 사이의 미묘한 연결을 맺어주며, 의미의 단락을 표시해 주며, 이미지의 움직임이행을 선명히 하기 위하여 행을 구분하기도 한다는 것. 이미지의 분량에 따라 행이 구분되고, 각 행은 서로 그 이미지의 분량에 있어 균형을 취한다는 것'[21]이다. 즉 리듬을 중시할 경우와 의미를 중시할 경우, 그리고 이미지를 중시할 경우에 따라 행의 구분이 다르게 이루어지는 것이다.[22] 한편, 전영근은 한국 현대시의 시행 구성을 구체적으로 살피기 위하여 '운율을 위한 시행 구성'과 '시각화를 위한 시행 구성'면에서 현대시의 시행 구성의 양상과 그 시적 효과를 고찰한 바 있다.[23] 이처럼 행은 자유시의 리듬과 의미, 그리고 이미지를 형성하는 기본적인 요소이다.

그렇다면 산문시는 왜 이러한 행의 효과를 포기하면서까지 행 구분의 제약에서 벗어나려고 한 것일까? 김춘수는 '산문시가 행을 구분하지 않는 데에도 이유가 있다'며 그것은 "산문시가 리듬과 의미와 이미지의 단락을 그다지 세세하게 혹은 치밀하고도 미묘하게 보일 필요가 없어진" 것이기 때문이라고 하였다. 그는 "산문문학 또는 토의문학은 '이미 있었던 사실을 적는' 동시에 검토하고 분석하고 비판하는 그러한 지적인 힘을 많이 필요로 한다. 이런 경우에는 의미나 이미지의 비약이라든가 많은 생략을 통한 암시를 필요로 하지 않을 뿐 아니라, 그런 것이 있어서는 오히려 더 지장이 생긴다. 따라서 의미와 이미지의

---

21 김춘수,『시론』(1961),『김춘수 시론 전집』1, 현대문학, 2004, 266~273쪽.
22 오규원,『현대시 작법』, 문학과지성사, 1990, 383쪽.
23 전영근,「한국 현대시의 시행 구성 연구」, 조선대 박사논문, 2004.

단락을 보다 치밀하고 미묘하게 하는 행 구분이 필요하지 않게 되는 것"이라고 하면서 산문시가 행 구분을 하지 않는 이유를 설명하였다.[24] 즉 산문시는 토의적인 성격을 띠고 있기 때문에 행 구분을 통한 의미나 이미지의 치밀하고도 미묘한 암시보다는 구와 구, 절과 절의 연결을 통한 보다 논리적인 흐름을 요구하므로 행 구분이 불필요해진다는 것이다.

그러나 모든 산문시가 토의적인 성격을 띠는 것은 아니므로, 산문시가 행 구분을 하지 않는 이유는 더 다양하게 들 수 있다. 이를테면, 산문시가 행을 구분하지 않음으로써 얻을 수 있는 효과는 다음의 여섯 가지 정도로 요약할 수 있다.

> 첫째, 산문시는 행을 나누지 않기 때문에 정서 및 의미의 분산을 막아 시의 주제를 통합하는 효과를 얻을 수 있다.
>
> 둘째, 분열된 정서나 다층의 의미가 행의 구분 없이 줄글의 형태로 연결되는 경우 역설적인 상황이 부각되어 오히려 시적 효과를 얻을 수 있다.
>
> 셋째, 줄글의 형태가 만드는 사각(四角)의 공간을 통해 폐쇄적인 분위기나 단절되고 소외된 상황을 표상하거나 부각시킬 수 있다.
>
> 넷째, 행을 구분하지 않기 때문에 이야기를 전개시키기 용이하고, 단락이나 연의 구분을 통해 사건의 흐름 및 시공간의 변화를 드러낼 수 있다.

---

24 김춘수, 앞의 책, 273~275쪽.

다섯째, 문장의 다양한 구성과 배열을 통해 운율을 조성할 수도 있다.

여섯째, 행을 구분하지 않고도 이미지의 통합, 비약과 생략, 상징과 암
시 등을 통해 시적 효과를 얻을 수 있다.

이처럼 산문시가 행을 나누지 않는 이유는 오히려 행을 나누지 않음
으로써 얻을 수 있는 효과가 있고, 행을 나누지 않아도 유지할 수 있는
시적 효과가 있기 때문이다.

이렇게 볼 때, 작자가 의도적으로 행 구분을 시도한 작품은 내용과
문체 여하에 상관없이 행을 나눈 자유시이므로 산문시로 볼 수는 없
다.[25] 그러나 행의 구분은 없는데, 단락이나 연의 구분이 되어 있는 산
문시는 그 단락과 연의 구분을 산문과 같은 패러그래프의 구실로 보고
산문시의 범주에 포함시킨다. 이때 연 구분은 단락의 구분보다 시각적
으로 더 많은 여백을 갖게 되므로 정서나 의미의 변화가 단락보다 명확
하고, 각 연은 독립적인 성격을 갖게 된다.

하종기는 정진규의 산문시 형태를 구분하면서 이 단락과 연의 구분
에 따라 산문시의 형태적 유형을 '한 단락 단연 산문시/다 단락 단연
산문시/한 단락 독립 결합 다연 산문시/다 단락 연속 결합 다연 산문
시'로 나눈 바 있는데,[26] 그가 제시한 유형은 단락과 연의 개념이 겹치

25　강홍기, 『현대시 운율 구조론』, 태학사, 1999, 207쪽. 저자는 강홍기의 견해를 따라 행
　　의 길이가 길어 겉으로 보기에 산문에 가까운 형태를 지닌 시일지라도 작자의 분행의
　　식(分行意識)이 작용한 작품일 경우는 산문시에서 제외하고자 한다. 그는 한용운의 시
　　들이 행의 길이가 긴 산문체이기는 하지만 작자의 분행 의식이 강하게 작용하고 있음
　　을 들어, 그러한 시를 장행자유시(長行自由詩)로 명명하고 산문시와 구분하였다.

26　하종기, 「정진규 시 연구─산문시 창작 방법을 중심으로」, 중앙대 박사논문, 2013, 92∼
　　94쪽.

고, 작품 전체의 단락 수와 연의 수가 중요시되지 않고 있어, 여러 기준이 혼동될 수 있다.

이에 이 글에서는 문장 연결의 결속성[27]에 따라 '단락이나 연 구분이 없는 산문시'와 '단락이나 연 구분이 있는 산문시'로만 유형을 나누고자 한다.

(1) 단락이나 연 구분이 없는 산문시

'단락이나 연 구분이 없는 산문시'는 한 문장이나 여러 문장이 단락이나 연의 구분 없이 줄글 형태로 끝까지 이어져 있는 산문시 형태를 말한다. 행이 구분되지 않는다는 것을 나타내기 위해 일반 산문과 같이 시의 시작 부분은 들여쓰기를 해주고, 다음 줄부터는 내어쓰기 하는 것을 원칙으로 삼지만, 작가가 의도적으로 들여쓰기를 하지 않는 경우도 있다.

이 유형은 여러 단락이나 연의 구분으로 인한 열린 공간이 없기 때문에 시적 정서 및 의미의 분산을 막아 명료하게 그것을 전달할 수 있다는 장점이 있다. 주로 하나의 정서나 내용을 담고자 할 때 이 유형을 취하지만, 동시적으로 일어나는 역설적인 상황이나 단절되고 소외된 상황 또는 폐쇄적인 분위기, 방어적인 태도, 속도감과 긴장감 등을 조성하고자 할 때에도 유용한 형태이다.

이 유형에서는 작가의 의도에 따라 문법적 일탈을 통해 사각의 형태

27　결속성이란, 주요한 주제를 중심으로 하는 지식 공간들(knowledge spaces)이 구성하는 하나의 망(network)으로서, 개념들과 그들 관계가 그 안으로 결합해 들어감으로써 이루는 결과라고 상정할 수 있다. Robert A. de Beaugrande · Wolfgang U. Dressler, 김태옥 · 이현호 역, 『담화 · 텍스트 언어학 입문』, 양영각, 1990, 91쪽.

를 공간화하여 표상할 수 있는 특징이 있다. 예컨대, 들여쓰기와 띄어쓰기, 문장 부호의 생략 등으로 시 전체를 이어쓰기 하는 경우, 빈틈없는 사각의 형태로 시적 대상을 표상하거나, 화자의 답답한 심리나 폐쇄된 심리상황, 불안, 소외, 단절 등을 표상적으로 드러낼 수 있다. 반면 이 유형에서 어절과 어절 사이, 구와 구 사이, 또는 문장과 문장 사이, 줄과 줄 사이의 간격을 넓게 띄움으로써 여백의 공간을 마련하는 경우, 그 여백의 공간을 통해 운율감을 조성하고, 시상 및 사건의 인과적인 비약과 생략, 암시 등을 강조할 수 있다.

(2) 단락이나 연 구분이 있는 산문시

'단락이나 연 구분이 있는 산문시'는 한 문장 또는 여러 문장을 단락이나 연으로 구분하고 있는 산문시를 말한다. 각 단락은 들여쓰기로 구분되고, 연과 연 사이는 자유시와 같이 줄을 띄우고 여백의 공간을 두어 구분한다.

이 유형은 하나의 주제를 바탕으로 미묘한 정서나 사건의 변화, 시공간의 흐름을 담기에 좋은 산문시 형태다. 들여쓰기나 줄을 띄운 여백의 공간으로 단락이나 연을 두어 한 편의 산문시를 이루고 있기 때문에 단락은 시각적 또는 의미적 단락으로서 시의 주제를 구성하는 기본 단위가 되고, 연은 정서나 정황, 또는 사건의 정지를 통해 각 연에 독립성을 부여한다.

산문시는 단락이나 연의 구분을 통해 정서 및 사건의 순차적 또는 인과적 변화를 보여주거나, 시간과 공간의 변화를 나타낼 수 있고, 이야기를 담고 있는 산문시일 경우 '발단 - 전개 - 위기 - 절정 - 결말'의 서사적 플롯 단계로 전개하여 긴장감과 흥미를 유발시킬 수도 있으며, 교차적 시상 전개로 비교나 대조의 효과를 나타낼 수도 있고, 시간적 순서나 공간의 이동을 순차적으로 전개시켜 발화 내용의 진행 과정을 리얼하게 나타낼 수도 있다.

산문시의 각 연에 일련번호가 붙어 있는 경우, 각 연의 독립성은 명확히 부여되면서도 그 연들이 연속적으로 결합됨으로써 작품 전체의 주제의식은 하나로 통합된다.

2) 표현론적 특성에 따른 유형[28]

슈타이거는 세계에 대한 작가의 태도가 예술적으로 성공한 작품들마다 하나의 명백한 표적을 남긴다고 전제하고, 그런 태도의 문학적 표명, 이를테면 한 작품, 한 작가, 한 시대의 양식을 인식하고 기술함으로써 "우리를 사로잡고 있는 것이 무엇인지를 알아야 한다"고 피력한 바 있다. 그는 그러한 표적을 서정, 서사, 극이라는 명사화된 장르genres로 논할 것이 아니라 서정적, 서사적, 극적이라는 형용사적인 양식styles으로 구분하여 그 기술적 용어들의 의미를 탐구하고 각 작품의 기조基調, Tonart들의 본질에 집중해야 한다고 제의한다.[29] 명사에서 형용사로의 용어 변이는 특수한 것보다 일반적인 것, 구체적 작품보다 마음의 태도를 선호하는 경향이 내재해 있다. 그것은 오늘날 문학의 변화가 가속화되어 과거의 장르 개념으로는 질서화할 수 없다는 데 근본적으

---

28 이와 관련해서는 제4장에서 오장환의 산문시를 통해 '서정적 산문시'와 '서사적 산문시' 두 유형의 각 특성이 실재 산문시 작품에서 어떻게 나타나는지 구체적으로 살펴보도록 하겠다.
29 Emil Staiger, 이유영·오현일 역, 『시학의 근본 개념』, 삼중당, 1978, 18~82쪽.

로 기인한다. 여기서 장르의 비순수성의 문제가 발생한다. 즉 모든 문학 작품은 실재로든 잠재적으로든 여러 장르를 포함하고 있으며 모든 장르는 다른 장르의 '예견' 또는 '조건'이라는 '다극적 장르'의 개념으로써 순수성의 전통 개념을 거부한다. 한 작품에 있어서 여러 장르적 요소들의 공존성이 문학의 불가피한 현상으로 간주되고 있는 것이다. 그래서 어떤 작품에 한 장르의 명칭을 부여할 때 그것은 그 작품에서 가장 '우세한' 장르적 성격을 가리킨 것이 된다.[30]

산문시 또한 산문과 시의 결합인 만큼 화자의 표현론적 태도가 무엇을 지향하느냐에 따라 다른 특성을 보이고 있다. 여기서 표현론적 태도란 화자가 세계 및 존재 또는 대상을 인식하고 그것을 드러내는 태도를 말하는 것이다.[31]

다시 말해, 산문시에는 화자의 세계 및 존재 또는 대상에 대한 인식 태도가 서정적인 산문시가 있고, 서사적인 산문시가 있다.

일반적으로 서정적 양식은 주체와 객체 사이에 아무런 단절이 없다. 세계 및 대상을 순간적으로 파악하고, 그것이 시인의 내면으로 향하여

---

30 슈타이거의 이론을 설명한 부분은 김준오, 『한국 현대 장르 비평론』(문학과지성사, 1990, 13~14쪽)을 참조하여 요약한 것이다.

31 김윤식은 장르의 외적 형식보다 인식이라는 내적 형식을 문제로 삼고 치모프예브의 인간 성격의 묘출 방식에 따른 장르류의 이론을 차용하여 인식 형태에 따라 서정과 서사를 구분하였다. 그에 의하면 "인간이 그 발전에 있어 줄거리의 도움을 입어 '완결된 성격'으로 묘출하려 할 경우엔 우리 앞에 서사문학"이 놓이며 만일 "자기 개개의 상태의 체험으로 줄거리 없이 순간적 파악으로 임할 때 서정시"가 놓인다고 하였다. 즉 서정이 생의 순간적 지각을 표현한 것인 데 반하여 서사는 인간이 자신을 완결된 형태로 드러내는 것이라는 것이다. 그는 서정 양식을 '순간의 충동', 곧 시인 자신의 주관적 감동을 그 상태성에 의해 표출하는 것이고, 서사와 극은 인물의 행위의 객관적 전개를 그 대상성에 의해 표현한 것인데, 서사가 대상의 전체성을 반영한 데 반하여 극은 운동의 전체성을 반영한다는 헤겔의 정의를 인용하기도 했다. 김윤식, 『한국 근대문학 양식 논고』, 아세아문화사, 1980, 37 · 59쪽.

동화되며, 그 순간적 내면 상태를 표현하는 것이 서정적 양식의 특징이다. 따라서 그것은 연속적이고 역사적인 또는 서사적인 시간에 관심이 적고, 순간의 파악을 본질로 하기 때문에 현재시제를 기본으로 한다. 이에 반하여 서사적 양식은 처음과 끝이 있는 완결성을 가지며, '완성된 경험'의 양상으로 표출된다. 그래서 서사적 양식은 가상적이건 사실적이건 과거 경험의 종합 형태를 취하게 된다. 즉 줄거리라는 완결된 형태를 통하여 인식 및 태도를 표출하는 것이 서사적 양식인 것이다.[32]

이에 화자의 표현론적 태도가 화자 자신을 지향하여 화자의 순간적 내면 상태의 표현으로서 자아와 세계의 동일성이 상대적으로 우세한 산문시를 '서정적 산문시'로, 시적 대상 및 지시적·외연적 맥락과 코드 등을 지향하여 사건적인 어떤 화소話素를 담고 있거나 줄거리를 갖는 완결된 형태로 자아와 세계의 대립 및 갈등이 서술되는 요소가 상대적으로 우세한 산문시를 '서사적 산문시'로 구분하여, 각 유형의 특성을 밝혀 보고자 한다.

무엇보다 서정적 산문시에서는 산문의 형태로 어떻게 서정성을 드러내는지를 살피고, 행을 구분하는 '서정적 자유시'와 행을 구분하지 않는 '서정적 산문시'가 어떤 차이가 있는지를 볼 것이며, 서사적 산문시에서는 서사성을 도입한 인접 장르인 서사시, 이야기시, 서술시, 담시 등과 비교했을 때, 산문시의 서사성이 어떻게 표현되며, 서사성의 도입으로 산문시가 어떤 효과를 얻고 있는지를 밝혀 보려 한다.

---

32 김준오, 앞의 책, 48~54쪽 참조

(1) 서정적 산문시

시는 세계 및 존재에 대한 하나의 발견이자 해석이다. 세계 및 존재객체는 시인의 발견 이전에는 이질적으로 거리를 둔 채 별개로 있었지만 시인의 상상과 상념 속에서 극적으로 결합하면서 동일화된다. 이질적으로 보이는 양자의 극적 동화, 이것을 슈타이거는 서정적 양식의 본질로 보았다. 그것은 곧, 사물과 영감받은 시인의 내면 세계 사이의 조화로 주체와 객체의 동일성을 의미한다. 그에 의하면 "시인의 영혼은 유동적 요소인 정조를 타고 흐르며, 내면으로 향하는 회상또는 회감回感, erinnerung의 작용에 의하여 과거, 현재, 미래를 그 시혼의 고유한 본성으로 동화시키고, 음향 리듬, 단어의 반복, 의미 등이 혼연일체를 이루어 독특한 정조를 구현"한다. 또한 "서정적 양식에서의 언어는 본질적으로 음악적이며, 두운, 각운, 요운 등으로 소리의 울림을 조성하여 서정적 정조를 환기"해낸다. 그는 이러한 "소리의 울림과 함께 반복구를 자주 사용함으로써 지속적인 정조의 흐름을 조성하고 정서적 통일성을 이룩하는 것이 서정적 양식의 특징"이라고 하였다.[33]

조동일의 '세계의 자아화'와 카이저의 '대상의 내면화' 역시 이러한 서정적 양식의 표현론적 태도를 말한 것이다.[34]

이처럼 서정적 양식은 어떠한 순간의 주관적 체험을 고조된 감정 상

---

[33] Emil Staiger, 이유영 · 오현일 역, 앞의 책, 18쪽.

[34] 조동일은 자아와 세계의 관계 양상에 따라 서정, 교술, 희곡, 서사 장르를 구분하였는데, 서정 장르의 특징은 '작품외적 세계의 개입이 없는, 세계의 자아화'로 규정하였다. 조동일, 『문학 연구 방법』, 지식산업사, 1980, 172쪽.
카이저 역시 자아와 세계가 자기 표현적 정조의 자극 속에서 융합 하고 상호 침투하는 것을 '대상의 내면화'라고 규정하고, 그것을 서정시의 본질로 보았다. Wolfgang Kayser, 김윤보 역, 『언어예술 작품론』, 대방출판사, 1982, 520∼521쪽.

태에서 직접적으로 재현하는 것이기에 내적 경험의 순간적 통일성에 의존하고, 주관적인 정서와 객관적인 사물이 교감하고, 자연과 인간, 세계와 자아, 객체와 주체 등의 대응 관계에서 철저히 결합하거나 충돌하여 빚어지기 때문에 시적긴장을 동반한다.

듀이는 자아와 세계의 만남이 동일성으로 이루어질 때 이를 미적 체험이라고 하였다.[35] 유기체와 환경의 각각의 특성이 소멸된 완전한 결합, 즉 자아와 세계가 각각의 특수한 성격을 상실하고 하나의 새로운 동일성의 차원에서 융합된 주객일체의 경지가 바로 미적 체험이며 서정적 세계의 융합인 것이다.

이렇게 자아와 세계, 주체와 객체의 동일성으로 미적 체험 및 서정성이 이루어진다고 할 때, 그것은 은유와 환유의 방식을 통해서 가능하다. 유사성과 인접성, 계열 관계와 연합 관계가 모두 같은 맥락이다.[36] 표현하고자 하는 사상을 다른 대상과 빗대는 순간, 양자는 긴밀

---

35 John Dewey, *Art as Experience*, New York : G. P. Putnam's Sons, 1958, p.249.
36 넓은 의미로 보면 환유, 제유, 의인법 등은 모두 은유의 개념에 포함되고, 모든 비유어의 본질은 언어의 관계성 위에 존재한다. 관계성이란 비유하는 것(매재)과 비유되어지는 것(본의) 사이의 의미 즉 한 단어가 본래부터 지녀왔던 고유한 의미와 그것이 비유하는 것으로 대체될 때 새롭게 투사되는 관계성으로서의 의미이다. 퐁테너(Fontaner)는 관계성이 지닌 세 가지 종류의 기능에 따라 환유와 제유, 은유를 구분하였는데, 환유에 있어서 매재와 본의의 관계는 '상관 혹은 조응의 관계'로 나타나며, 제유에 있어서 그것은 '접속의 관계', 은유에 있어서는 '유사성의 관계'로 나타난다고 하였다. 그에 의하면 환유와 제유는 전자가 배제의 원리(exclusiveness, 즉 매재와 본의는 각각 독립된 전체성을 지니므로 서로 독자성을 지니고 있다)에 입각해 있는 반면, 후자는 내포의 원리(inclusiveness, 매재와 본의는 한편이 다른 한편에 종속된다)에 입각해 있다는 점에서 구별된다. 한편 은유는 '유사성의 관계'에 기초하는 바, 여기서 유사성이란 두 사물(매재와 본의)이 지닌 동일성 혹은 동질성을 뜻한다. 한편 야콥슨은 은유와 환유가 각각 선택(계열체)과 조합(통합체 혹은 배열체)에 의해서 이루어진다고 하면서, 은유는 계열체의 원리에 따르는 유사성 또는 동일성에 의해 성립되고, 환유나 제유는 모두 통합체의 원리에 따르는 인접성에 토대를 두되, 환유는 치환(displacement)의 기능을 갖는 반면 제유는 응축(condensation)의 기능을 갖는다고 하

히 접촉하고 반응하여 유사성으로 연결되는 것이다. 거리가 있던 서로 다른 두 대상이 만나는 찰나적 교감에서 새로운 인식과 충격이 발생하고, 그로 인해 원래의 뜻은 시적 언어로 변용되어 새로운 의미를 획득하게 된다. 또한 '세부의 보다 첨예한 선택성, 압축의 원리에 의한 암시성의 강조, 세부 배열의 중요성' 등으로 요약되는 고도의 조직성으로 서정시는 축약된 발화 방식을 취한다.[37] 이처럼 암시성과 집약성이 서정 양식의 특징이며, 서정 양식에서 언어는 전달의 폭보다는 비유적인 깊이를 지향한다.[38]

이러한 이론을 바탕으로 하면, '서정적 산문시'란 서정적 자아가 세계 및 존재에 대해 느끼거나 겪은 어떠한 순간의 감정이나 정서 또는 파편적 체험 등을 자아와 세계의 동일성으로 표현함으로써 서정성을 상대적으로 우세하게 구현하고 있는 산문시를 말한다.

그러나 그것이 산문의 형태로 나타나기 때문에 행을 구분하는 '서정적 자유시'와는 다른 양상을 보인다. '서정적 자유시'에서는 무엇보다 설명과 서술을 거부하고 기존의 언어들을 운용하여 조직함으로써 생략, 비약, 함축, 비유 등으로 세계 및 존재와의 동일성을 현재시제로 보여주는데, 그러한 언어들의 운용 및 조직들이 행의 구분으로 더 용이

였다. 오세영, 『문학과 그 이해』(국학자료원, 2003), '7장 은유, 제유, 환유'(513~525쪽) 부분을 참조 요약함. 야콥슨의 은유(선택, 유사성)와 환유(배열, 인접성)에 대한 설명은 Roman Jakobson, 신문수 역, 「언어의 두 양상과 실어증의 두 유형」(『문학 속의 언어학』, 문학과지성사, 1989, 92~116쪽) 참조 한편, 권혁웅은 그의 『시론』(문학동네, 2010, 334쪽)에서 '환유는 은유나 제유와 달리, 둘 사이에 공통의 의미 영역이 없고, 실용적인 동기 혹은 사회적인 문맥에 의해, 인접성으로 묶여지는 비유'라고 설명한 바 있다.

37 김준오, 『시론』(제4판), 삼지원, 1999, 47쪽.
38 김준오, 『현대시와 장르 비평』, 문학과지성사, 2009, 57쪽.

해지고 강화될 수 있기 때문에 자유시에서 행의 구분 및 언어의 위치 배정은 매우 중요한 것이 된다.

그러나 산문시는 행갈이 시의 이러한 권위와 이점을 포기하고, 줄글의 형태로 주관적 감정을 시적으로 표현해야 한다. 그것은 행을 나누지 않기 때문에 오직 줄글 형태의 다양한 구성과 배열을 통해서만 가능하다. '서정적 자유시'가 행의 구분을 통해 기존의 언어들을 운용하고 조직하여 위치를 배정한다면, '서정적 산문시'는 오직 줄글로 서술적인 전략을 취할 수밖에 없는 것이다. 따라서 구구한 설명조의 객관적 서술이 아니라 조사나 문장 성분의 생략, 문장 어순의 변화, 논리적 구성의 단절, 다양한 구어체 및 서술어 활용 등의 서술적 전략으로 서정성을 드러내야 한다.

예컨대, 띄어쓰기와 문장 부호 없는 줄글의 형태로 오히려 답답하고 폐쇄적인 심리 상태를 표상하거나 논리적 흐름의 단절이나 환상을 동반하는 의식의 흐름 기법 등으로 서정성을 드러내는 것이다. 한편, 띄어쓰기 공간과 줄 간격을 넓힘으로써 그 여백의 공간에 생략과 비약, 암시성을 내포하는 서술적 전략을 취하거나 비교 및 대조적 구성의 연 배열을 통해 서정성을 강화할 수 있다. 단순히 느낌표나 돈호법 등을 구사하여 서정적 자아의 감정을 직접적으로 토로하거나 비유적인 표현으로 서정성을 강화할 수도 있다.

(2) 서사적 산문시

자아와 세계의 정서적 융합이 서정적 양식의 본질이라면, 서사적 양식에서는 자아가 세계와 일정한 거리를 두고 세계를 표상하는 태도를 드러낸다. 즉 화자의 표현론적 태도가 화자 자신이 아닌 대상 및 세계, 맥락 및 코드를 지향하고 있는 것이다. 언어적 측면에서 보면, 서사적 양식은 외부 세계를 객관적으로 표상하는 양식이므로 서사적 양식에서의 언어는 주로 행위와 사건을 객관적으로 표상하고 지시하며 설명하는 서술적인 언어가 사용된다. 이 서술적인 언어는 행위와 사건을 표상하고 설명하는 기능과 동시에 전달하고 보고하는 기능을 아울러 지닌다. 즉 지시와 전달이라는 언어의 외연적 성격이 강하고 객관성을 지향하는 것이다. 따라서 세계와 자아 사이에 거리를 두어 관찰, 분석, 비판하는 현실 참여적인 특성을 갖는다. 또한 서사적 양식에서는 이러한 서술적인 언어와 함께 인물이나 사물에 대한 묘사적 언어도 사용될 수 있는데, 이 경우에는 그 묘사적 표현이 주체의 내면 세계를 환기하는 정서적 기능으로 작용되지 않고 외부적 세계를 객관적으로 재현하는 표상적 기능으로 작용한다.[39]

로버트 숄즈와 로버트 켈로그는 서사 또는 서사체라는 단어가 의미하는 바는 두 가지 특징을 갖고 있는 모든 문학 작품을 말하는 것으로, 그 두 가지 특징은 바로 이야기story와 화자story-teller의 존재라고 설명한 바 있다. 글이 서사가 되기 위해서는 이야기와 화자가 필요하다는 것이다.[40]

서사narrative란 한마디로 '이야기하기', 즉 스토리의 서술 또는 사건의 서술을 가리킨다. 서사에서는 특정한 배경을 무대로 인물의 행동들이 의미 있게 연결되어 사건을 이루고, 또 그것이 '그래서~, 때문에~'

---

39 고형진, 『한국 현대시의 서사 지향성 연구』, 시와시학사, 1995, 26쪽.
40 Robert Scholes · Robert Kellogg, 임병권 역, 『서사의 본질』, 예림기획, 2001, 12~13쪽.

식으로 인과성 있게 연쇄되어 스토리줄거리를 이룬다. 서사의 특징은 사건 곧 '상황 또는 상태의 변화'를 여럿 품고 있는 스토리가 있다는 점이다. 이 스토리가 서사의 '무엇'에 해당되는 영역이다. 한편, 스토리의 내용을 수용자에게 전달 혹은 중개해 주는 서술이 필요한데, 이는 서사의 '어떻게'에 해당하는 영역이다. 따라서 이야기를 하는 행위는 '스토리 서술하기' 곧 '스토리텔링storytelling'이다. 스토리의 내용을 전달해주는 서술 방식은 전달 매체의 특성이나 장르의 미적 관습, 그리고 서사 작가의 기획에 따라 달라진다. 대표적인 서사 양식인 소설에는 수많은 인물과 사건을 엮어 내고 적절한 배경을 제시하면서 필요에 따라 독자에게 스토리 내용에 대한 설명이나 해석을 해주기도 하는 가상의 존재가 있다. 흔히 화자narrator 혹은 서술자라고 부르는 이 가상의 존재는 독자에게 스토리를 서술해주는 역할을 한다. 작가는 이 가상의 존재를 서술의 주체로 활용하면서 다양한 서술 기법과 표현 형식을 동원한다.[41]

헤르나디에 의하면 서사적 양식에서는 한 작품 속에 주석적 시점과 인물쌍방적 시점이 번갈아 사용된다. 즉 서술자가 주석적 시점에서 사건의 전개나 행위를 직접 서술하거나, 서술자의 주석적 개입 없이 등장인물의 인물 쌍방적 시점에서 행위나 사건을 묘사하는 것이다. 전자의 경우 서술자는 전개되는 사건에 대해 편집자적인 논평을 가하거나, 사건을 요약하거나, 인물의 내면 분석을 하게 되는데, 이를 '주석적 말하

---

41 김민수, 『이야기, 가장 인간적인 소통의 형식─소설의 이해』, 거름, 2002, 34~36쪽; 최시한, 『소설, 어떻게 읽을 것인가─이야기의 이론과 해석』, 문학과지성사, 2010, 12~15쪽 참조

기authorial telling'라고 하며, 후자의 경우에는 서술자가 개입하지 않고 등장인물의 독백이나 대화의 기법을 사용하는데 이를 '몰개성적 보이기impersonating showing'라고 한다.[42] 이 '주석적 말하기'와 '몰개성적 보이기'는 서사적 담화 양식의 주된 서술 기법으로 쓰이고 있는데, 리먼 케넌은 이를 성격 지표의 유형으로 나누어 직접 한정direct definition과 간접 제시indirect presentation로 정의한다.[43] 최시한은 이 용어를 '들려주기telling'와 '보여주기showing'로 고쳐 부르고, 서사적 양식의 서술은 이론적으로는 모두 서술자의 말이라고 하면서, 서술자의 개입 정도 혹은 그가 사물을 표현하고 전달하는 양태모습를 기준으로 서술을 나누어, 서술자가 설명하고 요약하여 직접적, 추상적, 주관적, 주체화자 중심적으로 서술하면 '들려주기', 매체가 말이므로 내내 들려주는 방식이기는 하나, 서술자가 눈에 선하게 장면으로 묘사하여 간접적, 구체적, 객관적, 대상 중심적으로 서술하면 '보여주기'라고 설명한 바 있다.[44] 이 두 유형은 '직접적 제시 방법'과 '간접적 제시 방법', '해설적 방법'과 '극적 방법' 같은 표현으로 달리 불리기도 한다.

서사적 양식에서는 행위와 사건의 전개가 처음과 중간과 끝이 있는 완결된 플롯을 지니면서도 '부분의 독자성'과 '삽화적 구성'을 지닐 수 있다.[45] 작가는 사건의 자초지종을 다 서술할 수 없으므로, 어떤 것을 선택하고 생략할 수밖에 없는 것이다. 이때, 사건을 배열하고 결합하

---

42 Paul Hernadi, 김준오 역, 『장르론−문학 분류의 새방법』, 세종출판사, 1989, 186〜203쪽; 고형진, 앞의 책, 27〜28쪽 참조
43 Rimmon-Kenan, 최상규 역, 『소설의 현대 시학』, 예림기획, 1999, 109〜126쪽 참조
44 최시한, 앞의 책, 37쪽.
45 Emil Staiger, 이유영 · 오현일 역, 앞의 책, 11〜205쪽; Paul Hernadi, 김준오 역, 앞의 책, 41〜44쪽.

는 서술 원리를 '플롯'이라고 한다. 그것의 주된 목표는 인과성과 감동의 창출, 곧 그럴듯하고 흥미로우며 진실되다는 독자의 반응 창출이다. 플롯은 '전개하고 해결하는 원리'와 '감추고 드러내는 원리'의 총체인 셈이다. 따라서 플롯은 사건을 중심으로 한, 요소들을 선택·배열하고 결합하여 정보를 조절함으로써 미적 효과를 낳는 원리이자 기법이라고 정의할 수 있다. 대표적 서사 양식인 소설에 있어 플롯은 초점화, 인물 형상화 등과 함께 소설의 서술 층위를 분석하는 핵심 개념이다. 즉 플롯은 무엇이 '어떻게 이야기되느냐'를 사건의 배열과 제시 중심으로 살피기 위한 용어인 것이다.[46]

이러한 서사적 양식의 특성 및 기법을 수용한 시들은 그 서사성의 정도와 서술 기법에 따라 이미 시의 하위 장르로서 이야기시, 서술시, 서사시, 담시, 단편 서사시 등의 명칭으로 명명되고 있다. 그중 가장 포괄적인 개념을 담고 있는 시는 '이야기시'인데, 이야기시는 구조언어 학자나 기호론자들이 지적하고 있는 바 담론 구조에 상응하는 장르이다. 이야기시는 '화자-메시지-청자'라는 담론 구조의 틀을 구축하고 있어 시를 근본적으로 담론 형식으로 인식하는 언어학적 견해들을 뒷받침하고 있다. 또한 이야기시는 사건의 열거와 사건들 사이의 관계 설정, 그리고 이들의 제시 방법을 중시하는 서사체 양식을 취하는 장르이다. 따라서 이야기시는 전달 내용으로서의 이야기와 아울러 전달 방법이나 태도로서의 이야기 방식도 함께 고려되는 장르 개념이다.[47]

---

46 최시한, 앞의 책, 113~117쪽.
47 김영철, 「산문시와 이야기시의 장르적 성격 연구」, 『인문과학논총』 26, 건국대 인문과학연구소, 1994, 44~51쪽.

서술시 역시 이야기를 가진 시로 삶의 과정과 삶의 조건을 다루는 서술의 요소가 상대적으로 우세한 시를 말한다.[48] 클리언스 브룩스와 로버트 펜 워렌은 이야기 요소를 가진 시를 서술시로 정의하고, 서술시는 이야기를 전달하는 과정에서 시적 효과를 얻는다고 부연설명한다. 이야기를 구체적이고 세세하게 묘사하는 서사문학과 달리 함축적이고 암시적으로 이야기를 전달하는 시는 독자로 하여금 상상력을 통해 적극적으로 작품에 참여하도록 유도한다. 서정 양식의 연속된 사건 이미지에 의해 제공되는 암시는 서사 양식의 묘사적 이미지들에 의한 재현보다 훨씬 복잡한 관계를 함축하기 때문이다. 브룩스와 워렌은 그 점에서 서술시가 경험으로부터 생성되어, 경험을 위해 창조되어야 하는 문학의 본질적 임무에 충실하다고 보았다.[49]

서술시 또는 이야기시의 하위 종으로는 서사시와 담시가 있는데, 서사시[50]는 길이가 긴 내용의 이야기를 가진 시로서 서사적 탐색, 신화나 역사적인 내용, 삽화적 구성 등 여러 가지 요건을 갖춘 시이며, 담시는 비교적 짧은 내용의 이야기로서 서정성을 갖고 있다.

단편 서사시는 임화와 김팔봉 등이 주도했던 프로문학 진영에서 시도한 실험적 장르로 사건적 소재의 취재에서 소설 양식을, 그리고 그것의 압축적 인상적 표현에서 시 양식을 끌어들인 일종의 혼합 장르이

---

48 현대시학회 편, 『한국 서술시의 시학』, 태학사, 1998, 20쪽.
49 C. Brooks · R. P. Warren, *Understanding Poetry*, Holt, Rinehart and Winston, 1960, pp.23~76.
50 서사시(敍事詩, epic)란 장중한 문체로 심각한 주제를 다루는 장편의 이야기시로서 국가, 민족, 또는 일류의 운명과 직결되어 있는 한 위대한 영웅의 행위가 그 중심적 이야기 거리가 된다(이상섭, 『문학 비평용어 사전』, 민음사, 1976, 135~138쪽 참조). 한국 서사시에 대한 특징은 민병욱의 『한국 서사시와 서사시인 연구』(태학사, 1998)를 참조 바람.

다. 소설 양식을 끌어들임으로써 대중성을 제고하고 리얼리티를 확보하고자 한 것이 그들의 의도였다. 그러나 그 구성이 소설에서처럼 플롯에 의존하지 않고 고무와 찬양, 권고, 애원 등의 주관주의적 표현 방식을 취함으로써 서정성을 강하게 드러내고 있다. 단편 서사시는 시에서의 리얼리즘 확보와 소설에의 양식적 확산이라는 문학적 성과를 거둔 것으로 평가된다.[51]

이처럼 서사성을 지니고 있는 시들의 외형적 특성은 산문의 형태를 취하고 있으면서도 시행 구분이 자유롭다는 것이다. 즉 산문체 또는 서술체로 이야기를 담고 있는 서사 지향적인 시들은 시의 행을 나눌 수도 있고 나누지 않을 수도 있다. 그중에 시의 행을 나누지 않은 서사 지향적인 시가 바로 '서사적 산문시'이다. 다시 말해, 시의 하위 장르 중 행 구분을 하지 않은 여타 장르들은 모두 산문시 안에 포함시킬 수 있는데, 그중 '서사적 산문시'란 행 구분 없는 산문의 형식에 사건적인 어떤 화소話素를 담고 있거나 줄거리를 갖는 완결된 형태로 서사적 자아[52]와 세계의 대립 및 갈등을 서술하는 요소가 상대적으로 우세한 산문시를 말한다.

---

51 김영철, 「산문시와 이야기시의 장르적 성격 연구」, 『인문과학논총』 26, 건국대 인문과학연구소, 1994, 48~51쪽.

52 함부르거(Käte Hamburger)는 『문학의 논리』(장영태 역, 홍익대 출판부, 2001)에서, 문학 작품의 발언 주체를 세 유형으로 분류하여 서정시의 발언 주체를 '서정적 자아', 서사시나 희곡과 같은 허구적 작품의 발언 주체를 '서사적 자아', 그리고 편지나 역사의 발언 주체를 '역사적 자아'라고 말한 바 있다. 한편, 김현은 이성복의 시집 『남해금산』(문학과지성사, 1986)의 해설 「치욕의 시적 변용」에서 "그의 시집은 여러 면에서 서사적 특질을 드러내고 있"(97쪽)으며, "시의 화자는 서정적 자아보다는 서사적자아에 가깝다"(98쪽)고 지적한 바 있다. 그에 의하면 이성복 시의 '서사적 자아'는 묘사의 기능에 충실하고, 감정이나 감각보다는 지혜에 가까운 이미지들을 진술한다고 하였다. 이에 저자는 '서사적 산문시'에서의 시의 진술자 또는 시의 화자를 '서사적자아'로 부르기로 한다.

행 구분이 되어 있는 '서사 지향적인 시'들은 배경의 서정성을 강조하거나 시간이나 인물의 변화, 서사적 플롯의 경계 등을 행과 연의 구분을 통해 드러냄으로써 리듬을 조성하고 서사적 내용을 좀 더 시적인 이미지로 환기시키지만, 행 구분을 하지 않는 '서사적 산문시'는 그것을 단락이나 연으로 구분할 수밖에 없기 때문에 시적인 리듬 및 분위기를 환기시키는 기능이 덜하다. 다시 말해, '서사적 산문시'는 행 구분을 통한 의미의 정지 및 호흡의 정지 부분이 없기 때문에 서사적 내용에 대한 독자의 정서가 환기될 틈이 그만큼 덜한 것이다. 그러나 '서사적 산문시'는 서사적 배경이나 시간, 인물 등에 대한 구체적인 묘사나 서술을 생략하고 압축하여 특징적인 일면을 강조하거나 비약하고, 비유적·암시적으로 서술하는 등의 다른 방법을 통해 독자의 정서를 자극한다. 그것이 '일반 서사'와 '서사적 산문시'의 다른 점이기도 하다. 또한 '서사적 산문시'는 비교적 길이가 짧고 상징적인 사건을 제시하여 시적 감동을 이끌어낸다는 점에서 '일반 서사'와 다르다. 그렇지만 '서사적 산문시'는 '일반 서사'와 같이 줄글 형태를 취함으로써 행을 구분하는 '서사 지향적인 시'들보다 오히려 서사성을 더 쉽게 드러낼 수 있는 장점이 있다.

　그렇다면 왜 시의 많은 하위 장르들이, 시적 자아의 개인적 감정을 서정적으로 표현하던 전통적 서정시에서 벗어나 '이야기하기'라는 서사적 양식의 특성, 즉 서사성을 차용하고 있는 것일까?

　그것은 이야기가 가장 인간적인 소통의 형식이기 때문이다. 이야기란 한 개인의 세계 체험, 즉 삶의 과정에서 획득된 인간적 경험을 기억하여 타자와 주고받는 데에서 이루어진다. 이야기를 통한 의사소통에서는 실용성이나 활용 가능성보다는 인간적인 이해가 중심이 되기 때문에 이야기하는 것이나 듣는 것이나 다 같이 타자와 삶에 대한 관심의 표현이라고 할 수 있다.[53] 즉 인간은 이야기로써 삶을 이해하고 표현하며 영위하는 존재인 것이다.[54] 시인 또한 개인의 순간적인 감정의 서정적 토로에서 벗어나 자신의 경험 및 세계에 대한 인식이나 자신이 발견한 시적 울림이 있는 사건을 '이야기하기'를 통해 전달함으로써, 인간과 삶, 세계에 대한 이해를 좀 더 넓고 깊이, 그러면서도 쉬운 방법으로 독자와 보다 가까이 소통하고 싶은 욕망이 있었기 때문에 시에 서사성을 도입한 것이라 할 수 있다.

이를테면 '서사적 산문시'는 서사적 자아가 경험하거나 상상한 환상적인 이야기를 전달하고자 하거나, 서사적 자아가 미학적 거리를 두고 세계의 어떠한 모습들을 이야기하고자 할 때, 또는 실재 일어난 사건에 서사적 자아의 상상을 가미하여 그 사건을 상징적이고 암시적으로 이야기하고자 할 때 유용한 산문시 유형이다.

3) 운율적 특성에 따른 유형[55]

산문시를 일반 산문과 비교할 때, 산문시가 시일 수 있는 이유 또는 산문이 시가 아닌 이유를 밝히는 데 가장 유용한 방법은 리듬 의식을

---

53 김민수, 앞의 책, 20쪽.
54 최시한, 앞의 책, 12쪽.
55 이와 관련해서는 제5장에서 정지용의 산문시를 통해, '율문형 산문시'와 '비율문형 산문시'가 실재 작품에서 어떻게 나타나는지 구체적으로 고찰해보겠다. 정지용의 산문시는 산문시 형식에 새로운 율문형을 시도하기도 하고, 산문에서 산문시로의 장르적 변이를 통해 비율문형의 산문시를 동시에 보여주고 있어 산문시의 운율적 특성이 두드러지게 나타난다.

따져보는 일이다. 산문을 쓰는 사람들과는 달리 시인들은 리듬에 대한 각별한 의식을 가지고 시를 창작한다. 시인은 시에서 음악적 효과를 창조하기 위하여 소리를 모형화하는데, 이 소리의 모형화가 리듬이다.[56]

'리듬rhythm'은 율동律動으로 번역되는데, 시에서는 일반적으로 '운율韻律, prosody'이나 '율격律格, meter'과 혼용되어 사용되고 있다. 엄밀하게 구분하자면, '운율'은 위치의 반복을 나타내는 '운韻'과 소리의 반복을 나타내는 '율律'의 복합 개념으로 쓰이고, '율격'은 율문律文, verse을 이루고 있는 소리의 반복적이고 규칙적인 양식을 말한다.[57] 그러나 이 글에서는 이들의 용어를 명확히 구분하기 보다는 운율의 개념을 리듬과 혼용하여 사용하고자 한다. 다만, 근대 자유시와 산문시에서 음악성은 변형과 다양성을 포괄하기 때문에 동일한 것의 규칙적 반복만을 뜻하는 율격 개념은 지양하고, 시적 리듬의 가능성을 확보하기 위해 보다 넓은 개념으로서의 리듬을 지향하고자 한다.[58]

파운드의 지적처럼 리듬은 표현해야 할 정서나 정서의 미묘한 음영에 정확히 상응하는 것이며, 시를 하나의 시간 속의 구도로, 즉 시의 의미, 억양, 행 조직이 서로 관련되어 끊임없이 다양하게 변화하는 전개 과정으로 만든다.[59] 브룩스와 위렌은 리듬을 '지각할 수 있는 양

56　김준오, 『시론』(제4판), 삼지원, 1999, 134쪽.
57　김대행, 「운율론의 문제와 시각」, 김대행 편, 『운율』, 문학과지성사, 1984, 12~13쪽.
58　장철환은 율격의 개념과 리듬의 개념을 변별해야 한다는 벤야민 흐루쇼브스키의 견해에 따라 자유시에서의 음악성은 율격론에서 새로운 리듬론으로의 이행이 필요하다고 역설하면서, 1920년대 자유시가 갖는 의의는 율격이라는 외적 규제 장치를 제거함으로써 시적 리듬이 발현될 수 있는 공간을 확장했다는 점에 있다고 하였다. 장철환, 「1920년대 시적 리듬 개념의 형성 과정」, 『한국시학연구』 24, 한국시학회, 2009, 285쪽.
59　T. S Eliot, *Literary Essays of Ezra Pound*, London and New York, 1954, p.9.

식으로 되어 있는 시간 속의 반복'이라고 하였다. 그 양식은 빛이 번쩍하는 것이나 바닷가의 밀물과 썰물처럼 시각적인 것일 수도 있고 또는 시간 속에서가 아니라 공간 속에서의 반복 양식일 수도 있다. 시에 있어서는 청각적 운율, 즉 소리에 대해 관심을 갖는다.[60] 스타포는 리듬을 알맞게 발견할 수 있는 어떤 패턴의 크든 작든 규칙적인 순환 regular recurrence을 운율이라고 정의하였고, 리처즈는 리듬과 그것의 특수화한 형태, 곧 운律은 반복과 예상에 의한다고 하였으며, 예상된 반복 또는 예상이 실패하는 데에서 운율적 음의 효과가 일어난다고 하였다.[61] 다시 말해, 시에서의 리듬은 기표의 '반복성'이며 동시에 이 반복성은 소리의 반복을 비롯하여 음절 수, 음절의 지속, 성조, 강세 등 여러 상이한 토대에서 이루어진다. 리듬은 시간적 동일성의 규칙적 반복이기 때문에 경험을 질서화하고 이 질서화 속에 자아 발견을 가능케 하며, 시에 통일성과 연속성과 동일성의 감각을 주기 때문에 시인들은 리듬 의식을 필연적으로 갖는 것이다.[62]

이처럼 시에서의 리듬은 "율격음수율이든 음보율이든, 언어학적 관계통사조직, 음성의 관계반복. 유포니, 의미의 관계반복과 응축. 강화 등의 상호작용으로 이루어지는 시의 전반적인 동력"이다.[63]

산문에도 리듬은 있다. 그러나 규칙적인 리듬, 즉 율격으로 되어 있지 않고 불규칙한 리듬으로 연속되어 있을 뿐이다. 즉 산문 리듬은 율

---

60 C. Brooks, R. P. Warren, 정현종 역, 「말하는 한 방법으로서의 시」, 정현종 외편, 『시의 이해』, 민음사, 1983, 171~172쪽.
61 I. A, Richards, *The Principle of Literary Criticism*, London : Routledge&Kegan Paul, 1960.
62 김준오, 앞의 책, 135~156쪽.
63 박인기, 「한국 현대시와 자유 리듬」, 『한국시학연구』 1, 한국시학회, 1998, 155쪽.

격이 관여하지 않은 발어재發語材, verbal material 자체의 속성으로서 지닌
리듬이고, 시적 리듬은 율격의 관여에 의해 그 질서가 다시 재편된 리
듬이다. 율격의 관여 정도가 작으면 작을수록 그 리듬은 발어재의 속
성과 가깝게 되고따라서 질서, 비율적 리듬 단위로의 분할이 거의 지감되지 않는 평탄한 리듬
을 가지게 된다, 율격의 관여 정도가 크면 클수록 그 리듬은 율격적 속성을
더 강하게 지니게 된다.[64]

　산문시는 외형적으로 행 구분이 없는 산문 형태를 취한 양식이기 때
문에 시적 리듬과는 무관할 것 같지만, 이미 많은 연구자들이 지적하
였듯이 리듬은 산문시의 중요한 시적 장치가 되고 있다. 산문시를 산
문과 구분할 수 있는 가장 중요한 미적 장치가 리듬이기 때문이다. 행
구분이 없는 산문 형태를 취하고 있는데도 리듬이 느껴질 때 그것이 산
문이 아닌 시임을 알 수 있게 되는 것이다. 그러나 모든 산문시에 리듬
이 느껴지는 것은 아니다. 행을 구분하지 않고 산문 형식을 취하고 있
는 만큼 음악적인 배려 없이 평면적인 산문으로만 서술한 산문시가 있
는가 하면, 행의 파괴 속에서도 시적인 리듬을 내재하고 있는 산문시
가 있다.

　따라서 운율적 특성으로 산문시를 유형화하면, 리듬 의식의 유무에
따라 '율문형 산문시'와 '비율문형 산문시'로 나눌 수 있다. 여기서 리듬
의식이란 "언어를 선택하고 배치하는 데 있어서의 의도적인 조작"[65]을
말하는 것으로, 소리를 배열하고 조직하여 운율을 만들거나, 그것으로

64　성기옥, 『한국 시가율격의 이론』, 새문사, 1986, 21쪽. 성기옥은 리듬을 율동으로 번역
　　하여 산문율동, 시적율동으로 설명하고 있는데, 여기서는 리듬이라고 고쳐 적었다.
65　Laurence Perrine, *Sound and sense*, Harcourt Brace Jovanovich, Inc, 1977, p.165.

시에 어떤 효과를 갖도록 하는 시인의 의도적인 운율적 노력을 가리킨다.

다음에서 두 유형의 특성을 보다 구체적으로 살펴보겠다.

(1) 율문형 산문시

일반적으로 시의 운율은 외형률external rhythm과 내재율internal rhythm로 나누고 있다. 외형률은 시어나 형태의 외적 자질에 관한 것으로 음성률, 음위율, 음수율 등을 포괄하는 개념으로 정형시의 운율을 지칭하며, 내재율은 자유시의 운율을 지칭한다. 자유시free verse를 "'자유-율', 즉 '관습적인 율격에서 벗어난 모든 율격'[66]으로서 정형의 율격 안에 사로잡히지 않고 자유로운 형식으로 자신의 내면을 표현한 시"[67]라고 정의할 때,[68] 내재율은 그러한 정형의 율격에서 벗어나 작품의 내적 질서에 의해 형성된 운율로 "밖으로 드러나 있지는 않지만 심리와 정서에 파동을 일으키는 내면적인 리듬"[69]을 말한다. 즉 내재율은 자유시의 운율로서 시의 내면에 숨어 흐르는 불규칙한 운율이다. 내재율은 외형률과 달리 의미 구조, 암시, 상징, 정서 등의 움직임에 의해서 결정되기 때문에 쉽게 드러나지 않는다.[70] 내재율은 한 작품을 만들고 있는 시

---

66 H. T. Kirby-Smith, *The Origins of Free Verse*, Ann Arbor : The University of Michigan Press, 1996, p.6. 커비-스미스는 'free verse'라는 용어가 성립하게 된 과정을 추적하면서, 이 용어는 명확히 구체적인 형식적 특징을 가리키는 것이 아니라 기존의 관습적인 운율법을 벗어난 것으로만, 즉 부정적으로만 정의될 수 있다고 설명했다. 박슬기, 『한국 근대시의 형성과 율의 이념』, 소명출판, 2014, 21쪽에서 재인용.

67 위의 책, 13~21쪽.

68 성기옥 또한 전통 율격과 무관한 자유시가 아니라 어떤 형태로든 전통적 율격과 통로를 열고 있는 자유시, 따라서 그것은 전통 율격에 근거한 전통 율격으로부터의 벗어남, 반동, 거부라는 의미의 율격적 자유로움이어야 한다고 역설한 바 있다. 성기옥, 앞의 책, 293쪽.

69 강홍기, 『현대시 운율 구조론』, 태학사, 1999, 5쪽.

어, 시구, 시행, 시연 등의 문맥의 의미, 정서의 기복, 이미지들의 긴밀한 연결, 문체, 구성의 흐름 혹은 구문 구조와 같은 요인들에 의해 형성되는 심리적 리듬 현상이다. 강홍기는 내재율의 형성 요인을 '의미 자질'과 '구문 자질'로 양분하고, '의미 자질'은 언어의 의미 요소, 정서성, 이미지 등을 포괄하는 것으로 지속적 구조에 의해 형성된 반복률과 병렬률, 대립적 구조에 의해 형성된 대조율과 경중률, 전이적 구조에 의해 형성된 순환율, 점층률, 연쇄율로 구분할 수 있고, '구문 자질'은 문장의 구조가 만들어내는 운율로 어절과 어절 사이에서의 성분율과 행과 행 사이에서의 대행률, 연과 연 사이에서의 대연율로 구분할 수 있다고 하였다.[71]

한편, 흐루쇼브스키는 리듬을 조성하는 요소로 율격적 연속체와 이것의 이상적 규범에서 일탈하는 것, 단어 경계 및 이것과 음보 경계에 대한 관계, 통사군統辭群과 휴지休止 그리고 이것들과 율격군律格群시행, 중간 휴지 등과 같은의 관계, 통사적 관계, 어순, 통사적 긴장, 소리, 의미 요소 등의 반복과 병치 등을 들고 있다.[72]

산문시는 산문으로밖에 표현할 수 없는 폭넓은 시세계를 표현하기 위해 자유시 이상으로 정형적인 구속을 강하게 거부하여 행 구분조차 하지 않지만, 행의 파괴 속에서도 시적인 리듬을 내재하고 있는 산문시가 있다. 이러한 산문시들 역시 내재적 리듬, 즉 정서의 반복이나 이미지의 반복, 병치나 대립, 열거나 점층 등의 표현 기교 등으로 내재율

---

70 이정일, '내재율' 항, 『시학 사전』, 신원문화사, 1995, 132쪽.
71 강홍기, 앞의 책, 45~197쪽.
72 Benjamin Hruchovski, 「현대시의 자유율」, 박인기 편역, 『현대시의 이론』, 지식산업사, 1989.

을 형성한다.[73]

또한 띄어쓰기나 문장부호를 의도적으로 무시하거나, 정상적인 간격보다 훨씬 넓은 간격으로 띄어쓰기를 하거나, 줄 간격을 넓혀 휴지의 공간을 만들고 있는 산문시들은 시각적 형태 층위에서 볼 때, 일상적이고 평범한 산문과는 거리가 멀다. 그러한 산문시는 통상적인 문법 체계를 이탈함으로써 일차적으로 쉽게 읽히기를 거부한다. 행 구분 없는 줄글 형태의 산문시이긴 하나 평범한 산문의 언어가 아니라 시적 허용을 이용한 시의 언어, 즉 시어로 쓰여진 산문시이고자 한 것이다. 그러한 산문시들은 대부분 운율적인 성격을 강하게 띤다.

이처럼 내재율로서의 운율이 느껴지는 산문시를 '율문형 산문시'라 하는데, 시인은 산문시를 통해서도 음성 층위, 통사 층위, 의미 층위, 시각적 형태 층위 등에서 소리를 배열하고 조직하여 얼마든지 운율을 만들 수 있다. 결국 그러한 운율이 산문시를 시일 수 있게 하는 자질이 된다.

(2) 비율문형 산문시

'율문형 산문시'의 경우 리듬이 산문시에서 중요한 시적 장치의 일부가 된다는 것을 확인할 수 있다. 오봉옥은 서정주의 시와 운율의 관계를 설명하면서, "좋은 산문시는 리듬을 타고 흐르지만, 그렇지 못한 산문시는 시각적 울림에 그치고 만다"고 지적한 바 있다.[74] 이처럼 내재율이 형성되어 리듬과 의미가 조응을 이루는 산문시가 훨씬 좋은 시

---

73 홍문표,『현대시학』(개정 4판), 양문각, 1995, 172~174쪽 참조.
74 오봉옥,『서정주 다시 읽기』, 박이정, 2003. 49쪽.

로 평가받고 있다.

그러나 마광수와 같이 "진정한 산문시는, '일종의 리듬의 배열을 통한 음악적 효과와 서정적인 여운을 돋구어 주고 있는 시에 있어서의 음악적인 배려 자체를 완전히 씻어서, 철저하게 평면적인 산문을 만들어 버렸을 때에 주는 시로서의 감동적 효과'를 기대할 수 있게 쓰여진 작품이어야 한다"[75]며 산문시의 운율을 부정하는 견해도 있다. 그들은 무엇보다 산문시는 '산문으로 된 시'이기 때문에 시적인 특성을 가질 필요가 없고, 단지 시적인 내용으로 독자에게 감동을 안겨주면 된다고 본다.

산문시의 운율을 부정하는 이들의 견해처럼, 리듬 의식 없이 일상적이고 평범한 산문으로 쓰여진 산문시를 '비율문형 산문시'이라고 한다.

그렇다면 리듬 의식이 없고 평범한 산문으로 쓰여져 있는데도 불구하고 그것을 산문이 아닌 시로 인지하게 되는 이유는 무엇일까?

우선, 시어와 산문어의 차이를 명확하게 구분할 필요가 있겠는데, 상식적인 차원에서 "시어는 은유나 직유같은 비유의 언어, 구상적인 제시concrete description, 이미지들과 연관된 어떤 특정한 내적 구조 등을 갖는 언어이며, 산문어란 그와 반대로 평범하고 직설적이며 이미저리 따위의 도움을 받지 않고 일상의 구어체로 진술되는 언어"이다.[76] 따라서 시어는 그 의미가 암시적이고 함축적이며, 정서적이고, 상상적인데 비해서 산문어는 명확하고 풀어져 있으며 또한 이성적이고 사실적이

---

75 마광수, 「산문시의 장르적 특질고」, 『연세어문학』 13, 연세대 국어국문학과, 1980, 7쪽.
76 Marlies K. Danziger · W. Stacy johnson, *Literary Criticism*, Boston : D. C. Heath and Company, 1961, p.64.

다. 나아가 시어의 의미는 다양하게 해석될 수 있다는 점에서 복합적인 반면 산문어는 획일적으로 전달된다는 점에서 단일하다.[77] 칼 포슬러의 '내적 언어 형태/외적 언어 형태', 휠라이트의 '긴장 언어열려진 언어/고착 언어닫힌 언어' 등의 용어들도 시어와 산문어의 차이를 기술한 것이다.[78] 한편, 산문어는 다시 과학적 산문어, 일상적 산문어, 문학적 산문어로 나눌 수 있는데, 과학적 산문어는 진위 판단의 입장에서 논리적이고 객관적인 의미 전달을 목적으로 삼고, 일상적 산문어는 일상생활에서 우리가 실제 사용하고 있는 구어체로서의 산문어로 생활의 실용성을 지향하며, 문학적 산문어는 의미의 일의성이 약하고 비확정적인 요소가 강하며 상상력과 미학적 차원을 지향한다. 일상적 산문어는 어떤 사실 혹은 정보를 전달하거나, 직설적 어법에 호소하거나, 어느 정도 논리적이며 분명한 의미를 드러내고자 할 경우 과학적 산문어와, 감정과 정서에 호소하고자 할 경우 문학적 산문어와 친근성을 지

---

77 오세영, 『문학과 그 이해』, 국학자료원, 2003, 457쪽.
78 칼 포슬러에 의하면 첫째, 이 양자 상호 간에는 필연적인 조응 관계가 없고, 둘째, 내적인 언어 형태는 정서적인 요소들로 통합 조직되어 이루어진 것으로 시어가 그 대표적이며, 셋째, 외적인 언어 형태는 주로 산문어에서 발견되는 특징인 바 일상적 진술 혹은 개념 등을 합리성과 논리성에 의해서 체계화시킨 사고의 조직체라고 한다. 그리하여 시인은 이 내적인 형태를 조직하기 위하여 말과 이미지를 창조하고 의미를 변화시킨다는 것이다. Herbert Read, *Collected Essays on Literary Criticism*, London : Faber Faber LTD.,1953, p.100.
한편, 휠라이트에 의하면 시어는 의미가 무한이 발전 생성하는 즉 살아있는 언어라는 점에서 '열려진 언어'이며, 산문어는 의미가 사회적인 관습에 의해서 경직 획일화되어 죽은 언어라는 점에서 '닫힌 언어'이다. 그에 의하면 시어는 산문어보다 완전하고 충만한 의미를 내포한 언어인데 이 의미의 충만을 위해서 할 수 있는 방법의 하나가 '간접화'와 '의미의 환기 작용'이다. 그는 시어의 본질을 의미의 복합성, 역설, 정서의 갈등과 같은 특징에 있다고 하였다. Philip Wheelwright, *Metaphor and Reality*, Bloomington : Indiana Univ. press, 1968, pp.33~37. 칼 포슬러와 휠라이트에 대한 기술은 오세영, 앞의 책, 458~459쪽을 참조하여 인용한 것이다.

닌다. 그러나 일상적 산문어가 상상적인 세계를 표현한다 하더라도 그 것은 문학적 산문과 같은 미의식의 형상화가 아니라 생활의 즐거움을 표현하는 것이 목적이므로 차이가 있다.[79]

여기서 문학적 산문어와 시어의 차이를 따져보면, 모두 상상력을 지 향하는 언어라는 점에서는 같지만, 언어의 전달성에 있어서 차이를 보 이는데, 문학적 산문어는 언어의 전달적 기능이 주가 되는데 비해 시 어는 언어의 존재론적 기능이 주가 된다. 과학적 산문어, 일상적 산문 어, 문학적 산문어가 모두 '산문어'에 포괄될 수 있는 것은 본질적으로 그들 언어가 지닌 전달성에서 비롯한다고 말할 수 있다. 문학적 산문 어는 사실이나 진위의 판단, 정서의 환기 그리고 어느 정도의 전달적 기능이 결합된 상상력의 언어인 것이다. 한편, 언어의 존재론적 기능 이 주가 되는 시어는 일상 언어와 달리 숨겨진 자신을 드러내는 언어, 즉 존재를 드러내는 언어로 가장 중요한 특징은 이미지와 상징이다. 여기서 이미지와 상징 그리고 비유의 언어는 존재의 내비침이 된다. "시는 언어에 의한 존재의 건설이다"라는 하이데거의 명제는 이러한 시어의 특성을 설명한 것이라 하겠다.[80]

이와 같이 시어와 산문어는 분명한 차이가 있고, 산문어 또한 그 성

---

79 프레밍거도 그의 사전에서 "말은 ㉠ 논리적이거나 명확한 사고의 표현을 위한 경우, ㉡ 일상적인 언어로 사용하는 경우, ㉢ 문학의 언어로 사용하는 경우 등 세 유형으로 분류" 하여 ㉠의 언어는 '사실'을 언급하는 진술로서 진위판단이 주가 되고, ㉡은 생활어가 주가 되며, ㉢은 상상력의 밀도가 주가 되어 사실에 관한 언급에는 관심이 없다고 하였는 데, 이 역시 각각 과학적 산문어, 일상적 산문어, 문학적 산문어에 가까운 개념을 이야기 한 것일 뿐이다. Alex Preminger · F. J. Warnke · O. B. Hardison, Jr.(eds.), *Princeton Encyclopedia of Poetry and Poetics*, Princeton Univ. Press, 1974, p.885; 오세영, 앞의 책, 463쪽.
80 시어와 산문어의 차이를 기술한 부분은 오세영, 앞의 책, 435~470쪽을 참조하여 요약· 정리하였다.

격과 지향점에 따라 구별된다.

'비율문형 산문시'는 우선 리듬 의식 없이 산문어로 쓰여진 산문시를 의미하는데, 여기서의 산문어는 과학적 산문어와 문학적 산문어 모두와 친근성을 지니는 일상적 산문어를 말한다. 그러나 그것이 '산문시'라는 문학적 양식 안에 존재하는 이상 일상적 산문어로 쓰여졌다 하더라도 그것은 이미 문학적 산문어이자 시어로서 자리한다. 따라서 이 글에서는 '화자에 의해 발화되는 순간에 쓰인 언어'와 '발화되고 난 후에 존재하는 언어'를 구분하고, '비율문형 산문시'의 경우는 '화자에 의해 발화되는 순간에 쓰인 언어'가 일상적 산문어로 발화된 시를 말하는 것임을 밝혀둔다.

무엇보다 중요한 것은 이러한 일상적 산문어로 리듬 의식 없이 발화된 '비율문형 산문시'가 일반 산문과 어떤 차이점을 가지고 시로서 존재하는 것인지를 해명하는 일일 것이다.

'비율문형 산문시'는 운율이 느껴지지 않기 때문에 산문과 별반 다를 것이 없어 보이지만, '일반 산문'이 획일적인 내용 전달에 목적을 두고 그 내용을 효과적으로 전달하기 위해 전략적으로 여러 표현 방법을 사용한다면, '비율문형 산문시'는 내용 전달보다는 그 내용에 담긴 세계와 존재에 대해 새로운 의미를 부여하여 독자에게 새로운 사고 및 감동을 주기 위해 전략적으로 해석이 쉬운 산문어로 표현한 것이라 할 수 있다. 다시 말해, 시인들이 운율이 없는 평범한 산문어로 시를 쓰는 이유는 세계와 존재에 대한 새로운 발견 및 인식을 보다 쉽게 전달하기 위해서인 것이다. 난해한 시들로 인해 시와 독자의 거리가 멀어진 만큼 보다 쉬운 언어로 독자의 정서를 환기시킬 수 있는 방법을 찾은 것이라고 볼 수 있다. 따라서 '비율문형 산문시'에는 독자의 정서를 환기시킬 수 있는 세계와 존재에 대한 감동적 진실이 운율과 무관하게 쉬운 산문어로 담겨져 있어야 한다. 그것을 마광수는 "완전한 산문에 '시정신'만이 가미된 것"[81]이라고 표현하였다.

그러나 '비율문형 산문시'가 산문과 달리 시로서 존재하기 위해서는 그러한 시정신 뿐만 아니라 보다 근원적인 시적 특성을 가지고 있어야 한다. 그것이 없을 때, '비율문형 산문시'와 '산문'의 장르적 구분은 어려워진다. 운율적인 요소 없이 쉬운 산문어를 사용한다 하더라도 그것들의 조직으로 시의 특성을 드러내어야 한다. 즉 알레고리나 비유, 이미지 등의 시적 기교를 사용하고, 여러 서술적 전략을 통해 독자의 상상 및 유추類推를 자극할 수 있어야 산문이 아닌 시로 존재할 수 있을 것이다.

---

81 마광수, 앞의 글, 26쪽.

제3장

형태적 특성으로 본
이상의 산문시

1. 이미지의 공간화와 미학적 위반

이상의 시에 대한 연구는 1930년대 모더니즘 및 초현실주의와 관련된 연구, 정신분석학적 연구, 형식주의적 또는 기호론적 연구, 근대성과 탈근대성 연구 등 다양하게 이루어져 왔다.[1] 특히 이상의 시는 형식주의 언어미학의 차원에서 텍스트의 기호성이 부각되어 난해하고 복잡한 신화로 여겨져 왔다. 문학계에서 뿐만 아니라 인접 학문에서까지 이상의 시는 관심의 대상이 되어 왔고, 그들의 노력으로 이상의 시는 많은 부분 해석의 성과를 거둔 바 있다.[2]

서체 디자이너인 안상수는 이상이 한국 현대 타이포그래피typography 活版術의 효시였으며, 시각적 활자인간으로서 활자성의 의미를 전면적으로 부각시킨 실천적 시인이었다고 지적한 바 있다. 그가 밝히고 있는 이상 시의 타이포그래피적 특징은 "① 띄어쓰기 무시, ② 구두점의 배제, ③ 대칭 구조 ④ 반전反轉, ⑤ 숫자의 방위학方位學, ⑥ 글자의 회화화繪

---

1 이상 시에 대한 연구 중 주목할 만한 성과를 보여준 연구들을 소개하면 다음과 같다. 이복숙, 「이상 시의 모더니티 연구」, 경희대 박사논문, 1987; 박근영, 「한국 초현실주의 시의 비교문학적 연구」, 단국대 박사논문, 1988; 조영복, 「1930년대 문학에 나타난 근대성의 담론 연구」, 서울대 박사논문, 1996; 우재학, 「이상 시 연구-탈근대성을 중심으로」, 전남대 박사논문, 1998; 이순옥, 「한국 초현실주의 시의 특성 연구」, 영남대 박사논문, 1998; 한상규, 「1930년대 모더니즘 문학의 미적 자율성 연구」, 서울대 박사논문, 1998; 엄성원, 「한국 모더니즘 시의 근대성과 비유 연구」, 서강대 박사논문, 2002; 박현수, 「이상 시의 수사학적 연구」, 서울대 박사논문, 2002; 이승훈, 『이상 시 연구』, 고려원, 1987; 김승희, 『이상 시 연구』, 보고사, 1998; 임병권, 「탈식민주의와 모더니즘」, 『민족문학사연구』23, 민족문학사연구소, 2003.
2 안상수, 「타이포그라피적 관점에서 본 이상 시에 대한 연구」, 한양대 박사논문, 1995; 조두영, 「정신의학에서 바라본 이상」, 권영민 편, 『이상 문학 연구 60년』, 문학사상사, 1998; 김명환, 「이상의 시에 나타나는 수학 기호와 수식의 의미」, 위의 책; 김민수, 「시각예술의 관점에서 본 이상 시의 혁명성」, 위의 책; 김용섭, 「이상 시의 건축 공간화」, 이상문학회 편, 『이상 리뷰』 창간호, 역락, 2001.

畵化, ⑦ 기호·약물約物의 콜라주 언어화, ⑧ 점의 그림, ⑨ 활자체·활자 크기의 변주變奏, ⑩ 도형적 사고"이다.[3] 이러한 연구가 이상 시 텍스트의 외형적 특징을 밝히는 데 많은 기여를 하고 있음은 분명해 보인다.

한편, 산업디자인을 전공한 김민수는 『이상 평전』2012에서 이상의 시에 대해 다음과 같이 역설하고 있다.

> 이상의 시는 화가이자 건축가이자 편집 및 활자 디자이너였던 그가 현대건축, 미술, 디자인뿐만 아니라 양자역학과 상대성이론 등 현대물리학의 출현에 감응한 '첨예한 의식'이 그의 실존적 현실에서 솟아오른 것이라 할 수 있다. 그의 시는 조형예술의 새로운 '매체의식'의 변화가 문학적 언어와 질료를 통해 시의 형태로 투사(projection)되어 발현된 것이다. 여기서 매체의식이란 이미지 생산 과정에서 미디어, 곧 건축, 삽화, 타이포그라피 등과 같은 매체와 사람의 지각 사이에서 인지되는 마음의 작용을 뜻한다. 달리 말해 그의 시는 건축가와 디자이너들이 다루는 시공간 매체의식으로부터 전개되었다는 것이다.[4]

그래서 김민수는 이상의 시를 그가 문자 텍스트로 구축한 '가상 공간'이라고 이해한다. 그의 이러한 지적이 의미심장한 것은 이상의 산문시 또한 이상의 의도적이고 철저한 시적 인식과 시간과 공간의 개념을 담은 매체 의식의 투영으로 만들어진 형태로 보이기 때문이다.

이상은 정지용과 더불어 한국 산문시를 빛낸 시인으로 평가되고 있

---

3 안상수, 앞의 글, 111~224쪽.
4 김민수, 『이상평전』, 그린비, 2012, 187쪽(강조는 인용자).

다. 이상의 산문시에 대한 기존 연구를 살펴보면, 김종길은 이상의 산문시와 같은 산문시가 본격적인 산문시이며 "산문으로 쓸 수밖에 없는" 산문시라고 하면서, 이상이 산문으로 쓸 수밖에 없는 시를 쓴 것은 그의 시적 현대 의식과 그의 정신의 현대적 해체에 연유하지만 그것은 무엇보다도 그의 날카로운 시 형식, 즉 실질과 형식의 유기적 결합에 대한 의식의 소치라고 한 바 있다.[5] 윤재근은 이상의 산문시는 현장적現場的 저항이나 좌절의 도피가 아니라 절대 자유의 인간 존재를 생각하는 의식 속에 빚어진 것이며, 「절벽」 같은 이상의 산문시는 한국의 산문시에서 상징주의가 어떻게 가능한 것인가를 표현 기교로 증언해 준다고 하였다.[6] 이미순은 이상의 산문시가 표상 담론을 구체화함으로써 산문시가 지닐 수 있는 진술적 성격을 지양한다고 보았다. 이상의 산문시는 인간의 의도, 형상과 의미의 질서, 음성의 조화라는 관점에서가 아니라 담론의 물질적인 본성, 수사학적 효과 등의 관점에서 구체화되어 아이러니와 환유적 담론이 환상을 동반하여 지배적으로 나타나고 재현적 담론을 거부하는 특징을 가지고 있다고 하였다.[7] 강호정은 이상의 경우 정신의 자유로운 표출, 즉 자의식의 세계를 자유롭게 표현하기 위한 수단으로써 산문시의 형태가 채택되었다고 보았으며, 그것은 기존 질서에 대한 거부이면서 동시에 자신의 정신을 구속하는 모든 외적 요건으로부터의 벗어남이라고 해석하였다.[8]

---

5 김종길, 「특집 : 산문시의 문제점 – 산문시란 무엇인가?」, 『심상』 9, 1974.6, 13쪽.
6 윤재근, 「특집 : 산문시의 문제점 – 이상의 산문시」, 위의 책, 35쪽.
7 이미순, 「이상 산문시의 모더니즘 담론」, 『어문연구』 92, 한국어문교육연구회, 1996; 이미순, 「담론의 측면에서 본 이상 산문시의 장르적 특성」, 『한국현대문학연구』 5, 한국현대문학회, 1997.
8 강호정, 「산문시의 두 가지 양상 – '지용'과 '이상'의 산문시를 중심으로」, 『한성어문

서지영은 1930년대 전후에 나타난 한국시의 산문화 양상을 연구하였는데, 이상 시의 산문성은 기호적 전복을 통해 언어의 촉지성을 유발하고 '표상적' 효과를 통해 텍스트 자체로의 관심을 유도하여 역설적으로 '낯설게 하기'의 방식을 통해 시성을 획득하고 있으며, 전복적 인식론으로 단일한 주체의 목소리를 해체하고 현실의 모방을 파기함으로써 자아와 세계의 허구성을 동시적으로 드러내어 '기호성'의 이념소를 획득한다고 보았다. 또한 근대적 사유를 부정함으로써 '탈근대 지향'의 담론을 형성하고, 당대 식민지적 상황을 전복시킴으로써 탈식민지성을 실현하고 있다고 지적하였다.[9]

이와 같이 그동안 이상의 산문시에 대한 연구는 이상이 산문시의 일반적인 특성으로 간주되는 외부 현실의 반영이나 재현에서 벗어나 언어의 표상적 효과를 누리고 있으며 산문시를 통해 자의식을 표출하고 있다는 점에 주목하였다. 그러나 이상 산문시의 형식적인 특성이 내용과 어떻게 연결되어 있는지에 대한 면밀한 연구가 없어 아쉬움을 남긴다. 이상의 산문시는 단순한 줄글 형태가 아니라 줄글 형태가 만드는 그 사각四角의 공간으로 시의 내용이나 대상을 표상하고 있다는 점에 주목할 필요가 있다.

이상의 산문시는 기호적 유희를 누렸던 그의 자유시에 비하면 훨씬 안정된 형태처럼 보인다. 그것은 행의 난무한 구분이 없기에 시각적으로 한 편의 산문시가 면으로 지각되기 때문이다. 다시 말해, 자유시에

　학』 20, 한성어문학회, 2001.
9　서지영, 「한국 현대시의 산문성 연구 ― 오장환·임화·백석·이용악·이상 시를 대상으로」, 서강대 박사논문, 1999.

서의 행은 길이가 일정하지 않기 때문에 무질서하게 보일 수 있지만, 산문시는 행을 구분하지 않는 줄글 형태이므로 사각의 공간이 한 면으로 인식된다는 것이다. 이상의 산문시는 모두 35편인데,[10] 그중 27편이 '단락이나 연 구분이 없는 산문시'의 형태를 취하고 있고, 그 산문시들이 들여쓰기마저 무시되어 있다는 점을 감안하면 이상이 산문시를 면으로서의 공간적 의미로 인식하고 그 사각의 공간 안에서 시를 구사하고자 한 의도가 있었다고 여겨진다. 그것은 김민수가 지적한 바 있듯이, 이상이 시의 작품 수를 셀 때, '편篇'이 아니라 미술 작품을 세는 단위인 '점點'을 사용하고 있다는 점에서도 알 수 있다.[11]

웨 미첫다고들 그리는지 대체 우리는 남보다 수十年씩 떠러저도 마음 놓고 지낼作定이냐. 모르는것은 내 재주도 모자랐겠지만 게을러빠지게 놀고만 지내든일도 좀 뉘우처보아야 아니하느냐. 열아무개쯤 써보고서 詩만들줄 안다고 잔뜩믿고 굴러다니는 패들과는 물건이 다르다. 二千點에서 三十點을 고르는데 땀을 흘렸다. 三十一年 三十二年 일에서 龍대가리를 떡 끄내여놓고 하도들 야단에 배암꼬랑지커녕 쥐꼬랑지도 못달고 그만두니 서운하다.

—『조광』, 1937.6[12]

---

10 이상 사후(1937)에 발표된 유고작과 일문 작품 중의 산문시는 본 연구의 대상에서 제외함을 밝혀둔다. 그것은 유고작들이 미발표작이고, 일문 작품이 한국어로 쓰여진 산문시를 연구하는 본 연구와 거리가 있기 때문이다.
11 김민수는『이상평전』(그린비, 2012, 186~187쪽)에서 이상이 시를 셀 때 '점(點)'이란 용어를 사용한 것에 주의해야 한다고 하면서, 그것이 그동안 이상의 시가 문학 텍스트로 읽혀지는 데 있어 시각예술과 관련된 그의 매체감각, 시공간 개념, 미적체험 등에 대한 무지와 간과에서 해석적 오류가 비롯된 것임을 명확히 해주는 중요한 단서가 된다고 하였다.

위의 글은 이상이 1934년 『조선중앙일보朝鮮中央日報』에 연재 중이던 「오감도烏瞰圖」 연작시가 15회 「시제20호詩第十五號」를 끝으로 중단되자 자신의 심정을 「오감도작자烏瞰圖作者의말」에서 밝힌 부분이다. 이 글에서 이상은 연재가 중단된 것에 대한 실망감과 자신의 시를 이해하지 못하는 독자들에 대한 조소, 신문 지면의 문학적 보수성에 대한 답답한 심정 등을 밝히고 있는데, 주목할 점은 이상이 자신의 시 작품의 편수를 "二千點에서 三十點"과 같이 점點으로 세고 있다는 것이다. 그것은 이상이 그만큼 시라는 작품 속에 이미지나 활자 및 기호를 통한 그림의 형상을 담고자 했는데, 그러한 "龍대가리"를 세상에 내어 놓았으나 그 것이 이해받지 못하고 "배암꼬랑지커녕 쥐꼬랑지도 못달고 그만두니 서운"할 수밖에 없었던 것이다.

이에 이상 산문시의 형태적 특징에 중점을 두고 이상의 산문시를 고찰해 보고자 한다. 이상은 무엇보다 산문시 형태를 공간화하여 시의 내용이나 대상을 표상하고 있고, 단락과 연의 구분이 없는 산문시와 있는 산문시에서 각각 다른 양상을 확연하게 보여주고 있기 때문에 이상 산문시의 미적 특성은 형태적 특성에서 두드러진다고 할 수 있다. 이상이 그러한 산문시의 형태적 특성을 통해 무엇을 발화하고자 한 것인지, 왜 그러한 산문시의 형태를 필요로 한 것인지를 고찰하면 이상 산문시의 주제 양상 또한 밝힐 수 있을 것이다. 이는 곧 이상 산문시의 형식과 내용, 표현과 주제의 유기적인 결합 양상을 살펴보고자 하는 것이다.

우선 이상 산문시의 백미라고 할 만한 「꽃나무」부터 살펴보자.

12　김주현 주해, 『증보 정본 이상문학 전집』 3, 소명출판, 2009, 219쪽(강조는 인용자).

벌판한복판에 꽃나무하나가잇소 近處에는 꽃나무가하나도업소 꽃나무는
제가생각하는꽃나무를 熱心으로생각하는것처럼 熱心으로꽃을피워가지
고섯소. 꽃나무는제가생각하는꽃나무에게갈수업소 나는막달아낫소 한꽃
나무를爲하여 그러는것처럼 나는참그런이상스러운숭내를내엿소.

― 「꽃나무」, 『가톨릭靑年』 2호, 1933.7[13]

위의 시는 종결어미가 '-소'로 끝나는 여섯 개의 문장이 단락이나 연
구분 없이 연속적으로 이어져 있는 '단락이나 연 구분이 없는 산문시'
이다. 첫 문장을 들여쓰기 하지 않고, 띄어쓰기를 의도적으로 위반하
고, 여섯 문장 중 단 두 문장에서만 마침표를 찍고 있다는 점에서 반문
법적이며, 종래의 자유시가 취하던 행 구분을 하지 않은 산문시라는
점에서 관습적 형식을 일탈하는 이상 시의 특징을 잘 보여주고 있다.

이 시의 화자는 처음 두 문장에서 '벌판 한 복판에 꽃나무 하나가 있
고, 근처에는 꽃나무가 하나도 없다'는 객관적인 정보를 전달하고, 세
번째 문장에서는 그 꽃나무에 화자의 주관적 감정을 개입하여 그 꽃나
무가 "제가생각하는꽃나무를 熱心으로생각"해서 꽃을 피워가지고 서
있다고 발화하고 있다. 즉 꽃나무의 내면이 그려지면서 객관적 상관물
인 꽃나무에 열렬한 동경의 의미가 담겨지고 있는 것이다. 이렇게 볼

---

13 이 책에서 연구되는 시 텍스트의 인용은 당시 최초 발표지면의 텍스트를 확인하고
세로쓰기로 되어 있는 것을 가로쓰기로만 바꾸어 그대로 인용한다. 그러나 개작하여
시집에 재수록 한 산문시의 경우 작가의 의도적 개작을 중시하며 시집의 원문을 인
용한다. 또한 산문 형식으로 발표된 바 있는 작품을 뒤에 시집에 실은 산문시의 경우
는 시집에 수록된 텍스트를 인용한다. 신문, 잡지, 시집의 원본이 훼손된 경우 각 시
인의 전집류를 참고함을 밝혀둔다.
이상 시는 최초 발표지면의 텍스트를 온전히 모아놓은 김주현 주해의 『증보 정본 이
상문학전집』 1를 참고한다.

때, 이 산문시가 표상적으로 띄어쓰기를 위반하고 2~5어절씩 붙여 쓰고 있는 것은 마치 "熱心으로꽃을피워가지고" 서 있는 꽃나무의 꽃들이 무더기로 피어 있는 듯한 느낌을 주기 위한 의도적인 편집이었다고 할 수 있다. 즉 '단락이나 연 구분이 없는 산문시'의 형태가 만드는 사각의 공간을 이용해 꽃을 피우고 있는 꽃나무 그림의 형상, 그 꽃나무의 이미지를 공간화하여 표상한 것이다.

한편, 이 산문시의 세 번째 문장 끝에 찍힌 마침표는 의미층을 나누는 단락의 기능을 하고 있는데, 처음 세 문장에서 화자는 그 꽃나무가 누군가를 "熱心으로생각"하여 꽃을 피우고 있는 열렬한 동경의 모습을 발화했지만, 그 다음 문장에서는 그 꽃나무가 "제가생각하는꽃나무에게갈수업"다는 슬픔을 제시하고 그 꽃나무와 완전히 동화된 서정적 자아로서 오히려 화자 자신의 태도 및 감정을 발화하고 있기 때문이다. 화자는 그러한 열렬한 동경에도 불구하고 그 누군가에게 "갈수업"고 자신이 "막달아"났다는 아이러니한 자기모순적 상황을 보여주면서 그것이 마치 "제가생각하는꽃나무"를 "爲"한 것이라 여기며 "그런이상스러운숭내를내엿"다고 고백하고 있다. 이는 곧 '감성과 지성 또는 의지의 유기성이 파괴되는 심리학적 불연속성'[14]을 보여주고 있는 것이다. 결국 화자의

---

14 스피어즈는 『디오니소스와 도시』에서 모더니즘의 본질을 "불연속성(不連續性, dis-continuity)"으로 보았는데, 그것은 모든 사물들이 내적이든 외적이든, 서로 맺고 있던 관계들을 상실하고 하나의 원자적 개체가 되어 존재함을 의미한다. 우리의 삶 속에는 어떤 정확성도 존재하지 않는다는 의식, 모든 사물의 본질 속에는 근본적으로 불연속성, 곧 '단절'이 존재한다는 것인데, 그가 제시한 불연속성은 형이상학적, 미학적, 수사학적, 시간적, 심리학적, 역사적 단절 등이다. 그중 '심리학적 불연속성'은 한 인격체로서의 자아가 스스로의 심리적 통일성, 곧 지성과 감성의 조화로운 상태를 상실하고 이들이 따로 분리되어 움직임으로써 심리 세계가 분열된다는 것을 의미한다. M. K. Spears, *Dionysus and the City-Modernism in 20th century Poetry*, London : Oxford Univer-

갈등이 그러한 심리적 통일성의 단절에서 비롯된 것임을 알 수 있다.

이처럼 「꽃나무」는 '단락이나 연 구분이 없는 산문시'의 형태를 취하여 행이나 단락, 연에 의한 휴지를 두지 않음으로써 아이러니한 자기 모순적 상황의 갈등을 심화시키고 있다. 또한 꽃나무와 화자 자신의 행동이 보편적으로 상대방을 위하는 자기희생적 사랑을 "숭내"낸 것이라고 고백함으로써 스스로가 아이러니한 사랑에 빠져 있음을 보여준다.

이렇게 볼 때, 「꽃나무」의 '단락이나 연 구분이 없는 산문시' 형태는 열심히 꽃을 피우고 서 있는 꽃나무 한 그루의 모습을 보여주는 하나의 메타포이며, 그 꽃나무가 "한꽃나무를爲하"는 마음과 더불어 그와는 달리 아이러니한 행동을 취하는 상황 자체를 분리하지 않고 줄글로 연결함으로써 사랑의 의미를 통합하여 그 모든 것이 사랑의 태도임을 보여주고 있다 하겠다.

이와 같이 한 편의 짧은 산문시를 통해서도 알 수 있듯, 산문시는 행을 나누지 않음으로써 정서 및 의미의 분산을 막아 시의 주제를 통합하는 효과가 있고, 불연속적인 심리상황을 줄글로 연결함으로써 아이러니한 상황을 부각시켜 오히려 시적 효과를 누리며, 사각의 공간에서 시적 대상의 이미지를 표상함으로써 시의 이미지나 주제를 보다 효과적으로 전달할 수 있다.

꽃이보이지안는다. 꽃이香기롭다. 香氣가滿開한다. 나는거기墓穴을판다.
墓穴도보이지안는다. 보이지안는墓穴속에나는들어안는다. 나는눕는다.

---

sity Press, 1970; 이승훈, 『시론』, 고려원, 1990, 296~307쪽 참조

또꽃이香기롭다. 꽃이보이지안는다. 香氣가滿開한다.나는이저버리고再처

거기墓穴을판다. 墓穴은보이지안는다. 보이지안는墓穴로나는꽃을깜빡이

저버리고들어간다. 나는정말눕는다. 아아. 꽃이또香기롭다. 보이지도안는

꽃이—보이지도안는꽃이.

—「絶壁」, 『조선일보』, 1936.10.6

위의 「절벽絶壁」 역시 행을 구분하지 않고 '꽃'을 제재로 역설적인 상
황을 줄글로 발화하고 있는 '단락이나 연 구분이 없는 산문시'인데, 어
절 사이는 붙여 썼지만, 문장과 문장 사이는 띄어쓰기와 마침표를 구
사하고 있다. 그러나 보이지는 않지만 향기로운 꽃, 거기에 묘혈을 팠
다는 것과 분명히 팠다고 한 그 묘혈이 보이지 않는다는 것, 보이지 않
는 그 묘혈 속에 들어앉는다는 등의 추상적이고 역설적인 단문들의 반
복적 대치가 의미의 교란을 가져오고 있다. '의미론적으로 비문법적인
이러한 통사의 반복적 배치는, 긍정/부정, 존재/부재의 대립을 해체하
고 존재론적 혼란과 자의식의 심연을 드러낸다.' 즉 '대립적인 의미소
를 지닌 어구의 반복적 배치를 통해, 삶과 죽음의 양 극단을 오고가는
의식의 밑바닥을 형상화'하고 있는 것이다.[15] 따라서 「절벽」은 '단락이
나 연 구분이 없는 산문시'의 형태로 절벽의 공간과 그 절벽에서의 두
려운 심리상황, 즉 삶과 죽음의 경계인 절벽에서의 초조하고 불안한
심리상황을 단문의 반복적 나열로 표상하고 있는 것이라 할 수 있다.
이러한 이미지의 공간화는 무엇보다 점층적이고 연쇄적인 시적 기교

---

15   서지영, 앞의 글, 91쪽.

로 표현되고 있는데, 김주현은 이 시를 다음과 같이 단계화하여 점층적 효과를 설명한 바 있다.

  ⓐ 꽃이보이지않는다 → ⓐ′ 꽃은 보이지 않는다 → ⓐ″ 보이지않는꽃이
   – 보이지도않는꽃이.
  ⓑ 꽃이香 기롭다 → ⓑ′ 또꽃이향기롭다 → ⓑ″ 아아.꽃이또향기롭다
  ⓒ 나는눕는다 → ⓒ′ 나는정말눕는다

 ⓐ → ⓐ′는 단순한 반복을 통한 강조를 보이지만, ⓐ″에서는 도치적 변형을 통한 강조 이상의 의미를 지닌다. 즉 어의상 점층의 효과를 띠고 있다. ⓑ 역시 ⓑ′에서 강조 의미의 '또', ⓑ″에서 '아아'라는 감탄사가 제시됨으로써 감정적 고조를 보여준다. ⓒ′ 역시 '정말'을 첨가함으로써 의미의 단순한 강조 이상을 나타낸다.[16] 이러한 점층법은 연쇄법과 함께 쓰이면서 이중의 강조 효과를 누리고 의미의 교란을 일으킨다. 즉 '꽃이보이지않는다 → 꽃이향기롭다 → 향기가 만개한다.'와 '묘혈을판다 → 묘혈도보이지않는다 → 보이지않는묘혈속에'와 같이 앞의 구나 앞의 문장의 끝말을 다음 어구나 문장의 처음에 두어 그 의미를 연쇄적으로 이어가면서 불안한 심리상황을 강조하고 있는 것이다.
 이상은 이와 같이 산문시에 수사학적 기교를 적용하여 행을 나누지 않고도 이미지의 표상과, 비약과 생략, 암시 등을 통해 '모호성ambiguity'[17]을

---

16 김주현, 「이상 시 '절벽'의 기호학적 접근」, 『안동어문학』 2 · 3합집, 안동어문학회, 1998, 234쪽.
17 "모호성(ambiguity)은 하나의 단어 · 어구 · 문절 등이 두 개 이상의 의미를 환기하는 시적 긴장을 가리킨다. 따라서 모호성은 다의성(多義性)과 동의어이며 이것은 오늘

동반하고 그로 인해 시적 긴장 및 시적 효과를 부여할 수 있음을 보여준다.

이상의 산문시는 무엇보다 현실의 재현representation을 강화시키고자 하는 여타의 산문시들과는 달리 언어의 지시성을 의도적으로 제거하고 기호나 단어들을 시각적으로 구성하여 산문시의 형태를 공간화함으로써 의식의 일면을 표상적으로 운용하고 있다.

「절벽」의 경우 대립적인 의미소를 지닌 어구의 반복적 배치를 통해 존재론적 혼란과 자의식의 심연을 드러낼 뿐 현실의 재현적 진술은 파기되어 있다. 보이지 않는 꽃과 보이지 않는 묘혈 등의 관념은 현실적 차원과 유리된 가상실재이자 파생실재이다. 그러한 관념적 행위가 동어 반복과 짧고 간략한 문장의 연쇄로 나타나 긴장감과 속도감을 조성하면서 같은 행위를 거듭 반복하지만 문제가 해결되지 않는 상황에 처한 화자의 심리 상태를 행위의 혼미함으로 보여주고 있다.

결국, 이상은 산문시를 통해 재현적 진술을 늘어놓기보다는 산문시에 공간적 매체 의식을 담아 자의식의 내면 풍경을 그리고자 했던 것이다.

> 그사기컵은내骸骨과흡사하다. 내가그컵을손으로꼭쥐엿슬때내팔에서는난데업는팔하나가接木처럼도치드니그팔에달린손은그사기컵을번적들어마루바닥에메여부딧는다.내팔은그사기컵을死守하고잇스니散散히깨어진것은그럼그사기컵과흡사한내骸骨이다. 가지낫든팔은배암과갓치내팔로기어들기前에내팔이或움즉엿든들洪水를막은白紙는찌저젓스리라.그러나내팔은如前히그사기컵을死守한다.
>
> ―「詩第十一號」, 『朝鮮中央日報』, 1934.8.4

날 시적 가치기준이 되고 있다." 김준오, 『시론』(제4판), 삼지원, 1999, 160~161쪽.

房거죽에極寒이와다앗다. 極寒이房속을넘본다. 房안은견된다. 나는讀書의
뜻과함께힘이든다. 火爐를꽉쥐고집의集中을잡아땡기면유리窓이움푹해지
면서極寒이혹처럼房을눌은다. 참다못하야火爐는식고차겁기때문에나는適
當스러운房안에서쩔쩔맨다. 어느바다에潮水가미나보다. 잘다저진房바닥
에서어머니가生기고어머니는내압혼데에서火爐를떼여가지고부억으로나
가신다. 나는겨우暴動을記憶하는데내게서는억지로가지가돗는다. 두팔을버
리고유리창을가로막으면빨내방맹이가내등의더러운衣裳을뚜들긴다. 極寒을
결커미는어머니−奇蹟이다. 기침藥처럼딱근딱근한火爐를한아름담아가지고
내體溫우에올나스면讀書는겁이나서근드박질을친다.

—「火爐」, 『카톨닉靑年』, 1936.2

위의 두 산문시에는 현실과 환상의 교차로 의미의 모호성이 나타나
고, 모호한 서정적 자아의 내면적 풍경이 '단락이나 연 구분이 없는 산
문시' 형태의 사각의 공간에서 자유롭게 펼쳐지고 있다. 우선「시제11
호詩第十一號」를 보면, 이 산문시의 서정적 자아로서의 화자인 '나'는 일
상적 도구인 "사기컵"이 자신의 "骸骨"과 "흡사하다"고 발화하고 있는
데, 그것은 둘 다 백색을 띠고 무언가를 담거나 깨어질 수 있다는 속성
이 같기 때문에 성립된 은유이면서 동시에 현실적인 자신의 모습을 가
리키는 환유적인 등가이다. 사기컵에 물이 담기듯 화자에게 해골은 정
신이 담겨 있는 공간이다. 현실의 '내'가 사기컵을 드는 순간, 난데없
이 팔 하나가 "接木"처럼 돋아나더니 그 팔에 달린 손이 "그사기컵을번
적들어마루바닥에메여부딋는다". 현실의 "내팔은그사기컵을死守하고
잇"음으로 환상의 팔이 내던져 "散散히깨어진 것은" 현실의 사기컵이

아니라 그것과 흡사한 "내骸骨"이다. 화자는 현실에서 사기컵을 들고 있는 자신과 환상에서 자신의 해골을 내던져 부수는 "가지낫든팔" 사이에서 대치중이다. 환상이 끼어들기 전에 현실의 '내'가 움직였다면 "洪水를막은白紙", 즉 물을 담고 있는 사기컵/정신을 담고 있는 해골은 실재로 깨졌을 것이다.[18] 그러나 그 환상의 팔이 "배암과갓치내팔로기어들"었기에 "내팔은여전히그사기컵을死守"하고 있다. 이렇게 보면, 서정적 화자인 '나'는 환상과의 대치로 현실의 사기컵과 해골을 지키고 있는 것인데, 그것은 곧 자신을 내던지고 싶은 욕망, 그 죽음 충동과의 갈등을 환상 속에서 극복하고 있음을 의미한다. 즉 접목처럼 돋아나는 죽음 충동 앞에서 삶을 지탱하기 위해 처절하게 싸움을 벌이고 있는 화자의 모습이 형상화되어 있는 것이다. 이상은 이와 같이 산문시의 공간 속에 현실의 실제적인 사건을 재현하기보다는 은유적이며 동시에 환유적인 비유를 통해 현실과 환상의 허구적인 대치 상황을 보여줌으로써 자아 내면의 갈등을 형상화하고 있다.

「화로火爐」에서의 서정적 자아는 추운 겨울 화로를 끼고 독서에 열중하려했으나 극한의 추위로 고통받고 있는 상황을 발화하고 있는데, 실제적 세계에서의 사실적인 묘사들이 비실제적인 환상성과 결합하면서 전체적으로 초현실주의적인 현상을 보여주고 있다. 이를테면, "잘다저진房바닥에서어머니가生기고", "내게서는억지로가지가돗"고, "두팔을

---

18 김승희는 이 부분을 다음과 같이 해석하였는데, 매우 적절한 해석이라고 생각한다. "'홍수를막은백지'란 사기컵에 대한 은유이면서 그것은 삶의 불안정성, 과격하게 위태로운 생의 위기를 비유하고 있다. 홍수란 기호적 코라의 해일과도 같이 엄청나게 과격한 힘과 속력을 가진 공포의 흐름인데 그것을 얇다란 백지 한 장이 막고 있는 생의 위기, 그 허약한 경계선으로 '홍수'를 막고 주체는 자신의 위치성을 지키고 있는 것이다." 김승희, 앞의 책, 251~252쪽.

버리고유리창을가로막으면빨내방맹이가내등의더러운衣裳을뚜들”기
며, 화로가 “내體溫우에올나”서기도 하고, 그러면 “讀書는겁이나서근
드박질을친다”와 같은 비유적인 표현들이 무의식적 연상으로 연결되어
초현실적인 환상을 보여주고 있다. 화자는 이러한 환상을 통해 아들에
게서 극한을 긁어 미는 “어머니”의 모성을 부각시키고, 그러한 어머니
의 모성에 보답하지 못하고 방 안에서 독서만 하고 있는 자신의 미천함
을 “讀書는겁이나서근드박질을친다”와 같이 발화하고 있다. 이처럼
「화로」는 단락이나 연으로 인한 열린 공간 없이 시적 정서의 분산을 막
는 ‘단락과 연 구분이 없는 산문시’ 형태의 한 공간에서 허구와 실재,
현실과 초현실의 세계를 동시에 보여줌으로써 두 세계의 경계를 해체시
키고, 근원적으로 현실의 세계와 화합하지 못하는 자아의 존재론적 불
화를 효과적으로 드러내고 있다.

> 나의아버지가나의겨테서조을적에나는나의아버지가되고또나는나의아버
> 지의아버지가되고그런데도나의아버지는나의아버지대로나의아버지인데
> 어쩌자고나는작고나의아버지의아버지의아버지의……아버지가되니나는
> 웨나의아버지를껑충뛰어넘어야하는지나는웨드듸어나와나의아버지와나
> 의아버지의아버지와나의아버지의아버지의아버지노릇을한꺼번에하면서
> 살아야하는것이냐
>
> —「詩第二號」, 『朝鮮中央日報』, 1934.7.25

싸홈하는사람은즉싸홈하지아니하든사람이고또싸홈하는사람은싸홈하지
아니하는사람이엇기도하니까싸홈하는사람이싸홈하는구경을하고십거든

싸훔하지아니하든사람이싸훔하는것을구경하든지싸훔하지아니하는사람

이싸훔하는구경을하든지싸훔하지아니하든사람이나싸훔하지아니하는사

람이싸훔하지아니히는것을구경하든지하얏으면그만이다.

—「詩第三號」, 『朝鮮中央日報』, 1934.7.25

久遠謫居의地의一枝・一枝에피는顯花・特異한四月의花草・三十輪・三十

輪에前後되는兩側의明鏡・萌芽와갓치戱戱하는地坪을向하야금시금시落魄

하는滿月・淸淵의氣가운데   滿身瘡痍의滿月이剝刑當하여渾淪하는・謫居

의地를貫流하는一封家信・나는僅僅이遮戴하얏드라・濛濛한月芽・靜謐을

蓋掩하는大氣圈의遙遠・巨大한困憊가운데의一年四月의空洞・槃散顚倒하

는星座와星座의天裂된死胡同을砲逃하는巨大한風雪・降霉・血紅으로染色

된岩鹽의粉碎・나의腦를避雷針삼아沈下搬過되는光彩淋漓한亡骸・나는塔

配하는毒蛇와가치地平에植樹되어다시는起動할수업섯드라・天亮이올때

까지.

—「詩第七號」, 『朝鮮中央日報』, 1934.8.2

띄어쓰기와 문장 부호 등의 문법적 규범은 낱말과 문장 사이를 구분
하여 독자들이 읽고 이해하기 쉽도록 하는 언어적 기능 중의 하나이다.
시에서 낱말 사이와 글줄 사이는 시간의 은유적 형태를 의미한다. 따
라서 이 공간의 파기는 리듬의 시각적 파기일 뿐만 아니라 의미의 지각
과정을 연장하여 독자로 하여금 지각을 지연시키고, 감응을 방해하여
해독을 어렵게 한다. 다시 말해, 문학에서 사용하는 일체의 테크닉은
우리 정신의 습관적 태도에 충격을 가져옴으로써 독자의 정신 작용을

자극하고 주의를 환기시켜 정신의 노력을 강요하는 것이다. 쉬클로프스키를 비롯한 많은 형식주의자들은 문학과 예술의 바로 이 기능에 특별한 관심을 보였다. 바로 이러한 관심으로부터 형식주의의 대표적 이론의 하나인 '낯설게 하기defamiliarization'라는 예술의 원칙이 형성되었던 것이다.[19]

위에서 인용한 이상의 '단락이나 연 구분이 없는 산문시' 세 편을 보면, 「시제2호詩第二號」에서는 띄어쓰기와 마침표의 부재, '아버지'라는 어휘의 과도한 나열, "나의아버지가되고"라는 문장 진술 및 그 변이 형태들의 반복적 나열로 의미 지각에 혼란을 가져오고 있다. 또한 「시제3호詩第三號」에서는 띄어쓰기와 문장부호가 전혀 없는 형태, 현재시제와 과거시제의 교차 반복, 같은 단어를 통한 의미의 중첩 등으로, 「시제7호詩第七號」에서는 과도한 한자 사용과 명사형의 나열, 띄어쓰기 부정, 명사구 사이의 가운뎃점 등으로 일반적인 문법적 규범에서 이탈한 낯선 방식으로 전개하고 있다. 즉 이상의 산문시는 일반적인 문법적 논리로는 좀처럼 해명할 수 없는 독특한 '수사학적 불연속성'[20]을 보여 주고 있는 것이다.

이상이 어떤 의도로 이러한 표현 양상을 드러내는지 「시제2호」부터 살펴보자. 우선 이 산문시는 무엇보다 동일한 말이나 유사어를 반복적으로 사용하고 '의'라는 관형격 조사를 통한 열거와 반복의 기법, '나'

---

19 형식주의자들은 예술은 바로 일상의, 낯익음의 껍질을 벗고 그것을 다시 낯설게 하여 지각의 신선함을 되살리는 행위라고 믿는다. 이상섭, 『언어와 상상 - 문학 이론과 실제비평』, 문학과지성사, 1980, 49~51쪽.
20 '수사학적 불연속성'은 시가 산문과는 전혀 다른 시로서의 논리, 시만의 독특한 문법을 보여 준다는 것을 말한다. 이를테면 과도한 생략적 문체, 이미지의 병치적 연결, 비합리적 순서에 의한 낱말 연결 따위가 그것이다. 이승훈, 『시론』, 고려원, 1990, 301쪽.

와 '아'의 [ㅏ] 모음 반복을 통해 산문시 속에 새로운 국면의 리듬을 부여하고 있다. 또한 '또, 그런데도, 어쩌자고, 웨, 한꺼번에'와 같은 부사어들이 문장 사이사이에 사용되어 휴지의 기능을 하면서 평탄하고 단조로운 어조를 띠는 문장에 강조의 기능을 부여하고 어느 정도의 강세를 수반한다. 이 시에서 강세는 '껑충'에서 가장 강하게 나타나는데, 이러한 부사어와 강세를 수반하는 어휘들이 운율의 변조와 파격으로서 이 시를 반복으로 인한 단조로움으로부터 벗어나게 하는 기능을 하고 있다. 한편, '나'는 '나의 아버지'와 대결 양상을 이루면서 '나의 아버지'와는 다른 삶, 즉 대립적인 관계를 지향하고 있는데, 이러한 대결 양상 또한 산문시에 리듬을 부여하는 데 이바지하고 있다.

이와 같이 이상은 행을 나누지 않는 산문시 형태에서도 문장의 다양한 구성과 배열을 통해 충분히 운율을 조성할 수 있음을 보여주고 있다. 그것이 곧 산문시가 행을 나누지 않아도 유지할 수 있는 시적 효과 중의 하나이다.

'나'는 나의 아버지가 나의 곁에서 졸고 있을 때, 즉 몽환적 반의식 상태에 있을 때 아버지와 같아진다. 내가 나의 아버지에게 동화되는 반면에 나의 아버지는 "나의아버지대로" 그대로 존재한다. 따라서 나는 아버지에 비해 "작고" 나의 아버지의 역사적 대를 이으며 조상들과 같아지고 있다. 그러나 '나'가 '나의 아버지조상들'와 대결 구도를 이루고 숙명적인 관계를 "껑충뛰어넘어야" 함을 지각하게 되면서 '나'는 그러한 숙명적·당위적 관계로서의 삶에 대해 불만을 토로한다. '나─아버지─조부라는 종적인 관계를 거부하고 이들을 동일화시켜 횡적으로 인식하고자 하는 것'이다.[21] 이렇게 볼 때, 이 산문시는 숙명적이고 당위적인 관계에서의 삶을 수동적으로 따르며 살았던 시적 자아가 그러한 삶에 의문을 제시하고 불만을 토로하게 되면서 자기 탐구의 과정을 겪고 있음을 보여주고 있다고 할 수 있다.

이처럼 이상의 「시제2호」는 여러 요소로 내재적인 리듬을 형성하여 산문시에도 운율이 존재할 수 있음을 보여주고, 말장난처럼 보이는 진술들을 통해 "의미의 심각성을 은폐"함으로써 "비극성을 희화화"하는 시적 효과를 거두고 있다.[22]

「시제3호」 역시 그러한 시적 효과를 거두고 있는데, 이 산문시에서는 무엇보다 '시간적인 불연속성'[23]을 보여주고 있다. 이 시에서 함축적 화자[24]는 '싸움하는사람'은 '싸움하지아니하던사람'과거이자 '싸움하지아니하는사람'현재이라고 발화함으로써 과거와 현재의 동시성을 보여준다. 다시 말해, 과거 → 현재 → 미래라는 계기적인 질서 속에 존재하는 사람이 아니라 과거에서의 자아와 현재에서의 자아를 동시

---

21 조윤경, 「신체 분리의 욕망과 존재의 타자화 - 데스노스와 이상의 시를 중심으로」, 『비교문학』 31, 이화여대, 2003, 201쪽.

22 이수은, 「이상 시 리듬 연구」, 이화여대 석사논문, 1997, 46~47쪽.

23 '시간적 불연속성'은 과거 → 현재 → 미래라는 계기성의 시간이 파괴되고 이 세 시간 범주가 동시에 존재하며, 시간을 공간적으로 인식하는 것이 아니라 시간-공간의 상호 확산으로 세 시간범주가 서로 침투되어 소위 시-공 연속체를 이루는 순수지속의 시간관을 보여준다는 것이다. 이승훈, 『시론』, 고려원, 1990, 302~303쪽.

24 흔히 '탈(persona)'이라고 불리는 시에서의 화자는 텍스트 표면에 나타나기도 하고, 나타나지 않고 숨어서 발화행위를 하기도 하는데, 저자는 '현상적 화자(phenomenological speaker)'와 '함축적 화자(implied speaker)'로 구분하여 부르기로 한다. 이들은 연구자에 따라 '외적 화자-내적 화자'(김태진, 「김광균 시의 기호론적 연구」, 홍익대 박사논문, 1992), '드러난 화자-숨은 화자'(이상옥, 「오장환 시 연구-담화 체계를 중심으로」, 홍익대 박사논문, 1993), '현상적 화자-함축된 화자'(홍문표, 『현대시학』, 양문각, 1995, 376쪽), 서술시의 경우는 '외적 서술자-내적 서술자'(고현철, 「서술시의 소통 구조와 서술 방식」, 현대시학 편, 『한국 서술시의 시학』, 태학사, 1998) 등으로 불리고 있다. 그러나 이들은 용어가 다를 뿐 실상은 비슷한 개념으로 화자가 텍스트 표면에 나타나서 직접 발화를 하느냐 아니면 숨어서 발화를 하느냐에 따른 구분일 뿐이다.

적으로 인식하고 있는 사람인 것이다. 이처럼 계기적인 시간과의 단절을 보여주는 시간적 불연속성으로 함축적 화자는 그러한 존재가 '싸움하는구경'을 하는 것은 결국 '싸움하지아니하는것을구경'하는 것과 동일하다는 것을 발화하고 있다. 즉 관찰자의 상대적 시각에 따라 다른 것일 뿐 본질적으로 '싸움하는구경'과 '싸움하지아니하는구경'이 같은 것이라고 발화하고 있는 것이다. 이렇게 볼 때, 이 산문시는 '단락이나 연 구분이 없는 산문시' 형태로 사각의 링과 같은 공간을 표상하고, 그 안에서 연속 시행의 속도감으로 '싸움'의 상황이 갖는 긴장감을 조성하며, 시간적 불연속성으로 그렇게 이어지는 싸움이 결국엔 존재도 사건도 무의미하게 하나로 이어진다는 것을 보여주고 있다고 할 수 있다.

「시제7호」를 보면, 무엇보다 과다하게 사용된 한자들이 쉽게 읽히기를 가로막고 있는데, 김승희는 이 시의 과다한 한자어 사용은 "유교적 상징 체계를 운반해주는 전근대적 부호이고 봉건적 이데올로기를 전파하는 큰 타자의 언술 기호, 즉 봉건사상의 큰 타자의 억압의 부호일 수 있고 권위와 지배욕의 부호일 수 있다"고 해석한 바 있다.[25] 그렇게 볼 때, 이상은 산문시의 공간 안에 억압적이고 권위적인 한자어의 과다한 사용을 통해 폐쇄된 상황에서의 권위적 표상에 의한 억눌림을 환기시키고 있다 하겠다. 불길하고 화려하면서도 허무한 "滿月"과 자신을 향하여 공격하고 불길한 운명을 투사하고 있는 "亡骸"에 대한 '은유적 표현이 명사형으로 연쇄망을 이루며 나열되고' 있는 것 역시 그 속에서

---

25 김승희, 앞의 책, 206쪽.

귀양살이를 하며 "天亮이올때까지" "起動"할 수 없이 암담하게 살아야 하는 화자의 폐쇄된 상황을 그리기 위한 전략이었던 것이다. 그렇다면 명사구 사이에 있는 가운뎃점은 일상성을 상실하고 외부 세계와 단절되어 있는 화자의 상황을 표상하고 있는 기호라고 할 수 있다.

이처럼 '단락이나 연 구분이 없는 산문시'는 단락이나 연의 구분으로 인한 열린 공간이 없기 때문에 시적 정서의 분산을 막아 주제를 하나로 통합하여 부각하고, 폐쇄적인 분위기를 자아내며, 소외되거나 단절된 상황을 효과적으로 드러낼 수 있다.

이상의 산문시는 행 구분이 없는 줄글 형태의 산문시를 사각의 공간으로 인식하여 그 속에 시적 대상이나 자아의 의식이 자아내는 이미지를 표상하는 특징을 보인다. 또한 이상은 그 공간에서 문법적인 규범을 위반하고, 낯선 이미지의 충돌을 보여주고, 재현적 진술을 거부하고 문장의 이해에 필요한 요소들을 생략하거나 의미를 단절시키는 등 일반적이고 규범적인 질서를 의도적으로 이탈하는 '미학적 위반'을 보여줌으로써 시적 긴장 및 시적 효과를 거두고 있다. "미학이 의도적인 의지의 행위를 요구하는 것"[26]이라고 할 때, 이상은 행을 구분하는 자유시의 형태를 위반하여 의도적으로 산문의 형태로 시를 써 사각의 공간을 구축하고, 그 속에서 산문적인 재현적 성격마저 위반하는 '반산문성'과 일반적인 문법을 위반하는 '비문법성'을 동시에 보여줌으로써 새로운 미적 구조의 산문시를 제시하고 있는 것이다.

그렇다면 이상의 '단락이나 연 구분이 없는 산문시'는 야콥슨이 제시

---

26 Cleanth Brooks, 이경수 역, 『잘 빚어진 항아리』, 문예출판사, 1997, 79쪽.

한 의사소통의 기호학적 도식으로 볼 때, 메시지텍스트 자체를 지향하고 있기 때문에 기호의 촉진성이 높은 '시적 기능'을 보여주고 있어 상대적으로 언어의 지시적인 기능이 극소화되고 있다고 할 수 있고, 동시에 전달이 화자 자신의 감정 표출을 지향하고 있기 때문에 서정적 산문시의 특성을 보여주고 있다고 할 수 있다.

2. 정서 및 상황의 변화와 서사적 전개

'단락이나 연 구분이 없는 산문시'에서 이미지를 공간화하고 그 속에서 위반의 미학을 보여주었던 이상은 '단락이나 연 구분이 있는 산문시'에서도 그러한 성격을 다소 보여주지만, '단락이나 연 구분이 있는 산문시'에서는 무엇보다 정서 및 상황의 변화를 보여주고 있으며, 그것을 서사적으로 전개시키는 특징을 보인다.

역사를하노라고 쌍을파다가 커다란돌을하나 씌집어내여놋코보니 도모지어데서인가 본듯한생각이들게 모양이생겻는데 목도들이 그것을메고나가드니 어데다갓다버리고온모양이길내 쪼차나가보니 危險하기짝이업는큰길가드라.

그날밤에 한소낙이하얏스니 必是그돌이깨끗이씻겻슬터인데 그잇흔날가보니까 變怪로다 간데온데업드라. 엇던돌이와서 그돌을업어갓슬가 나는참이런悽량한생각에서아래와가튼作文을지엿도다.

'내가 그다지 사랑하든 그대여 내한平生에 참아 그대를 니즐수업소이

다. 내차례에 못올사랑인줄은 알면서도 나혼자는 꾸준히생각하리다. 자
그러면 내내어엿부소서'

엇던돌이 내얼골을 물끄럼이 치여다보는것만갓해서 이런詩는 그만찌저
버리고십드라.

—「이런詩」, 『카톨닉靑年』 2호, 1933.7

위의 시는 제목에 해당하는 "이런詩"가 낫표 안에 '단락이나 연 구분
이 없는 산문시' 형태로 들어가 있고, 낫표 안의 시를 포함하여 모두 세
단락[27]으로 구분되어 있는 산문시이다.

이 시의 화자는, 첫 번째 단락에서 "커다란돌"과 일정한 거리를 유지
하면서 일어난 사건을 순차적으로 보고하는 방식으로 진술하고 있으
므로 서사적 자아라고 할 수 있다. "그날밤"으로 시간이 바뀌면서 단락
이 나누어지고 있고, "간데온데업드라" 다음에 마침표를 찍음으로써
사건의 경과보고를 마무리하고 다음 문장에서 서사적 자아로서의 화
자는 자신이 '이런 시詩'를 쓰게 된 동기를 제시하고 있다. 즉 "엇던돌
이와서 그돌을업어갓슬가" 하는 "悽량한 생각에서" "이런詩"를 짓게
된 것인데, 낫표 안의 시를 보면 화자는 "사랑하든 그대"를 "엇던돌이
와서 그돌을업어"간 것과 같이 빼앗기고 "내차례에 못올사랑인줄" 알
고 있지만 "한平生" 그대를 잊지 않고 "나혼자는 꾸준히생각하"겠다는
사랑의 다짐을 고백하고 있다. 그러나 바로 다음 단락에서 그대를 업

---

27 앞의 두 단락과 달리 낫표 다음의 문장은 들여쓰기가 되어 있지 않으므로 이 글은 낫
표의 시를 포함하여 다음 문장까지를 한 단락으로 간주하고, 「이런詩」를 모두 세 단
락으로 이루어진 산문시로 본다.

어간 "엇던돌"이 자신을 "치여다보는것만갓하서" "이런詩는 그만씨저 버리고십"다고 발화하고 있는데, 그것은 "엇던돌"에게 비치는 자신의 행동에 대한 민망함 내지 죄책감 때문이다. 왜냐하면 "엇던돌"은 "危險하기쌱이업는큰길가"에 버려진 "돌"을 안전하게 "업어"갔고, 자신은 "한소낙"이 그 돌을 "쌔긋이씻"길 때까지 "그잇혼날"에나 가 본 소극적인 존재로서 '이런시'나 짓고 있는 "凄凉한" 존재이기 때문이다.

이렇게 볼 때, 「이런시詩」의 서사적 사건은 크게 두 가지임을 알 수 있다. 하나는 '돌이 있었다가 사라진 사건'이며 둘은 '화자가 「이런시」를 짓게 된 사건'이다. 이 두 사건이 서로 맞물리면서 첫 번째 단락과 두 번째 단락이 나누어지고, 세 번째 단락에 와서 화자 자신이 지었다는 시의 전문을 제시하며 그로 인한 화자의 갈등을 보여주고 있다.

결국, 「이런시」는 단락을 구분하는 산문시 형태를 통해 사건의 순차적 변화를 보여주고, 두 가지의 사건을 맞물리게 연결함으로써 '이런시'를 쓴 화자 자신의 사랑의 감정 및 갈등을 발화하고 있는 것인데, 이렇게 볼 때 이 산문시에서 화자의 갈등은 시적 대상과 직접 부딪히며 겪는 갈등이 아니라 자기 내면에서 일어나는 갈등임을 알 수 있다. 즉 사랑하는 마음을 적극적으로 드러내지 못하는 소극적인 자신의 태도로 인한 자아의 내면적 갈등을 발화하고 있는 것이다.

다음의 산문시에서도 소극적인 사랑의 태도로 내적 갈등을 겪는 화자의 모습이 나타나는데, 이 산문시에서는 각 연에 일련번호를 붙이고 각각 다른 상황을 제시함으로써 각 연의 독립성을 부여하고 있으며, 이미지의 공간화와 환유적·은유적 표현 등으로 시적 기능이 강화되고 있다.

1

달빗속에잇는네얼골앞에서내얼골은한장얇은皮膚가되
여너를칭찬하는내말슴이發音하지아니하고미다지를간
즐으는한숨처럼冬柏꼿밧내음새진이고잇는네머리털속
으로기여들면서모심듯키내설음을하나하나심어가네나

2

진흙밭헤매일적에네구두뒤축이눌러놋는자욱에비나려
가득고엿스니이는온갓네거짓말네弄談에한없이고단한
이설음을꿋으로울기전에따에노아하늘에부어놋는내억
울한술잔네발자욱이진흙밭을헤매이며헛뜨려노음이냐

3

달빗이내등에무든거적자욱에앉으면내그림자에는실고
초같은피가아믈거리고대신血管에는달빗에놀래인冷水
가방울방울젓기로니너는내벽돌을섭어삼킨원통하게배
곱하이즈러진헌겁心臟을드려다보면서魚항이라하느냐

—「ㅣ·素·榮·爲·題·ㅣ」, 『中央』, 1934.9

위의 시는 『중앙』에 발표된 텍스트 그대로를 인용한 것인데, 외형상
으로 보면 띄어쓰기와 문장부호 없이 각 연이 24자×4행의 96자로 정
확하게 직사각형의 동일한 형태를 이루고 있음을 알 수 있다. 각 연의
4행은 분행 의식이 작용한 행 구분으로 보기 어렵고, 직사각형의 동일

한 형태를 맞추기 위한 분절로 보이는데, 무엇보다 이상이 의도적으로 시의 형태미를 추구한 것임을 알 수 있다.[28] 따라서 위의 시는 행 구분이 없는 산문시로 각 연에 일련번호가 붙어 있는 동일한 형태의 연 구분만 되어 있는 산문시로 간주된다. 무엇보다 이러한 형태가 시의 의미와 어떤 연관을 가지는지 따져볼 필요가 있다.

우선 제목의 한문을 풀어보면, '소영을 제목으로 삼다'라는 뜻으로 '소영素榮'이라는 여인을 생각하면서 쓴 시임을 알 수 있다. 제목에 "丨"와 "·"가 붙은 이유는 '소영'을 향한 시임을 강조하는 동시에 어떤 표상으로 보이는데, 화자의 발화 내용을 살펴보면 그 의미가 밝혀질 것이다.

1연에서 서정적 자아인 '나'는 현상적 화자로 나타나 현상적 청자인 '네'로 호칭되는 소영에게 은유적 또는 직유적인 표현으로 자신의 태도 및 감정을 발화하고 있다. 그러나 일반적인 은유와 직유가 동일성과 유사성에 의해 연결되는데 비해, 1연에서 비유되는 사물들 사이에서 공통된 속성을 찾기란 쉽지 않다. "달빛속에잇는네얼골앞에서내얼골은한장얇은피부가되여너를칭찬하는내말슴이발음하지아니하고"까지는 어느 정도 해석이 가능하다. 즉 화자인 나는 달빛 속에 있는 소영의 얼굴 앞에서 소영을 보고 있지만, "얼골은한장얇은피부가되"어 소영에게 칭찬 한 마디를 "發音하지" 못하는 소극적이고 위축된 태도를 취하고 있는 것이다. 여기서 "한장얇은피부"는 부끄러움을 모르고 염

---

28 이남호는 「소영위제」의 이러한 형태가 시의 의미와 어떤 연관을 가지는지는 잘 알 수 없지만, 이 시의 발표 당시의 형태가 이상의 의도라면, 이후에 이 시를 인용할 경우 그 형태를 살려서 인용해야 할 것이라고 지적한 바 있다. 이남호, 「「소영위제」에 대한 연구」, 『시안』 54, 2011, 169~170쪽.

치가 없는 사람을 일러 '얼굴이 두껍다'라고 표현하는 말의 반대로 여겨진다. 그러한 소극적인 태도는 "미다지를간즐으는한숨처럼"으로 이어지고 있는데, 이 구절이 앞 문장의 "내말슴이發音하지아니하고"와 연결된 비유인지, 뒷 문장 "冬柏꽃밧내음새진이고잇는네머리털속으로기여들면서"와 연결된 것인지 모호할 뿐만 아니라, '미닫이', '간질이다', '한숨', '동백꽃밭', '머리털속', '기여들다'의 시어들 사이에서 유사성을 찾기도 어렵다. 다시 말해, 이 시의 비유들은 유사성의 원리에 의한 결합이 아니라 인접의 환유적 연쇄의 결합으로 조직되어 있기 때문에 의미적인 연결 없이 시어들은 하나의 기표에서 또 다른 기표로 이어지고 있을 뿐인 것이다. 이렇게, 이상의 산문시는 시적인 요소가 더 이상 은유나 상징에 있지 않아도 된다는 것을 보여준다.[29] 결국, 이 산문시의 1연은 환유적인 연결을 통한 의미의 단절로 독자의 상상력을 끊임없이 자극함으로써 시적 긴장을 유지하고 있는 것이다.

그 의미의 빈틈을 상상력으로 채워 해석해 보면, "미다지를간즐이는한숨처럼"은 소영의 마음의 문을 적극적으로 열지 못하고 그 마음의 문 앞에서 서성이며 한숨만 쉬고 있는 서정적 자아의 모습을 표현한 것이라고 할 수 있다. 또한 "冬柏꽃밧내음새진이고잇는" 소영의 "머리털속으로기여들면서모심듯키" 자신의 "설음을하나하나심어가"고 있다는 표현은 서정적 자아가 소영의 아름다운 외모를 후각적으로 먼저 인식하고 그 매력 속으로 빠져들어, 사랑을 고백하지 못하는 자신의 "설음"을 모를 심듯이 신중하고 정성스럽게 "하나하나심어" 자신의 사랑

---

29 이미순, 「담론의 측면에서 본 이상 산문시의 장르적 특성」, 『한국현대문학연구』 5, 한국현대문학회, 1997, 159~162쪽 참조.

을 보여주고 싶다는 의미로 보인다. 이렇게 볼 때, 이 산문시의 1연은 띄어쓰기와 행 구분 없는 분절로 시의 외형에서부터 모를 심어 놓은 듯 반듯하게 직사각형 모양의 '밭'의 모습으로 서정적 자아의 소영에 대한 사랑의 감정을 형상화하고, 비유적인 표현들을 통해 소영에 대한 자신의 감정을 서정적으로 발화하고 있는 '서정적 산문시'라고 볼 수 있다. 그렇다면 시의 제목에 붙은 "ㅣ"와 "ㆍ"은 소영의 이름 사이사이에 모를 심어 놓은 형상이라고 할 수 있겠다.

　1연이 '직유로 가장된 환유적 표현'[30]으로 시적 긴장을 유지했다면, 2연은 '유사성에 의한 은유적 표현'으로 시적 긴장을 유지한다. 서정적 자아는 소영을 사랑하고 있는 자신의 마음을 "진흙밭"이라고 표현하고 있다. 그것은 소영에 대한 감정이 복잡한 상태임을 의미한다. 서정적 자아는 진흙밭이 된 자신의 마음에 소영이라는 여인이 들어와 "혜매"고 있는 상황을 "구두뒤축이눌러놋는자욱"이라는 시각적 이미지로 비유하고 있다. 이렇게 볼 때, 시 제목의 "ㆍ"과 제목 양쪽의 "ㅣ"은 소영이 서정적 자아의 마음속에 눌러 놓은 구두 뒤축의 자국과 그 구두 뒤축을 형상화해 놓은 것이라고도 할 수 있다. 서정적 자아는 그 자국으로 생긴 작은 웅덩이에 비가 내려 빗물이 가득 고여 있는 모습을 "내억울한술잔"이라고 다시 비유한다. 즉 은유적 표현에 또 한 번의 은유를 적용하는 이중은유로 동일성의 정도를 더해 서정성을 강화시키고 있는 것이다. 그런데, 서정적 자아가 사랑의 감정을 '억울한 술잔'에 비유한 이유는 소영이 "거짓말"과 "弄談"으로 자신을 "한

30　위의 글, 162쪽.

없이고단"하게 만들었기 때문이다. 또한 "이설음을哭으로울기전에" "따에노아하늘에부어놋"고 싶다는 것은, 하늘과 마주하여 술잔을 주고받으며 자신의 설움을 하소연하고 싶다는 것인데, 그것을 소영의 "발자욱이진흙밭을헤매이며헛뜨려"놓고 있어 서정적 자아의 설움이 더욱 깊어진 것이다. 다시 말해, 2연에서 이 시의 현상적 화자는 현상적 청자인 소영을 향해 '너의 거짓말과 농담으로 한없이 괴로운 나의 심정을 하늘에 고하고 싶은데, 너는 그것마저 못하게 나의 마음을 흐트러뜨리고 있는 것이냐'며 소영에 대한 원망스러움을 발화하고 있는 것이다.

이렇게 볼 때, 1연과 2연은 서로 다른 상황임을 알 수 있다. 1연에서 서정적 자아는 소영을 칭찬하고 싶어 하지만 자신의 소극적인 태도로 소영에 대한 사랑을 감추고 있다. 그런 반면, 2연에서의 서정적 자아는 소영이 거짓말과 농담으로 자신을 고통스럽고 서럽게 해서 소영을 원망하고 있다.

마지막 3연 역시 다른 상황이 그려지고 있는데, 이 3연에는 다시 환유적인 표현으로 의미의 단절을 보여주고 있다. '달빗', '거적자욱', '그림자', '실고초', '피', '혈관', '냉수', '벽돌', '헌겁심장' '어항' 등의 시어들이 연결되어 있지만, 무엇과 무엇이 연결되는 관계인지 알기 어렵다. 이러한 의미의 단절은 논리적인 이해를 방해하고, 독자의 상투적인 추리를 거부하는 수사학적 불연속성을 보여준다. 그러나 다시 상상력을 동원하여 그 의미들의 빈틈을 채워보면, 우선 "달빗"이 다시 등장하고 있는데, 1연과 같이 이 시에서의 "달빗"은 시적 배경인 동시에 화자가 소영을 생각하게 하는 매개물이라는 것을 짐작할 수 있다.

달빛이 자신을 비춘다는 표현을 의인화하여 '달빛이 내 등에 묻은 거 적자국에 앉으면'이라고 표현하고, 그 달빛으로 자신의 '그림자에는 실고추 같은 피가 아물거리고 대신 혈관血管에는 달빛에 놀란 냉수冷水가 방울방울 젖'는다고 표현함으로써 소영이란 존재를 아예 달빛으로 여기며 동일화하고, 그 달빛이 보잘 것 없는 자신의 그림자에 피가 돌게 하고, 본래 살아 흐르던 혈관에는 달빛에 놀란 냉수가 방울방울 젖게 하여, 자기 존재 자체를 새롭게 변화시키고 있음을 발화하고 있는 것이라고 할 수 있다. 소영을 사랑하는 현상적 화자의 "心臟"은 소영의 사랑을 받지 못해 '벽돌을 씹어 삼킨 원통하게 배고파 이지러진 헝겊 심장'이 되었지만, 현상적 청자인 소영은 여전히 그것을 모르고, 화자를 "魚缸"보듯하고 있다고 상상해 보면, '어항'이라는 비유를 통해 "벽돌을씹어삼킨원통하게배곱하이즈러진헌겁心臟"은 결국 어항 속에 헤엄치고 있는 붉은 빛의 '금붕어'로 치환되고, "달빗에놀래인冷水가 방울방울젓기로"라는 표현은 금붕어가 숨을 쉬고 있는 형상으로 치환된다. 이렇게 보면 각 연의 직사각형의 외형은 어항을 형상화한 모양이라고도 할 수 있다.

이처럼, 이상의 「ㅣ·素·榮·爲·題·ㅣ」는 제목이 시의 의미를 표상하고 있듯, 띄어쓰기와 행이나 단락의 구분 없이 오직 연 구분만으로 이루어진 산문시를 직사각형 모양으로 공간화함으로써 화자와 청자의 태도 및 인식을 표상하고, 일련번호를 붙여 각 연을 구분함으로써 각기 다른 상황에서의 소영에 대한 서정적 자아의 감정을 발화하고 있는 '서정적 산문시'이자 '연 구분이 있는 산문시'이다. 무엇보다 한 산문시 안에 '환유적 표현'과 '은유적 표현'을 각기 적용함으로써 산문시가 두 표현 모두를 시적인 요소로 수용할 수 있고, 그것으로 충분한 시적 긴장을 유지할 수 있음을 보여주고 있다 하겠다.

다음으로는 연 구분을 통해 서사적으로 사건을 전개 시키고 있는 산문시들을 보자.

○ 紙碑一

안해는 아츰이면 外出한다 그날에 該當한 한男子를 소기려가는것이다 順序야 밧귀어도 하로에한男子以上은 待遇하지안는다고 안해는말한다 오늘이야말로 정말도라오지안으려나보다하고 내가 完全히 絶望하고나면 化粧은잇고 人相은없는얼골로 안해는 形容처럼 簡單히돌아온다 나는 물어보면 안해는 모도率直히 이야기한다 나는 안해의日記에 萬一 안해가나를 소기려들었을때 함즉한速記를 男便된資格밖에서 敏捷하게代書한다

○ 紙碑二

안해는 정말 鳥類였든가보다 안해가 그러케 瘦瘠하고 거벼워젓는데도 나르지못한것은 그손까락에 낑기웟든 반지때문이다 午後에는 늘 粉을바를때 壁한겹걸러서 나는 鳥籠을 느긴다 얼마안가서 없어질때까지 그 파르스레한주둥이로 한번도 쌀알을 쪼으려들지안앗다 또 가끔 미다지를열고 蒼空을 처다보면서도 고흔목소리로 지저귀려들지안앗다 안해는 날를줄과 죽을줄이나 알앗지 地上에 발자죽을 남기지안앗다 업서젓다 그제야 처음房안에 鳥糞내음새가 풍기고 날개퍼덕이든 傷處가 도배우에 은근하다 헤트러진 깃부스러기를 쓸어모으면서 나는 世上에도 이상스러운것을 어덧다 散彈 아아안해는 鳥類이면서 염체 닷과같은쇠를 삼켯드라그리고 주저안젓섯드라 散彈은 녹슬엇고 솔털내음새도 나고 千斤무게드라 아아

○ 紙碑三

이房에는 門牌가업다 개는이번에는 저쪽을 向하야짓는다 嘲笑와같이 안해의버서노은 버선이 나같은空腹을表情하면서 곧걸어갈것갓다 나는 이房을 첩첩이다치고 出他한다 그제야 개는 이쪽을向하야 마즈막으로 슬프게 짓는다

———「紙碑－어디갓는지모르는안해」, 『中央』, 1936.1

위의 시는 각 연에 '○ 紙碑一, ○ 紙碑二, ○ 紙碑三'이라는 일련번호가 붙어 연 구분이 되어 있는 산문시이다. 이상의 다른 산문시들이 의도적으로 띄어쓰기를 위반하여 비문법성을 보여주고 있는데 비해 위의 산문시는 띄어쓰기가 나름 되어 있고 문장부호가 생략된 것 외에 대체적으로 문법적인 산문의 형태를 취하고 있다. 그만큼 화자의 발화가 지시적이며 재현적인 기능을 띠고 있다는 것이다. 각 연은 연속적으로 결합하여 서사적인 내용을 이어가고 있으며, 작품 전체의 주제의식은 하나로 통합되어 서사성을 띤다.

시의 제목부터 보자면, '지비紙碑'는 '종이로 만든 비碑'라는 뜻으로 이상이 만들어낸 조어造語인데, 어떤 일을 기념하기 위해 종이에 글을 기록하여 비석처럼 세워 놓는다는 의미겠으나, '오래 기념할 수 없는 한낱 헛된 일을 기록한 것'[31]이라는 반어反語적 표현으로 볼 수도 있다.

이 시의 화자인 "나"는 서사적 자아로서 자신의 "안해"에 대해 발화하고 있는데, 1연을 보면 '나'의 '안해'아내는 유교적 도덕관념에 위반

---

31 권영민, 『이상 텍스트 연구』, 뿔, 2009, 352쪽.

되는 자유로운 여성이며, 화자는 일정한 거리를 두고 그러한 아내의 일상과 자신의 부조화를 담담하게 제시하고 있다. 아내는 '외출-속이는 세계-화장은 있고 인상은 없는 얼굴-솔직함'으로 연결되고, 나는 '집에 있음-속는 세계-절망-대서代書'로 연결되어 있다.[32] 아내는 사회적, 윤리적 가치가 결여되어 있는 세계에서 자유롭고 자신의 비도덕적인 행동에 죄의식이 없어 "形容처럼 簡單히돌아"오고, 자신의 일과도 "모도率直히 이야기"하는데, '나'는 그러한 아내의 부도덕한 일상과 정조를 "男便된資格밖에서敏捷하게" "速記"로써 "代書"하고 있다. 다시 말해, '나'는 아내의 부도덕한 일상과 행동을 비판하거나 모욕하는 것이 아니라 남편된 자격 없이 일정한 거리를 두고 아내를 관찰하고 아내의 보고만으로 아내의 일기를 대필하는 수동적인 인물인 것이다. 이처럼 1연에서 화자는 아내와 자신의 태도 및 성격을 '들려주기' 방식으로 제시하여, '나'와 '안해'가 부조화 속에서 살고 있음을 발화하고 있다.

2연에서는 "어느날 정말" 아내가 "업어젓다"는 사건을 중심으로 화자의 심정이 보다 직설적으로 제시되고 있다. 화자는 아내를 "鳥類"에 비유하고 지금까지 아내가 "나르지못한 것은 그손까락에 낑기웟든 반지때문"이라고 말한다. 반지가 결혼으로 인한 사회적 제도의 굴레를 상징한다면, 아내는 그 제도에 온전히 적응하지 못하고, 남편과 "壁한겹"을 두고 "고흔목소리로 지저귀려들지안앗"으며, "파르스레한주둥이로 한번도 쌀알을 쪼으려들지 안"았고, "地上에 발자죽을 남기지 안

32 김승희, 앞의 책, 287쪽.

앗"으며, "祕密한 발은 늘보선신ㅅ고 남에게 안보이"는 생활을 하다가 결국 "방안에 鳥糞내음새"를 풍기고 "날개퍼덕이든 傷處"로서의 "깃부스러기"를 남기고 그 제도적 굴레를 탈출하였다. 다시 말해 '출타─외출─분화장'을 하던 화자의 아내는 '집안/집밖, 현존/부재, 남편/다른 남자들' 사이의 경계선에 애매모호하게 떠도는 '경계선적 존재'[33]로 지내다가 결국 그 경계선을 넘어서 자유와 해방을 맞은 것이다. 화자는 아내가 그렇게 가출을 하고 난 후에야 아내가 "조류이면서 염체 닷과같은쇠를 삼"키고 "주저안젓섯"으며, "녹슬"고 "솜털냄음새"가 나는 "千斤무게"를 지고 살았던 "散彈"이었음을 깨닫고 있다. 이처럼 2연은 아내가 가출한 서사적 사건을 계기로 아내가 어떠한 삶을 살아왔는지를 화자가 깨닫게 되면서 그 삶을 상징적으로 제시하고 있다. 화자의 내면적 갈등은 여기서 시작된다. 즉 이 산문시의 갈등은 아내와 나 사이의 갈등이라기보다는 아내의 삶을 이해하게 되면서 자신이 그것을 깨닫지 못하고 지냈다는 것에 대한 반성이 화자의 내면적 갈등을 일으키는 것이다.

3연에서 화자는 아내가 "조소와같이" 버선을 벗어놓고 떠나버린 방을 묘사하고, 결국은 자신도 그 "房을 첩첩이다치고 出他"한다고 보고하며 이야기를 마무리한다. 아내가 떠나고 없는 방에 "문패가없다"는 것은 그만큼 아내가 그 방의 주인이었으며 나아가 그 집의 가장이었다는 환유적 표현이다. 그러고 보면 아내의 당돌함이나 남편인 화자의 수동적인 태도 역시 그러한 유추를 뒷받침해 준다. 즉 이 시에서는 전

---

33 위의 책, 289쪽.

통적인 가부장적 가정이 전도顚倒되어 있었던 것이다. 그러한 가정을 지키고 있었던 "개"는 아내가 떠나자 "저쪽을 向하야짓"다가 이제 화자가 "이房을""出他"하니 "그제야" "이쪽을向하야 마즈막으로 슬프게 짓는다". 주인에게 복종하고 집을 지키는 개의 속성으로 볼 때, 이 시에서의 '개'는 전통적인 가부장적 가정의 환유물이라 할 수 있고, 그러한 가부장적 질서를 파괴하고 아내가 가출하니까 그것의 질타로써 아내가 가출한 방향인 "저쪽을 向하야" 먼저 짖었고, 화자마저 "出他"하니까 '나'를 측은하게 여기며 "이쪽을向하야 마즈막으로 슬프게" 짖었던 것으로 보인다. 다시 말해, 이 시에서의 '개'는 전통적인 가부장적 질서가 전도되고 파괴되는 한 가정의 모습을 지켜보면서 '안해'를 질타하고 '나'를 동정하는 가부장적 질서계의 환유물인 것이다.

이렇게 볼 때, 이상의 「지비紙碑 – 어디갓는지모르는안해」는 '안해의 가출'이라는 사건을 계기로 그 사건의 전말이 연 구분을 통해 서사적으로 전개되고, '안해와 나' 또는 '가부장적 질서와 그것이 전도된 가정'을 보여주면서 그러한 가정에서 화자가 겪는 내면적 갈등, 즉 '나는 왜 아내와 내가 그렇게 살아왔음을 몰랐던 것인가'에 대한 반성이 내제된 작품이라고 할 수 있다. 이 시의 화자는 서사적 양식에서의 서술자 역할로 대상을 바라보면서 인식하고 있고, '안해'와 '나'의 태도를 통해 인물의 성격을 제시하고 있는데, 인물의 태도 및 공간 묘사를 비유적·환유적으로 표현하여 시성을 획득하고 있다. 또한 사건의 전말을 순차적으로 발화하되 연을 구분하여 일련번호를 붙임으로써 각 연의 의미를 서정적으로 환기시키는 독립성을 부여하고, 그 연들의 연속적 결합으로 작품 전체의 주제의식을 하나로 통합하고 있다. 다시 말해, 이상의 「지비 – 어디갓는지모르는안해」는 줄거리가 있는 완결된 서사적 형태에 서정적인 표현들을 가미하여 '가부장적 질서의 전복적 사고 및 태도'를 발화하고 있는 것이다.

   1

나는거울업는室內에잇다. 거울속의나는역시外出中이다.나는至今거울속의 나를무서워하며떨고잇다.거울속의나는어디가서나를어떠케하랴는陰謀를 하는中일가.

   2

罪를품고식은寢牀에서잣다. 確實한내꿈에나는缺席하얏고義足을담은軍 用長靴가내꿈의 白紙를더럽혀노앗다.

   3

나는거울잇는室內로몰래들어간다. 나를거울에서解放하려고. 그러나거울 속의나는沈鬱한얼골로同時에꼭들어온다.거울속의나는내게未安한뜻을傳 한다.내가그때문에獄囚되어잇듯키그도나때문에獄囚되여떨고잇다.

   4

내가缺席한나의꿈. 내僞造가登場하지안는내거울. 無能이라도조흔나의孤獨 의渴望者다. 나는드듸어거울속의나에게自殺을勸誘하기로決心하얏다. 나는 그에게視野도업는들窓을가르치엇다. 그들窓은自殺만을爲한들窓이다. 그러 나내가自殺하지아니하면그가自殺할수업슴을그는내게가르친다.거울속의 나는不死鳥에갓갑다.

5

내왼편가슴心臟의位置를防彈金屬으로掩蔽하고나는거울속의내왼편가슴
을견우어拳銃을發射하얏다. 彈丸은그의왼편가슴을貫通하얏스나그의心臟
은바른편에잇다.

6

模型心臟에서붉은잉크가업즐러젓다. 내가遲刻한내꿈에서나는極刑을바닷
다. 내꿈을支配하는者는내가아니다. 握手할수조차업는두사람을封鎖한巨大
한罪가잇다.

―「詩第十五號」, 『朝鮮中央日報』, 1934.8.8

위의 시 또한 일련번호가 붙은 연 구분만으로 이루어진 산문시로 전
체 6연으로 구성되어 있다. 각 연은 행 구분이 되어 있지 않고 띄어쓰
기가 무시되어 있지만, 일부 문장과 문장 사이에는 띄어쓰기가 되어
있고 각 문장의 끝에 마침표가 분명하게 찍혀 있어 의미의 정지 및 완
료로서의 휴지 부분을 구분하고 있음을 알 수 있다. 더욱이 각 연에 붙
어있는 일련번호는 각 연의 독립성을 부여하면서 연속성의 의미를 동
시에 가져 화자가 발화하는 대상 및 사건의 추이를 서사적 플롯처럼 느
낄 수 있게 하고 있다.

이 시의 현상적 화자는 '거울속의나'와 '꿈'에 대해 발화하면서 자아
내부의 존재론적 분열 양상을 보여주고 있는데, 1연부터 순차적으로
살펴보면, 화자는 우선 "나는거울업는室內에잇다"는 첫 문장을 통해
자신의 위치를 보고하고 있다. 1연에서 띄어쓰기가 되어 있는 부분은

이 첫 문장 다음뿐이다. 즉 화자는 자신이 거울이 없는 실내에 있으면서도 얼마나 "거울속의나"를 "무서워하며떨고잇"는 지를 알리기 위해 첫 문장 다음에 휴지를 두었고, 그 다음 문장들에 띄어쓰기를 하지 않고 문장 끝에 마침표만을 찍음으로써 "外出中"인 "거울속의나"가 "어디가서나를어떠케하랴는陰謀를하는中"이지 않을까하는 불안과 공포감에 휩싸여 있는 자신의 상태를 텍스트 표층으로 보여주고 있는 것이다. 2연에서 '나'는 "罪를품고식은寢牀에서잣다"는 과거 사실을 발화한다. "罪를품고"의 의미는 과거에 저지른 죄로 인한 "죄책감을 안고"의 의미일 수도 있지만, 4, 5연의 발화로 볼 때, "거울속의나"에게 "自殺을勸誘"하고 "拳銃을發射"할 죄를 계획하고 있다는 의미로 해석된다. 그런 계획이 있었기 때문에 "식은寢牀"에서 불편하게 잘 수밖에 없었던 것이다. 그 다음 문장을 보면 이 시의 화자는 "白紙"처럼 깨끗한 뭔가 "確實한" "꿈"을 가지고 있었으나 스스로 그 꿈에서 "缺席"하였고, "義足을담은 軍用長靴"가 자신의 꿈을 "더럽혀노앗다"고 발화하고 있다. 의족을 담은 군용 장화에 대한 해석[34]은 분분하나, 이 부분에 띄어쓰기가 되어 있는 것을 유념하면, 전쟁으로 인해 다리를 잃은 사람이 의족을 하고도 '군용 장화'를 신고 있는 것이므로 '사회의 지배적 권위로 인한 의무감'의 제유적 표현으로 보이며, 화자는 그것을 띄어쓰기

---

34 정귀영은 「이상문학의 초의식심리학(하)」(『현대문학』, 1973.9, 303쪽)에서 '군용장화'는 현실의 지배적 권위를 상징하고, 그 권위가 내 꿈의 순수 의식(백지)까지를 망쳐놓기 때문에 '의족을 담은 군용장화'는 사회적 권위에 대한 가치평가라고 했다. 정귀영의 견해에 동의한 이승훈(앞의 책, 32쪽)은 꿈을 꿀 수 없게 만드는 방해물이나 바람직하지 않은 상황을 암시한다고 보았으며, 김승희(앞의 책, 60~61쪽)는 '군용장화'를 부권표상의 은유로 보고, '의족'은 자연인 생물학적 욕구, 현상적 세계와 반대되는 인공적인 것으로 해석한 바 있다. 저자는 이들의 견해를 참조한다.

로 강조하고 있는 것이다. 이렇게 볼 때, 이 시의 화자는 이상적 자아를 꿈꾸고 있었으나 사회의 지배적인 권위 또는 거짓, 허위로 인해 자신의 꿈이 더럽혀졌고, 결국엔 그렇게 더럽혀진 이상적 자아에게 자살을 권유할 계획임을 고하고 있는 것이다. 그렇다면 1, 2연의 관계에서 볼 때, 이 시에서 '겨울 속의 나'는 사회의 지배적 권위나 거짓, 허위로 인해 더럽혀진 '이상적 자아'이고, '거울 업는 실내'에 있는 화자는 그 이상적 자아로부터 "缺席"한 즉 떨어져 나온 '현실적 자아'인데, 현실적 자아는 더럽혀진 이상적 자아를 무서워하지만 그 공포 속에서도 더럽혀진 이상적 자아에게 자살을 권유하고 권총을 발사할 계획을 하고 있다는 것이다. 결국 이 시의 1, 2연은 등장인물이 소개되고 배경이 제시되면서 사건의 실마리가 나타나는 서사적 플롯의 발단 단계에 해당하는 부분으로 이상적 자아와 현실적 자아가 대치할 수밖에 없는 상황의 원인을 밝혀주고 있다 하겠다.

  3연은 서사적 플롯의 전개에 해당하는 부분으로 내용이 진전되어 펼쳐지고 있다. 현실적 자아인 화자는 드디어 이상적 자아를 "거울에서解放"시키기 위해 "거울잇는室內로몰래들어간다." 그러나 막상 거울 속에 들어가니 이상적 자아는 "沈鬱한얼굴"로 "내게未安한뜻을傳"하고 나처럼 "囹圄되어떨고잇다". 거울을 경계로 서로 분열되어 있던 자아가 거울을 통해 서로를 대면하면서 서로가 서로를 구속하고 있었다는 것을 깨닫게 된 것이다. 이 부분에 띄어쓰기가 되어 있지 않은 것은 분열되었던 자아가 서로 대면했음을 나타내고 서로가 서로에 의해 영어囹圄되어 있는 상태를 표상하기 위함인 것으로 보인다.

  이상적 자아와의 대면 이후 4연에서 화자는 다시 자신의 꿈을 떠올린다. 처음 두 문장이 명사형으로 끝나고, 세 번째 문장에 "누가"에 해당하는 주어가 없는 것으로 보아 "無能이라도조혼나의孤獨의渴望者"는 "나의꿈"이며 "내거울"이라고 할 수 있다. 여기서 꿈과 거울은 같은 의미로 쓰이고 있는데, 그것은 거울이 자아성찰 혹은 자의식의 세계를 비추는 도구적 상징물로 제유되고 있어 거울에는 실체가 "僞造" 즉 "의족"과 같이 인위적이고 거짓된 형상으로 등장하지 않기 때문이다. 그만큼 '나의꿈'과 '내거울'은 거짓이 없는 이상적인 것이기 때문에 능력이 없어도 좋은 고독의 갈망자, 즉 고독을 즐기는 존재인 이상적 자아의 본래 자리인 것이다. 화자가 그 꿈에서 멀어진 이상적 자아에게 결국 "視野도업는들窓"에서의 "自殺을勸誘"하게 되면서 두 자아의 대립은 심화되고 갈등이 고조되는 위기 단계가 된다. 4연의 마지막 두 문장 사이를 제외하고 문장 끝마다 띄어쓰기를 함으로써 텍스트 표상으로 위기 단계의 긴장감을 조성하고 있다. 마지막 두 문장을 붙여 쓴 이유는, 이상적 자아가 오히려 "내가自殺하지아니하면그가自殺할수업슴을" 가르쳐 주고 있는 것으로 보아 두 자아가 하나임을 보여주기 위함인 듯하다. 그래서 이상적 자아의 자살은 현실적 자아의 자살을 통해서만 성취될 수 있는 것이다.

그러나 갈등이 최고조에 이르는 절정 단계인 5연에서 현실적 자아는 이상적 자아의 가르침을 거부하고 자신의 "왼편가슴心臟의位置를防彈金屬으로掩蔽하고" "거울속의" 이상적 자아의 "왼편가슴을견우어拳銃을發射"하고 만다. 현실적 자아는 이상적 자아와 자신이 분리되어 있다고 믿고 이상적 자아만을 살해하기 위해 자신의 가슴은 엄폐하고 권총을 발사했던 것이다. 그러나 이상적 자아의 "心臟은바른편에잇"어

그의 죽음은 불가능했다.

결국 6연에 와서 화자는 서사적 플롯의 결말 단계처럼 사건을 마무리하지만 갈등을 해결하지 못하고 열린 결말로 자신의 운명을 인정한다. "義足"과 같이 인위적으로 위조된 "模型心臟"에서 피와 같은 "붉은잉크가업즐러젓다"는 것은 결국 현실적 자아가 탄환을 발사하여 거울이 깨지면서 이상적 자아가 사라졌고 그것을 현실적 자아는 이상적 자아의 가짜 죽음으로 여기고 있는 것이다. "내가遲刻한내꿈"이란 꿈을 찾기 위한 노력이 너무 늦었다는 것이고, 그래서 "나"는 "극형"을 받아 더 이상 "내꿈을지배"할 수 없으며, 이상적 자아와 "악수" 조차도 할 수 없게 된 것이다. 이렇게 두 자아는 합일되지 못하고 분열의 상태로 끝나고 마는데, 그들을 "封鎖한巨大한罪"가 "軍用長靴"와 같은 의미라면 이 시의 화자는 사회의 지배적인 권위 또는 거짓, 허위로 인해 자신의 자아가 분열되었음을 열린 결말로 발화하고 있는 것이라 하겠다.

이렇게 볼 때, 이상의 「시제15호詩第十五號」는 다소 자폐自閉적이고 비현실적으로 느껴질 수 있는 화자의 존재론적 분열 양상을 단순히 재현적인 진술로 표현한 것이 아니라 연 구분만으로 이루어진 산문시 형태에 각 연마다 일련번호를 붙여 산문 형식의 서사적 플롯의 단계로 환상성을 도입하여 발화함으로써 읽는 이의 긴장감과 흥미를 유발시키고 독자 스스로가 주체에 대한 새로운 인식을 할 수 있는 계기를 마련하고 있다 하겠다.

이와 같이 '단락이나 연 구분이 있는' 이상의 산문시들을 통해서 알 수 있듯, 산문시는 행을 구분하지 않기 때문에 오히려 이야기를 전개시키기 용이하고, 사건의 흐름 및 시공간의 변화를 단락이나 연의 구분으로 표현할 수 있기 때문에 행을 구분하는 서사 지향적인 자유시들보다 서사성을 표현하기가 훨씬 유리함을 알 수 있다.

이상 산문시의 형태적 특성에 따른 두 유형을 비교하자면, 이상의 산문시는 '단락이나 연 구분이 없는 산문시'에서 이미지를 공간화하거나 문법적이고 재현적인 진술을 거부하고 현실과 환상을 상호 교차시켜 두 세계의 경계를 해체함으로써 자아의 내면적 의식의 흐름을 어지럽게 펼쳐 놓았다면, '단락이나 연 구분이 있는 산문시' 형태에서는 정서 및 상황의 변화를 확연하게 구분하고, 환상성이 도입된 내용을 서사적으로 전개함으로써 긴장과 흥미를 유발하는 특징을 보여주고 있다 하겠다.

3. 근대적 주체의 내면 세계와 부정의식

형태적 특성으로 본 이상의 산문시를 종합해 보면, 이상의 산문시는 '단락이나 연 구분이 없는 산문시'와 '단락이나 연 구분이 있는 산문시' 두 유형의 일반적인 특성을 고스란히 보여주면서, 무엇보다 시적 이미지를 공간화하고자 하는 의도가 높고, 시적·산문적·문법적 규범의 동시적 일탈을 통해 미학적 위반을 보여주며, 단락이나 연의 구분을 통해 서사적 플롯의 전개를 보여주는 미적 특성이 있었다.

그렇다면 이상은 그러한 자기만의 독특한 미적 특성을 지닌 산문시를 통해 무엇을 발화하고자 한 것일까? 무엇을 발화하기 위해 그러한 산문시의 형태를 필요로 했던 것일까? 여기서는 이상 산문시의 그 무엇에 초점을 두고 이상 산문시의 주제 양상을 고찰해 보고자 한다. 즉 이상이 그러한 산문시를 통해 무엇을 발화하고 있고, 그것이 그러한 표현과 어떻게 관련되어 있는지를 고찰하여 형식과 내용, 표현과 주제가 유기적으로 결합되어 있는지를 살펴보고자 하는 것이다.

이 절은 이상 산문시의 주제 양상을 밝혀내기 위해 무엇보다 이상 산문시의 화자의 갈등과 태도에 주목하고자 한다. "갈등이란 대립하는 것의 싸움 혹은 모순적인 것의 뒤얽힘"을 가리키며,[35] 화자의 태도란 "시의 화자가 시의 주제 내용에 대해서 갖는 견해, 작품 속의 청자에 대한 자세, 화자 그 자신에 대한 인식"을 말한다.[36] 이상 산문시에서의 화자는 대체로 발화 주체이자 행동 주체로서 텍스트 표면에 현상적으로 나타나고 있다. 그 현상적 화자가 시적 대상과 청자, 또는 자기 자신에 대해 어떤 태도를 지니며, 어떤 갈등을 겪고 있는지를 고찰하면 산문시를 통해 무엇을 발화하고 있는지 알 수 있을 것이다.

우선 이상 산문시에서 화자의 갈등을 짚어보면, 「꽃나무」와 「이런 시」, 「ㅣ·素·榮·爲·題·ㅣ」, 「지비」에서와 같이 아내나 사랑하는 여인에 대한 소극적이고 수동적인 태도에서 비롯된 갈등이 있고, 「절벽」, 「시제11호」, 「시제15호」에서와 같이 분열된 자아에 의해 비롯된 갈등이 있으며, 「시제2호」, 「시제7호」에서와 같이 아버지로부터 조상으로 이어지는 부권적 질서에 대한 부담감과 거부감으로 인해 겪게 되는 갈등이 있다. 그런데 의미심장한 것은 그러한 화자의 갈등이 내면적 갈

---

35 최시한, 『소설, 어떻게 읽을 것인가―이야기의 이론과 해석』, 문학과지성사, 2010, 91쪽.
36 홍문표, 『현대시학』, 양문각, 1995, 374쪽.

등이라는 점이다. 즉 화자의 갈등은 시적 대상과 직접 부딪히며 겪는 둘 간의 갈등이 아니라 자기 내면에서 일어나는 자기 혼자만의 내면적 갈등을 겪고 있는 것이다.

이상 산문시에서 화자의 내면적 갈등이 주체의 분열로 인해 나타나는 경우, 그것이 죽음 충동을 부르기도 하며, 그 충동이 좌절될 때는 육체적 자해를 가하기도 한다. 파편화된 육체는 육체에 대한 정신의 우위라는 이분법적 사고를 전복시키고, 그러한 사고의 연장선에서 기존 질서에 대한 부정과 반역으로 위반과 이탈을 보여준다.

이상의 산문시 중 화자의 내면적 갈등이 자아 분열로 인해 나타나는 산문시로는 「시제7호」, 「시제9호 총구銃口」, 「시제10호 나비」, 「시제14호」, 「가정家庭」, 「행로行路」, 「절벽」, 「문벌門閥」, 「침몰沈歿」, 「육친肉親」, 「자상自像」 등이 있다.

이상의 산문시에서 화자가 겪고 있는 내면적 갈등의 원인은 일차적으로 화자가 앓고 있는 육체적인 질병 때문이다. 결핵을 앓고 있었던 이상은 자신의 육체적 병환의 고통을 산문시의 자유로운 줄글 형태 속에 감각적이고 환유적인 비유로 형상화해 내면서 내면 지향 의식을 강하게 드러낸다.

> 每日가치列風이불드니드듸여내허리에큼직한손이와닷는다. 恍惚한指紋골작이로내땀내가슴여드자마자 쏘아라. 쏘이리로다. 나는내消化器官에묵직한銃身을늣기고내담으른입에맥근맥근한銃口를늣긴다. 그러더니나는銃쏘으듯키눈을감이며한방銃彈대신에나는참나의입으로무엇을내여배앗헛드냐.
>
> ─「詩第九號 銃口」, 『朝鮮中央日報』, 1934.8.3

위의 시에서 서정적 자아인 화자의 발화 내용은 자신을 향하고 있는데, '총'이라는 단어가 가지고 있는 위험과 긴장의 끈을 '단락이나 연구분이 없는 산문시'의 형태로 표현하여 불안한 정서를 집중시킴으로써 시적 긴장을 유지하고 있다.

이 시에서 '총', '총신', '총구', '총탄' 등의 시어들은 힘든 병환의 고통을 표현하기 위한 비유적인 수사로 동원된 것이다. 폐결핵의 증상 가운데 하나인 기침과 그에 수반되는 '객혈'의 고통이 촉각觸覺이라는 감각을 통해 묘사되고 있다.[37] 매일같이 반복되는 기침이 드디어 자신의 허리를 찌르는 듯한 통증을 동반하고 진땀으로 온몸이 고통스러울 때 객혈하는 모습을 총을 쏴 총탄이 발사되는 형상으로 비유한 것이다. 그래서 자신의 "消化器官"은 "묵직한銃身"처럼 느껴지고, 자신의 "담으른입"은 "맥근맥근환銃口"로 느껴진다. 마지막 문장에서 화자는 "銃쏘으듯키눈을감이며" 격발의 순간을 느끼는데, 그 때 화자는 "한방銃彈대신에나는참나의입으로무엇을내여배앗헛드냐"며 자신을 향해 물음을 던진다. 이 구절은 여러 의미를 함축 또는 발산하고 있다. 화자는 자신의 죽음을 상상하면서 객혈 같은 피 "대신에" 그동안 자신이 입으로 무엇을 내뱉으며 살았는지에 대한 자기반성의 물음을 하고 있는 것이다. 질병으로 인해 나약하게만 살았던 것은 아닌지, '총탄' 같이 무서운 말들로 타인에게 상처를 주진 않았는지, 옳은 말들은 하면서 살았는지 등등의 물음들이 이 마지막 구절에 함축되어 있다고 볼 수 있다.

---

37 권영민, 앞의 책, 81쪽.

이와 같이 「시제9호 총구」는 육체적 고통의 순간을 '단락이나 연 구분이 없는 산문시'의 압축된 형태로 발화하여 시적 긴장감 속에 화자가 겪고 있는 육체적 고통의 강도를 더하고, 행 구분 없는 산문의 형태에 비유적인 표현과 내면을 지향하는 자기반성적 물음을 더함으로써 형식과 내용의 유기적인 결합을 보여주고 있다.

시인 자신이 겪은 육체적 고통을 산문시의 형태 속에 재현하고 있는 작품은 이 외에 「아츰」, 「행로行路」, 「내부內部」 등이 있는데, 시적 자아는 이러한 육체적 질병으로 인해 죽음의 경계에서 내면적 갈등을 자주 겪는다.

> 찌저진壁紙에죽어가는나비를본다.　그것은幽界에絡繹되는비밀한通話口다. 어느날거울가운데의鬚髯에죽어가는나비를본다. 날개축처어진나비는 입김에어리는가난한이슬을먹는다. 通話口를손바닥으로꼭막으면서내가 죽으면안젓다이러서듯키나비도날러가리라.　이런말이決코밧그로새여나가지는안케한다.
>
> ―「詩第十號 나비」, 『朝鮮中央日報』, 1934.8.3

위의 산문시에서 현상적 화자는 죽음의 경계를 발화하고 있는데, 행과 연 구분이 없는 '한 단락 단연 산문시'의 형태로 삶과 죽음을 분리하지 않고 그 경계 자체에 의미를 두면서 내면 지향적인 의식을 보여주고 있다.

현상적 화자가 "찌저진壁紙에죽어가는나비를본다"는 것은 벽지가 찢어진 벽에 죽어가는 나비가 있고 화자가 그것을 보고 있다는 것인데,

훨훨 날아다니는 유기체로서의 진짜 나비가 그 벽에 있다기보다는 찢어진 벽지의 형상이 나비를 닮았다고 보는 것이 옳다. 즉 이 시의 현상적 화자는 찢어진 벽지를 통해 벽에서 떨어져 나온, 그러나 떨어지지 않고 아직 벽에 붙어있는 종이를 보면서 죽어가는 나비를 떠올리고, 그것을 자신의 "鬚髥"과 동일시하면서 죽음의 경계를 발화하고 있는 것이다.

벽이란 이쪽 세계와 저쪽 세계, 이승과 저승, 삶과 죽음을 가로막는 상징물이며, 찢어진 벽지, 죽어가는 나비는 "幽界^{저승}에絡繹^{왕래}되는祕密한通話口"다. 즉 벽지와 나비는 그 두 세계를 통할 수 있게 하는 비밀한 통로인 것이다. 그러던 "어느날" 화자는 "거울"을 보다가 그 거울에 비치는 자신의 "鬚髥" 또한 "죽어가는나비"와 닮아있음을 깨닫는다. "거울가운데의鬚髥에죽어가는나비"는 "찌저진壁紙에죽어가는나비"와 마찬가지로 삶과 죽음의 경계에서 죽음에 더 가까이 있다. 수염 또한 경계의 이미지로 삶과 죽음의 경계에서 죽어간다. 수염은 인간이 죽음에 이를 때까지 계속해서 자라나는 손발톱과 같은 잉여체이다. 일정 길이로 자라면 잘려 나가기 마련이지만 모공 속에 뿌리를 박은 수염은 깎이면 빠르게 다시 자라난다. 그렇게 무서운 생식력을 보여주지만, 한 번 자라난 수염은 잘려 나갈 운명, 즉 죽음에 더 가까이 와있다. 현상적 화자가 욕실에서 거울을 보며 수염을 깎을 때, "날개축처진나비"는 화자의 수염과 동일시되어 "입김에어리는가난한이슬을먹는다". 즉 수염이 물에 젖어 있는 형상일 때, 나비가 와서 그 물기를 먹으며 재생을 꿈꾸어 보고 있는 것이다. 화자는 "通話口를손바닥으로꼭막으면서" 자신이 죽으면 자신의 주검으로써 죽음의 길목을 막을 수 있을 것이라 생각한다. 그렇게 하면 나비는 "안젓다이러서듯키" 다시 날 수 있을 것이라는 것이다. 화자는 결국 죽음의 경계에 서있는 자신이 죽어서 죽음의 통로를 막아버리면 나머지 경계에 서 있는 것들이 그 경계에서 벗어날 수 있을 것이라 생각하면서 죽음 충동을 느끼고 있다. 그러나 화자는 그러한 자신의 죽음 충동이 "決코밧그로새여나가지는안케한다". 즉 비밀로 간직한다는 것이다. 그렇다면 자신의 죽음으로 살리고 싶은 것, 그 나비는 무엇일까? 처음으로 돌아가 보면 그것은 '찢어진 벽지'였고, '비밀한 통화구'였으며, 화자의 '수염'과 닮은 존재였다. 삶과 죽음의 경계를 넘나들고 수염처럼 자꾸 자라고 자꾸 잘려 나가는 것, 그것은 "죽음과 맞장 뜬 예술적 집념"[38] 즉 이상이 끝까지 추구하고자 한 예술이었다고 본다. 이상은 자신이 죽어서도 자신의 예술만은 영원하길 바랐던 것이다.

> 죽고십흔마음이칼을찻는다. 칼은날이접혀서펴지지안으니날을怒號하는焦燥가絶壁에끈치려든다. 억찌로이것을안에떼밀어노코쏘懇曲히참으면어느결에날이어듸를건드렷나보다. 內出血이뻑뻑해온다. 그러나皮膚에傷차기를어들길이업스니惡靈나갈門이업다. 가친自殊로하야體重은점점무겁다.
>
> ―「沈歿」, 『朝鮮日報』, 1936.10.4

위의 산문시에서도 시적 자아의 자살 충동이 나타나 있다. 「침몰沈歿」이라는 제목에서 알 수 있듯 시적 자아는 물에 빠져 죽어가는 것처럼

---

38 김민수, 앞의 책, 44쪽.

절망적 상태에서 죽음의 상태에 이르고 있다. "죽고십흔마음"에 "칼"을 찾지만, "칼은날이접혀서퍼지지" 않는다. 즉 죽고 싶은 마음과 죽음의 실천 사이에 자살실천을 방어하는 무언가가 존재하고 있는 것이다. "억찌로이것을안에떠밀어노코또懇曲히참으면어느결에날이어듸를건드렷나보다. 內出血이빽빽해온다"는 것은 자살 충동을 실천하지 못하고 내부로 밀어 넣어 '간곡히' 참으면 그 충동에너지가 출구를 찾지 못하고 결국 자신의 내부로 향하여 상해를 가한다는 것이다. 그러나 내부로 향한 충동에너지는 결국 "皮膚에傷차기를어들길어업스" "惡靈나갈" 외부의 "門을" 찾지 못하고 내부로 침몰하여 시적 자아의 체중만을 늘리고 있다. 즉 무언가로 인해 자살을 실천하진 못하지만, 그만큼 자살 충동이 더 심해지고 있는 것이다.

이와 같이 육체적 고통으로 자살 충동을 겪고 있던 화자는 육체의 파편화를 통해 죽음을 넘어서기도 한다.

> 내팔이면도칼을 든채로끈어저떨어젓다.자세히보면무엇에몹시 威脅당하는것처럼샛팔앗타.이럿케하야일허버린내두개팔을나는 燭臺세음으로 내 방안에裝飾하야노앗다.팔은죽어서도 오히려나에게怯을내이는것만갓다. 나는이런얇다란禮儀를花草盆보다도사량스레녁인다.
>
> ―「詩第十三號」, 『朝鮮中央日報』, 1934.8.7

위의 산문시에서 현상적 화자는 결국 자신의 육체를 절단한다. 잘려나간 팔은 "威脅당하는것처럼샛팔앗타". 오랜 자살 충동을 가지고 있었기에 그동안 두 개의 팔은 "몹시 威脅"을 받았을 것이다. 화자는 결국 자신의 팔을 자르고 그것을 "燭臺"에 꽂아 자신의 방에 장식한다. 엽기적인 이러한 행동에 "팔은죽어서도 오히려나에게怯을내이는것만갓다". 현상적 화자는 팔이 죽어서도 이렇게 자신에게 겁을 내는 모습을 팔의 "禮儀"라고 표현하며, 그것이 "花草盆보다도사랑"스럽게 느껴진다고 발화하고 있다. 이것은 화자가 육체의 파편화를 통해 육체에 대한 정신의 우위라는 이분법적 관념을 파괴하고 육체에 자율성을 부여함으로써 오히려 정신을 희롱하고 있는 것이다.[39] 이제 화자에게 육체는 장식용에 불과하다. 이렇게 화자는 죽음이 가하게 될 육체의 고통을 장식적 의미로 바꾸어버리고 정신과 육체를 해체시켜 죽음을 넘어서고 있다.

이상 산문시는 육체와 정신의 전복적 사고의 연장선에서 당대의 상징 질서에 대한 부정과 반역을 보여주는데, 그것은 곧 '자신의 정신을 구속하는 모든 외적 요건으로부터의 벗어남'이기도 하다.[40]

墳塚에게신白骨까지가내게血淸의原價償還을强請하고잇다. 天下에달이밝아서나는오들오들떨면서到處에서들킨다. 당신의印鑑이이미失效된지오랜줄은꿈에도생각하지안으시나요─하고나는으젓이대꾸를해야겟는데나는이러케실은決算의函數를내몸에진인내圖章처럼쉽사리끌러버릴수가참업다.

─「門閥」, 『朝鮮日報』, 1936.10.6

---

39 팔의 기능이 곧 일의 기능이라고 할 때, '아버지의 아버지 노릇'까지 해야했던 시적 화자에게 팔은 노동의 상징이면서 곧 존재의 상징이기도 하다. 따라서 장식용으로밖에 쓰이지 못하는 팔의 무용성은 곧 존재의 무용성에까지 확대되고 이는 자신의 정신에 대한 조롱과도 같다. 강호정, 「산문시의 두 가지 양상─'지용'과 '이상'의 산문시를 중심으로」, 『한성어문학』 20, 한성어문학회, 2001, 22～23쪽.
40 위의 글, 23쪽.

위의 시는 「시제2호」와 같이 아버지 노릇에 대한 거부감과 그래도 그 노릇을 할 수 밖에 없는 부담감이 동시에 나타나 있는 산문시이다. 이상은 띄어쓰기 없는 연속시행의 '단락과 연의 구분이 없는 산문시'를 통해 끊어질 수 없는 숙명적 관계를 시각적으로 표상하고 있다. 이 시에서는 "墳塚에게신白骨"이 부권의 표상으로 나타나 있는데, 그들은 이미 땅 속에 묻힌 과거적 존재임에도 불구하고 "내게血淸의原價償還을強請" 한다. 즉 혈육으로서의 의무를 다하라고 강요하고 있는 것이다. 현상적 화자는 "오들오들떨면서" 반역을 시도해 보지만, "天下에달이밝아서" 그 강청을 거역할 수 없고 "到處에서들킨다". 화자는 그 백골에게 "당신의印鑑이이미失效"되었으니 "決算의函數"가 무의미하다고 대구를 하고 싶지만, 자신의 몸에 지닌 "圖章처럼" 그 결산의 함수를 쉽게 풀 수 없다.

이와 같이 이상 산문시의 화자는 부권적 질서에의 복종을 거부하고 규범적 삶에 대해 회의를 느끼며 그러한 질서를 부정하지만 거역할 수 없는 부담감으로 인해 갈등을 겪게 되고, 결국 그 실천적 노력이 문법적·시적·산문적 규범의 이탈로 '위반의 미학'을 보여주게 된 것이다.

이렇게 볼 때 이상은 행의 구분을 파기하고 음악적 질서에 구애받지 않는 줄글 형태의 자유로운 산문시 형식을 통해 자아의 내면적 갈등을 자유롭게 표출하고자 했던 것이라고 볼 수 있다. 즉 줄글 형태의 산문시를 공간화하여 자아의 내면 상태를 표상하고 그 공간 안에서 자아의 내면적 갈등을 자유롭게 표출함으로써 근대적 주체의 내면 세계 및 규범적인 질서에 대한 부정의식을 보여주고자 한 것이다.

제4장

표현론적 특성으로 본
오장환의 산문시

1. 화자 지향의 서정적 산문시와 정서적 공감

오장환의 산문시는 대부분 그가 시작詩作 활동을 하던 초기에 쓰여졌는데, 처음 잡지나 신문에 발표했던 산문시를 이후 시집에 일부 개작하여 재수록한 경우가 많다. 오장환의 첫 시집인 『성벽城壁』의 초판본은 1937년 풍림사에서 발간되지만, 이후 산문시 여섯 편을 추가하여 1947년 아문각에서 재판본을 발간하게 된다.[1] 그의 산문시는 총 24편으로 초판본 『성벽』에 11편, 1947년에 재판된 『성벽』에 6편, 『헌사獻詞』에 1편, 『나 사는 곳』에 2편이 실려 있으며, 나머지 4편은 시집에 실리지 않았다.[2]

이처럼 오장환은 24편의 산문시를 남겼지만, 오장환의 산문시에 주목하여 그 미적 특징을 밝힌 선행연구는 그리 많지 않다. 백수인은 오장환의 초기시에 나타나는 문체적 특성으로 산문적 서술시 형태를 취하고 있음을 밝히면서, 오장환의 산문적 서술시는 대체로 화제 지향적 화자와 3인칭 전지적 시점을 갖고, 과거시제를 취택하여 객관적 서술

---

1 1947년 아문각에서 『城壁』의 재판본(1947)을 출간할 때, 오장환은 '범례(凡例)'에서 "이 詩集의 初版은 一九三七年 八月, 風林社 洪九형의 이름으로 刊行되었으나 旣實은 百部 限定의 自費出版이었"으며, "이번 版에 追加한 「城壁」, 「溫泉地」 「鯨」 「魚肉」 「漁浦」 「易」 以上의 여섯 篇은 同時代의 作品이기에 함께 넣기로 한다"고 밝히고 있다.

2 각 시집에 수록된 산문시와 시집에 실리지 않은 산문시를 차례로 나열하면 다음과 같다.
   초판본 『城壁』(풍림사, 1937) : 「海港圖」, 「黃昏」, 「傳說」, 「賣淫婦」, 「古典」, 「毒草」, 「鄕愁」, 「花園」, 「雨期」, 「暮村」, 「姓氏譜」.
   재판본 『城壁』(아문각, 1947) : 「城壁」, 「溫泉地」, 「鯨」, 「魚肉」, 「漁浦」, 「易」.
   『獻詞』(남만서방, 1939) : 「寂夜」.
   『나 사는 곳』(헌문사, 1947) : 「봄노래」, 「FINALE」.
   시집에 실리지 않은 산문시 : 「旌門」, 「宗家」, 「마리아」, 「江을 건너」.

태도를 통한 서사적 시간을 드러내고 있다고 논한 바 있다.[3] 서지영은 오장환의 시가 줄글 형태의 반운문적 양상과 함께, 특유의 묘사적 진술 양식을 도입함으로써 산문적 형식과 결합하고 있다고 하였다. 또한 오장환의 주관적 묘사 문체는 사물에 대한 집요한 관찰을 통해 특정한 현실의 환부를 파헤치고 비판적 해석을 수행하는 산문 정신을 실현한다고 보았다. 그러나 그의 시에서 의미적 국면의 지시적 기능이 강화될수록 시성詩性, poeticity은 약화되고 있다고 지적한다.[4] 박현수는 오장환의 산문시가 일본의 모더니즘 시 잡지 『시와 시론詩と詩論』의 신산문시 운동의 영향을 받은 것으로 보고, 그 잡지의 동인으로 활동했던 북천동언北川冬彦의 시와 오장환 산문시의 이미지를 비교하면서 둘의 연관성을 찾아 밝힌 바 있다. 박현수의 연구는 오장환의 산문시가 일본 신산문시의 영향을 받은 것임을 밝히고 있다는 점에서 중요한 의의를 가진다.[5] 강호정은 『성벽』과 『헌사』 두 시집의 표현 기법을 논하면서, 오장환의 산문성을 언급하고 있는데, 오장환의 산문시는 '새로운 수법'을 모색하던 고민의 일단이 형식에 있어서 산문시의 형태로 나타난 것이라고 하면서 '단언적 표현 방식과 상징'을 보인다는 특징을 짚어내고 있다.[6] 한편, 남기택은 오장환의 『시인부락詩人部落』 시편들을 시의 길이로만 따져 '단형 서술시'와 '장시'의 아이러니한 양상을 보인다고 평하고 있다.[7]

---

3 백수인, 「오장환 시의 문체 연구」, 『한국언어문학』 38, 한국언어문학회, 1997.
4 서지영, 「한국 현대시의 산문성 연구-오장환·임화·백석·이용악·이상 시를 대상으로」, 서강대 박사논문, 1999.
5 박현수, 「오장환 초기시의 비교문학적 연구」, 『한국시학연구』 4, 한국시학회, 2001.
6 강호정, 「오장환 시 연구-표현 기법의 특성을 중심으로」, 『한성어문학』 22, 한성어문학회, 2003.

이와 같이 오장환의 산문시에 대한 연구는 '산문적 서술시', '산문성', '단형 서술시' 등으로 언급되고 있을 뿐 그 형식적 미학이 깊이 있게 밝혀지지 못하고 있다. 오장환의 산문시가 한국 현대산문시의 전범典範이 되고 있는 만큼, 그의 산문시가 보들레르나 일본 신산문시의 영향을 받은 것이라면 오장환이 그러한 산문시를 모방하여 어떻게 자기화하였는지를 살펴야 한다. 또한 오장환 산문시에 나타나는 표현 양상과 주제 양상의 유기적 관계를 따져 오장환 산문시의 미적 특성을 보다 명확하게 밝혀야 하겠다.

유종호는 『성벽』에 나타나 있는 기녀와 매음녀, 황혼과 도시의 군중들, 도박과 아편, 항구와 병실, 올빼미와 파충류, 시체와 주정뱅이, 독기와 썩은 내, 여행과 보헤미안 등의 병적이고 퇴폐적인 이미지가 보들레르의 『악의 꽃』의 영향을 받은 것이라고 지적한 바 있다. 보들레르는 추악하고 불쾌한 소재를 질료로 해서 마련한 아름다운 예술이 가능하다는 것을 『악의 꽃』을 통해 보여주었는데, 오장환과 서정주의 초기 작품에서 그러한 보들레르의 시작법이 시도되었을 것이라는 것이다.[8] 김학동 역시 『오장환 연구』에서 오장환의 초기시에 보이는 병적관능과 퇴폐적 경향이 보들레르나 베를레느 등과 같은 프랑스 상징파의 시적 속성이며, 오장환이 그것에 심취해 있었던 것으로 보고 있다.[9] 또한 김기림은 『성벽』이 나왔을 때 다음과 같은 격려사를 남긴 바 있다.

---

7   남기택, 「오장환 시 연구－초기 시세계를 중심으로」, 『비평문학』37, 한국비평문학회, 2010.
8   유종호, 『다시 읽는 한국 시인－임화, 오장환, 이용악, 백석』, 문학동네, 2002, 129쪽.
9   김학동, 『오장환 연구』, 시문학사, 1990, 21쪽.

오장환 씨는 새 타입의 서정시를 썼다. 거기 담겨 있는 감정은 틀림없이 현대의 지식인의 그것이다. 현실에 대한 극단의 불신임, 행동에 대한 열렬한 지향, 그러면서도 이지와 본능의 모순 때문에 지리멸렬해가는 심리의 변이, 악과 퇴폐에 대한 깊은 통찰, 혼란 속에서도 어떠한 질서는 추구해 마지않는 비극적인 노력, 무릇 그러한 연옥(煉獄)을 통과하는 현대의 지식인의 특이한 감정에 표현을 주었다.[10]

양애경은 오장환 시와 프랑스 상징주의 시와의 관련성이 위와 같이 단편적인 언급에 머물러 있었음을 지적하고, 보다 구체적인 연구의 일환으로 오장환의 초기시와 프랑스 상징주의 시를 비교 연구한 바 있는데, 그에 의하면 오장환과 보들레르, 랭보는 전통 부정의 반항 의식, 초월이나 도피로서의 여행벽, 육체 또는 감각 지향성의 세 가지 핵심적 지향에서 공통점을 가진다고 하였다.[11]

이들이 밝힌 바와 같이, 오장환의 『성벽』은 보들레르의 영향을 받았음이 틀림없는데, 그것이 시적 소재나 이미지에만 국한된 것이 아니라 시의 형태면에서도 보들레르의 산문시 형식을 추종한 것임을 유념할 필요가 있다. 『성벽』에 수록된 22편의 시 중 5편을 제외한 17편이 산문시 형태를 취하고 있음은 이를 반증하는 것이 아닐 수 없다.

그러나 보들레르가 『파리의 우울』에서 보여준 산문시와 오장환의 산문시를 비교해 보면, 보들레르가 완전한 산문체와 대화체로 연 구분

---

10   김기림, 『김기림 전집』 2, 심설당, 1988, 377쪽.
11   양애경, 「오장환 초기시와 프랑스 상징주의시 비교 연구 – 보들레르와 랭보를 중심으로」, 『국어국문학』 119, 국어국문학회, 1997.

없이 오직 단락으로만 구성하여 비교적 긴 산문의 형태를 그대로 보여주고 있는 것에 비해, 오장환의 산문시는 대부분 그 길이가 짧고 단락 구분이 거의 없는 산문시 형태를 보여주며, 서술적인 전략에 있어서도 오장환의 산문시가 훨씬 시적 긴장을 유지하고 있음을 알 수 있다. 오장환의 산문시가 단락 구분 없이 연속적인 시행으로 짧은 단형의 산문시 형태를 취하고 있다는 것은 그만큼 시적 정서의 분산을 막고 발화 내용을 보다 시적으로 압축하여 전달하고 있다는 것을 말한다. 따라서 긴 산문의 형태를 취하고 있는 보들레르의 산문시보다 오장환의 산문시가 훨씬 시적이다. 이와 같이 오장환의 산문시는 보들레르 산문시의 내용과 형식 모두를 모방하고 있지만, 그것이 창조적인 모방이었다는 점에 의의가 있다.

비록 오장환이 보여준 산문시의 형태가 이상과 정지용의 산문시를 비롯한 당대 한국 산문시 형태의 보편적인 외형이었고, 그것이 일본의 단시운동과 신산문시의 영향을 받은 것이기는 했지만,[12] 오장환의 산문시는 단순한 모방적 추종이 아니라 산문시에 대한 뚜렷한 장르적 인식을 바탕으로 시적 서술 전략을 달리하여 한국의 근대적인 풍경을 첨예하게 그려내고 있다.

오장환이 산문시에서 보여준 시적 서술 전략은 크게 두 가지로 나눌 수 있다. 전달이 화자를 지향하여 서정적 자아의 직접적인 발화를 통하여 정서적인 공감을 표현하는 서술 전략과 전달이 맥락을 지향하여

---

12 박현수는 「오장환 초기시의 비교문학적 연구」(『한국시학연구』 4, 한국시학회, 2001)
    에서, 오장환 초기시의 형식이 장 콕토와 북천동언의 단시운동과 신산문시 운동의
    영향을 받은 것이라고 보고 있다.

서사적 자아가 미적 거리를 두고 대상을 '초점화focalization'하여 '보여주기showing' 방식으로 서술하는 전략이 그것이다. 전자의 경우 '서정적 산문시'의 성격을, 후자의 경우 '서사적 산문시'의 성격을 띤다. 오장환은 이러한 두 표현론적 특성으로 산문시에 '근대의 풍경'을 담아내고 있다. 가라타니 고진은 근대성이 '풍경의 발견'에서 비롯된다고 보았다. "대중, 평범한 생활인이 순수한 '풍경'으로 발견된 것"[13]을 근대적인 속성으로 보았는데, 오장환의 산문시는 무의미하게 보일 수 있는 근대의 풍경들을 산문시에 담아냄으로써 그것을 의미심장하게 보이도록 하고 있다. 다시 말해, 근대의 풍경을 '같이 보기'함으로써 독자와의 시선을 공유하고 독자에게 그것의 의미와 가치를 생각하게 만들고 있는 것이다.

우선 「해항도海港圖」를 살펴보겠는데, 이 작품은 오장환이 산문시에 대한 장르적 인식을 분명히 가지고 있었다는 것과 그의 산문시에 나타나는 시적 서술 전략의 두 특징을 모두 보여주고 있다는 점에서 의미 있는 작품이다.

①

까마ー득한 航路에서 이제 뿔뿔이돌아온마파람. 가슴팩이와 팔뚝이 제법들 굵어젓구라. 港市의家屋들은 훌친 片鱗처럼 허트러지고. 거리를 따라단이는 並木들 우중중ー하니 魚族들의 體臭와 짠 소금내음새를 맞어드린다.

---

13 柄谷行人, 박유하 역, 『일본 근대문학의 기원』(개정정보판), 도서출판b, 2010, 46쪽.

碇泊할輪船. 잿빛 크나큰 怪體는 黃昏처름 煙氣를품으며 重油와 煤煙에 흠
썩쩔은 두둑한 海面을 늠실거리게한다. 나리는 乘客 도리꼬와 도리꼬엔 한
줌의우슴 한줌의鄕愁가 꼬리票처름 달렷고, 埠頭를드듸는 발자옥 자옥엔
가벼운安堵가 폴폴몬지처름 날리일께다.

廢船처럼 기우러진 古物商屋. 追憶을 賣買하는 늙은船員. 갑싼반지와 파
잎. 바닷바람을쏘이는 검푸른얼골. 팔락이는旗入폭! 白色, 靑色,의 작은
信號. 검은배들이싯고가는 쓸물처름 피여오르는 싸틋한 異國精緖. 그러
게 港市의靑年들은 帽子를 쓰지안는다.

豊盛한賭博은 호박꽃처름 버프러젓고 밤마다부르는 붉은술. 紅燈女의嬌
笑 간드러지기야. 煙氣를 한숨처름 품으며 억세인손을들어 墮落을 스스
로히 술처름 마신다. 너도 水夫이냐 나도 船員이다. 자—한잔 한잔. 배에
있으면 陸地가그립고 뭍에선 바다가그립다. 港市의밤은 正午보다도 眞正
밝고나.

　　　　　　　　　　　　　　　　　—「海港圖」, 『詩人部落』, 1936.12[14]

　②
　廢船처럼 기울어진 古物商屋에서는 늙은 船員이 追憶을 賣買하였다. 우중

14　오장환의 전집은 최두석 편, 『오장환 전집』(창작과비평사, 1989)과 김재용 편, 『오장
　　환 전집』(실천문학사, 2002), 김학동 편, 『오장환 전집』(국학자료원, 2003) 등이 있지
　　만, 독자의 편의를 위해 시 텍스트의 띄어쓰기를 현행의 기준에 맞추는 과잉 친절로
　　인해, 온전한 정본은 아직 없는 실정이다. 따라서 저자는 오장환의 산문시 텍스트의
　　경우 그 작품의 최초 발표지와 오장환의 시집(초판『城壁』(풍림사, 1937), 재판본『城
　　壁』(아문각, 1947), 『獻詞』(남만서방, 1939))에서 직접 인용한다.

중─한 街路樹와 목이 굵은 唐犬이 있는 충충한 海港의 거리는 지저분한 크레용의 그림처럼 끝이 무듸고. 시꺼믄바다에는 여러바다를 거처온 貨物船이 碇泊하였다.

갑 싼 반지요. 골통같이 굵드란 파잎. 바다바람을쏘여 얼골이 검푸러진 늙은 船員은 곳─잘 뱀을 놀린다. 한참 싸울때에는 저 파잎으로도 武器를 삼어왔다. 그러게 帽子를 쓰지안는 港市의 靑年은 늙은船員을 요지경처럼 싸고둘른다.

나포리(Naples) 아덴(ADEN)과 씽가폴(Singapore). 늙은船員은 航海表와같은 記憶을 더듬어 본다. 海港의 가지가지 白色, 靑色 작은 信號와, 領事館, 租界의 各가지 旗ㅅ발을. 그리고 제나라말 보다는 남의나라 말에 能通하는 稅關의 젊은 官吏들. 바람에 날리는 힌 旗ㅅ발처럼 Naples. ADEN, Singapore. 그 港口, 그바─의 게집은 이름조차 잊어버렷다.

亡命한 貴族에 어울려 豊盛한 賭博. 컴컴한 골목뒤에선 눈ㅅ자위가 시푸른 淸人이 괴침을 훔칫 거리면 길밖으로 달리어간다. 紅燈女의 嬌笑, 간드러지기야. 生命水! 生命水! 果然 너는 阿片을 갖었다. 港市의 靑年들은 煙氣를 한숨처럼 품으며 억세인 손을 들어 隋落을 스스로히 술처럼 마신다.

榮養이 生鮮가시처럼 달갑지않는 海港의 밤이다. 늙은이야! 너도 水夫이냐! 나도 船員이다. 자─한잔, 한잔, 배에있으면 陸地가 그립고, 뭍에선 바다가 그립다. 몹시도 컴컴하고 질척어리는 海港의밤이다. 밤이다. 漸漸

깊은 숲속에 올빼미의 눈처럼 光彩가 生하여온다.

　　　　　　　　　　　　　　　　　　—「海港圖」,『城壁』, 아문각, 1947

　오장환은 『시인부락』에 발표했던 ①의 「해항도」를 뒤에 개작하여 시집 『성벽』 초판본에 수록하고 그것을 다시 ②와 같이 개작하여 재판본 『성벽』에 재수록하였다.[15] 두 작품을 같이 놓고 보면 모두 연 구분만이 되어 있는 산문시의 형태를 취하고 있지만, ①은 전체 4연으로 이루어져 있고, ②는 전체 5연으로 구성되어 있다. 두 작품 모두 마지막 연 이전까지는 함축적 화자가 미학적 거리를 두고 "海港"의 거리 풍경과 오고가는 사람들을 초점화하여 그림을 그리듯 해항의 모습을 보여주기 방식으로 서술하고 있는 산문시인데, ①에서는 네 점으로 ②에서는 한 점을 더 그려 다섯 점으로 표현한 것이다.

　어떤 그림이 늘어났는지 ①부터 살펴보면, 1연에서 함축적 화자는 미학적 거리를 두고 "까마－득한 航路에서 이제 뿔뿔이돌아온마파람" 즉 선원들의 건강한 모습을 바라보고, 항구 도시의 "家屋들"과 "並木들"을 초점화하여 비유적으로 표현하고 있는데, 그것은 함축적 화자의 시선이 머문 대상들이 초점화되면서 부각되고 그 외의 것들은 중요시되지 않는 '선택적 원리'에 의해 시적 의미가 구성되고 있음을 보여주고 있다. 2연에서는 "碇泊할輪船"과 부두를 오고가는 승객 및 사람들을 그리고 있고, 3연에서는 "古物商屋"과 "추억을 賣買하는 늙은船員"

15　『성벽』 초판본에 실린 「해항도(海港圖)」와 재판본에 실린 「해항도」는 별 차이가 없는데, 다만 재판본에서 들여쓰기와 띄어쓰기 맞춤법, 구두점, 외래어 표기 등을 더 정확하게 쓰고 있다.

과 "旗人폭", "港市의靑年들"에 대해, 마지막 4연에서는 해항에서 벌어지는 도박과 윤락과 아편의 타락적인 풍경을 그리고 있다. 마지막 4연에 와서 서정적 자아는 현상적 화자로 나타나 자신 또한 "船員"임을 밝히고 "배에있으면 陸地가그립고 뭍에선 바다가그립다. 港市의밤은 正午보다도 眞正 밝고나"라며 주관적인 감정을 직접적으로 발화하고 있다. 서정적 자아의 이러한 주관적 감정의 직접적 발화는 서정적 자아가 시적 대상 속에서 자신의 이미지를 발견하고 그 발화 대상과의 동일화를 이루어 마침내 그들에 대한 공감 및 이해의 단계에 이르렀음을 의미한다. 이렇게 볼 때, ①의 '해항도'는 미학적 거리를 둔 시선의 순차적 묘사로 선원들이 해항에 배를 정박하고 돌아오는 과정부터 해항의 여러 모습들을 각 연에 나뉘어 그리고, 타자와의 동일화로 그들 속에서 자신의 이미지를 발견한 서정적 자아가 "正午보다도 진정 밝"은 "港市의밤"과는 달리 어둡고 칙칙한 해항의 분위기를 이해하게 되면서 자아의 정체성을 확인하는 시적 사유를 보여주고 있다 하겠다.

그런 반면 시집에 개작되어 재수록된 ②의 「해항도」에서는 '늙은 선원'이 부각되어 그에 대한 서사적인 내용이 가미되는데, 시선의 이동에 따라 순차적인 묘사로 그려지던 해항의 모습은 늙은 선원을 중심으로 처음부터 전체적으로 그려지고, 그런 다음 늙은 선원의 현재와 과거사를 뒷받침하는 배경이 제시되고, 4연에 와서 세부적으로 해항의 모습이 그려지고 있다. 지금 화자의 시선이 머물러 있는 해항의 공간뿐 아니라 과거 늙은 선원이 돌아다녔던 해항의 도시가 함께 그려져 해항 풍경의 보편적인 모습을 보여준다. 우선 1연을 보면, ①의 3연에 등장했던 '늙은 선원'이 먼저 발화되고, 해항의 풍경이 고물상옥, 가로수,

당견, 거리, 바다, 정박해 있는 화물선에 이르기까지 전체적으로 묘사되고 있다. 여전히 함축적 화자는 미학적 거리를 두고 해항을 바라보고, 그것을 묘사적으로 표현하고 있는데, 풍경의 이미지들이 단편적이면서도 매우 사실적이고 정교하게 묘사되고 있음을 알 수 있다. 이를 테면, "목이 굵은 唐犬"이나 "지저분한 크레옹의 그림처럼"과 같은 표현에서 전체의 분위기에 상세한 디테일을 결합시키는 능숙함이 보인다. 2연과 3연에서는 파이프를 물고 있는 늙은 선원의 서사적인 내용이 가미되고 있는데, 여기서 함축적 화자는 선원의 과거와 심정을 모두 알고 있는 전지적인 시점으로 늙은 선원에 대해 발화하고 있다. 늙은 선원은 여기뿐만 아니라 나포리, 아덴, 싱가폴 같은 여러 해항의 도시를 돌아다녔는데, 그는 지금 "그 港口, 그바―의 계집"을 떠올리고 있다. 4연과 5연은 ①의 4연을 두 연으로 나누어 놓은 것이라 하겠는데, 그만큼 4연에서는 해항의 타락한 모습이 더 구체적으로 제시되고 있으며, 5연 역시 서정적 자아가 현상적 화자로 나타나 자신의 느낌을 더 직접적으로 발화함으로써 타자와의 동일화로 인한 공감과 이해를 담고 있다. 이렇게 볼 때, ②의 '해항도'는 ①에 비해 서사적인 내용이 가미되고 해항의 퇴폐적인 분위기가 더 구체적으로 묘사되어 산문적인 요소와 시적인 요소의 절묘한 결합을 보여줌으로써 산문시로서 ① 보다 더 높은 미적 성취를 이루고 있음을 알 수 있다.

이러한 개작을 통해 알 수 있듯이 오장환은 산문시의 장르적 인식을 분명히 가지고 있었으며, 두 가지 특징의 시적 서술 전략을 통해 창조적 모방으로서의 산문시를 보여주고 있다.

그렇다면 표현론적 특성으로 오장환의 산문시를 보다 구체적으로 살펴보자. 우선 '서정적 산문시'의 미적 특성이 어떻게 나타나는지 고찰해 보겠다.

職業紹介에는 失業者들이 일터와같이 出動하였다. 아모일도 안하면 일 할때보다는 야위어진다. 검푸른 黃昏은 언덕 알로 깔리어오고 街路樹와 絶望과같은 나의 기ーㄴ 그림자는 群集의 大河에 짓밟히었다.

바보와같이 거물어지는 하눌을 보며 나는 나의 키보다 얕은 街路樹에 기대어섰다. 病든 나에게도 故鄕은 있다. 筋肉이 풀릴때 鄕愁는 실마리처럼 풀려나온다. 나는 젊음의 자랑과 希望을, 나의 무거운 絶望의 그림자와 함께, 뭇 사람의 우슴과 발ㅅ길에 채우고 밟히며 스미어오는 黃昏에 마껴버린다.

제집을 向하는 많은 群衆들은 시끄러히 떠들며. 부산ー히 어둠속으로 흐터저버리고. 나는 空腹의 가는 눈을 떠, 히미한 路燈을 본다. 띠엄 띠엄 서잇는 鋪道우에 잎새없는 街路樹도 나와같이 空虛 하고나.

故鄕이어! 黃昏의 저자에서 나는 아릿다운 너의 記憶을 찾어 나의 마음을 傳書鳩와같이 날려보낸다. 情든 고삿. 썩은 울타리. 늙은 아베의 하ー얀 상투에는 몇나절의 때묻은 回想이 맺어있는가. 욱어진 松林속으로 곱ー게 보이는 故鄕이어! 病든 鶴이었다! 너는 날마다 야위어가는…

어듸를 가도 사람보다 일잘하는 機械는 나날이 늘어나가고, 나는 病든 사나히. 야윈 손을 들어 오래ㅅ동안 隋怠와, 無能力을 극진히 어루맞었다.

어두어지는 黃昏속에서, 아모도 보는이없는, 보이지안는黃昏속에서, 나
는 힘없는 憤怒와 絶望을 묻어버린다.

—「黃昏」, 『城壁』, 아문각, 1947

　형태적 특성으로 보면, 위의 시 역시 산문의 형식이되 연을 구분하
여 전체 5연으로 구성한 '단락이나 연 구분이 있는' 산문시이다. 이 작
품의 최초 발표지인 『성벽』 초판본에는 들여쓰기가 되어 있지 않고,
띄어쓰기와 문장부호가 맞지 않는 부분이 많고, '실업자失業者'가 "노는
군"으로, "어듸를 가도 사람보다 일잘하는 기계機械는"이 "어듸를가도
나보다 일잘하는 機械는"으로, "隋怠"가 "隨怠"로 되어 있다. 「해항도」
의 개작을 통해서도 알 수 있듯이, 오장환의 이러한 개작들은 그가 산
문시에 대한 장르적 인식을 뚜렷하게 가지고 산문시의 미적 성취를 위
해 노력했음을 보여주는 반증이라 할 수 있다.
　이 작품이 행을 구분하지 않고 산문의 형식인 줄글의 형태를 취하면
서도 연을 구분하고 있는 이유는 화자가 처한 현실의 암담한 상황을 서
술하면서 중간중간 떠나온 고향을 그리워하는 정서를 배치하여 산문
시의 단조로움을 없애고 현실의 암담함을 부각시키고자 하는 의도가
있었기 때문인 것으로 보인다. 즉 교차적 시상 전개로 비교나 대조의
효과를 나타내는 '단락이나 연 구분이 있는 산문시'의 특징을 보여주
고 있는 작품이다.
　표현론적 특성으로 보자면, 이 시의 서정적 자아인 화자는 현상적으
로 텍스트 표면에 나타나 대도시에 늘어나는 실업자 중의 한 명으로서
자신의 감정을 직접적으로 발화하고 있다.

1연에서는 일을 찾기 위해 직업소개소에 "일터와같이 出勤"하여 "검푸른 黃昏"이 될 때까지 기다렸으나 "群集의 大河"에 짓밟히어 일을 찾지 못하고 절망하고 있다. 2연에서 서정적 자아는 "거물어지는 하눌"을 "바보"같다고 표현하는데, 그것은 곧 아무 일도 찾지 못하고 어둠을 맞이하는 자신을 비유한 것이며, "나의 키보다 얕은 街路樹"는 고향의 "욱어진 松林"과 대비되는 도시화의 모습으로 길을 새로 포장하고 그 옆에 작은 가로수를 심어 놓은 도시의 모습을 묘사하는 동시에 그 "街路樹에 기대어섰다"는 것으로 보아 자신보다 작은 것에라도 기댈 수밖에 없는 나약하고 병든 자신의 모습을 표현한 것이라 할 수 있다. 노동을 하지 않아 몸의 "筋肉이 풀릴때" 마음이 나약해져 "鄕愁는 실마리처럼 풀려나온다". 고향에서 젊음을 자랑하며 희망을 갖고 도시로 왔지만, 화자는 뭇사람의 비웃음과 발길에 짓밟히면서 생활의 자괴감과 절망감에 빠져 있는 것이다. 3연에서 현상적 화자는 자신과 다를 바 없는 주위의 "群衆"들을 본다. 그들 역시 일자리를 구할 수 없는 사회에 대한 불만으로 "시끄러히 떠들며, 부산一히 어둠속으로" 흩어지고 있다. 황혼이 질 때 하루 종일 굶은 화자는 "히미한 路燈"과 "잎새없는 街路樹"가 자신과 같이 "空虛"하다고 느낀다. 해가 저무는 도시에서 화자가 그만큼 도시 생활의 삭막함과 암담함을 느끼고 있다는 것이다. 그래서 화자는 다시 4연에 와서 "고향이어!"라며 고향을 그리워하는 감정을 직접적으로 외친다. 삭막하고 암담한 도시에 비해 고향은 "아릿다운" 추억이 많은 곳이기에 현실의 고단한 생활을 잠시나마 잊을 수 있기 때문이다. 그러나 화자의 고향은 "情든 고삿", "욱어진 松林"과 같은 "아릿다운" 기억과 "썩은 울타리", "늙은 아베", "病든 鶴"과 같이 "날마다 야위어가는" 병든 모습을 동시에 지니고 있는 곳이다. 이 시의 발표연도로 볼 때 화자가 자신의 고향을 병든 이미지로 떠올리는 이유는 농촌 역시 식민지 지배와 착취로 병이 들어 쇠잔해져 가고 있기 때문이다. 결국 마음의 안식처였던 고향마저 피폐해지고 있어 화자의 절망은 더욱 깊어진다. 5연에서 화자는 기계화, 산업화되어 가는 자본주의적 사회 구조 속에서 일자리를 잃고 게으름과 무기력함에 빠져 야위어 가고 병들어 가는 자신의 모습을 떠올리며, 결국 "황혼 속"에 "힘없는 憤怒와 絶望"을 묻어버리고 만다. 그만큼 더 이상 아무런 희망을 가질 수 없는 암담한 현실이라는 것이다.

이처럼 「황혼黃昏」은 서정적 자아의 직접적인 경험이 바탕이 되어 산문의 형식으로 대량 실업을 배태하는 자본주의적 사회 구조의 부정적 양상과 식민지 지배하에 피폐해져 가는 농촌의 현실을 발화하고, 그러한 현실을 '황혼'이 질 때의 어두운 이미지로 결합하여 서정성을 확보하고, 연 구분을 통해 도시와 농촌의 현실에 대한 서정적 자아의 감정 표현을 번갈아 서술함으로써 식민지하의 도시와 농촌의 암담한 현실의 모습을 효과적으로 형상화하고 있다.

오장환은 이와 같이 행을 구분하지 않는 줄글의 형태에서 서정적 자아의 감정을 비유적으로 표현하고, 연의 구분으로 비교 및 대조적 배열을 통해 현실의 암담함을 부각시킴으로써 산문시에서도 주관적 감정의 시적 표현이 가능함을 보여주고 있다.

어머니는 무슨必要가 있기에 나를 맨든것이냐! 나는 異港에 살고 어매는 故鄕에있어 얄은키를 더욱 더 꼬부려가며 無數한 歲月들을 힌 머리칼처럼 날려보내며, 오-어메는 무슨, 죽을때까지 倫落된子息의 功名을 기두르는것이냐. 충충한 稅關의 倉庫를 기어달으며, 오늘도 나는 埠頭를 찾어나와, '쑤왈 쑤왈'지꺼리는 異國少年의 會話를 들으며, 한 나절 나는 鄕愁에 부다끼었다.

어메야! 온─世上 그 많은 물건中에서 단지 하나밖에없는 나의 어메! 只今의 내가 있는곳은 廣東人이 실고단이는 충충한 密航船. 검고 비린 바다우에 휘이─한 角燈이 비치울때면, 나는 함부루 술과 싸움과 賭博을 하다가 어메가 그리워 어둑어둑한 埠頭로 나오기도 하였다. 어메여! 아는가 어두운 밤에 埠頭를 헤매이는 사람을. 암말도않고 故鄕, 故鄕, 을 그리우는 사람들. 마음속에는 모─다 깊은 傷處를 숨겨가지고…… 띠엄, 띠엄이, 헤어저있는 사람들.

암말도 않고 거믄그림자만 거니는사람아! 서있는사람아! 늬가 옛땅을 그리워하는것도, 내가 어메를 못잊는것도, 다─마찬가지 제몸이 외로우니까 그런것이아니겠느냐.

어메야! 五六年이 넘두락 一字消息이없는 이 不孝한 子息의 편지를, 너는 무슨 손꼽아 기두르는것이냐. 나는 틈틈이 생각해본다. 너의 눈물을…… 오─어메는 무엇이었느냐! 너의 눈물은 몇차례나나의 不平과 決心을 죽여버렸고, 우는듯, 웃는듯, 나타나는 너의 幻想에 나는 只今까지도 서른마음을 끊이지는 못하여왔다. 便紙라는 서로히 서러움을 하소하는 風習이려니, 어메는 行方도모르는 子息의 在를 믿음이 좋다.

─「鄕愁」, 『城壁』, 아문각, 1947

위의 시는 최초 발표지였던 『조선일보』1936.10.13에 '단락이나 연 구분이 없는 산문시'의 형태로 실려 있는데, 이후 시집에 수록될 때는 위와 같이 연을 구분하여 전체 4연으로 구성된 산문시 형태로 개작되었다. 들여쓰기와 띄어쓰기 또한 보다 정확하게 구사되고 있다. 그것은 산문의 형태를 빌어 일상적 산문어의 구어체적인 표현으로 주절주절 자신의 감정을 늘어놓았던 것을 시집에 수록하면서는 시의 내용이 고향과 어머니를 그리워하는 마음을 담고 있는 만큼 연을 구분하여 연과 연 사이의 여백을 통해 호흡을 늦추고 여운을 남겨 서정적인 분위기를 더욱 조성하기 위해 위와 같이 개작한 것으로 보인다.

이 시의 화자와 청자는 텍스트 표면에 현상적으로 나타나 있다. 서정적 자아인 현상적 화자 '나'는 현상적 청자인 '어메'와 자신과 같이 "故鄕, 을 그리우"며 "부두를 헤매"는 '사람들'을 향해 "鄕愁"에 젖은 자신의 감정을 직접적으로 들려주고 있다. 화자는 "어머니는 무슨 必要가 있기에 나를 맨든것이냐!"며 자기부정으로 발화를 시작한다. 그것은 중국 광동 사람의 밀항선을 타고 이국의 항구를 떠돌며 그곳에서 술과 싸움과 도박을 하며 윤리적으로 타락한 삶을 살고 있는 서정적 자아가 스스로를 한심하게 느꼈기 때문에 나온 발화이다. 자신은 "異港"에서 그렇게 살고 있는데, "어매는 故鄕"에서 "얇은키를 더욱 더 꼬부려가며 無數한 歲月들을 힌 머리칼처럼 날려보내며" "子息의 功名"을 "죽을때까지" 기다리고 있으니 자식 된 도리로서 스스로가 한심하지 않을 수 없었을 것이다. 화자는 고향에서 어머니가 고생하며 지내실 모습을 주관적으로 짐작하여 들려줌으로써 어머니의 고생 및 희생을 강조하고, 그러한 어머니의 기대에 미치지 못하고 오늘도 "한 나절 나는 鄕愁에

부다끼었다"며 자신의 일과를 요약적으로 제시하고 있다. 이렇게 볼때, 이 시의 화자는 한 인격체로서의 자아가 스스로의 심리적 통일성, 곧 지성과 감성의 조화로운 상태를 상실하고 이들이 따로 분리되어 움직임으로써 심리 세계가 분열되는 '심리학적 불연속성'을 겪고 있음을 알 수 있다. 지성으로는 어머니의 고생과 희생을 충분히 깨닫고 있지만, 감성은 향수에 젖어 비애감에 빠져 있을 뿐이다. 이러한 심리적 단절이 결국 화자의 내면적 갈등을 일으키고 있다.

2연에서 화자는 청자인 "어메"를 부르며, 자신의 감정을 호소하거나 자기 주변의 사실적 풍광을 직접적으로 설명하며 전달한다. 여기서 화자는 자기 자신의 향수뿐만 아니라 "어두은 밤에 埠頭를 헤매이는 사람들. 암말도않코 故鄕, 故鄕,을 그리우는 사람들. 마음속에는 모—다 깊은 傷處를 숨겨가지고…… 띄엄, 띄엄 이, 헤어저있는 사람들"의 향수까지를 모두 전달하고자 한다. 즉 이 산문시는 어머니를 향한 개인적 발화에 그치는 것이 아니라 자신을 포함해 이항에서 타향살이를 하고 있는 이들이 공통적으로 겪고 있는 향수를 함께 발화하여 공감을 유도하는 서술적 전략을 보여주고 있는 것이다.

3연에서 화자는 자신과 같이 이항의 "埠頭를 헤매이며" 향수에 젖어 있는 "사람들"에게 우리가 향수에 젖는 것은 "다—마찬가지 제몸이 외로우니까 그런것이아니겠느냐"며 직접적인 단언적 발화를 하고 있다. 화자는 이처럼 자신의 짐작이나 감정, 느낌 등을 직접적으로 발화하면서 독자에게 말을 걸어오며, 정서적으로 공유하게 만들고 있다.

마지막엔 다시 "어메"에게 "五六年이넘도록" "便紙" 한 통 보내지 못한 자신을 용서하라는 투로, 편지라는 것이 원래 서로의 서러움을 하

소연하는 풍습이니, 자신의 편지를 더 이상 기다리지 말고 그냥 편안
하게 잘 지내려니 믿고 지내라고 통보한다.

「향수鄕愁」를 읽는 실제 독자들은 화자의 마음으로 또는 자식을 기다
리는 어머니의 마음으로 이 시를 읽게 되는데, 어느 편에서 읽게 되든
지 이 시의 내용이 인간 존재의 진실한 마음을 담고 있기 때문에 자식
의 마음 또는 부모의 마음을 이해하면서 감동받게 된다.

이와 같이 오장환의 「향수」는 이항의 부두를 헤매며 고향의 어머니
를 그리워하는 화자 자신의 감정과 이항에서의 자기 부정적 삶을 직접
적으로 발화하고, 그것을 같은 처지에 놓인 이들의 공통된 감정으로
확대함으로써 공감을 불러온다. 그러한 감정이 조국 상실의 비애와 식
민지적 현실의 고통 아래 고향을 떠돌며 지내야 하는 인간 존재의 진실
된 정서임을 보여줌으로써 독자에게 감동을 주고 있는 것이다.

寂寥한마음의 領地로, 거믄손이 나를찾어 어루만진다. 흐르는 마을의 風
景과 回想속에서 腐敗한枕木을따라 끝없이 올라가는 녹쓴 軌道와 形骸조
차 볼수없는 죄-그만 機關車의 連續하는 車박휘소리.

汽笛이운다. 쓸쓸한마음속에만이 들리여오는 마즈막車의 울음소리라, 나
는 얼결에 함부로운다. 그래, 이밤中에 누가나를 찾을가보냐. 누가 나에
게 救援을 請할가보냐.

衰殘한人生의 靑春속에 잠기는것은 오즉 墓地와같은 記憶과 孤寂뿐 이도
또한 가장 正確한 나의 目標와갓다 汽笛이여! 울으라 愴凉히…… 終點을

向하는 조그만車야! 너의窓에덮이는, 煤煙이나 지워버리자 지워버리자

―「寂夜」, 『獻詞』, 남만서방, 1939

위의 「적야寂夜」는 1938년 1월 『시인부락』에 처음 발표되고 이후에 띄어쓰기와 문장부호가 약간씩 바뀌고, 1연의 "形體"가 "形骸"로 바뀌어 오장환의 두 번째 시집인 『헌사獻詞』에 재수록되었는데, 두 지면 모두 '연 구분이 있는 산문시' 형태를 취하고 있다.

「적야」는 『헌사』에 수록된 시들 중 유일한 산문시이며, 서정적 자아인 화자가 텍스트 표면에 직접 나타나 자신의 감정을 서정적으로 발화하고 있는 '서정적 산문시'이다.

화자의 위치를 살펴보면, 화자가 종점을 향하고 있는 기관차를 타고 있는 것인지 아니면 기관차가 지나가는 기찻길 주변에서 기적 소리만을 듣고 있는 것인지, 그것도 아니면 마음 속에서 기적 소리를 상상하고 있는 것인지 화자의 발화 위치를 정확히 알 수 없지만, 화자가 그 기관차의 기적 소리를 내면화하고 있음은 분명하다.

1연부터 보면, "검은 손"이 화자를 "寂寥한마음의 領地"로 이끌고 있는데, 그 '검은 손'은 바로 다음 문장에 제시되는 "機關車의 連續하는 車박휘소리"라고 할 수 있다. 화자는 그 기관차가 "흐르는 마을의 風景과 回想속에서 腐敗한枕木"과 "녹쓴軌道"를 따라 자신을 적요한 마음의 영지로 이끌었다고 생각한다. 그래서 그 기관차의 기적소리는 2연에서와 같이 "쓸쓸한 마음속에만이 들리여오는"것이다. 화자는 그 기적이 "마즈막車의울음소리"라 생각하고 "기적"과 동시에 "함부로운다". 2연에서 화자의 감정은 더욱 직접적으로 제시되고 있다. 어둠 속

에 자신을 찾아 올 이도, 자신을 구원해 줄 사람도 없을 것이라 여기며 자기 부정 속에 슬퍼하고 있는 것이다. 3연에서 화자는 "墓地와같은 記憶과 孤寂"이 자신의 가장 정확한 "目標와갓다"고 발화하고 있는데, 그것은 암울한 현실 속에 "衰殘한人生의 靑春"이 지나가 버리고 있는 것에 대한 안타까움이자, 아무런 목표도 구원도 없이 쓸쓸하고 조용히 청춘을 보내야 하는 것에 대한 비애감 또는 허무함의 역설적인 표현이라 할 수 있다. 자신의 청춘과 같이 슬프게 "종점을 향하는 조그만차", 그 기관차의 마지막 기적소리를 들으며 화자가 할 수 있는 일이라곤 그 기관차의 창에 덮인 "매연이나 지워버리자"고 권하는 일밖에 없다. 어차피 마지막 종점을 향하여 가는 거라면 가는 도중만이라도 창의 매연을 지워, 창밖 풍경을 제대로 만끽하자는 것이다.

이렇게 볼 때, 「적야」는 목표도 구원도 없는 암울한 시대에 살고 있는 청춘을 '녹슨 궤도'를 따라 마지막 종점을 향해 가는 기관차에 비유하여, 1연에서는 화자의 마음이 '적요한 영지'에 있는 이유를 밝히고, 2연에서는 아무도 자신을 찾지 않고 구원해주지 않을 것이라는 자기 부정 속에 슬퍼하며 울다가, 마지막 3연에서는 그래도 마지막 종점에 이르기까지 기적을 울리며 눈앞의 '매연'을 지우며 끝까지 가보자는 화자의 의지를 표명한, 즉 줄글의 형태로 연을 구분하여 화자의 감정의 변화를 보여준 '서정적 산문시'라 할 수 있다.

이처럼 표현론적 특성으로 오장환의 산문시를 볼 때, 오장환의 '서정적 산문시'는 근대 사회에서 겪고 있는 서정적 자아의 절망과 비애감 또는 향수 등 감정 자체의 전달을 지향하고 있다. 그것은 자신이 아무것도 할 수 없다는 자기 부정으로 표현되기도 하고, 마지막 희망을 잡아보겠다는 의지의 모습으로 표현되기도 하는데, 무엇보다 서정적 자아가 현상적 화자로 나타나 구체적인 자기 목소리를 내고 있다는 점에서 오장환의 '서사적 산문시'와는 다른 특성을 보여준다. 청자나 독자와의 정서적 공감을 위한 서정적 자아의 직접적인 발화는 비유적인 표현, 연 구분을 통한 비교나 대조적 구성의 배열, 여운의 효과 및 감정의 변화 등을 통해 서정성을 강화함으로써 줄글의 형태에서도 서정적 자아의 주관적인 감정이 시적으로 표현될 수 있음을 보여주고 있다.

오장환이 '서정적 산문시'를 통해 보여준 자기부정의 서정적 발화는 『성벽』이후 산문시에서 자유시로 나아가는 오장환 시의 형식적 변화를 불러오기도 한다. 오장환의 두 번째 시집인 『헌사』를 보면 단 1편만이 산문시 형식을 취하고 있고, 나머지 16편은 모두 행과 연을 구분한 자유시 형식을 취하고 있다. 또한 함축적 화자에 의한 객관적 서술 태도가 현상적 화자에 의한 주관적 서술 태도로 변하여 대부분 서정시에 속하는 작품을 보여준다. 이렇게 볼 때, 오장환의 '서정적 산문시'는 그의 시적 편력을 '서정적 자유시'로 나아가게 하는 과도기적인 형태라 할 수 있다.

2. 맥락 지향의 서사적 산문시와 보여주기 방식

오장환의 산문시는 앞에서와 같이 현실에 대한 절망과 비애감에 빠진 서정적 자아의 감정을 표현할 때는 '서정적 산문시'의 특징을 보이고, 근대 사회에 착종된 풍경을 표현할 때는 '서사적 산문시'의 특징을 보인다. '서정적 산문시'에서는 서정적 자아가 텍스트 표면에 직접 현상적 화자로 나타나 자신의 감정을 직접적으로 발화함으로써 화자 중심적인 발화가 되고 있고, '서사적 산문시'에서는 텍스트 표면에 나타나지 않는 함축적 화자에 의해 근대 사회의 풍경이 초점화됨으로써 대상 및 맥락context상황 중심적인 발화가 되고 있다. 또한 서정적 자아의 직접적인 표현으로 발화되는 '서정적 산문시'가 대체로 '연 구분이 있는 산문시'의 긴 형태를 취하고 있었다면, 오장환의 '서사적 산문시'는 대체로 짧은 '단락이나 연 구분이 없는 산문시'의 형태를 취하고 있다. 이러한 형태적 특성은 대체로 서사적 양식이 길고 서정적 양식이 짧다는 인식을 뒤바꿈으로써 산문시를 통해 양식적 변화가 어떻게 나타날 수 있는지를 보여준다는 점에서 주목된다.

여기서는 근대 사회의 풍경을 발화하는 오장환의 '서사적 산문시'의 특징을 서사론의 도움을 받아 보다 구체적으로 살펴보겠다. 일반적으로 서사학 또는 이야기학에서는 작품의 층위를 '이야기되는 사건 곧 언술 내용story/이야기하는 언술discourse, 곧 서술 형식과 기법'으로 구분하여 분석하고 있다. 통상 전자를 '내용의 층위'라 하고, 후자를 '표현의 층위'라고 한다.[16] 서사론은 이 두 층위를 구별하여 각 층위의 특성을 밝히거나 두 층위의 관계 양상을 고찰하여 작품을 해석하는 방법이다.[17] 다시 말해 플롯이나 인물 형상화, 초점화와 같은 서사적 기법

---

16 이러한 이원적인 모델은 파불라와 수제를 구분한 러시아형식주의, 랑그와 빠롤 혹은 기의와 기표라는 소쉬르언어학의 모델, 구조주의 등에서 영향을 받은 것인데, 주네트의 'histoire(스토리)/recit(스토리가 서술된 텍스트 자체)/narration(서술)', 채트먼의 'story(스토리)/discourse(담론)', 리몬캐넌의 'story(스토리)/text(텍스트)/narration(서술)' 등의 구분 또한 이러한 층위에 기초한 것이다.

17 최시한은 소설의 층위를 '줄거리(스토리)/서술'로 나누어 소설 읽기의 방법을 제시한

들이 어떻게 서술되어 스토리를 이루고 있는지, 서술 층위와 주제 층위의 관계 양상을 고찰하는 방식인 것이다. 이러한 서사론의 방법은 '서사적 산문시'를 해석하는 데에 도움이 될 것으로 본다.

> 푸른 입술. 어리운 한숨. ─陰濕한 房안엔 술ㅅ잔만 흰─하였다. 질척척한 풀섶과같은 房안이다. 顯花植物과같은 게집은 알수없는 우슴으로 제 마음도 소겨온다. 港口, 港口, 들리며 술과 게집을 찾어 다니는 시ㅅ거믄 얼굴. 倫落된 보헤미안의 絶望的인 心火. ─頹廢한 饗宴속. 모두다 오줌싸개모양 비척어리며 알께 떨엇다. 괴로운 憤怒를 숨기어가며… 젓가슴이 이미 싸느란 賣淫女는 爬蟲類처럼 葡匐한다.
>
> ─「賣淫婦」, 『城壁』, 아문각, 1947

위의 산문시는 1936년 12월 『시인부락』에 처음 발표되고, 『성벽』 초판본1937에 재수록되는데, 초판본 『성벽』과 최초 발표지에서의 「매음부賣淫婦」는 위의 재판본의 텍스트와 달리 명사구 다음에 쉼표가 생략되어 있고, 부분적으로 띄어쓰기가 무시되어 있다. 그것은 줄글의 형태와 띄어쓰기의 무시로 기표의 표상적 효과를 통해 "陰濕"하고 "질척척한 풀섶과같은 房안"의 폐쇄적인 분위기를 고조시키고자 한 의도가 있었던 것으로 보이는데, 재판본 『성벽』에 재수록할 때는 오히려 정확한 구두점과 띄어쓰기를 구사하여 단어의 기의가 주는 의미 자체에 주력하고자

바 있는데, 그는 "서술에서 줄거리로, 다시 표층 줄거리(사건의 겉모습 요약)에서 심층 줄거리(사건의 속뜻 혹은 궁극적 의미 요약)로, 그리고 마지막의 주제적 층위로 나아가는 것이 바로 작품의 '해석'이다"라고 하였다. 최시한, 『소설, 어떻게 읽을 것인가─이야기의 이론과 해석』, 문학과지성사, 2010, 20쪽.

한 것으로 보인다. 위의 시는 '단락이나 연 구분이 없는 산문시' 형태로 서사적 자아로서의 함축적 화자에 의해 초점화된 '매음부'를 중심으로 그 주변적 상황들이 연계되어 보여지고 있다. 즉 '매음부—방 안—항구'의 인접적 양상을 선택함으로써 의미의 확장을 보여준다. 함축적 화자가 묘사하고 있는 "賣淫女"는 "푸른 입술"로 "어리운 한숨"을 쉬며, "顯花植物과같은 게집"이며, "알수없는 우슴으로 제 마음"을 속이고, "젓가슴이 이미 싸느"라고 "爬蟲類처럼 葡匐"한다. 이러한 인물 묘사가, "陰濕"하고 "질척척한 풀섶과같은 房안"에 "술ㅅ잔만 횐"한 공간 묘사와 "港口"에 들려 "술과 게집을 찾어 다니는 시ㅅ거믄 얼굴. 倫落된 보헤미안의 絶望的인 心火", "頹廢한 饗宴속. 모두다 오줌싸개모양 비척어리며 알께 떨엇다"는 행동 묘사의 결합으로 의미의 확장을 가져와 근대의 퇴폐적인 모습이 총체적으로 보여지고 있다. "초점화는 단지 '눈으로 보는' 문제에 그치는 게 아니라 '사상적이념적으로 보는' 관점의 문제까지 내포"[18] 하기 때문에 이 시의 서사적 자아가 매음녀를 중심으로 그 주변적 상황들을 함께 묘사한 것은 불건전한 성 행위로 인한 건강하지 못한 육체, 정신의 부재, 절망적인 현실의 퇴폐적 모습 등을 발화하고자 하는 의도가 있었다고 볼 수 있다. 그러나 그러한 퇴폐적인 풍경에 대한 서사적 자아의 발화가 시적 대상에 대한 거부감에서 발화된 것이 아니라 대상과 서사적 자아의 유사성 내지 공감에서 발화된 것임에 주목할 필요가 있다. 발화 주체이면서 인식 주체인 서사적 자아는 '매음부'와 연계된 공간과 행동의 주체들 속에 자신의 모습을 발견하고 타자와의 동일화의 상상

---

18 위의 책, 45쪽.

력으로 그들에 대한 이해와 공감, 동정심을 발화하고 있다. 즉 보잘 것 없고 저속하기조차 한 삶에 파고들어 사회의 어두운 단면을 보여주면서 그 속에 숨은 인간의 실존적 의미를 파헤치려는 리얼리즘적인 의도를 담고 있는 것이다.

이처럼 오장환은 근대를 발전 개념으로 보지 않고 오히려 시대를 불신하는 '역사적 불연속성'[19]으로 바라보며, 그러한 반역사주의적 시각으로 산문시에 근대의 모순적인 풍경들을 그려놓고 있다.

> 漁浦의 燈臺는 鬼類의 불처럼 陰濕하였다. 어두운 밤이면 안개는 비처럼 나렸다. 불빛은 오히려 무서웁게 검은 燈臺를 튀겨놓는다. 구름에 지워지는 下弦달도 한참 자옥 — 한 안개에는 燈臺처럼 보였다. 돗 폭이 충충한 박쥐의 나래처럼 펼처 있는때, 돗폭이 어스름 — 한 海賊의 배처럼 어름거릴때, 뜸안에서는 고기를 많이 잡은이나 적게 잡은이나 함부로 튀전을 뽑았다.
>
> —「漁浦」, 『城壁』, 아문각, 1947

위의 「어포漁浦」 역시 서사적 자아로서의 함축적 화자에 의해 초점화된 "漁浦"의 모습들이 부각되어 있는데, 마지막 구절의 "뜸안에서는 고기를 많이 잡은이나 적게 잡은이나 함부로 튀전을 뽑았다"처럼, 서사적 자아는

---

19 '역사적 불연속성'은 반역사주의적 세계관을 뜻한다. 역사는 어디까지나 발전 개념, 목적 개념, 1회성 개념을 중심으로 인식되었지만, 반역사주의적 태도는 이러한 역사 개념을 불신하고, 인류의 역사는 동일한 삶의 끊임없는 반복이었으며, 따라서 1회적인 삶이라기보다는 다회적인 삶이었고, 행복한 삶의 실현이라기보다는 그러한 삶의 좌절로 점철되었다고 보는 것이다. 일종의 비관주의적 색채가 강하게 드러나지만, 이러한 태도는 우리의 삶을 새로운 관점에서 이해하고 운영하려는 의식이 배어 있는 것이다. 이승훈, 『시론』, 고려원, 1990, 306쪽.

미학적 거리를 두고 시적 대상을 관찰하여 요약적으로 그 맥락^{상황}의 화소話素를 제시함으로써 서사성을 드러내고 있으며, 서사적 자아의 초점화를 통해 묘사된 부분들이 강조되면서 어포의 분위기가 조성되고 있다.

'어포'에 대한 서사적 자아의 정서는 "鬼類의 불처럼", "안개는 비처럼", "불빛은 오히려 무서웁게 검은 燈臺를 튀겨놓는다", "박쥐의 나래처럼", "海賊의 배처럼"과 같이 활유적이고 직유적인 비유와 수식의 반복적 구사를 통해 부정적이고 암울한 이미지로 표출되고 있다. 즉 이러한 비유들이 작품의 분위기를 형성하는데 중요한 역할을 하고 있는 것이다. 여기에 "함부로 튀전을 뽑"는 투전꾼들의 서사적 단면이 더해지고 있는데, 도박은 생명의 활력을 비정상적으로 이탈시키기에 서사적 자아는 투전이 벌어지고 있는 '어포'를 부정적이고 비판적으로 인식하면서 시 전체의 분위기를 바로 그러한 '도박의 성질을 뒷받침하는 그로테스크함'[20]으로 그리고 있는 것이다. 만약 이 시가 행을 구분하는 자유시 형태로 제시되었다면 각 행에서 시적 분위기가 흩어져 음습하고 암울한 느낌이 응집되지 못했을 것이다. 다시 말해, '단락이나 연 구분이 없는 산문시' 형태 속에 음습하고 암울한 이미지들이 응집됨으로써 사회적인 부패상의 단면이 부각되고 있는 것이다.

이처럼, 「어포」는 서사적 자아가 '어포'에서 이루어지고 있는 사회적인 부패상의 단면을 부정적이고 암울하게 인식하고 그것을 응집시켜 '보여주기' 방식으로 서술함으로써 시적 긴장을 잃지 않으면서 서사적 자아의 비판적 의식을 동시에 드러내고 있다.[21]

---

20 곽명숙, 「오장환 시의 수사적 특성과 변모 양상 연구」, 서울대 석사논문, 1997, 33쪽.
21 김경숙은 「오장환 시 연구」(이화여대 석사논문, 1992, 10~26쪽)에서 오장환의 「성

장판방엔 곰팽이가 木花송이 피듯 피어났고 이방 主人은 막버리꾼. 지 개목바리도 훈김이 서리어올랐다. 방바닥도 눅진 눅진하고 배창수도 눅 진눅진하여 空腹은 헌겁오래기처럼 쉬어저 나오고 와그르르 와그르르 숭 얼거리여 뒤ㅅ간문턱을 드나들다 고이를 적셨다.

—「雨期」, 『城壁』, 아문각, 1947

이 시의 화자 또한 텍스트 표면에 나타나지 않고 발화하는 함축적 화자로서 서사적 자아는 미학적 거리를 두고 대상을 관찰하고 있다. 서사적 자아는 장마철로 인해 일을 나가지 못하는 '막버리꾼'과 그가 머물고 있는 방을 초점화하여 둘의 유사성을 직유적으로 묘사하여 강조하고 있다. 전체적인 구조로 볼 때, 앞부분에서 막버리꾼이 머물고 있는 공간을 묘사했다면 뒷부분에서는 배탈이 난 막버리꾼의 신체상의 변화를 묘사하고 있는데, 그 가운데 부분에 "방바닥도 눅진 눅진하고 배창수도 눅진눅진하여"라는 동일한 표현의 병치를 둠으로써 둘의 유사성을 강조하고 있다. 무엇보다 서사적 자아의 묘사가 서민들의 생활에 대한 직접적인 관찰을 통해서 "장판방", "지겟목바리", "막버리꾼", "홍겁오랙이" 등의 소재들을 취하고 있다는 점이 특징적이라고 할 수 있다. 결국, 「우기雨期」는 '단락과 연 구분이 없는 산문시'의 형태로

벽」, 「온천지」, 「어육」 등의 작품이 서술화자의 이중어조 ― 주관과 객관의 이중어조 ― 를 통하여 시인의 현실에 대한 일정한 의사발언으로서의 '개입의지'와 발언된 자신의 의견에 대한 책임 회피를 통한 현실로부터의 '도피의지' 사이의 긴장된 갈등을 보여주는 것으로 보고, 이와 같은 긴장과 갈등은 본질적으로 자아와 세계의 대립 관계로부터 연유하는 것이며 시인은 서사 장르 본래의 객관성에 서정 장르 본래의 주관성의 미학을 적절히 배합, 활용함으로써 시적 긴장을 잃지 않으면서 모순된 대상 세계를 형상화해내고 있다고 지적한 바 있다.

장마철의 눅눅하고 습기찬 환경 속에서 가난하고 병든 채 힘겹게 살아가는 당대 서민들의 삶의 눅눅한 모습을 삽화적으로 보여주고 있는 것이다. 이와 같이 서사적 자아와 대상의 거리가 미학적으로 융합된 표현 양상은 당대 서민들의 힘겨운 삶을 재현하고 그들에 대한 이해 및 관심을 불러일으키는 효과를 가져 온다.

> 추라한 지붕 썩어가는 추녀우엔 박 한통이 쇠었다.
>
> 밤서리 차게 나려앉는 밤 싱싱하던 넝 쿨이 사그러붙든 밤. 집웅밑 양주는 밤 새워 싸윗다.
>
> 박이 딴딴히 굳고 나무잎새 우수수 떠러지던 날, 양주는 새박아지 꿰어들고 추라한 지붕, 썩어가는 추녀가 덮인 움막을 작별하였다.
>
> ──「暮村」, 『城壁』, 아문각, 1947

위의 시[22]는 첫 문장이 짧고 바로 행이 나뉘어져 있어 3행의 자유시처럼 보이지만, 단락에 의존하여 의미를 전개하고 있는 산문시로, 『성벽』의 초판본에서는 들여쓰기가 되어 있지 않지만, 재판본[1947]에서는 위와 같이 들여쓰기가 명확하게 되어 있어 세 단락으로 구분되어 있는 산문시임을 알 수 있다.

이 시의 화자는 서사적 자아로서의 함축적 화자로 텍스트 표면에

---

22 이 작품의 최초 발표지인 『시인부락(詩人部落)』(1936.11)에서는 모든 문장이 단락 구분 없이 이어져 있는 '단락이나 연 구분이 없는 산문시' 형태를 취하고 있는데, 시집 『성벽』의 초판본(1937)에서는 '단락 구분이 있는 산문시' 형태로 들여쓰기 구분 없이 재수록하고 있다. 또한 『성벽』의 재판본(1947)에서는 각 단락의 들여쓰기를 명확하게 하고 있고, 띄어쓰기와 맞춤법도 더 정확하게 하였다. 특히 초판본에서는 '집웅-집웅-집웅'으로 되어 있는 것이 재판본에는 모두 '지붕'으로 고쳐져 있다.

나타나지 않고 대상과 미학적 거리를 유지하면서 객관적인 정황만을 '보여주기'로 서술하고 있다. 서사적 자아의 시선은 위에서 아래로, 바깥에서 안으로 옮겨졌다가 다시 위와 바깥으로 옮겨지고 있는데, 그 시선의 이동에 따라 짧은 산문시 안에 서사 구성의 삼요소인 인물, 사건, 배경이 모두 제시되고 있다. 시 구절을 인용하면, "박이 딴딴이군고 나무닢새우수수 떨어지든" 가을^{계절적 배경} "추라한집웅썩어가는 춘여가덥히인움막"^{공간적 배경}에서 "밤서리차게나려안"고 "싱싱하든 넝쿨이 사그러붙든밤"^{시간적 배경}에 박 한 통 외에는 가질 것이 없는 "양주"^{인물}가 밤새 싸우다 결국 "움막을 작별"한다^{사건}는 이야기를 발화하고 있는 것이다. 이러한 비극적 서사가 산문시 안에서 시성詩性을 확보하고 있는 이유는 인물과 사건이 단순한데 비해 배경 묘사가 다양한 측면에서 함축적으로 표현되고 있기 때문이다. 이 시의 제목 또한 '해질 무렵의 촌락'이라는 뜻의 「모촌暮村」으로 시공간적 배경이 제목으로 설정되어 있다. 단락별로 살펴보면, 첫 단락에서 공간적 배경을, 두 번째 단락에서 시간적 배경을, 세 번째 단락에서 계절적 배경을 묘사하고 있는데, 모두 어둡고 차갑고 시들해져 가는 암울한 이미지로 표현되어 가난으로 인해 터전을 잃고 떠돌아야 하는 농민들의 비극적 삶의 단면이 더욱 암울하게 느껴진다. 다시 말해, 이 산문시는 서정과 서사의 결합으로 이중적 효과를 얻고 있는 것이다.

이렇게 볼 때, 「모촌」은 단락을 구분하는 산문시 형태로 서사적 자아의 시선의 이동에 따라 시공간의 흐름을 단락으로 구분하고, 그 속에 인물과 사건을 연결하여 식민지 치하 농민들의 비극적 삶의 단면을 효과적으로 부각시키고 있다 하겠다.

점잖은 장님은 검은 연경을 쓰고 대나무지팽이를 때때, 거렸다.

고구라양복을 입은 소년장님은 밤늦게 처량한 통소소리를 호로롱 호로롱 골목 뒷전으로 울려 주어서 단수 집허보기를 단골로하는 뚱뚱한 과부가 뒷문간으로 조용히 불러들였다.

—「易」, 『城壁』, 아문각, 1947

溫泉地에는 하로에도 몇차례 銀빛房自動車가 드나들었다. 늙은이나 어린애나 점잖은 紳士는, 꽃같은 게집을 飮食처럼 실고 물탕을 온다. 젊은 게집이 물탕에서 개고리처럼 떠 보이는것은 가장 좋다고 늙은 商人들은 저녁상머리에서 떠들어댄다. 옴쟁이 땀쟁이 가진各色 드러운 皮膚病者가 모여든다고 紳士들은 두덜거며 家族湯을 先約하였다.

—「溫泉地」, 『城壁』, 아문각, 1947

典當鋪에 古物商이 지저분하게 느러슨 골목에는 街路燈도 켜지는 않었다. 죄금 높드란 鋪道도 깔리우지는 않었다. 죄금 말숙한 집과 죄금 허름한집은 모조리 충충하여서 바짝 바짝 親密하게는 느러서있다. 구멍뚫린 속內衣를 팔러온사람, 구멍뚫린 속內衣를 사러온사람. 충충한 길목으로는 검은 망또를 두른 쥐정꾼이 비틀거리고, 人力車 위에선 車와함께 이믜 下半身이 썩어가는 妓女들이 비단내음새를 풍기어가며 가느른 어깨를 혼들거렸다.

—「古典」, 『城壁』, 아문각, 1947

위의 산문시들에서도 서사적 자아의 초점화를 통한 보여주기 방식의 서술이 잘 나타나 있다. 우선 「역易」에서 서사적 자아는 도시의 뒷골목에서 일어나는 성 풍속을 보여주기 기법으로 발화하고 있다. 비교적 비유적인 묘사 없이, 일반적인 산문어로 점잖은 장님이 검은 안경을 쓰고 대나무 지팡이를 때때거리는 모습과 소년 장님이 밤늦게 처량한 "통소 소리를 호로롱 호로롱 골목 뒷전으로 울려"주는 모습, 그리고 일진을 점치던 뚱뚱한 과부가 뒷문간으로 그를 조용히 불러들이는 모습을 어떠한 설명도 없이 객관적으로 보여주고 있는데, 이러한 보여주기 방식은 '불과 몇 줄로 춘화적 상상력을 자극하면서 페이소스를 자아내'고 있다.[23] 이렇게 볼 때, 이 산문시에 단락이 구분되어 있는 것은 '점잖은 장님'과 '고꾸라 양복을 입은 소년 장님'이 같은 인물인지 다른 인물인지는 알 수 없으나, 장님의 낮과 밤의 행동이 다르게 발화되고 있기 때문에, 단락 구분을 통해 시간의 변화를 표상하고 있는 것이라 할 수 있다. 이처럼, 「역」은 짧은 형태에 강한 보여주기 방식의 서술을 통해 도시의 밤 뒷골목의 성 풍속의 단면을 효과적으로 제시하고 있다.

　「온천지溫泉地」 역시 서사적 자아가 텍스트 표면 밖에서 '온천지'에 드나드는 사람들의 모습과 행동을 보여주기 기법으로 서술하고 있다. 하루에도 몇 차례 은빛 자동차가 드나드는 모습과 늙은이나 어린애나 점잖은 신사할 것 없이 꽃같은 계집을 보기 좋아하고, 늙은 상인들이 저녁 상머리에서 "젊은게집이 물탕에서 개고리처럼 떠 보이는 것이 가장 좋다"며 떠들어대는 내용이나 "옴쟁이 땀쟁이 가진各色 드러운 皮膚病者가 모여든다고" 투덜거리며 "家族湯을 先約"하는 신사들의 말을

23　유종호, 앞의 책, 122쪽.

그대로 인용하여 '온천지'의 실상을 보여주고 있다. 서사적 자아는 그들에 대해 어떠한 논평도 하지 않고 있으며, 오직 보여주기 방식을 통해 '온천지'라는 공간에 모여드는 사람들의 계층적 차별성과 그들 간의 미묘한 갈등을 암시하고 있다. 이렇게 볼 때, 「온천지」의 '단락이나 연 구분이 없는 산문시'의 형태는 다층의 신분을 행이나 연 구분 없이 연속 시행으로 보여줌으로써 '온천지'라는 공간의 통합성을 표상하고, 그 속에서의 계층 간의 갈등을 효과적으로 보여주는 기능을 갖는다고 하겠다.

「고전古典」의 서사적 자아 역시 미학적 거리에서 골목의 풍경을 보여주기로 발화하고 있는데, 골목에는 전당포와 고물상이 지저분하게 늘어서 있고, 가로등도 켜 있지 않으며, 골목의 도로엔 포장도 되어 있지 않다. 조금 말쑥하게 지은 집이 있는가 하면 조금 허름하게 지은 집도 있는데, 모두 빛이 바래 충충하고, 가까이 붙어 늘어서 있다. 그런 골목에 구멍 뚫린 속내의를 팔고 사는 거래가 이루어지고, 검은 망토를 두른 취객이 비틀거린다. 또한 인력거 위에 하반신이 썩어가는 기녀들이 타고 있는 모습을 보여줌으로써 매음이 성사되는 골목임을 암시하고 있다. 이와 같이 「고전」은 제목처럼 변함 없는 가치를 뜻한다기보다는 '고전'의 또 다른 의미인 대표성 및 전범성의 의미로 도시의 주변적 공간인 골목의 풍경, 즉 지저분하고 어둡고 음산한 분위기와 그 곳 군중들의 타락한 현실을 보여주기 기법으로 발화함으로써, 현대인의 남루하게 썩어가는 삶의 단면을 전범적으로 보여준 것이라 하겠다.

리몬-케넌은 간접 제시의 구체적인 방법들로 행위act, 담화conversation, 외양external appearance, 환경environment, 유비analogy의 다섯 가지 방법을 들고 있다. 그것은 서사적 양식에서 인물의 성격을 구성하는 방법으로 제시된 것인데, 특정한 행위와 인물의 담화는 인물의 성격과 특성을 암시해 주고, 인물의 외양, 즉 외관이나 용모, 생김새의 묘사도 환유적 관계인 접성를 통해 성격적 특성을 드러내며, 인물이 사는 거주지 같은 물리적 환경이나 인간 관계 같은 인간적 환경 역시 인물과의 환유적 관계를 통해 성격을 암시한다. 마지막으로 유비는 인물의 명칭이나 풍경, 그리고 인물들 사이의 유사성과 대비성을 통해 특정 인물의 성격을 환기시키거나 강화시키는 것이다.[24]

오장환 산문시 역시 이러한 방법으로 시적 대상을 '보여주기'하고 있다. 이를 테면 「역」에서 검은 안경을 쓰거나 고꾸라 양복을 입은 장님이 퉁소 소리를 골목 뒷전으로 울려준다거나 뚱뚱한 과부가 일진을 점치고 뒷문간으로 남자를 불러들이는 특정한 행위나 인물의 외양, 「온천지」에서 늙은 상인들이 젊은 게집에 대해 떠들어 대거나 신사들이 투덜거리는 담화들, 「고전」에서의 뒷골목의 환경이나, 쥐정꾼과 하반신이 썩어가는 기녀들의 비단 냄새 사이의 유비를 통한 보여주기 기법의 간접 제시가 그러하다.

이러한 서사적 기법들이 오장환의 '서사적 산문시'에 적용되면서 근대의 모순된 사회 현실이 효과적으로 제시되고 있다.

오장환의 '서사적 산문시'들이 대체로 짧은 형태에서 압축적으로 표현되는데 비해, 「마리아」는 오장환의 산문시 중 가장 긴 형태를 띠고 있는 '서사적 산문시'이다. 그러나 이 작품에서도 함축적 화자를 통한

---

24 Rimmon-Kenan, 최상규 역, 『소설의 현대시학』, 예림기획, 1999, 112～126쪽.

초점화가 이루어지고 있고 그 초점화에 서사적 자아의 '관점'이 담겨
져 있다.

　1

　탱자나무 울타리안에 잇는 別莊에는 노ー란 꼿송이가 망울 때에서부터
푸른열매가 커질때 까지 素服한 마리아, 마리아는 노상 寢床에 누어 잇섯
다. 無情하고나. 쓸쓸한 하로하로, 그의 化粧은 아모도 보는 사람이업다.
　뜰아페는 가느단 噴水가조용히 소사오르고 해ㅅ벼치포근ー한 잔디우
에선 심부름하는나어린 少女가 까닭업시 졸고안젓다.
　小都市의 '웨이트레쓰ㆍ마리아'는 아모도업는 別莊에서 저홀로 눈물지
운다. 오늘도 건너편 언덕의 牧場에서는 늙은 목동이牛乳ㅅ병을 자전거
에 실고 차저왓섯다.
　바람 한점 불지안컷만 뒤란의 梧桐이픈 한입, 한입, 힘업시 떠러진다.
'마리아'는 조용헌 툇마루에 藤의자를 내여다노코 오라지 안허 生産하려
는 어린아이의 토테보선에 繡를놋는다.
　그는 또한 自己의 쓸쓸한 生活에도 오라지안허 落葉이 오리라는 豫感을
무엇으로 숨기어볼까.
　이곳과는 멀ー리 急行車가 하로에도 五六次 쉬고가는 停車場 아페 가냘
핀 '마리아' 어디로 갓는지도 모르는 나어린 '마리아'가 다시 슬픈 사치
(奢侈)의 길로 도라오기를 그의 동무, 여러 동무들은 나즉한 二層미테서
밤마다 손님과 노래부르며 기다리엇다.
　2
　五月에는 그 노ー란 탱자꼿들이 느께서야 피기 시작하엿고 이슬비 나

리는 밤엔 울타리ㅅ가에서 진한 꽃가루의 냄새가 훈훈이 풍기어 입맛을
덧친 '마리아'는 종내 어즈러윗다.

(-이후 5단락 생략-)

또하나 그와는 다른 女人이, 그보다먼저 이곳에와서(主人의 아기를비
르다)死胎를나코 간 쓸쓸한 무덤.

'마리아'는 임의 아모도 찾지안는뒷뜰의 十字架아페 次次로 묵어워가
는 몸으로 차저나온다.

낙엽이 지랴고 하면서부터 건너편 언덕의 牧場에서는 늙은 牧童이 하
로에도몇차례나 근심스러히 '마리아'를차저왓섯다.

뜻 아니하고 어들 귀여운 아가를 위하여, 늙은牧童은 오늘도 自轉車로
휘파람불며 病든産母의 藥을지으려 漢藥房이잇는邑으로 나려갓섯다.

'마리아'는 무료히 안저잇다가 생각난듯이 보낼곳업는 便紙를, 日記의
대신으로 적어 나간다.

무정하고나. 쓸쓸한 하로 하로 '마리아'를 차자주는 通信이라곤 每月에
한차례, 사나히게서 오는 비인封투와 小切手한장.

그는 어느날 잠속에서 자기가 아모것도 입지안코자는 모양을보앗다.
'마리아'의 불어오르는 배는 마치 춘여우에 매처진 하-얀박통과갓다.

배안에서 부터 발버둥 치는 이 어린아이는, 어언간'마리아'의 모습을
하여가지고 몹시는 그를 협박(脅迫)하리라.

싸느란 달밤에도 탱자나무 울타리 에는 그 노-란 열매들이 하나 하나,
그노-란 빗갈이 하나 하나, 보이는것만갓타여진다.

'마리아'는 문득잠이깨여 탱자열매가 풍기는 아늑-한 香내에 고개를
묵어히숙이지 안을수 업다. 쓰지 못하는 實果의, 먹지 못하는 果일의, 이

리도 애처로운香臭여!

'마리아'에게 産氣가잇는날 먼ー곳에서 産婆는人力車를 타고 차저왓섯
다. 그리고는 三七日이 채 지나지안허 늙은 牧童이 어린아기를 안고 건너
편 언덕으로 가버리엇다.

電報한장 '마리아'는 사나히에게 치지안헛다. 그가 오랫ー동안 머믈엇
든 別莊을 떠나려고 짐을 싸는날 그 아름다웁든 탱자나무의 울타리엔 해
맑앗토록 노ー란 열매도 누구의 손에 따갓는지 하나도 업고, 쓸쓸한 바람
이 불며, 입새만 차차로 무심히 落葉이 질뿐.

'마리아'가 비인 房안에 '람프'를 돗구고 옷독이 안저, 인제는 다시 슬
픈 奢侈에로 길을 옴기려할때化粧을하는 그의 겨테는 가을이 깁고, 쌀쌀
한바람이일고, 이미 철느즌'마리아'의 모시초마엔 치위를 익이지 못하는
나어린 귀뚜리가 주름폭사이로뛰어 들엇다.

—「마리아」, 『朝鮮日報』, 1940.2.8~9

위의 시는 "마리아"라는 대리모 여성이 어떤 "사나이"의 아이를 가
지고 별장에서 홀로 지내다가 출산 후에 아이를 뺏기는 과정까지의 서
사적 내용이 5쪽의 길이[25]로 길게 서술되어 있어서 일종의 서사적 산
문처럼 보이지만, 이 시의 최초 발표지인 『조선일보』를 보면 제목 앞
에 '산문시'라는 표기가 정확하게 나와 있다. 오장환 스스로가 '산문
시'라는 시적 양식을 분명히 인식하고 발표한 시인 것이다.

---

25 『조선일보』에서는 1940년 2월 8일과 9일, 이틀에 걸쳐 상·하로 나뉘어 발표되었고,
   오장환의 시집에는 실리지 않았으며, 김학동 편, 『오장환 전집』에 실린 쪽수(281~
   285쪽)를 기준으로 5쪽으로 보았다.

「마리아」는 각 연에 일련번호가 붙은 총 2연의 '단락이나 연 구분이 있는 산문시' 형태를 취하고 있다. '마리아'에 대한 이야기를 들려주고 있는 서사적 자아는 숨어 있는 화자, 즉 함축적 화자인데, 그는 텍스트 표면에 나타나진 않지만, '마리아'의 삶을 연민의 눈으로 지켜보며, 그녀의 슬픈 현실을 이해하고 동정하는 어조로 발화하고 있다.

우선 1연을 보면, 서사적 자아는 "탱자나무 울타리 안에 있는 別莊"에서 "노상 寢床에 누어" 지내는 "마리아"를 연민의 눈으로 지켜보며 "無情하고나. 쓸쓸한 하루하루, 그의 化粧은 아모도 보는 사람이 없다"고 말하고 있다. 이는 서사적 자아가 시적 대상의 무료한 나날에 감정이 동화되면서 일어난 반응이다. 마리아가 머무르는 "별장"은 몹시 평화롭고 아름다운 공간이지만, '소도시의 웨이트리스'였던 마리아가 홀로 지내기엔 너무 외로운 공간이다. "심부름하는 나어린 少女"와 "건너편 언덕의 牧場"에서 "牛乳ㅅ병을 자전거에 실고 차저"오는 "늙은 牧童"만이 그녀의 곁을 지키고 있을 뿐이다. 그래서 마리아는 "아모도 업는 別莊에서 저 홀로 눈물"짓고, "오라지 안허 生産하려는 어린아이의 토테보선에 繡"를 놓으며 쓸쓸하게 지내고 있는데, 서사적 자아는 이러한 마리아의 심정과 완전히 동화되어 "自己의 쓸쓸한 生活에도 오라지 안허 落葉이 오리라는 예감을 무엇으로 숨기어볼까"라고 발화하고 있다. 이는 서사적 기법으로 보면 전지적인 시점에 해당하는 것으로, 서사적 자아가 발화 주체인 동시에 대상에 대한 인식 주체라는 것을 알 수 있게 한다. 따라서 전지적인 서사적 자아는 단락을 나누어가며 마리아가 지내는 공간, 마리아 주변을 지켜보고 있는 인물, 마리아의 일상, 마리아의 심정까지를 발화하고, 1연의 마지막 단락에서는 마리아가 대리모 이전에 생활했던 공간인 "急行車가 하로에도 五六次 쉬고 가는 停車場 아페"서 "그의 동무, 여러 동무들"이 "나즉한 二層 미테서 밤마다 손님과 노래 부르며" 그녀를 기다리고 있다고 발화하고 있다. 1연의 이 마지막 단락은 마리아가 어떤 여성이었는지를 알려주는 동시에 또 다른 마리아들이 여전히 존재하고 있다는 것을 보여줌으로써, 서사적 자아가 화류계 여성들의 삶에 연민을 느끼고 그녀들의 삶을 통해 사회의 도덕적·성적 타락상을 고발하여 그것을 사회적 문제로 부각시키고자 하는 의도가 있음을 알게 한다.

2연에서 서사적 자아는 마리아의 눈을 통해 주변 자연의 변화를 발화함으로써 시간의 경과를 알려주고, 마리아가 여전히 할아버지와의 옛 "추억"과 "사나히의 상의에 지고 말엇"던 옛 기억을 떠올리며 무료한 시간을 견디고 있음을 발화하고 있다. 별장의 화단에는 마리아보다 먼저 대리모가 되어서 아기를 가졌다가 "死胎를 낳고" 함께 죽은 여인의 무덤이 있는데, 마리아는 "날마다 날마다" "쓸쓸한 무덤 앞에 차차로 무거워가는 몸으로 찾어나온다". 마리아의 그러한 행동은 먼저 간 그 여인에 대한 동정인 동시에 자신 또한 그렇게 되지 않을까 하는 불안한 심리를 반영하고 있다. 마리아의 배가 불러오면서 늙은 목동은 "하로에도 몃 차례"씩 들리고, "産母의 藥"을 지어오고 하지만, 마리아가 무료한 일상을 달래기 위해 "日記의 대신으로" "便紙"를 적어도 "마리아를 차자주는 通信이라곤 每月에 한 차례, 사나히게서 오는 비인 封투와 小切手 한 장"뿐이다. 남자와 마리아의 관계가 거래로만 이루어진 관계임을 보여준다. "춘여 우에 매처진 하-얀 박통과 갓다"는 마리아의 배는 곧 출산을 앞두고 있는데, 마리아는 어느날 "문득 잠이 깨여

탱자열매가 풍기는 아늑-한 香내에" 고개를 숙이며 "쓰지 못하는 실
과의, 먹지 못하는 과일의, 이리도 애처로운 향기여!"라고 발화한다.
이 부분의 인식 주체와 발화 주체는 마리아로 보이는데, 그것은 서사
적 자아가 서정적 성격을 띠면서 마리아의 감정과 동일화되어, 배 속
에 있는 아이를 탱자열매에 비유하면서 느끼는 슬픔을 그대로 전달하
고 있는 것이다. 즉 탱자 열매가 향기는 진하지만 쓰지 못하고 먹지 못
하는 열매이듯, 배 속의 아이도 자신이 키울 수 없는 아이이기 때문에
애처로워 하는 것이다.

"마리아에게 産氣가 잇는 날" 산파가 오고, 그리고는 "三七日이 채
지나지 안허 늙은 목동이 어린 아기를 안고 건너편 언덕으로 가버리엇
다." 남자에게 "電報 한 장" 치지 않고 "별장을 떠나려고 짐을 싸는 날"
탱자 열매도 누가 따갔는지 보이지 않고, "쓸쓸한 바람이 불며, 입새만
차차로 무심히 落葉이 질뿐" 그녀 곁엔 아무도 남지 않았다. 서사적 자
아는 마지막 단락에서 마리아가 느끼는 허무함과 쓸쓸함을 뛰어난 서
정적 표현으로 발화하고, 그녀의 그러한 슬픔을 달래주듯 추위를 이기
지 못한 "나어린 귀뚜리가 주름폭 사이로 뛰어 들엇다"는 표현으로 이
야기를 마무리하고 있다.

이처럼, 오장환의 「마리아」는 '단락이나 연 구분이 있는 산문시'의
형태를 취하여 여러 장면의 결합으로 상황의 변화와 정서의 변화를 적
극적으로 드러내고, 연을 구분함으로써 시간의 경과를 나타내고 있으
며, 서사적 자아의 전지적인 시점을 통해 대리모의 삶을 서사적으로
전개해 가면서 뛰어난 정경묘사로 인물의 심리를 반영하고 서정성을
가미하여 읽는 이의 마음을 애잔하고 안타깝게 만들고 있다. 즉 서사

적 자아는 '마리아'의 이야기를 통해 타락한 사회의 단면을 고발하면서 그것을 사회적 문제로 부각시키고자 한 것이다. 이처럼 오장환은 "특정한 현실의 환부를 파헤치고 비판적 해석을 수행하는 산문정신"[26]을 산문시로써 잘 보여주고 있다.

이와 같이 오장환의 '서사적 산문시'는 서사적 자아가 미학적 거리를 두고 대상이나 사회적 맥락 및 상황을 초점화하여 보여주기 방식으로 서술하는 특징을 보이는데, 그러한 서술 전략으로 당대 서민들의 힘든 삶과 모순된 근대의 사회적 단면을 효과적으로 형상화하고 있다.

3. 근대 사회의 착종과 비판 의식

오장환의 첫 시집인 『성벽』의 재판본[1947]은 5편을 제외한 나머지 17편이 모두 산문시 형식을 취하고 있다는 점에서 중요한 의의를 갖는다. 당대에 시집의 대부분이 산문시로 이루어져 있는 시집은 오장환의 시집 외에는 보기 힘들기 때문이다. 『성벽』의 초판본 이후의 시집에서는 "리듬과 연과 언어 경계에 대한 고조된 관심과 기량"[27]을 보이면서 산문시 형식을 떠나지만, 1947년에 『성벽』의 재판본을 출간할 때에도 산문시만을 추가한 것을 보면, 오장환 스스로가 시작 초기에 썼던 산문시를 비롯하여 『성벽』의 형식적인 특징에 의미를 두고자 했음을 알

---

26 서지영, 「한국 현대시의 산문성 연구─오장환·임화·백석·이용악·이상 시를 대상으로」, 서강대 박사논문, 1999, 179쪽.
27 유종호, 앞의 책, 132쪽.

수 있다. 뿐만 아니라 초판본의 『성벽』에 있는 작품과 당대에 썼던 산문시 6편을 추가하여 『성벽』의 재판본을 펴낼 때 그 작품들을 그대로 재수록한 것이 아니라 각 산문시마다 들여쓰기를 분명하게 하고, 띄어쓰기와 맞춤법을 보다 정확하게 구사하고, 단어나 구절을 바꾸는 개작을 보여주기도 했다. 그만큼 오장환이 산문시라는 형식에 대해 뚜렷한 의식을 가지고 있었다는 것이다. 그것은 그의 산문 「방황하는 시정신」에서의 다음과 같은 구절을 통해서도 알 수 있다.

> 위선 시의 형태로만 하더라도 이곳에서 써지는 작품들의 거의 전부가 내지(內地)에서 대정(大正) 초년간에 통용하던 자유시의 방법을 벗어나지 아니하였다. 또는 새로운 수법(手法)을 쓰려고 힘쓰던 이도 그 여기(餘氣)가 줄고 작품실천에 있어 이렇다고 표본을 보이지 못한 것은 대단 섭섭한 일이다. (…중략…) 소화(昭和) 초년간에 내지(內地)서 주창되던 신산문시운동(新散文詩運動)이라든가 근간 연시(連詩) 운동이니 하고 진지한 추구를 하듯, 우리도 왕성한 개혁을 하려고 못한다 해도 어떻게 이 문제를 등한히 할까.
> ―『인문평론』, 1940.2[28]

이처럼 오장환은 시의 진보에 늘 관심을 촉구하고 있었다. 오장환이 『성벽』 이후에 산문시 형식을 거의 보이지 않는다고 해서 그의 산문시를 폄하하거나 무시할 수 없는 이유가 여기에 있다. 『성벽』 이후의 시형은 오장환 스스로가 산문시 형식에 대한 회의를 느꼈기 때문이 아니

---

28 김학동 편, 『오장환 전집』, 국학자료원, 2003, 603~604쪽.

라 또 다른 시의 진보를 위해 다른 시형을 찾아 나아갔던 것이다.

따라서 오장환의 산문시가 단순히 유행을 좇은 형식이 아니라 시의 형식에 대한 뚜렷한 의식의 소산이었다고 보고, 여기서는 그가 보여준 산문시의 표현론적 특성이 무엇을 위한 것이었는지, 즉 그러한 서술적 전략으로 무엇을 발화하고자 했는지, 오장환 산문시의 주제 양상을 고찰함으로써 오장환 산문시의 표현과 주제의 유기적 결합이 어떻게 이루어지고 있는지를 살펴보겠다.

표현론적 특성으로 본 오장환의 산문시를 종합해 보면, 그의 산문시는 '서정적 산문시'와 '서사적 산문시' 두 유형의 일반적인 특성을 고스란히 보여주면서 화자의 태도가 무엇을 지향하느냐에 따라 표현론적 태도가 다르게 나타났다. 오장환은 산문의 형태에 서정성을 부여하기 위해 비유적인 수사적 표현을 많이 사용하고 있었으며, 연의 구분을 통해 비교나 대조적 배열 구성, 여운의 효과 및 감정의 변화를 보여줌으로써 줄글의 형태에서도 서정적 자아의 주관적인 감정이 시적으로 표현될 수 있음을 서정적 산문시에서 보여주었다. 또한 서사적 산문시에서는 서사적 자아가 미학적 거리를 두고 대상 및 맥락을 초점화하여 보여주기 방식으로 서술하되 대체적으로 짧은 형태를 취하고 있었다. 특히 오장환의 서사적 산문시는 서사적 배경이나 시간, 인물 등에 대한 구체적인 묘사나 서술은 생략하고 특징적인 일면을 강조하거나 압축하고 비유적, 암시적으로 서술함으로써 독자의 정서를 환기시키는 특징을 보여주고 있었다.

이러한 표현론적 특성으로 오장환이 산문시를 통해 발화하고자 한 것은 무엇보다 근대 사회에 착종되어 있는 여러 모순적 현실에 대한 것이었다. 오장환의 산문시에 화자 중심적인 발화보다 대상이나 맥락^{상황} 중심적인 발화가 많은 이유는 거기에 있다. 따라서 오장환 산문시에서는 화자가 발화하는 대상이나 맥락 자체에 주목하여 화자가 어떤 대상을 어떤 맥락에서 발화하고 있고, 그것이 어떤 특성을 가지고 있는지를 고찰하면 오장환 산문시의 표현과 주제의 유기적 관계를 밝혀낼 수 있을 것으로 보인다.

우선, 첫 번째 시집의 표제작인 「성벽」을 보자.

世世傳代萬年盛하리라는 城壁은 偏狹한 野心처럼 검고 **빽빽**하거니 그러나 保守는 進步를 許諾치않어 뜨거운물 끼언ㅅ고 고추가루 뿌리든 城壁은 오래인 休息에 인제는 이끼와 등넝쿨이 서로 엉키어 面刀않은 턱어리처럼 지저분하도다.

　　　　　　　　　　　　　　　　　　　―「城壁」, 『城壁』, 아문각, 1947

이 작품의 최초 발표지는 『시인부락』1936.11이었는데, 오장환의 첫 번째 시집의 표제작임에도 불구하고 초판본 『성벽』에는 실리지 않았다가 재판본1947에 뒤늦게 재수록된다. 위의 시는 '단락이나 연 구분이 없는 산문시'로 여러 겹문장을 행연 구분 없이 그대로 이어 서술하고 있다. 오장환은 이러한 줄글 형태를 통해 끊어짐 없이 "빽빽"하고 "서로 엉키어" 있는 성벽의 형상을 표상하고자 한 것이다. 「성벽」의 미적 구조는 이러한 형식과 내용의 조화에서 비롯된다.

이 시의 화자는 텍스트 표면에 나타나지 않은 함축적 화자로서 서사적 자아는 미학적 거리를 두고 '성벽'이라는 시적 대상을 철저하게 부정적으로 묘사하고 있다. 서사적 자아가 발화하고 있는 '성벽'의 특성을 보면, "世世傳代萬年盛"하고자 지어진 것으로 "검고 빽빽"하며, 보수들에 의해 끝까지 지켜지고 있지만, "오래인 休息에 인제는 이끼와 등넝쿨이 서로 엉키어" 지저분한 상태이다. 서사적 자아는 성벽을 "偏狹한 野心처럼", "面刀 않은 턱어리처럼"과 같이 직유법으로 비유하고 있는데, 의미심장한 것은 성벽을 비유하는 그러한 보조관념이 바로 "進步"로부터 성벽을 지키기 위해 "뜨거운 물 끼언ㅅ고 고춧가루 뿌리"던 "保守"들의 속성이라는 것이다. 결국, '성벽'은 보수라는 관념을 사물에 비유하여 형상화한 상징적 메타포이며, 서사적 자아는 방어적이고 폐쇄적인 전통적 지표들에 부정적인 인식을 가지고 발화하고 있는 것이다.

이렇게 볼 때, 「성벽」은 '단락이나 연 구분이 없는 산문시'의 형태를 통해 보수와 성벽의 닮은꼴을 하나의 이미지로 통합시킴으로써 전통적인 것을 비판하는 시적 자아의 의식을 더욱 명료하게 보여주고 있다고 할 수 있다.

「성벽」과 같이 근대 사회에 착종되고 있는 과거 인습에 대한 비판 의식을 보여주는 산문시로는 「성씨보姓氏譜」, 「정문旌門」, 「종가宗家」 등이 있다.

　　내 姓은 吳氏. 어째서 吳哥인지 나는 모른다. 可及的으로 알리워 주는것은 海州로 移舍온 一清人이 祖上이라는 家系譜의 검은 먹글씨. 옛날은 大國崇拜를 유―심히는 하고싶어서, 우리할아버지는 진실 李哥엿는지 常놈이엇는지 알수도없다. 똑똑한 사람들은 恒常 家系譜를 創作 하였고 賣買

하였다. 나는 歷史를, 내 姓을 믿지않어도좋다. 海邊가으로 밀려온 소라
속처럼 나도 껍데기가 무척은 무거웁고나. 수통 하고나. 利己的인, 너무
나 利己的인 愛慾을 잊을랴면은 나는 姓氏譜가 必要치않다. 姓氏譜와같은
慣習이 必要치않다.

—「姓氏譜 - 오래인慣習 - 그것은傳統을 말함이다.」, 『城壁』, 아문각, 1947

위의 산문시 역시 '단락이나 연 구분이 없는 산문시' 형태를 취하고
있는데, 오장환의 다른 산문시들에 비해 현상적 화자가 자전적 소재를
시적 대상으로 하여 개인사를 직접적으로 발화하고 있기 때문에 발화
대상에 대한 화자의 부정적 인식을 더욱 강하게 느낄 수 있다. 위의 시
에서 화자는 자신의 가계보를 통해 "똑똑한 사람들은 恒常 家系譜를 創
作하였고 賣買하였다"라고 단언하면서 족보 창작과 매매 행위를 폭로
하고 있다. 그러면서 자신에겐 "姓氏譜가 必要치않다. 姓氏譜와같은 慣
習이 必要치않다"고 발화함으로써 인습에 대한 거부와 부정의식을 드
러낸다. "나도 껍데기가 무척은 무거웁고나. 수통 하고나"라는 화자의
발화는, 화자가 자신을 감싸주고 보호해 주어야 할 껍데기가 사실 알
고 보니 무척 가볍고 볼품없는^{수통하구나} 껍데기에 불과한 것을 깨닫게
되었다는 것이며, "너무나 利己的인 愛慾을 잊을랴면은"이라는 발화는
화자가 표면적으로는 전통과 유교적 관습을 부정하지만 제대로 된 성
씨보와 같은 전통의 굳건함에 대한 갈망 또는 아쉬움을 가지고 있음을
알 수 있게 한다. 전통의 굳건함은 곧 껍데기의 단단함을 의미하고 그
것은 '나'를 감싸 줄 수 있는 보호막이 될 수 있다. 그러나 가난한 집안
의 서자로 태어난 그의 현실적 상황에서 그런 이기적인 애욕은 잊어야

만 하는 것이었고, 그것을 잊는 방법으로 부정이 채택되는 것이다.[29]
그렇다면, 「성씨보姓氏譜」는 "오래인 慣習 - 그것은 傳統을 말함이다"와
같은 부제를 달고 전통의 모든 것을 부정하는 것이 아니라 전통의 낡은
습속, 즉 잘못된 봉건적 인습만을 비판하고 있는 것임을 알 수 있다. 다
시 말해, 「성씨보」는 족보나 성씨 가계보를 통한 계급적 허위 의식과
근대 사회에서 그것을 창작하고 매매하는 잘못된 인습을 부정하고 있
는 것이다. 이렇게 볼 때, 「성씨보」는 간결하고 박력 있는 산문체로 전
통과 근대의 충돌이 겪는 혼란한 상황, 즉 암암리에 족보가 창작되고
매매되는 현실과 굳건한 전통에 대한 화자의 갈망을 산문시라는 한 공
간 안에 그려냄으로써 전통에 대한 애정과 부정 사이에서의 화자의 갈
등을 첨예하게 보여주고 있는 산문시라 하겠다.

烈女를모셨다는旌門은 슬픈울 窓살로는 음산한바람이숨이여들고 붉고푸
르게칠한黃土내음새 진하게난다. 小姐는 고흔얼굴 房안에만숨어앉어서
색시의한시절 三綱五倫 朱宋之訓을 본받어왔다. 오-물레잣는할멈의 珍奇
한이야기 중놈의過客의 火賊의 초립동이의 꿈보다鮮明한 그림을보여줌이
여. 식거믄사나히 힘세인팔뚝 무서운힘으로 으스러지개안어준다는 이야
기 小姐에게는 몹시는떨리는 食慾이었다. 小姐의新郎은 여섯해아래 小姐
는시집을가도 自慰하였다. 쑤군 쑤군짓거리는시집의 소문 小姐는 겁이나
病든시에미의 똥맛을할터보았다. 오—孝婦라는소문의 펼쳐짐이여! 양반
은죄금이라도 상놈을속여야하고 자랑으로눌으려한다. 小姐는 열아홉. 新

29 강호정, 앞의 글, 113~114쪽.

郎은열네살 小姐는참지못하야 목매이든날 양반의집은 삼엄하게交通을끈
코 젊은새댁이 毒蛇에물리라는郎君을救하려다 代身으로죽엇다는 슬픈傳
說을쏘다내엿다. 이래서생겨난 孝婦烈女의旌門 그들의 宗親은家門이나繁
華하게만드러보자고 旌門의光榮을 붉게푸르게彩色하엿다.

······詩集「宗家」에서······

— 「旌門－廉洛·烈女不敬二夫忠臣不事二君」, 『詩人部落』, 1936.11

　　위의 「정문」은 시 말미에 "······詩集「宗家」에서······"[30]라고 되어 있지
만, 그의 처녀 시집은 『성벽』이라는 표제를 달고 나왔고, 결국 이 산문
시는 시 「종가」와 함께 어떤 시집에도 실리지 못하고 만다. 작가의 실
수였는지, 오기(傲氣)였는지는 알 수 없으나, 오장환의 봉건적 인습에 대
한 강한 부정의식을 담고 있는 대표적인 산문시임은 틀림없다.

　　「정문」은 '단락이나 연 구분이 없는 산문시'로 설화적 서사구조를
가지고 있는 '서사적 산문시'이다. 이 산문시의 발화자인 서사적 자아
는 함축적 화자로서, 그는 '정문(旌門)'과 관련한 '소저(小姐)'의 이야기를 전
달하는 전승자 역할을 하고 있는데, 단순한 전달자나 관찰자가 아니라
전지적 시점에서 '소저'의 심리묘사까지 하고 있다. 김경숙은 「정문」
의 구조가 설화의 진행 구조인 발단부－전개부－결말부로 짜여진다고
하면서 '열녀를～진하게난다'는 발단부로서 이야기의 배경으로 도입

30　『시인부락』 창간호 말미에 실린 광고문을 보면, "吳章煥 詩集 宗家 近刊戰爭(長詩) 外,
城市 海港圖 移民列車 妓女 毒草 鄕愁 易 城壁 목矢집等 力作六十餘篇 詩人部落社 發
行"이라고 적혀 있다. 이처럼 오장환은 첫 시집의 표제를 『종가(宗家)』로 하여 60여
편의 시를 수록하여 출판할 계획을 가지고 있었으나 무슨 이유에선가 그 뜻을 이루
지 못하고 초판본뿐만 아니라 다른 시집에도 「종가」를 실지 않았다.

부에 해당하고, '소저는~죽었다는'까지는 전개부로 정문에 얽힌 구체적인 이야기 – 구체적인 인물들의 행위 갈등이 드러나고, '슬픈전설傳說을~채색彩色하였다'는 결말부로서 이야기를 마무리한다고 구분한 바 있다.[31] 그렇게 볼 때, 발단부에서 서사적 자아는 현재시제로 지금의 정문의 모습을 발화하고 있는데, "슬픈울 窓살"과 "음산한바람"과 같은 표현에서 서사적 자아의 부정적인 의식을 느낄 수 있다. 전개부에서는 과거시제로 정문에 얽힌 소저의 이야기를 하고 있는데, 소저는 여섯 살이나 어린 신랑에게 시집을 와서 방 안에만 숨어 앉아 삼강오륜三綱五倫과 주송지훈朱宋之訓에 얽매어 살아오다 물레를 잣는 할멈의 상스런 얘기에서 충동을 느끼고 자위를 하다 홀로 성욕을 이기지 못하여 목을 맨다. 소저가 그렇게 죽자 양반의 집은 삼엄하게 교통을 끊고 젊은 새댁이 독사에 물리려는 낭군을 구하려다 대신 죽은 것이라는 거짓된 슬픈 전설을 만든다. 결말부에서는 그렇게 해서 소저의 효부열녀의 정문이 생겨났고, 그들의 종친이 "家門이나繁華하게만드러보자고 旌門의光榮을 붉게푸르게彩色하엿다"고 과거시제로 마무리한다. 이야기의 중간에 "오 – 孝婦라는소문의 펼쳐짐이여!"와 같은 발화자의 직접적인 감정 토로나 "양반은죄금이라도 상놈을속여야하고 자랑으로눌으려한다"와 같은 발화자의 단언적 표현 방식은 허위로 조작된 양반들의 삶을 냉소적으로 폭로하고 비판하는 발화자의 결기가 담긴 대목이라 할 수 있다.

이처럼 「정문」은 설화적 서사 구조를 가진 산문시로서 서사적 자아

---

31 김경숙, 앞의 글, 12쪽.

가 전지적인 시점으로 이야기를 전달하면서 자신의 감정을 함께 드러내고 있는 산문시인데, '단락이나 연 구분이 없는 산문시'의 외형과 띄어쓰기 없는 구절들이 설화 속 주인공의 폐쇄적인 삶과 외부와의 관계를 차단하고 봉쇄하는 양반들의 삶을 환기시키고, 폐쇄된 주인공의 심리상황을 효과적으로 형상화하고 있다고 볼 수 있다. 전통적인 서정시로는 전달할 수 없는 설화적 내용이 산문의 형태에 담겨 발화됨으로써 발화 내용의 전달이 보다 용이할 수 있었고, 인습에 대한 비판 의식이 이야기 양식으로 발화됨으로써 독자에게 흥미를 부여하고 인습에 젖어 있는 독자의 각성을 촉구하는 효과를 동시에 누리고 있다 하겠다.

　　돌담으로 튼튼이가려노은집안엔 거믄기와집宗家가살고있었다. 충충한 울속에서 거믜알터지듯허터저나가는 이집의支孫들. 모도다싸우고젯고 헤여저나가도 오래인동안 이집의光榮을직히여주는神主들 들은 대머리에 곰팡이가 나도록 알리워지지는않어도 宗家에서는 武器처름앳기며 祭祀날이면갑작이높아 祭床우에날름히올라안는다. 큰집에는큰아들의食口만살고 있어도 祭祀날이면 祭祀를지내러오는사람들 오조할머니와아들 며누리 손자 손주며누리 칠춘도팔춘도한테얼리여 닝닝거린다. 시집갓다쫏겨온작은 딸 과부가되여온 큰고모 손꾸락을빨며구경하는 이종언니 이종옵바. 한참 쩡쩡우리든옛날에는 오조할머니집에서 동원뒷밥을 먹어왓다고 오조할머니시아버니도 남편도 동에백성들을 곳ー잘 잡어드려다 모말굴림도식히고 주릿대를앵기엿다고. 지금도 宗家뒤란에는중복사나무밑에서대구리가 빤들빤들한달걀구신이읗융거린다는 마을의풍설. 宗家에사는사람들은아모 일을 안해도 지내왔었고 代代孫孫이아ー 모런재조도 물리여밧지는못하야

宗家집영감님은 近視眼鏡을쓰고 눈을찝찝거리며 먹을궁니를한다고 作人
들에게 高利貸金을하여 살어나간다.

―「宗家」, 『風林』, 1937.2

　위의 「종가」 역시 서사적 자아가 어느 종가의 제삿날 풍정을 미학적
거리에서 관찰하여 묘사적으로 발화하고 있는 전지적 시점의 '서사적
산문시'로 '단락이나 연 구분이 없는 산문시' 형태를 취하고 있다. 첫
문장의 '돌담으로 튼튼히 가려놓은 검은 기와집에 종가가 살고 있었
다'는 표현에서 알 수 있듯 서사적 자아는 '종가'를 은폐된 공간적 이
미지로 발화하고 있다. 시행 구분 없는 줄글의 산문시 형태로 그러한
이미지는 한층 고조된다. 이 집의 지손들은 뿔뿔히 흩어져 지내고, 이
집의 광영을 지켜주는 신주들은 대머리에 곰팡이가 나도록 외면시되
지만, 제삿날이면 갑자기 높아져서 제사상 위에 '날름이 올라앉는다'.
이처럼 서사적 자아는 평소와 달리 제삿날에만 조상을 섬기는 종가의
모습을 희화화하여 표현하고 있다. 제삿날이라고 제사를 지내러 오는
사람들을 "시집갓다쫓겨온작은딸", "과부가되여온 큰고모", "손꾸락
을빨며구경하는 이종언니 이종옵바"와 같이 짧게 특성화하여 나열함
으로써 종가의 지손들이 살아온 삶을 함축적으로 보여준다. 그들은 제
삿날 모여서 가문의 '광영'을 얘기하지만 그들의 '광영'은 사람들을 괴
롭혔다는 것뿐이고, 지금은 하나같이 아무런 일도 하지 않으며, 재주
를 물려받은 것도 없다. 그래서 종가집 영감님은 근시 안경을 쓰고 눈
을 찝찝거리며 먹을 궁니를 하고, 작인들에게 고리대금을 하여 근근이
살아나간다. 이와 같이 「종가」는 '단락이나 연 구분이 없는 산문시' 형

태로 유교적 전통을 이어가며 무능력하게 살아가는 어느 종가의 사람들을 제삿날이라는 특정한 날을 설정하여 한 공간에 포섭함으로써 그들의 맹목적이고 무능한 삶의 태도를 총체적으로 보여주고 있다.

이와 같이 오장환의 산문시는 개인사를 비롯하여 비판받아 마땅한 과거의 잔존들을 산문시 속에 서사적으로 그려냄으로써 화자의 인습에 대한 비판 의식을 드러내고 있다.

오장환의 과거 인습에 대한 비판 의식은 근대 사회의 자본주의적 현실에서 일어나는 모순에 대한 관심으로 이어진다. 그는 항구를 비롯한 도시 및 도시 주변의 풍경들을 산문시에 담아냄으로써 근대 도시의 퇴폐적이고 모순적인 사회적 단면과 당대 서민들의 힘겨운 삶을 폭로한다.

職業紹介에는 失業者들이 일터와같이 出動하였다. 아모일도 안하면 일할때보다는 야위어진다. 검푸른 黃昏은 언덕 알로 깔리어오고 街路樹와 絶望과같은 나의 기─ㄴ 그림자는 群集의 大河에 짓밟히었다.

(…중략…)

어듸를 가도 사람보다 일잘하는 機械는 나날이 늘어나가고, 나는 病든 사나이. 야윈 손을 들어 오래ㅅ동안 隋怠와, 無能力을 극진히 어루맞었다. 어두어지는 黃昏 속에서, 아모도 보는이없는, 보이지안는黃昏속에서, 나는 힘없는 憤怒와 絶望을 묻어버린다.

―「黃昏」 부분

溫泉地에는 하로에도 몇차례 銀빛自動車가 드나들었다. 늙은이나 어린애나 점잖은 紳士는, 꽃같은 게집을 飮食처럼 실고 물탕을 온다. (…중략…) 옴쟁이 땀쟁이 가진各色 드러운 皮膚病者가 모여든다고 紳士들은 두덜거리며 家族湯을 先約하였다.

—「溫泉地」부분

위의 산문시 「황혼」과 「온천지」에는 앞에서 살펴본 바 있듯이 근대 도시의 사회적인 문제들이 부각되고 있다. 「황혼」에서는 직업을 찾아서 고향을 떠나 도시로 몰려든 청년들이 "어듸를 가도 사람보다 일 자 하는 機械"가 나날이 늘어나 일자리를 찾지 못하고 도시에서 무기력하게 병들어 가는 모습을 그려내고 있으며, 「온천지」에서는 유산자 계급이 사회적 특권을 누리는 모습을 통해 계층 간의 불평등과 대립을 보여준다. 근대 사회가 자본화 · 기계화되어 가면서 청년 실업이 늘어나고 있는 상황을 화자의 직접적인 경험을 통해 보여주고, 부를 누리는 계층과 소외되는 계층이 나뉘어져 있음을 '온천지'라는 공간을 통해 단적으로 보여주면서 근대 사회의 착종을 비판적으로 발화하고 있는 것이다.

「경鯨」 또한 가진 자들의 계급 의식을 보여주는 산문시인데, 다음과 같이 짧은 단형의 산문시이다.

점잖은 고래는 섬모양 海上에 떠서 한나절 噴水를 품는다. 虛飾한 신사, 風流로운 詩人이어! 고래는 噴水를 中斷할때마다 魚族들을 입안에 料理하였다.

—「鯨」, 『城壁』, 어문각, 1947

표면적으로 보면 섬처럼 바다에 떠서 한나절 분수를 뿜어내며 물고기를 '요리'하여 먹고 있는 고래를 발화하고 있는 것 같지만, "虛飾한 신사, 風流로운 시인이어!"라는 시행을 통해 알 수 있듯, 이 산문시는 신사들의 허식과 시인들의 풍류를 고래에 빗대어 비판하고 있는 작품이다. 고래가 풍류를 즐기는 동안 물고기들은 잡혀 먹히고 죽어가듯 권력을 가진 자들의 허식과 풍류에 약자들은 빼앗기고 짓밟히는 것이다. 이숭원 역시 '신사'와 같은 인물을 등장시킨 시인의 의도는 가진 자와 못 가진 자의 관계를 지배와 착취의 구조 속에 인식하려는 계급 의식 때문이라고 지적한 바 있다.[32] 오장환은 이처럼 짧은 산문시의 형태로 근대 사회의 모순적인 단면을 비유적으로 표현해내고 있다.

亡命한 貴族에 어울려 豊盛한 賭博. 컴컴한 골목뒤에선 눈ㅅ자위가 시푸른 淸人이 괴침을 훔칫 거리면 길밖으로 달리어간다. 紅燈女의 嬌笑, 간드러지기야. 生命水! 生命水! 果然 너는 阿片을 갖었다. 港市의 靑年들은 煙氣를 한숨처럼 품으며 억세인 손을 들어 隋落을 스스로히 술처럼 마신다.
— 「海港圖」 부분

漁浦의 燈臺는 鬼類의 불 처럼 陰濕하였다. (…중략…) 뜸안에서는 고기를 많이 잡은이나 적게 잡은이나 함부로 튀전을 뽑았다.
— 「漁浦」 부분

---

32 이숭원, 「오장환 시의 전개와 현실인식」, 『현대시와 현실인식』, 한신문화사, 1990, 176~177쪽.

港口, 港口, 들리며 술과 게집을 찾어 다니는 시ㅅ거믄 얼굴. 倫落된 보헤미안의 絶望的인 心火. ── 頹廢한 饗宴속. 모두다 오줌싸개모양 비척어리며 얄게 떨엇다. 괴로운 憤怒를 숨기어가며… 젓가슴이 이미 싸느란 賣淫女는 爬蟲類처럼 葡匐한다.

──「賣淫婦」부분

典當鋪에 古物商이 지저분하게 느러슨 골목에는 街路燈도 켜지는 않었다. (…중략…) 충충한 길목으로는 검은 망또를 두른 쥐정꾼이 비틀거리고, 人力車 위에선 車와함께 이믜 下半身이 썩어가는 妓女들이 비단내음새를 풍기어가며 가느른 어깨를 흔들거렸다.

──「古典」부분

위의 산문시들에는 항구를 비롯하여 도시 저변에서 일어나는 퇴폐적이고 타락한 모습들이 폭로되고 있다. 「해항도」에서는 풍성한 도박과 몸을 파는 '홍등녀紅燈女', 아편을 하는 항시港市의 청년들이 '타락墮落을 스스로이 술처럼' 마시는 모습을 폭로하고, 「어포」에서는 함부로 '튀전'을 뽑는 선원들, 「매음부」에서는 술과 게집을 찾아다니는 '싯거믄 얼굴. 윤락倫落된 보헤미안'과 '젓가슴이 이미 싸늘한 매음녀', 「고전」에서는 전당포와 고물상이 지저분하게 늘어서 있고 가로등이 꺼져 있는 도시의 골목과 충충한 길목, 주정꾼의 비틀거림, 하반신이 썩어가는 기녀들을 산문시 속에 그려냄으로써 병적이고 퇴폐적인 타락의 도시를 폭로하고 있다.

이렇게 볼 때, 오장환은 1930년대의 근대 사회에 착종되는 모순적

인 현실을 이처럼 적극적으로 표현하기 위하여 산문의 형태를 필요로
했던 것이라고 할 수 있다.

> 추라한 지붕 썩어가는 추녀우엔 박 한통이 쇠었다.
> (…중략…) 양주는 새박아지 뀌어들고 추라한 지붕, 썩어가는 추녀가
> 덮인 움막을 작별하였다.
>
> ―「暮村」 부분

> 장판방엔 곰팽이가 木化송이 피듯 피어났고 이방 主人은 막버리꾼. 지
> 개목바리도 훈김이 서리어올랏다. 방바닥도 눅진 눅진하고 배창사도 눅
> 진눅진하여 空腹은 헌겁오래기처럼 쇠어저 나오고
>
> ―「雨期」 부분

그러나 위의 두 편의 산문시에서 보이듯, 오장환이 산문시를 통해
표명하는 사회적 모순에 대한 폭로는 단순한 고발의 차원을 넘어선다.
그는 사회에서 소외된 계층에 대한 예외적인 관심으로 가난하고 병든
소시민들의 힘겨운 삶의 단면을 연민에 찬 시선으로 그려내고 있다.
「모촌」에서는 식민지 치하 농민들이 삶의 터전을 잃고 유랑하게 되는
비극적 삶의 단면을, 「우기」에서는 장마철에 막벌이꾼이 일을 나가지
못하고 곰팽이가 "木化송이피듯 피여"나는 방 안에서 굶주림으로 인해
생긴 배탈로 내의를 적시는 상황을 해학적으로 그려 빈궁의 처참함을
역설적으로 담아내고 있다.
이처럼 오장환의 처녀 시집 『성벽』의 시편들은 산문시 형식을 통해

유교적 전통과 봉건적 인습을 수호하면서 살아가는 전통적 인물들의 폐쇄성을 표상하여 인습에 대한 비판 의식을 표출하고, 항구를 비롯한 도시 저변의 공간에서 행해지는 도시인들의 타락상과 퇴폐적인 행위, 소외 계층들의 처참한 일상을 적극적으로 폭로함으로써 근대 사회에 착종되고 있는 여러 모순점을 부각시키고 있다. 무엇보다 병적이고 퇴폐적인 이미지의 단순한 모방적 또는 고발적 발화가 아니라 당대 사회의 모순적인 단면에 눈뜬 관찰자로서 그러한 도시인들, 소시민들, 식민지 치하 농민들의 삶에 공감 어린 시선을 보내고 그것을 창조적으로 표현하였다는 점, 그 과정에서 자아를 발견하고 자아의 정체성을 확인하는 시적 사유를 보여주었다는 점에서 오장환 산문시의 주제적 의의를 찾을 수 있겠다.

제5장

운율적 특성으로 본
정지용의 산문시

1. 새로운 율문형의 시도와 암시성

정지용은 두 권의 시집과 두 권의 산문집을 차례로 남겼는데,『정지용 시집鄭芝溶詩集』시문학사, 1935과『백록담白鹿潭』문장사, 1941 이후에는 다른 작가들에 의해 시선집으로『지용시선詩選』을유문화사, 1946과『춘뢰집春雷集』정음사, 1950이 간행되었을 뿐, 더 이상 시집을 내지 못하고, 산문집으로『문학독본文學讀本』박문출판사, 1948과『산문散文부역시附譯詩』동지사, 1949을 차례로 간행하였다.[1] 그의 시집과 산문집 모두 대개가 이전에 신문이나 잡지에 발표되었던 작품들을 모아 엮은 것인데, 간행 순으로 볼 때, 작가로서의 편력이 시에서 산문으로 옮겨지고 있음을 알 수 있다.

정지용의 산문시는『정지용시집』에 3편,『백록담』에 18편이 실려 있고, 시집에 미수록된 산문시로 1941년 1월『문장』지에 발표되었던 「도굴盜掘」이 있다. 시작 활동으로 보면, 정지용의 산문시는 오장환과 달리 후기에 쓰여진 것이다.

이렇게 볼 때, 정지용의 산문시는 그의 작가적 편력의 변화에서 비롯된 것이라고 할 수 있다. 즉 시에서 산문으로 옮겨지듯, 자유시에서 산문시로 나아간 것이다.[2] 산문이 시에 비해, 산문시가 자유시에 비해

---

1 김학동은 「정지용의 시와 산문－서지적 국면」에서 "『백록담』간행 이후 정지용은 보다 산문을 쓰는 데 주력하고 있는 듯, 시작 활동은 그렇게 활발하지 못했다. 이것은 일제 말기에 이르러 신문이나 잡지의 극히 제한되어 있었던 시대상황도 그 이유가 된다 하겠으나, 8·15 해방 이후에도 그렇게 활발하지 못한 것으로 미루어, 그 자신에게 원인이 있었던 것이 아닐까 한다. 오랫동안 몸을 담고 있었던 휘문교를 떠나 이화여전으로 옮기고, 바로 그 이듬해에 경향신문의 주간으로 취임하는 등 분주했던 삶의 행정이 시를 못 쓰게 했는지도 모른다"고 추측한 바 있다. 김학동,『정지용 연구』, 민음사, 1997, 251쪽.
2 이승복은 정지용의 시가 장르면에서 '정형시 → 정형시와 자유시의 중간형 → 자유

더 자유롭고 풀어진 형태라는 점을 들어 정지용의 시적 능력이나 시심이 약해져 간 것이라고 폄하할 수 있겠지만, 정지용의 산문시를 '율문형 산문시'와 '비율문형 산문시'로 나누어 보면, '율문형 산문시'의 경우 그가 시의 형식 및 구조에 얼마나 주력한 시인이었는지 알 수 있다. 그의 '율문형 산문시'는 자유시 못지않은 운율을 조성하고 있으며, 응축과 암시, 비유, 상징 등의 시적 기교와 긴밀한 구조로 충분한 시적 울림을 보여주고 있기 때문이다. 그러나 '비율문형 산문시'의 경우는 형식적인 시도만 돋보일 뿐, 시적 완성도가 떨어지는 것이 사실이다. 이로써 우리는 정지용의 산문시를 통해 산문시의 미적 성취의 우열優劣을 가려볼 수 있게 될 것이다.

산문시가 시로서 가지는 산문율과, 일반 산문이 가지는 산문율 사이에는 현격한 차이가 있다. 산문시의 산문율은 시성詩性, poeticity을 강화하기 위한 특별한 내적 장치를 가지고 언어를 일반 산문과는 다르게 결합하고 조직한다. 생략, 응축, 비유, 상징, 역설, 반어, 병치 등의 특별한 심미적 장치는 모두 산문율의 규제를 받는 것이다. 그에 비해 논리와 개념, 지시와 전달을 중시하는 일반 산문에는 그러한 심미적 장치가 대체로 사용되지 않는다.[3]

정지용은 산문시의 구와 구 사이 또는 문장과 문장 사이를 두 칸 이상 띄어쓰기 하거나 줄글의 형태에서 다음 줄의 간격을 더 넓혀 쓰는 등의

시 → 자유시와 산문시의 중간형 → 산문시'로, 운율면에서 '정형율 → 정형율과 자유율의 중간형 → 자유율 → 자유율과 산문율의 중간형 → 산문율'에 이르는 변모 과정을 보여준다고 밝힌 바 있다. 이승복, 「정지용 시의 운율체계 연구─1930년대 시창작 방법의 모형화 구축을 중심으로」, 홍익대 박사논문, 1994, 108쪽.

3   위의 글, 104쪽.

심미적 장치를 사용하여 산문시에 새로운 운율을 조성하고 있다. 전체 22편의 정지용 산문시 중 '두 칸 이상 띄어쓰기'를 보이고 있는 산문시는 모두 9편에 달하는데,「삽사리」,「온정溫井」,「장수산長壽山 1」,「장수산 2」,「도굴」,「예장禮裝」,「나븨」,「진달래」,「호랑나븨」가 이에 해당한다. 그중「진달래」와「호랑나븨」는 줄 간격을 더 넓혀 쓰고 있다.

한편,「황마차幌馬車」를 비롯한「슬픈우상偶像」과「백록담」은 연 구분이나 번호 매김을 통해 또 다른 방식의 리듬 형성에 기여하고 있고, 그 외 나머지 10편의 산문시들은 일반 산문의 산문율과 다를 바 없는 '비율문형의 산문시'에 속한다.

이러한 운율적 특성으로 정지용의 산문시를 고찰하기에 앞서, 정지용 산문시에 대한 선행연구들을 살펴보면, 그의 산문시에 대한 연구는 대체로 많이 이루어진 편이고, 정지용은 이상과 더불어 한국 현대시에서 본격적으로 산문시를 창작한 모더니즘 시인으로 평가되고 있다. 특히 김춘수[4]는 정지용을 이상과 함께 우리나라에서 처음으로 산문시 장르를 개척한 시인으로 평가하였고, 장도준은 산문시의 새로운 실험이『백록담』의 가장 중요한 특징이라고 하였으며,[5] 조창환은 산문시의 전개 과정에서『백록담』이 완전한 산문 언어에 시적 포에지의 실질을 획득하고 있다는 점에서 정지용에 이르러 우리 산문시가 안정화된 산문 어법과 산문체 속에 담긴 시적 승화를 이루었다고 평가하였다.[6] 구체적으로 마광수는『백록담』에 수록된 산문시를「나븨」,

---

4   김춘수,『김춘수 시론 전집』1, 현대문학, 2004, 111쪽.
5   장도준,『정지용 시 연구』, 태학사, 1994.
6   조창환,「산문시의 양상과 전개」,『한국시의 넓이와 깊이』, 국학자료원, 1998, 313쪽.

「진달래」, 「호랑나비」 등 서경시敍景詩의 범주에 드는 시들과 「예장」, 「슬픈 우상」, 「이목구비」 등 현실을 예리하게 풍자하는 상징적 풍속시의 범주로 구분하고, 이 중 「삽사리」와 「온정」만이 산문시의 본질인 전체적인 내용의 분위기가 가져다주는 암시적 상징성을 훌륭하게 구사한 작품이라고 평가하였다.[7] 최동호는 산문시가 갖는 '현실 반영'의 측면에 주목하여, 정지용의 산수시 중 산문시형에는 그의 심정적 갈등이 첨예하게 노출되고 있다고 보았다.[8] 김신정은 산문시형은 개별자와 개별자 사이를 분리시키지 않고 그들 사이의 연관 관계, 특히 사물들 사이에 '맞닿고' 있는 마음의 흐름, 그리고 시 전체를 유지시키는 여유 있는 흐름을 훼손시키지 않으려는 의도에서 창출된 것으로 보고 정지용 산문시의 '닿음'의 형식에 주목하고 있다.[9] 사나다 히로코는 정지용의 후기 산문시는 침략전쟁이 진행되던 1930년대 후반의 음울한 현실 속에서 적극적으로 싸우지 못하는 식민지 지식인의 갈등과 우울과 저항적 감정을 상징적으로 표현함으로써 간접적인 사회비판의 성격을 띠고 있다고 평하였다.[10] 강호정은 지용의 산문시는 전통적 시의 변형된 형태로서, 시에 이야기를 담고자 하는 욕망이 강하게 나타난다는 특성을 밝히고 있다.[11]

---

7   마광수, 「정지용의 시 '온정'과 '삽사리'에 대하여」, 『인문과학』 51, 연세대 인문과학연구소, 1984.
8   최동호, 「정지용의 산수시와 은일의 정신」, 『민족문화연구』 19, 고려대 민족문화연구소, 1986.
9   김신정, 「정지용 시 연구-'감각'의 의미를 중심으로」, 연세대 박사논문, 1998.
10 사나다 히로코, 「정지용 후기 산문시의 상징성과 사회성에 대한 고찰」, 『어문연구』 110, 한국어문교육연구회, 2001.
11 강호정, 「산문시의 두 가지 양상-'지용'과 '이상'의 산문시를 중심으로」, 『한성어문학』 20, 한성어문학회, 2001.

한편, 정지용의 산문시를 본격적으로 논한 학위논문에는 안주헌, 이현정, 신경범, 윤선희의 석사논문이 있다. 안주헌은 정지용의 시적 변모 과정을 세 시기로 구분하고, 그의 산문시의 문학적 특성을 시 형태 그리고 의미 체계와 구조 양상면에서 고찰하였는데, 정지용의 산문시는 초기의 「황마차」, 「슬픈 기차」, 중기의 「밤」과 「람프」, 후기의 『백록담』에 수록된 산문시로 이어지는데, 시 형태상으로 볼 때, 장형화에서 단형화로 바뀌고 운율면에서는 음보율과 내재율 등의 음악적 요소가 지배적으로 나타난다고 하였다. 정지용 산문시의 의미 체계의 특성은 후기시로 가면서 세속과 종교적 이데올로기에서 벗어나 자연과의 동일성을 추구하는 형이상적 시정신으로 형상화되는데, 그것의 표현 기법은 암시성이 강조된 원형적 상징으로 표출된다고 하였다. 또한 구조 양상의 특성은 의미 전달의 성격이 강한 서사 구조 방식의 채용을 들 수 있다고 하였다. 그는 "지용 산문시의 시사적 의의는 한국 시단에 새로운 산문시 영역을 확장시킨 데 있다"고 평가하였다.[12] 이현정은 정지용 산문시의 미적 특질인 휴지 공간에 주목하여, 정지용의 산문시에서 휴지의 효과가 강조된 작품에서 휴지는 리듬을 형성하는 중심 원리로 작용하여 반복과 대구를 통해 시의 분위기와 주제를 부각시키며, 여백의 효과를 갖는다고 보았다. 휴지의 효과가 축소된 산문시형에서는 구체적으로 전달되는 사건의 상징성이 두드러지며, 휴지가 사용되지 않고 완전한 산문체 문장으로 이루어진 「백록담」의 경우에는 산행 중의 경험이 번호로 구분된 '연'의 형식으로 제시되어 또 다른 개성을 보여주고 있다고 언급하였

---

12 안주헌, 「정지용 산문시의 문학적 특성」, 광운대 석사논문, 1993.

다. 그가 분석한 정지용의 산문시는 10여 편에 불과하지만 휴지 공간에 주목하여 면밀하게 고찰함으로써, 시의 형태와 시어의 조직에 대한 정지용의 섬세하고도 치밀한 배려를 확인할 수 있게 하였다.[13] 신경범은 정지용의 『백록담』에 실린 산문시들의 특징으로, 전통적인 율격을 기반으로 해서 개성적인 리듬을 창조해내고 있다는 점, 아이러니를 통해 주제를 전달한다는 점, 동양적 정신 세계에 빠져들면서 의고풍의 어투를 사용하고 있다는 점을 들었다. 그는 무엇보다 정지용의 산문시가 전통적인 요소를 살리면서도 새로운 내용을 담을 수 있는지를 보여준 새로운 시도였다는 점을 높이 평가하였다.[14] 윤선희는 정지용 시세계의 변모 양상 속에서 산문시들의 형태와 변화 과정을 살피고 있는데, 정지용의 초기시에서 보이는 일상 언어와 서사적 전개, 서술적 종결어미 사용이 중기시로 이어져 급격한 산문화의 경향을 보이다가 후기시에 이르러 시 형태에 대한 꾸준한 실험의 결과물로 산문시가 나타난 것이라고 보았다. 그의 연구는 안주헌의 연구와 비슷한 방향을 보이지만 보다 구체적으로 전개되고 있다.[15] 안주헌과 윤선희는 무엇보다 『정지용시집』 5부에 실린 「밤」과 「람프」를 산문시로 간주하였다는 점[16]에서 주목할 만하지만, 『백록담』 5부에 실린 산문시들에 대한 언급은 하지 않고 있어 아쉬움을 남긴다.

이렇듯 정지용 산문시에 대한 연구는, 『백록담』에 수록된 산문시를

---

13 이현정, 「정지용 산문시 연구」, 연세대 석사논문, 2003.
14 신경범, 「정지용 시 연구-산문시를 중심으로」, 중앙대 석사논문, 2003.
15 윤선희, 「정지용 산문시 연구」, 한양대 석사논문, 2007.
16 김용직 역시 「밤」과 「람프」가 1933년 9월 『카톨릭청년』 4호에 처음으로 실릴 때에는 단순한 산문이었으나, 시집 수록시 시로 정착되었다고 보고 있다. 김용직, 「정지용론 完」, 『현대문학』 410, 현대문학사, 1989.2, 310쪽.

중점으로 정지용이 산문시를 통해 새로운 운율을 조성하고 있다는 점과 이야기를 결합하여 상징성과 암시성을 보여주고 있다는 점 등을 들어 정지용 산문시의 시사적인 의의를 밝히는 데 주력하고 있다. 그러나『백록담』에 실린 10여 편의 율문형 산문시에 국한하여 정지용 산문시의 의의를 밝히는 점은 재고되어야 한다.『정지용시집』5부와『백록담』5부에 실린 작품들은 정지용이 산문에서 산문시로 장르적 변이를 보인 작품이므로 이들 작품을 포함하여 정지용 산문시를 논할 필요가 있다. 즉 정지용은 율문형 산문시뿐만 아니라 비율문형 산문시도 보여주고 있으므로 이들 산문시를 종합적으로 평가하여 정지용 산문시의 의의를 밝혀야 하는 것이다.

정지용의 '비율문형 산문시'의 특성에 대해서는 다음 장에서 살펴보기로 하고, 이 장에서는 정지용의 '율문형 산문시'가 어떻게 산문시에 운율을 조성하고 있는지 시각적 형태 층위, 음성 층위, 통사 층위, 의미 층위 등에서 고찰하고, 그 운율을 바탕으로 어떤 시적 장치들이 결합되어 정지용 산문시의 미적 특성을 이루는지 살펴보도록 하겠다.

그날밤 그대의 밤을 지키든 삽사리 괴임즉도 하이 짙은 울 가시사립 굳이 닫히었거니 덧문이오 미닫이오 안의 또 촉불 고요히 돌아 환히 새우었거니 눈이 치로 싸힌 고삿길 인기척도 아니하였거니 무엇에 후젓 허든 맘 못뇌히길래 그리 짖었드라니 어름알로 잔돌사이 뚫로라 죄죄대 든 개올 물소리 긔여 들세라 큰봉을 돌아 둥그레 둥긋이 넘쳐오든 이윽 달도 선뜻 나려 설세라 이저리 서대든것이러냐 삽사리 그리 굴음즉도 하이 내사 그대ㄹ 새레 그대것엔들 다홀법도 하리 삽사리 짖다 이내

허울한 나룻 도사리고　그대 벗으신 곳은 신이마 위하며 자더니라.

—「삽사리」, 『白鹿潭』, 문장사, 1941[17]

위의 시는 종결어미가 '-하이 /-거니. -거니. -거니-라니 /-세라. -세라-러냐/-하이 /-하리 /-니라'로 끝나는 여섯 개의 문장을 '단락이나 연구분이 없는 산문시'로 표현한 시이다. 종래의 자유시가 '사상과 형식의 동시적 정지'로써 행을 나누어 휴지 부분을 두던 것을「삽사리」는 정상적인 띄어쓰기보다 훨씬 간격이 넓은 띄어쓰기로 휴지를 두어 리듬을 조성하고 있다.[18] 각각의 문장은 연결어미를 중심으로 일정한 음운 또는 형태소가 반복되어 리듬감을 형성하고 있고, 의고체의 종결어미와 고어, 신조어 등이 주제를 부각시키며 시적 분위기를 조성하고 있다.[19]

　이 시의 화자는 첫 문장에서 "그날밤"의 "삽사리"가 사랑받을 만하

17　정지용 산문시 텍스트는 이숭원 주해의 『원본 정지용시집』(깊은샘, 2003)과 권영민의 『정지용 시 126편 다시 읽기』(민음사, 2004)를 참고한다. 앞의 책은 정지용의 두 시집과 미수록 작품의 원전을 보여주며, 뒤의 책은 시집에 재수록되기 전에 발표되었던 최초 발표지면의 원전을 보여주고 있다.

18　정지용의 산문시에 나타나는 '두 칸 이상 띄어쓰기' 기법에 주목한 연구로는 다음의 논문을 들 수 있는데, 그들 대부분이 그러한 기법이 휴지와 여백의 기능을 하고 있다고 지적하고 있다. 그 외 다른 해석은 「장수산 2」를 분석할 때 소개하기로 한다.
　　김대행, 「정지용 시의 율격」, 김학동 외편, 『정지용 연구』, 새문사, 1988; 양왕용, 「정지용 시에 나타난 리듬의 양상」, 김은자 편, 『정지용』, 새미, 1996; 권혁웅, 「「장수산 1」의 구조와 의미」, 최동호 편, 『다시 읽는 정지용 시』, 월인, 2003; 장석원, 「정지용 시의 리듬」, 『한국시학연구』 21, 한국시학회, 2008; 이현정, 앞의 글.

19　이숭원은 「삽사리」에 담긴 사랑은 지극히 동양적인 사랑으로, 서양의 사랑 표현처럼 겉으로 분명히 드러나는 형태가 아니라 안으로 그윽하게 깊어지는 특성을 보이는데, 그런 이유로 지용이 의고적 문체를 구사한 것이라고 하면서, 그러한 의고적 문체가 시의 미적 효과 및 주제의 사상적 가치를 높이고 있다고 설명한 바 있다. 이숭원, 『정지용 시의 심층적 탐구』, 태학사, 1999, 170쪽.

다며 단정 지은 다음, 그 근거를 다음 문장들에서 발화하고 있다. 즉 연역적인 방법으로 시를 전개시키고 있는 것이다. 두 번째 문장에서는 그 '삽사리'가 "가시사립", "덧문", "미닫이" 등의 모든 문들이 닫히고, 눈이 키까지 쌓여 아무런 인기척이 없는 고요하고 평화로운 상황인데, 그리 짖었던 이유가 무엇일까 의문을 품고, 세 번째 문장에서는 개울 물소리나 달빛이 새어들까 두려워서 그랬던 것이 아닐까 추측하며 삽사리의 행동을 이해하려 한다. 네 번째 문장에서 자신의 그러한 추측은 첫 문장에서 보였던 "괴임즉도 하이"처럼 "굴음즉도 하이"로 단정되고 자신의 그러한 단정과 추측의 이유는 다시 그 다음 문장에서 밝혀지고 있다. 그것은 바로 '삽사리'의 그러한 행동이 나와 대조되기 때문이다. 즉 '삽사리'가 늘 '그대' 곁에서 "그대의 밤을 지키"며 충직을 다하고 "그대 벗으신" 신을 "위하며" 잠이 드는 모습에 비하여, 화자 자신은 '그대'의 물건에도 닿지 못하는 상황이기 때문인 것이다.

결국, 이 시의 현상적 화자는 '그날밤' '삽사리'의 행동을 현상적 청자인 '그대'에게 발화함으로써 화자 자신이 삽사리와 같이 그대 곁에서 그대를 지키지 못하는 불충 또는 안타까움을 고하고 나아가 그대를 향한 연모의 마음을 전하고자 하는 것이다.

이렇게 볼 때, 「삽사리」는 '그날밤', '삽사리'의 행동을 '그대'에게 발화하는 이야기 형식의 시이기 때문에 행을 나누는 자유시 형식보다는 줄글의 산문시 형식이 더 적절했던 것으로 보인다. 또한 '단정 또는 추측'의 이유를 단락 구분 없이 바로 이음으로써 청자 또는 실제 독자들이 생각해 볼 수 있는 여지를 줄이고 화자 자신의 이유를 더욱 정당화시켜 발화의 의도를 명료하게 전달하고자 '단락이나 연 구분이 없는 산문시'의 형태를 취하고 있는 것이라고 할 수 있다. 그러나 삽사리의 행동을 전하는 서술 자체가 화자가 삽사리에게 동화된 상태에서 발화된 것이고, 그 서술의 표현이 사물의 열거와 자연물의 의인화 및 활유법 등의 시적 기교를 동반하고, 의고체의 발화와 연결어미의 반복, '두 칸 이상 띄어쓰기'의 간격이 만드는 호흡의 정지 등으로 리듬을 부여함으로써 서정적인 분위기를 조성하고 있다. 또한 '인간과 동물, 생명체와 무생물 간의 원초적 교감'이 '상징적 의미'를 내포하여 사랑의 깊이를 띄어쓰기의 여백이 만드는 공간을 통해 암시적으로 보여준다.[20] 그러나 화자 자신은 분명 삽사리의 마음으로 '그대'를 사랑하지만, 삽사리와 같이 충정을 다할 수 없기에 심리학적 단절을 겪고 있다. 지성과 감성의 불연속성으로 그대를 향한 사랑이 충만하지 못하기에 삽사리를 통해 자신의 마음을 전하고 있는 것이다. 이처럼, 「삽사리」는 산문의 형식을 빌어 연역적으로 사랑의 마음을 전달하면서도 그것을 상징적 암시, 시적인 비유와 어조로 운율감 있게 발화함으로써 시와 산문의 동시적 효과를 거두고 있다.

　　伐木丁丁 이랬거니　아람도리 큰솔이 베혀짐즉도 하이　골이 울어 멩아리 소리 쩌르렁 돌아옴즉도 하이　다람쥐도 좃지 않고　묏ㅅ새도 울지 않어　깊은산 고요가 차라리 뼈를 저리우는데　눈과 밤이 조히보담 희고녀!　달도 보름을 기달려 흰 뜻은 한밤 이골을 걸음이란다?　웃절 중이

20　마광수는 "인간과 동물, 생명체와 무생물 간의 원초적 교감이 이 작품이 갖고 있는 상징적 의미의 요체"라고 하면서, "시인의 불교적 중생관이 엿보이기도 한다"고 해석한 바 있다. 마광수, 「정지용의 시 '온정'과 '삽사리'에 대하여」, 『인문과학』 51, 연세대 인문과학연구소, 1984, 36쪽.

여섯판에 여섯번 지고   웃고 올라 간뒤   조찰히 늙은 사나히의 남긴 내음 새를 줏는다?   시름은 바람도 일지 않는 고요에 심히 혼들리우노니   오오 견듸란다   차고 几然히   슬픔도 꿈도 없이   長壽山속 겨울 한밤내—

—「長壽山 1」, 『白鹿潭』, 문장사, 1941

위의 시 역시 시각적으로 정상적인 띄어쓰기보다 훨씬 간격이 넓은 띄어쓰기를 하고 있어 그것이 행 구분을 대신하고 있는 듯하지만, 엄연히 행의 구분이 없고, '단락이나 연 구분이 없는 산문시'이다. 이러한 휴지 부분은 운율적인 효과와 더불어 여백의 역할까지 담당하고 있어 소리의 울림을 조성하며 이를 통해 서정적 정조를 환기해내고 있다.

첫 구절의 "伐木丁丁"은 『시경詩經』의 「소아小雅」 「벌목伐木」편에 있는 구절로, 커다란 나무를 산에서 벨 때 '쩡'하고 큰 소리가 난다는 뜻이다.[21] 따라서 "아름도리 큰솔이 배혀"지면 "골이 울어 멩아리 소리 쩌르렁 돌아옴즉도 하이"라는 표현은 너무 고요한 산 중이라 나무가 베어져 쓰러지면 그만큼 소리가 크게 들릴 것이라는 의미이다. "다람쥐도 좃지 않고 뫼ㅅ새도 울지 않어 깊은산"은 더욱 고요하고 그 고요가 "뼈를 저리"게 할 만큼 깊다. 그러한 소리의 공명과 산의 깊이가 '두 칸 이상 띄어쓰기'의 간격 속에서 이미지화되고 있다. 눈이 내린 장수산의 밤은 '종이보다 희고', '달도 보름을 기다려' 장수산의 "골"을 걷고 있다. 이와 같이 장수산의 적막감이 "~하이"라는 추측과 인유를 비롯한 비유 및 청각과 시각 이미지를 통해 표현됨으로써 서정적인 분위기를

---

21 권영민, 앞의 책, 531쪽.

조성한다. 여기에 마침표를 제거하고 띄어쓰기의 간격을 넓혀놓음으로써 '사물의 움직임과 변화 하나 하나를 매우 선명'하게 만들어 주고 있다. 또한 이러한 표현과 구조의 긴밀함은 '아무런 서술적 진술의 도움 없이도 표현 대상인 물상과 시적 자아가 밀착·결합하는 효과'를 자아낸다.[22]

다음 구절에서 서정적 자아는 '윗절 중이 여섯 판에 여섯 번을 지고'도 '웃고 올라간' 서사적 단면에 "조찰히 늙은 사나히의 남긴 내음새를 줏는다"[23]라고 하여 그러한 사나이에게 동화되고 싶은 마음을 표출하고 있다. 자신의 "시름"은 고요 속에서도 "심히 흔들리"기에 그 "윗절 중"의 태도에 동화되고 싶은 것이다. 이처럼 짧지만 상징적인 사건을 제시하여 시적 자아의 태도를 표명하는 것이 산문시의 장르적 장점이라고 할 수 있다.

마지막 부분에서 서정적 자아는 "장수산 속 겨울 한밤내" '흔들리는 자신의 시름'을 "차고 几然히[24] 슬픔도 꿈도 없이" "오오 견디란다"라는 강한 의지를 직접적으로 토로함으로써 고요한 정신 세계를 지향하

---

22 김명인, 「1930년대 시의 구조 연구-정지용, 김영랑, 백석의 시를 중심으로」, 고려대 박사논문, 1985, 47쪽.
23 '조찰하다'는 정지용이 『그리스도를 본바듬』 번역 과정(『카톨릭청년』, 1933.6)에서 처음 사용하고 시 「승리자 김안드레아」(『카톨릭청년』, 1934.9)에서 또 사용한 이래 자주 표현하는 시어인데, 단순한 육체적 청결(clean)을 넘어 정신적·종교적 차원의 순결(purity)을 내포한다고 본다. 정원술, 「정지용 '두 칸 이상 띄어쓰기' 기법의 연원과 후기 산문시의 의미」, 『한국근대문학연구』 28, 한국근대문학회, 2013, 139쪽.
24 '几然히'는 첫 발표지면인 『문장』지에 '兀然히'로 표기되어 있다. '几'는 '궤'라고 읽고 '작은 의자'라는 뜻이며, '兀'은 '올'이라고 읽고 '우뚝하다'는 뜻이다. 그러니 이 시의 문맥 속에서는 '兀然히'가 맞고 '几然히'는 잘못된 것이다. 따라서 이 구절을 읽을 때에는 『문장』지의 표기대로 '올연히'로 읽어야 맞다. 이숭원, 「정지용 시 원본 제시의 의의」, 『원본 정지용시집』, 깊은샘, 2003, 362쪽.

겠다는 각오를 표출하고 있다.

이렇게 볼 때 「장수산 1」은 '단락과 연 구분이 없는 산문시'의 형태로 간격이 넓은 띄어쓰기와 "-하이"로 끝나는 문장의 반복구를 통해 소리의 울림을 조성하여 서정적 정조를 환기하고, '장수산'의 고요한 배경 이미지를 통해 서정적 자아의 적막감에 사로잡혀 있는 심리 상태와 고요한 정신 세계를 지향하겠다는 의지를 표출하고 있는 '서정적 산문시'이자 '율문형 산문시'라고 할 수 있다.

풀도 떨지 않는 돌산이오   돌도 한덩이로   열두골을 고비고비 돌았세라   찬 하눌이 골마다   따로 씨우었고   어름이 굳이 얼어   드딤돌이 믿음즉 하이   꿩이 긔고 곰이 밟은 자옥에   나의 발도 노히노니   물소리 귀또리처럼 喞喞하놋다   피락 마락하는 햇ㅅ살에   눈우에 눈이 가리어 앉다   흰시울 알에 흰시울이   눌리워 숨쉬는다   온산중 나려앉는 휙진 시울들이   다치지 안히!   나도 내더져 앉다   일즉이 진달레 꽃그림자에 붉었던   絶壁 보이한 자리 우에!

—「長壽山 2」, 『白鹿潭』, 문장사, 1941

이 산문시 또한 정상적인 띄어쓰기보다 훨씬 간격이 넓은 띄어쓰기를 하고 있어 시각적 형태 층위에서부터 호흡의 조절이 이루어지고 있음을 알 수 있다. 정원술은 이 시의 띄어쓰기 기법이 의도하는 최종 목적은 음향적 '공명共鳴'의 역할, 즉 메아리 소리의 효과이며 그것은 실제 소리라기보다는 산의 정신적 경지를 상징하는 차원이라고 주장한 바 있고,[25] 김영미는 휴지 공간에 의해 만들어지는 길고 더딘 호흡은

'장수산'이라고 하는 거대 개체의 공간 속으로 화자가 점차적으로 침잠해 가는 모습을 언어 공간으로 보여주는 것이라고 해설한 바 있다.[26] 무엇보다 이러한 띄어쓰기의 간격으로 정지용의 산문시는, 띄어쓰기를 무시하고 모든 어절을 붙여 썼던 이상과는 또 다른 차원의 '낯설게 하기'를 보여주면서, 산문시에 새로운 운율을 조성해내고 있다는 점에서 의의를 갖는다.

우선 음성 층위에서 보면, "하눌이, 씨우었고, 자옥에, 귀또리, 눈우에, 흰시울, 눌리워, 보이한, 우에" 등의 [ㄴ]와 [ㅜ] 음의 반복적 사용과 '-이오, -세라, -하이, -노니, -하논다' 등의 고풍적 어미 사용을 통해 고아古雅하고 유장悠長한 리듬을 형성하고 있다. 이숭원은 이러한 "의고체의 어조를 사용하여 예스러운 정조가 우러나도록 하였고 그것은 산의 전아한 분위기를 환기하는 데 기능적으로 작용한다"[27]고 지적한 바 있다.

위 시를 시인의 의도적인 띄어쓰기의 간격에 따라 분절하여 음보를 따지고, 번호를 붙여 문장을 구분해 보면 다음과 같이 된다.

① 풀도 / 떨지 않는 / 돌산이오 //	3음보
② 돌도 / 한덩이로 //	2음보
열두골을 / 고비고비 / 돌앗세라 //	3음보

25 정원술, 「정지용 「장수산」 '두 칸 띄어쓰기'의 시적 의도와 문학 교과서 검토」, 『한국어문교육연구』 12, 한국어문교육연구소, 2012. 한편, 정원술은 「정지용 '두 칸 이상 띄어쓰기' 기법의 연원과 후기 산문시의 의미」(137~144쪽)에서 정지용이 그러한 기법을 천주교의 한글 번역 성서의 '대두법'에서 착안했을 가능성을 제기하고 있다.
26 김영미, 「정지용 시의 운율 의식」, 『한국시학연구』 7, 한국시학회, 2002, 26~27쪽.
27 이숭원, 『정지용 시의 심층적 탐구』, 태학사, 1999, 171쪽.

③ 찬 하눌이 / 골마다 //	2음보
따로 / 씨우었고 //	2음보
어름이 / 굳이 / 얼어 //	3음보
드딤돌이 / 믿음즉 / 하이 //	3음보
④ 꿩이 긔고 / 곰이 밟은 / 자옥에 //	3음보
나의 / 발도 / 노히노니 //	3음보
물소리 //	1음보
귀또리처럼 / 喞喞하놋다 //	2음보
⑤ 피락 / 마락하는 / 해ㅅ살에 //	3음보
눈우에 / 눈이 / 가리어 / 앉다 //	4음보
⑥ 흰시울 / 알에 / 흰시울이 //	3음보
눌리워 / 숨쉬는다 //	2음보
⑦ 온산중 / 나려앉는 / 획진 / 시울들이 //	4음보
다치지 / 안히! //	2음보
⑧ 나도 / 내더져 / 앉다 //	3음보
⑨ 일즉이 / 진달레 / 꽃그림자에 / 붉었던 //	4음보
絶壁 / 보이한 / 자리 / 우에! //	4음보

위와 같이 이 시는 주로 2·3음보의 느린 리듬감을 형성하고, 시인이 의도적으로 넓게 띄어쓴 부분에 따라 행을 나누어보면 모두 20행으로 나눌 수 있고, 문장으로 나누어 보면 모두 9개의 문장으로 이루어져 있다.

이 시의 현상적 화자는 '장수산'이라는 정경을 발화하고 있는데, ①과 ②에서처럼, 장수산은 풀도 떨지 않는 돌산으로, 열두 골이 모두 한

덩이의 돌로 고비고비 돌아 이루어진 산이다. ②의 문장 중간에 휴지를 둔 이유는 고비고비 돌아 돌산이 된 과정의 역사적, 시간적 길이를 암시하기 위한 표상으로 보인다. 이후 문장들 중간에 쓰인 휴지 부분들 역시 그런 암시성이 내포되어 있다. 즉 '두 칸 이상 띄어쓰기' 된 부분들은 장수산의 역사성, 공간성을 내포하고 그것이 2·3음보의 느린 리듬감으로 진행되면서 장수산의 자연과 그 변화들 하나하나를 선명하게 해주는 기능을 하고 있다. ③에서 부터는 장수산의 모습이 보다 구체화되는데, 장수산은 골이 깊어 골짜기마다 하늘이 다른 느낌으로 드리워져 있는 듯하고, 모든 골에 얼음이 굳게 얼어 믿음직한 디딤돌이 되어 주고 있다. ④에서 화자는 드디어 장수산에 발을 들여놓음으로써 장수산과 하나로 통합된다. 즉 화자 자신이 자연의 일부가 되면서 자연과 '한 덩이'가 되고 있다는 깨달음이 골짜기 얼음 밑으로 흐르는 물소리를 '귀또리' 소리로 들리게 한 것이다. 이러한 깨달음 이후에 ⑤을 보면 '찬 하늘'이 따스한 "해ㅅ살"을 비추고, 그 속에 내리는 눈은 먼저 내린 눈이 다칠까 "가리어" 앉고 있다. 즉 화자는 염려와 배려 속에 모두 다치지 않을 수 있는 평화롭고 조화로운 공존의 모습을 보게 된 것이다. 그래서 ⑥과 같이 흰 '시울^{언저리}' 아래에서도 또 다른 흰 시울이 눌리워 숨 쉴 수 있고, ⑦과 같이 온 산중에 내려앉은 '휙진^{하얀 능선}'의 시울들이 다치지 않을 수 있는 것이다. 이와 같이 장수산의 자연이 서로를 염려하고 배려하는 모습을 본 후, ⑧~⑨에서 화자는 장수산을 차가운 돌산이 아닌 진달래꽃이 붉게 피어 생명력이 충만했던 절벽 "보이한" 자리였던 곳으로 인식하며 그곳에 자신을 내려놓는다. 이렇게 볼 때, ⑦과 ⑨의 "!"는 화자가 새로운 인식을 하게 된 깨달음의 표상이라 하겠다.

이처럼 정지용의 「장수산 2」는 고풍적 어미와 [ㅗ]와 [ㅜ] 음의 반복적 사용, 2음보 내지 3음보의 고아하고 유장한 리듬을 형성하고 있고, ④의 '물소리'를 경계로 하여 자연의 조화로움에 대한 화자의 감탄과 그러한 자연에 동화되고 있는 화자의 태도를 순차적으로 발화하면서, 그 깨달음의 과정을 휴지로 구분하고, 그 여백의 공간을 통해 장수산의 역사성 및 시간성, 깊은 골의 모습 등을 암시하고 표상하는 한편, 장수산에서 느끼게 되는 화자의 정신적 깊이를 담아내고 있다. 이렇게 볼 때, 「장수산 2」 역시 고풍적 어미, 후설 모음의 반복적 사용, 휴지의 배분에 의해 리듬과 의미의 조응을 이루고 있는 '율문형 산문시'이자 '서정적 산문시'라고 할 수 있다.

시기지 않은 일이 서둘러 하고싶기에　暖爐에 싱싱한 물푸레 갈어 지피고　鑞皮 호 호 닦어 끼우어 심지 튀기니　불꽃이 새록 돋다　미리 떼고 걸고보니 칼렌다 이튿날 날자가 미리 붉다　이제 차츰 밟고 넘을 다람쥐 등솔기 같이 구브레 벋어나갈 蓮峯 山脈길 우에 아슬한 가을 하늘이여　秒針 소리 유달리 뚝닥 거리는 落葉 벗은 山莊 밤　窓유리까지에 구름이 드뉘니 후 두 두 두 落水 짓는 소리　크기 손바닥만한 어인 나븨가 따악 붙어 드려다 본다　가엽서라 열리지 않는 窓　주먹쥐어 징징 치니 날을 氣息도 없이 네 壁이 도로혀 날개와 떤다　海拔 五天呎 우에 떠도는 한조각 비맞은 幻想　呼吸하노라 서툴리 붙어있는 이 自在畵 한幅은 활 활 불 피여 담기여 있는 이상스런 季節이 몹시 부러웁다　날개가 찢어진채　검은 눈을 잔나비처럼 뜨지나 않을가 무섭어라　구름이 다시 유리에 바위

처럼 부서지며   별도 휩쓸려 나려가 山아래 어넌 마을 우에 총총 하뇨
白樺숲 희부옇게 어정거리는 絶頂   부유스름하기 黃昏같은 밤.

—「나븨」, 『白鹿潭』, 문장사, 1941

위의 산문시 또한 '단락이나 연 구분이 없는 산문시'의 형태 속에
'두 칸 이상 띄어쓰기'를 보여주고 있는데, 그 공간에 따라 행을 나누
고, 이번에는 의미 단락에 따라 번호를 붙여 나누어보면 다음과 같이
된다.

①
시기지 않은 일이 서둘러 하고싶기에
暖爐에 싱싱한 물푸레 갈어 지피고
鐙皮 호 호 닦어 끼우어 심지 튀기니
불꽃이 새록 돋다
②
미리 떼고 걸고보니 칼렌다 이튿날 날자가 미리 붉다
이제 차즘 밟고 넘을 다람쥐 등솔기 같이 구브레 벋어나갈 蓮峯 山脈길
우에 아슬한 가을   하늘이여
③
秒針 소리 유달리 뚝닥 거리는 落葉 벗은 山莊 밤
窓유리 까지에 구름이 드뉘니 후 두 두 두 落水 짓는 소리
④
크기 손바닥만한 어인 나븨가 따악 붙어 드려다 본다

가엽서라 열리지 않는 窓

주먹쥐어 징징 치니 날을 氣息도 없이 네 壁이 도로혀 날개와 떤다

⑤

海拔 五天呎 우에 떠도는 한조각 비맞은 幻想

呼吸하노라 서툴리 붙어있는 이 自在畵 한幅은 활 활 불퓌여 담기여 있
는 이상스런 季節　이 몹시 부러웁다

날개가 찌저진채

검은 눈을 잔나비처럼 뜨지나 않을가 무섭어라

⑥

구름이 다시 유리에 바위처럼 부서지며

별도 휩쓸려 나려가 山아래 어늰 마을 우에 총총 하뇨

白樺숲 희부옇게 어정거리는 絶頂

부유스름하기 黃昏같은 밤.

　이렇게 '두 칸 이상 띄어쓰기' 되어 있는 부분에 따라 행을 나누고 각
구절의 의미를 따져보면 행 구분 없는 연속 시행의 산문시 형태보다 각
구절의 의미를 훨씬 쉽게 이해할 수 있다. 그것은 곧 연속 시행의 산문
시가 그만큼 의미의 분산을 막고 있다는 반증이 된다. 즉 산문시는 행
을 구분하지 않기 때문에 의미가 흩어지지 않고 하나로 통합되어 주제
가 한층 부각될 수 있는 것이다. 그렇게 통합되어 뭉쳐 있는 의미를 보
다 쉽게 파악하기 위해서 위와 같이 '두 칸 이상 띄어쓰기' 되어 있는
부분에 맞추어 행을 나누어 본 것이다. 그렇다면 정지용 산문시에 나
타나는 이 넓은 띄어쓰기의 간격은 작품의 의미를 보다 쉽게 파악하도

록 제시해둔 '분석의 칼집'이라고도 할 수 있겠다.

그 분석의 칼집에 따라 의미층위와 통사층위를 살펴보면, 산행의 과정 중에 산장에서 밤을 맞이한 시적 자아는 ①에서 아무도 시키지 않았지만, 서둘러 산장에서 밤을 지낼 준비를 하고 있다. 난로에 불을 붙이고, 심지를 튀기어 등에 불을 밝힌다. 자신이 머물 공간에 훈기를 돌게한 다음, ②와 같이 다음에 이어질 산행을 예비하기 위해 달력의 날짜를 넘겨보고 그 날의 '연봉蓮峯 산맥길 우에 아슬한 가을 하늘'을 미리 떠올려보며 들떠있다. ③을 보면, 밤이 한층 깊어져 초침秒針 소리가 유달리 뚝닥 거리며 크게 들린다. 그만큼 적막해진 산장의 밤을 이 시는 "秒針 소리 유달리 뚝닥 거리는 落葉 벗은 山莊 밤"이라고 표현하고 있다. 낙엽을 벗었다는 것은 가을의 깊이를 뜻하는 동시에 적막의 깊이를 뜻하는 고도의 시적인 표현이다. 이 문장은 '시계 소리가 유달리 뚝닥 거리는 낙엽을 벗은 산장의 밤'과 같이 격조사들을 생략함으로써 산문의 문장과는 다른 압축을 보여주고 있다. 다음 구절에서는 비오는 소리를 띄어쓰기로 공간화하여 "후 두 두 두 落水 짓는 소리"와 같이 표현함으로써 청각적 이미지의 심미적 경험을 더욱 증대시키고 있다. 이 산문시에 쓰인 "호 호", "새록", "뚝딱", "후 두 두 두", "따악", "징징", "활활", "총총" 등의 의성어·의태어의 표현들과 "~山莊 밤", "~짓는 소리", "~않는 창", "~비맞은 幻想", "~黃昏같은 밤" 등의 명사로 끝나는 문장 역시 이미지를 부각시키고 압축미를 더하는 심미적인 시적 장치로 쓰이고 있다. 이와 같이 이 산문시의 시성詩性은 압축된 문장과 수사적 기교들로 표현된 부분들이 '두 칸 이상 띄어쓰기'의 공간 사이에서 돋보이기 때문에 생긴다. 또한 '두 칸 이상 띄어쓰기'의 공간은 시적 자아의 행동을 전개시키고, 시간과 날씨의 변화를 나타내는 경계가 되고 있을 뿐 아니라 호흡을 조절함으로써 산문시에 새로운 리듬을 부여하고 있다.

④에서는 새로운 시적 대상인 '나비'가 등장한다. 창을 경계로 시적 자아와 나비는 안과 밖의 존재로 나뉜다. 주먹을 쥐고 창을 두들겨 보아도 나비는 "나를 氣息도 없"고 오히려 시적 자아가 머물고 있는 안의 네 벽^壁이 흔들린다. 그래서 시적 자아는 그것이 진짜 나비가 아닐 것이라 생각한다. 왜냐하면 그 산장은 ⑤와 같이 '해발 오천 척 위'에 있기 때문이다. 그래서 시적 자아는 그 나비를 "떠도는 한조각 비맞은 幻想"이라고 표현하고, "呼吸하노라 서툴리 붙어있는 이 自在畵 한幅"이라고 표현한다.[28] 초점화가 잠시 바뀌어 나비의 시선으로 시적 자아가 머물고 있는 안의 공간을 보는데, 그 환상의 나비의 입장에서 보면, 시적 자아가 머물고 있는 공간, 즉 "활 활 불피여 담기여 있는 이상스런 季節"이 몹시 부러운 일일 것이라 생각한다. 시적 자아는 다시 환상의 나비가 날개가 찢어진 채 날지 못하고 검은 눈을 잔나비처럼 뜨지나 않을까 무서워하고 있다. 권영민은 이 나비를 '시적 상상이 만들어낸 화자의 또 다른 모습'이라고 했다가 '그것은 한 잎 낙엽이다! 비 맞은 채 바람에 날리며 찢어진 손바닥만 한 낙엽! 그것이 빗물에 젖어 유리창에 달아붙'은 것이라며 이중 해석을 하고 있다.[29] 권영민이 의도한 해석은 그러한 낙엽을 시인은 나비라고 표현했고, 그것이 시적 자아의 또 다

---

28 이숭원은『원본 정지용시집』(깊은샘, 2003, 227쪽)에서 "나비 이 시의 배경은 낙엽도 다 떨어진 늦가을 해발 1,500미터 높이에 있는 산장이다. 이런 상황에 나비가 나타난다는 것은 상상의 소산일 가능성이 많다"고 지적한 바 있다.

29 권영민, 앞의 책, 616쪽.

른 모습, 즉 춥고 어두운 곳에서 움직이지 못하는 자아를 상상한 것이었다고 여겨진다. 이 산문시가 발표된 연도로 볼 때 이 시기는 일제의 탄압이 극에 달했던 때이므로 시적 자아는 늘 불안과 공포에 시달렸을 것이다. 즉 이 산문시의 '나비'는 심리학적 단절로 인해 불안과 공포에 사로잡혀 있는 또 다른 시적 자아를 표상한 것이다. 따라서 시적 자아는 밝고 따뜻한 공간에서 유리창을 경계로 어둡고 추운 공간에서의 자아의 또 다른 모습을 상상했던 것이다. 그러한 어둡고 무서운 상상이 지나고 ⑥에 오면, 구름이 흩어지면서 별들이 나타나는데, 그 별들은 구름과 함께 휩쓸려 내려가 산 아래 어느 마을 위에 총총히 떠 있다. 시적 자아는 고도의 높이에서 인간의 마을을 내려다 보며 비가 그치고 구름이 흩어지면 어둠 속에 다시 별들이 총총하게 뜬다는 것을 보며 어떤 희망을 느끼고 있다. 그래서 시적 자아는 자신을 비롯한 현실의 상황이 어둠의 절정에 와 있어 "白樺숲 희부옇게 어정거리는 絶頂 부유스름하기 黃昏같은 밤"이지만, 곧 구름이 걷히듯 별 같은 희망이 우리의 현실을 비출 것이라는 희망을 가져 본다.

이렇게 볼 때, 이 산문시의 '나비'는 장자의 '호접몽胡蝶夢'의 나비와 흡사하다. 나비는 육신과 영혼의 갈림길에 놓여 있는 신비한 존재로서 정지용은 유리창에 어린 나비의 환각을 통해 그것이 스스로의 영혼의 모습임을 문득 깨닫고 있기 때문이다.[30] 그것이 장주와 같은 황홀경은

---

30 김윤식은 『이상 문학 텍스트 연구』(서울대 출판부, 1998, 325쪽)에서 「30년대의 나비 시학 ― 이상 · 김기림 · 정지용의 경우」라는 제목으로 대담 형식의 글을 실고 있는데, 이 글에 "한편 정지용은 어떠했던가. 투명한 유리창을 통해서만 세계를 보았지만 그 유리창에 어린 환각이 스스로이 영혼의 모습임을 문득 깨닫게 되는 황홀경에 이르지 않았습니까"라고 한 부분이 있다.

아니었지만, '환상' 속에서 나비와 시적 자아가 하나가 되어 자연의 이
치를 깨닫게 되면서 희망을 갖게 된다.

　이처럼 정지용의 「나븨」는 크게 세 부분 ①~③ / ④~⑤ / ⑥으로
나눌 수 있는데, 그것을 연속 시행의 '단락이나 연 구분이 없는 산문시'
형태로 제시함으로써 의미의 분산을 막고 주제를 통합하고 있다. 즉
장자의 '호접몽'과 같이 "장주가 나비가 되는 꿈을 꾸었는지 나비가 장
주가 되는 꿈을 꾸었는지 알 수가 없"[31]는 것처럼 환상 속에서 나비와
시적 자아가 하나가 되어 구름이 걷히고 별이 뜨는 자연의 이치를 보며
어둠의 절정에서 희망을 품어보고 있는 것이다.

　　한골에서 비를 보고　한골에서 바람을 보다　한골에 그늘 딴골에 양

　지　따로 따로 갈어 밟다　무지개 해ㅅ살에 빗걸린 골　山벌떼 두름박

　지어　위잉 위잉 두르는 골　雜木수풀 누룻 붉웃 어우러진 속에 감초

　혀 낮잠 듭신 칙범 냄새 가장자리를 돌아　어마 어마 긔여 살어 나온 골

　上峯에 올라 별보다 깨끗한 돌을 드니　白樺가지 우에 하도 푸른 하

　눌……포르르 풀매……온산중 紅葉이 수런 수런 거린다　아래ㅅ절 불켜

31　오강남 풀이, 『장자』, 현암사, 1999, 134쪽.

지 않은 장방에 들어 목침을 달쿠어 발바닥 꼬아리를 슴슴 지지며   그제

사 범의 욕을 그놈 저놈 하고 이내 누었다   바로 머리 맡에 물소리 흘리

며 어늬 한곬으로 빠져 나가다가   난데 없는 철아닌 진달레 꽃사태를 만

나   나는 萬身을 붉히고 서다.

― 「진달래」, 『白鹿潭』, 문장사, 1941

위 산문시의 최초 발표지인 『문장文章』 22호의 지면을 보면, 산문시임에 틀림없는데도 문장이 다음 줄로 넘어갈 때 그 줄의 간격을 다른 산문시와 달리 의도적으로 더 넓게 설정하고 있음을 알 수 있다. 지금까지 대부분의 연구자들이 정지용의 산문시를 인용할 때 '두 칸 이상 띄어쓰기'에만 집중하고 이 부분은 대부분 무시하고 있는데, 같은 잡지에 실렸던 「도굴盜掘」과 「예장禮裝」을 보면 한 쪽에 제목 외 8줄로 구성되어 있지만, 「진달래」와 「호랑나븨」는 제목 외 5줄로 구성되어 있다. 따라서 줄 간격을 넓게 사용한 것 또한 산문시에 새로운 율문형을 시도하기 위한 심미적 장치였다고 볼 수 있다. 그것은 이후 『백록담』 시집에 재수록 되었을 때도 시집 지면에 그대로 적용되어 다른 시들보다 줄 간격이 넓게 설정되어 있다. 따라서 「진달래」와 「호랑나븨」의 경우는 '두 칸 이상 띄어쓰기'와 아울러 '줄 간격을 더 넓힌 기법'을 모두 고려해야 한다.

우선 위의 「진달래」를 보면, 줄 간격을 더 넓게 잡으면서 '두 칸 이상

띄어쓰기'를 함께 사용하고 있어 '두 칸 이상 띄어쓰기'만을 사용한 산문시보다 훨씬 여백의 공간이 넓게 적용되고 있음을 알 수 있다. 시각적으로 보아도 여백의 공간이 넓어져 호흡에 더 여유가 생기고 있다. 그러나 문장의 구절이 줄과 줄 사이에 걸려 있기 때문에 그것이 행이나 연의 구분을 대신하고 있다고 볼 수 없음은 분명하다.「진달래」는 단지 칸과 줄의 간격이 넓은 산문시인 것이다.

　'두 칸 이상 띄어쓰기' 된 부분을 기준으로 행을 구분하고 의미 단락에 따라 번호를 붙여보면 다음과 같이 된다.

　①
　한골에서 비를 보고
　한골에서 바람을 보다
　한골에 그늘 딴골에 양지
　따로 따로 갈어 밟다
　무지개 해ㅅ살에 빗걸린 골
　山벌떼 두름박 지어
　위잉 위잉 두르는 골
　雜木수풀 누릇 붉읏 어우러진 속에 감초혀 낮잠 듭신 칙범 냄새 가장자리를 돌아
　어마 어마 긔여 살어 나온 골
　②
　上峯에 올라
　별보다 깨끗한 돌을 드니

白樺가지 우에 하도 푸른 하눌······ 포르르 풀매····· 온산중 紅葉이 수런

수런 거린다

③

아래ㅅ절 불켜지 않은 장방에 들어 목침을 달쿠어 발바닥 꼬아리를 슴

슴 지지며

그제사 범의 욕을 그놈 저놈 하고 이내 누었다

④

바로 머리 맡에 물소리 흘리며 어늬 한곬으로 빠저 나가다가

난데 없는 철아닌 진달레 꽃사태를 만나

나는 萬身을 붉히고 서다.

이렇게 놓고 보면, 이 산문시는 두운'한골에' 및 각운'골'과, "그늘", "양지", "골", "하눌" 등과 같은 명사형의 문장으로 간결하고 명징한 리듬을 형성하고 있음을 알 수 있다. ①에서는 산의 정상을 향하는 산행 중의 경험을 담고 있는데, 골짜기를 지날 때마다 비, 바람, 그늘, 양지를 "따로 따로 갈어 밟"고 왔다는 것을 강조하기 위해 '두 칸 이상 띄어쓰기'를 하고, 길었던 산행의 과정을 표상하기 위해 줄 간격을 더 넓게 잡은 것으로 보인다. 그것은 또한 골짜기의 깊이 및 금강산의 다양한 골짜기를 암시하는 표상이라고도 할 수 있다. 잡목 수풀 속에서 '칙범'을 두려워하며 겨우 기어 나온 경험은 다소 긴 호흡으로 표현되고 있는데, 그것은 그 때의 긴장감을 드러내기 위함이겠다. ②에서 화자는 비로소 산의 정상에 도달하여 깨끗한 자연과 하늘을 만끽한다. 여기서 '포르르 풀매'라는 의성어는 앞뒤의 말줄임표······를 통해

긴 여운과 울림을 자아내고 있으며, "온산중 紅葉이 수런 수런 거린다"는 것은 시각의 청각화로 온산에 울긋불긋 단풍이 물들어 있는 아름다운 모습을 공감각적으로 표현하고 있는 것이다. 화자는 ③에 와서야 산행을 끝내고 절간의 "장방에 들어" 긴장을 풀고 "그제사 범의 욕"을 해가며 눕는다. 그런데 ④를 보면, 물소리를 들으며 꿈속으로 빠져 들면서 화자가 난데없이 '철 아닌 진달레 꽃사태를 만나 만신萬身을 붉히고 서' 있는데, 그것은 산행 과정의 긴장과 고단함이 풀리면서 꿈속에서 진달래꽃의 환상을 만난 것이다. 가을 산행 끝에 만나는 진달래 꽃사태는 인접성의 이탈로 이질적인 정감을 줌으로써 오히려 시성을 확보한다. 계기성이 아닌 동시성으로서의 시간 개념, 즉 시간과 공간의 상호 확산이라는 개념의 시간적 단절이 이루어진 것이라고 할 수 있다. 그 낯선 황홀감에 화자는 '만신을 붉히고 서' 있는 것이다. 이렇게 볼 때, '줄 간격을 더 넓힌 기법'은 산행의 끝에서 만난 진달래 꽃사태로 황홀경에 빠져 있는 시적 자아의 심리적 경험을 증대시키는 효과를 주고 있다고 할 수 있다.

이와 같이 '단락이나 연 구분이 없는 산문시'의 「진달래」는 산행 과정과 정상에서의 느낌, 산행 후의 느낌이 순차적으로 나타난 산문시로 '두 칸 이상 띄어쓰기'와 '줄 간격을 더 넓힌 기법'이 여백의 공간을 형성하여 가을 산행 후에 진달래 꽃사태를 만나 환상에 빠져 있는 시적 자아의 심리적 경험을 상상하게 하는, 즉 자연에 도취된 자아의 모습을 표상하고 있는 산문시라 하겠다.

畫具를 메고 山을 疊疊 들어간 후 이내 踪跡이 杳然하다 丹楓이 이

울고　峯마다 찡그리고 눈이 날고 嶺우에 賣店은 덧문 속문이 닫히고

三冬내 — 열리지 않았다　해를 넘어 봄이 짙도록　눈이 처마와 키가

같았다　大幅 캔바스 우에는 木花송이 같은 한떨기 지난해 흰 구름이

새로 미끄러지고　瀑布소리 차즘 불고 푸른 하눌 되돌아서 오건만　구

두와 안ㅅ신이 나란히 노힌채 戀愛가 비린내를 풍기기 시작했다　그날밤

집집 들창마다 夕刊에 비린내가 끼치였다　博多 胎生 수수한 寡婦 흰얼

골 이사　淮陽 高城사람들 끼리에도 익었건만　賣店 바깥 主人 된 畫家

는 이름조차 없고 松花가루 노랗고　뻑 뻑국 고비 고사리 고부라지고

호랑나븨 쌍을 지여 훨 훨 靑山을 넘고.

— 「호랑나븨」, 『白鹿潭』, 문장사, 1941

위의 「호랑나븨」 또한 '두 칸 이상 띄어쓰기'와 '줄 간격을 더 넓힌 기법'이 함께 사용되어 있는 '단락이나 연 구분이 없는 산문시'이다. 이 산문시의 서사적 자아는 일본의 어느 산장 매점을 배경으로 매점 여인 과 화가의 죽음에 대해 발화하고 있는데, '두 칸 이상 띄어쓰기' 된 부분 을 기준으로 행을 구분하고 의미 단락에 따라 번호를 붙여보면 다음과

같이 된다.

①

畫具를 메고 山을 疊疊 들어간 후

이내 踪跡이 杳然하다

②

丹楓이 이울고

峯마다 찡그리고 눈이 날고 嶺우에 賣店은 덧문 속문이 닫치고

三冬내 ─ 열리지 않었다

해를 넘어 봄이 짙도록

눈이 처마와 키가 같었다

③

大幅 캔바스 우에는 木花송이 같은 한떨기 지난해 흰 구름이 새로 미끄러지고

瀑布소리 차즘 불고 푸른 하눌 되돌아서 오건만

구두와 안ㅅ신이 나란히 노힌채 戀愛가 비린내를 풍기기 시작했다

그날밤 집집 들창마다 夕刊에 비린내가 끼치였다

④

博多 胎生 수수한 寡婦 흰얼골 이사

淮陽 高城사람들 끼리에도 익었건만

賣店 밖앝 主人 된 畫家는 이름조차 없고 松花가루 노랗고

뻐 뻑국 고비 고사리 고브라지고

호랑나븨 쌍을 지여 훨 훨 靑山을 넘고.

이렇게 놓고 보았을 때, 위의 산문시는 문장의 끝에 마침표가 없다
가 마지막에 한 번 찍혀 있고, '-다'의 평서형 종결어미를 사용하여 사
건을 발화하다가 마지막엔 '-고'의 연결어미로 문장을 마무리함으로
써 여운을 남기고 있음을 알 수 있다. 짧은 구절의 대구와 반복으로 묘
사적 서사를 취하고, 의인화나 의성어·의태어의 사용으로 리듬을 형
성하고 있는데, 이 때 '두 칸 이상 띄어쓰기'는 시간 및 사건의 경과를
나타내는 휴지 기능을 하며, 전체적으로 줄 간격을 넓힌 것은 '종적이
묘연'해진 화가의 죽음에 대한 미스터리를 암시하는 동시에 호랑나비
가 되어 청산을 훨훨 나는 형상을 여백의 공간으로 표상하고 있는 것이
라 할 수 있다.

①부터 살펴보면, 서사적 자아의 발화에 주어가 빠져 있어 내용의
주체가 누구인지는 알 수 없으나 화구를 메고 산을 들어 간 것으로 보
아 화가임을 짐작할 수 있다. 이 때 "산을 첩첩 들어간 후"라는 표현으
로 종적이 묘연한 정도를 나타내고 있는데, 이러한 시적인 표현이 서
사적인 내용에 가미되어 사건 자체를 상징적으로 만들고 있다. ②에서
는 계절의 변화를 2음보의 짧은 구절로 응축하고 있는데, 각운 '고' 음
의 반복으로 리듬까지 형성하고 있다. "嶺우에 賣店은 덧문 속문이 닫
치고" 해를 넘어 봄이 짙어지고 눈이 처마까지 쌓이도록 문을 열지 않
았다. 이러한 표현은 매점의 폐점과 화구를 메고 산으로 들어간 화가
사이에 어떤 관계가 있다는 것을 암시한다. ③에서 "구두와 안ㅅ신이
나란히 노힌채 戀愛가 비린내를 풍기기 시작"했다는 표현에서 알 수
있듯 서사적 자아는 그 화가와 매점 여인의 연애 사실과 죽음을 묘사적
인 서사로 응축하면서 암시적으로 그리고 있다. 묘연했던 두 사람이

주검으로 발견되고 신문에 그들의 죽음이 보도되면서 그날 저녁 그들에 대한 얘기가 퍼져나갔다는 내용[32] 역시 "그날 밤 집집 들창마다 夕刊에 비린내가 끼치였다"로 간결하고 암시적으로 표현하고 있다. ④를 보면 매점 여인은 '淮陽 高城 사람'들에게도 널리 얼굴이 알려진 과부인데, 그 화가에 대해서는 "이름조차 없"어 그들의 죽음은 여전히 미궁으로 남게 된다. 여기서 서사적 자아는 '비린내'로 비유되던 그들의 죽음을 "松花가루 노랗고 뻑 뻑국 고비 고사리 고브라지고 호랑나븨 쌍을 지여 훨 훨 青山을 넘고"라는 시적인 표현의 경지로 끌어올려 그들의 죽음을 아름답게 승화시키고 있다. '두 사람의 영혼은, 노란 송화가루 날리고 뻐꾸기가 애도의 울음 울고 고사리가 몸을 구부리며 작별을 고하는 사이에, 한쌍의 호랑나비가 되어 청산을 넘는' 것으로 승화되고 있는 것이다.[33] 이렇게 볼 때, 마지막 문장의 연결어미 '고'와 마침표는 미궁에 빠져 있던 두 남녀의 죽음에 여운을 남기면서 그것을 시적으로 승화하여 마무리 짓고자 하는 종결의 의미를 담고 있다 하겠다.

이처럼 「호랑나븨」는 '단락이나 연 구분이 없는 산문시'의 형태로 서사적인 내용을 묘사적으로 진술하고 사건의 결말을 시적인 표현의 경지로 끌어올려 못 다한 그들의 사랑을 호랑나비로 승화시키고 있다. 이 때 '두 칸 이상 띄어쓰기'와 '줄 간격을 더 넓힌 기법'으로 생긴 여백의 공간은 그들의 묘연한 사랑과 죽음을 암시하고 호랑나비로 승화되어 "훨 훨 青山을 넘"어가는 상상과 감동의 여운을 내포한 공간으로 표

---

32 '연애가 비린내를 풍기기 시작했다'는 것은 시신이 부패하게 된 것을, '석간에 비린내가 끼치었다'는 것은 두 사람의 정사 사건이 기사화되어 석간신문에 보도된 것을 의미한다. 이숭원, 『정지용 시의 심층적 탐구』, 태학사, 1999, 176~177쪽.
33 권영민, 앞의 책, 625쪽.

상된 것이라 하겠다.

강호정은 정지용 후기 산문시에 보이는 시적 긴장은 생략과 결구에 있다고 하면서, 그의 산문시에 보이는 여백의 공간은 노래의 흐름을 위해서라기보다는 생략을 강조하는 기능을 하고 그 생략의 틈은 독자가 메꾸어야 하는 상상력의 공간이라고 지적한 바 있다. 「호랑나븨」의 경우, 시인이 호랑나비가 쌍을 지어 청산을 넘는 것처럼 다중의 의미를 부여하며 결말을 맺고 있는 것은 상상력의 실마리를 제공하고 있는 것이며, 그 다중의미의 결구가 이 시를 지탱해주는 또 하나의 힘이 된다고 하였다.[34]

다음의 산문시에서도 이러한 특징을 볼 수 있다.

> 百日致誠끝에 山蔘은 이내 나서지 않았다　자작나무 화투ㅅ불에 확근 비추우자　도라지 더덕 취쌌 틈에서　山蔘순은 몸짓을 흔들었다　심캐 기늙은이는 葉草 순쓰래기 피여 물은채 돌을 벼고　그날밤에사 山蔘이 담속 불거진 가슴팍이에　앙징스럽게 后娶감어리 처럼 唐紅치마를 두르고 안기는 꿈을 꾸고 났다　모태ㅅ불 이운듯 다시 살어난다　警官의 한쪽 찌그린 눈과 빠안한 먼 불 사이에　銃견양이 조옥 섰다　별도 없이 검은 밤에 火藥불이 唐紅 물감처럼 곻았다　다람쥐가 도로로 말려 달어났다.

　　　　　　　　　　　　　　　　　　　　　—「盜掘」, 『文章』, 1941.1

위의 시는 시집에 수록되지 않은 산문시로, '단락이나 연 구분이 없

34　강호정, 「산문시의 두 가지 양상─'지용'과 '이상'의 산문시를 중심으로」, 『한성어문학』 20, 한성어문학회, 2001, 17쪽.

는 산문시'의 형태를 취하고 있는데, 내용적으로 보면 세 부분으로 나눌 수 있다. 첫 번째 부분은 심마니가 온 정성을 다하지만 산삼을 발견하지 못하는 부분, 두 번째는 심마니가 산삼을 발견하는 꿈을 꾸는 부분, 마지막 세 번째는 그 꿈을 좇아 밤에 몰래 도굴하다가 경관에게 들켜 총을 맞는 장면이 암시되는 부분이다.

이러한 서사적 내용이 서사적 자아에 의해 발화되고 있는데, 이 시의 서사적 자아는 심마니의 눈으로 사물을 보기도 하고, 전지적인 시점에서 심마니의 꿈 내용을 발화하기도 하며, 경관의 눈으로 총을 겨누기도 한다. 서사적 자아는 전지적인 위치에서 화톳불 때문에 도굴범으로 오인되어 사살의 표적이 되는 심마니의 비극적 사건을 발화하면서, "火藥불이 唐紅 물감처럼 곻았다 다람쥐가 도로로 말려 달어났다"와 같은 생략과 암시의 비유적 표현으로 서사적 내용에 시적 긴장을 주어 서정성을 가미하고 있다. 또한 '화톳불 – 모탯불 – 화약불'로 이어지는 시각적 이미지는 사건의 경과와 함께 긴장감을 조성하는 '공간소의 기능'[35]을 하고 있는데, 이러한 "공간의 서술은 서술 자체에 일종의 미적 질서를 부여"[36]한다.

이처럼 「도굴」은 서사적 자아로서의 함축적 화자와 사건, 시간적인 연속성의 길이를 지님으로써 서사적 산문시로서의 특징을 보인다. 정지용은 산문시에 이야기를 담고자 하는 욕망이 두드러지게 나타나는

---

35 공간소는 공간을 이루는 사물이라는 개념으로, 지리적 장소만이 아니라 거기에 존재하거나, 그것을 이루는 물질적 사물들을 모두 가리키는 용어이다. 공간의 기능은 크게 사실적 기능, 표현적 기능, 미적 기능으로 나누어 살필 수 있다. 최시한, 『소설, 어떻게 읽을 것인가 – 이야기의 이론과 해석』, 문학과지성사, 2010, 176~194쪽.

36 위의 책, 178쪽.

데, 이 시에서도 서사적 자아를 통해 심마니의 도굴 장면을 서사적으로 전개하여, 허황된 꿈을 좇다가 오히려 목숨을 누군가에게 '도굴'당할 수 있다는 경각심을 심어주고 있다. 이 시는 그러한 서사적 요소에 생략과 암시의 비유적 표현을 가미하여 미학적 충돌을 일으킴으로써 시성을 획득하고 있다.

이와 같이 정지용의 '율문형 산문시'의 특징은 여타의 산문시들이 같은 음이나 구절, 문장의 반복과 대칭, 단어의 나열 등으로 산문시의 운율을 조성하던 것에서 더 나아가 '두 칸 이상 띄어쓰기'와 '줄 간격을 더 넓힌 기법' 등의 수사학적 불연속성으로 산문과는 전혀 다른 시로서의 논리, 시로서의 문법을 드러내어 새로운 율문형의 산문시를 보여주었다는 점이다. 정지용의 산문시는 '시각을 통해 시의 운율을 조성하는 특이한 수법'[37]으로 산문시에 새로운 운율을 조성하였고, 상징적인 사건의 응축, 암시성, 다양한 비유적 표현으로 시적 긴장을 유지하여 운율과 의미의 조응을 이루어냄으로써 산문시의 새로운 경지를 보여주고 있다.

2. 장르적 변이를 통한 비율문형 산문시

앞에서 보았듯 정지용의 산문시는 '두 칸 이상 띄어쓰기' 및 '줄 간격을 더 넓힌 기법' 등으로 새로운 율문형의 산문시를 시도하였으나,

---

37 오탁번, 『한국 현대시사의 대위적 구조』, 고려대 민족문화연구소 출판부, 1988, 86쪽.

산문시	원제	최초 발표지 및 연도	재수록 문집
밤	素描 · 4	『카톨릭청년』, 1933.9	『鄭芝溶詩集』, 1935.10
람프	素描 · 5	『카톨릭청년』, 1933.9	『鄭芝溶詩集』, 1935.10
耳目口鼻	愁誰語 · 1	『조선일보』, 1937.6.8	『白鹿潭』, 1941.9
禮讓	夜間버스의 奇譚	『동아일보』, 1939.4.14	『白鹿潭』, 1941.9
비	비	『白鹿潭』, 1941.9	『散文(附譯詩)』, 1949.1
아스팔트	愁誰語 · 2	『조선일보』, 1936.6.19	『白鹿潭』, 1941.9
老人과 꽃	愁誰語 · 4	『조선일보』, 1936.6.21	『白鹿潭』, 1941.9 『지용 詩選』, 1946.6
꾀꼬리와 菊花	꾀꼬리와 菊花	『삼천리문학』, 1938.1	『白鹿潭』, 1941.9 『지용 詩選』, 1946.6
비둘기	비둘기	『白鹿潭』, 1941.9	
肉體	愁誰語 · 3	『조선일보』, 1937.6.10	『白鹿潭』, 1941.9

한편에선 일상적인 산문체를 그대로 사용한 산문시를 보여주고 있다. 『정지용시집』 5부에 실린 「밤」과 「람프」, 『백록담』 5부에 실린 「이목구비」 외 7편의 산문시가 여기에 해당한다. 이 작품들 대부분이 이전에 신문이나 잡지에 발표했던 적이 있는 산문 형식의 글이라 대부분의 학자들은 이 작품들을 산문으로 보고 있다. 실제로 이 작품들은 일상적인 산문어로 쓰여 있고, 길이도 그의 다른 율문형 산문시들에 비해 길기 때문에 산문과 구분하기가 쉽지 않다. 그러나 저자는 이 작품들을 산문시로 보고자 하는데, 우선 이 작품들의 원제와 최초 발표지 및 연도, 재수록 문집을 표로 정리하면 다음과 같다.

위의 표에서 알 수 있듯 정지용은 이 작품들을 제목을 바꾸어 시집

에 재수록하였고, 이후 1946년 6월 을유문화사에서 간행된 시선집인
『지용 시선』에 이들 작품 중 일부가 재수록되어 있으며,[38] 또한 정지
용이 그간에 발표했던 산문들을 모아 1948년과 1949년에 산문집
『문학독본』과 『산문부역시』을 각각 발간할 때에도 이들 작품 중 「비」
외에 어떤 작품도 두 산문집에 수록하지 않았다는 점에서 「비」를 제
외한 나머지 작품들은 산문에서 산문시로의 장르적 변이를 보인 작
품들이라고 할 수 있다.[39] 그것은 무엇보다 이들 작품이 산문시로서
의 특성을 지니고 있기 때문이다.[40] 「비」의 경우는 『백록담』에 처음
발표되고 이후에 산문집에 수록된 작품이지만, 시집에 수록할 당시의
정지용의 장르인식은 산문시로 간주한 것이라고 보고 이 작품 또한
산문시로 보고자 한다. 정지용의 이러한 장르적 변이 현상은 이 작품
들에만 국한되어 있지 않다. 『백록담』의 4부에 실려 있는 「슬픈우상」
의 경우는 1938년 3월 『조광』 29호에 발표된 산문시인데, 이 작품은

---

38 『지용 시선』은 박두진, 조지훈 등이 편집했었는데, 정지용이 그것을 폐기하고 손수
    골라서 재편집했다고 한다. 이 사실은 박두진의 말에 의해서 밝혀진 것이다. 김학동,
    『정지용 연구』(민음사, 개정판 1997, 251쪽)에서 재인용.

39 정지용은 「수수어(愁誰語)」라는 제목으로 모두 16편의 작품을 발표하였는데, 발표순
    으로 번호를 차례대로 붙인 것이 아니라 '「수수어 1·2·3·4」(『조선일보』, 1936.6.18·
    19·20·21) / 「수수어 1·2·3·4」(『조선일보』, 1937.2.10·11·16·17) / 「수수어 1·2
    ·3·4·5」(『조선일보』, 1937.6.8~12) / 「수수어」(평양)·(봄)(『문장』 13·15, 1940.2.4)
    / 「수수어」(『주간서울』, 1948.11)'와 같이 동일한 번호를 붙여 여러 차례 발표하였다.
    이 때문에 『백록담』에 실린 원제의 「수수어 1·2·3·4」가 『문학독본』에 재수록된 것으
    로 오인하기 쉽지만, 『문학독본』에 수록 되어 있는 「수수어 1·2·3·4」는 『백록담』에
    수록되어 있는 작품이 아니다. 김학동, 『정지용 연구』, 266~267쪽; 김학동, 『정지용
    전집』 2(개정판), 민음사, 2003, 참조.

40 윤선희 역시 정지용의 「밤」과 「람프」를 산문시로 간주하고 있는데, 그는 정지용이
    일본유학 시절 보들레르의 산문시를 접하고 영향을 받았을 것이라 유추하고 보들레
    르의 작품과 비교분석하였다. 그 결과 정지용의 「밤」과 「람프」가 형식과 길이 면에
    서 서구 산문시와 비슷하며, 시적 측면과 산문적 측면에서 완성된 산문시의 특징을
    보인다고 하였다. 윤선희, 「정지용 산문시 연구」, 한양대 석사논문, 2007, 30~39쪽.

1년 전인 1937년 6월 11일 「수수어愁誰語·4」라는 제목으로 『조선일보』에 산문으로 발표했던 작품이었다. 산문이었던 「수수어·4」의 제목을 「슬픈우상」으로 바꾸고, 단어나 철자 표기를 다듬고, 연의 구분을 두어 산문시로 바꾸어 다시 발표하고 그것을 시집에도 재수록한 것이다.[41] 이러한 장르적 변이 현상은 장르 구분의 모호함과 무의미함을 동반하지만, 학술적인 장르 연구는 무엇보다 '문학을 질서화하고 문학적 체험의 본질을 보다 잘 이해하기 위한 노력'[42]이라는 점에서 장르적 경계를 따져 읽고 구분하는 일은 작품 해석에 도움이 될 것으로 본다.

마광수는 『백록담』 시집 5부에 실린 이 작품들에 대해 다음과 같이 언급한 바 있다.

정지용의 시인으로서의 오연(傲然)한 기질(氣質)이 이런 일종의 장황한 '넋두리'들을 시집에 수록할 수 있는 용기를 부채질한 것 같다. 내용이 아무리 시정신(詩精神)으로 충만한 것이고, 그 나름대로 개성미(個性美)

---

41 배호남은 「정지용의 산문시 형성 과정에 관한 고찰」(『국어문학』 55, 국어국문학회, 2013)에서 정지용의 「슬픈우상(偶像)」을 이야기가 담겨 있고 시적 화자의 내면 갈등이 뚜렷이 드러난다는 점에서 이 작품을 정지용의 최초의 산문시로 보고 있다. 그러나 정지용의 최초의 산문시는 '1925.11월 京都'라고 창작 시기를 표시하고, 『조선지광』 68호(1927.6)에 처음 발표한 후 『정지용시집』에 재수록한 「황마차(幌馬車)」이다. 이 산문시의 경우 3연이 2행 자유시로 이루어져 있지만, 그 부분은 한 칸 더 들여쓰기 되어 있는 것으로 보아 인용된 부분으로 간주되므로 전체적으로 「황마차」는 '연 구분이 있는 산문시'라고 할 수 있다. 따라서 「황마차」가 정지용의 최초의 산문시이며, 비율문형의 산문시를 모두 포함할 때 「밤」과 「람프」가 「슬픈우상」보다 앞선다. 한편, 『정지용시집』에 실려 있는 「슬픈기차(汽車)」는 행 구분이 어느 정도 되어 있는 장행자유시에 속하므로 이 연구의 대상에서는 제외함을 밝혀 둔다. 산문시는 무엇보다 형식적으로 행 구분을 하지 않은 줄글 형태를 취하고 있어야 하기 때문이다.
42 김준오, 『한국 현대 장르 비평론』, 문학과지성사, 1990, 14쪽.

를 돋보이고 있다고 할지라도, 안이(安易)하게 시를 뱉어내고 있는 것 같은 인상(印象)을 씻어내기 어렵다.[43]

　마광수의 지적처럼 이 작품들은 시적 완성도로 볼 때 그렇게 좋은 작품들은 아니다. 그러나 시적 완성도를 논하기 전에 이 작품들을 산문시로 인식하고 산문시로서 읽어 볼 필요가 있다고 생각한다. 그것은 정지용 스스로가 제목을 바꾸어 산문집이 아닌 시집에 재수록한 작품들이고, 우리는 이 작품들을 통해 어떤 산문시가 좋은 산문시인지, 산문시가 어떤 미적 구조를 가지고 있을 때 산문이 아닌 시로서 존재할수 있는지 등을 따져 볼 수 있기 때문이다.

　따라서 이 글은 이 작품들을 정지용 스스로의 형식적 실험 정신에 의해 산문에서 산문시로의 장르적 변이를 꾀한 작품들이라고 보고, 이 작품들의 산문시적 특성을 살펴보고자 한다.

　정지용은 율문형의 새로운 산문시를 보여주기도 했지만, 산문과 거의 구별되지 않는 완전한 산문체의 언어로 쓰여진 산문시 또한 실험적으로 시도해 보고자 했다. 그래서 예전에 발표한 바 있는 산문 중 시적인 감동을 담고 있는 몇 작품을 골라 제목을 바꾸고 산문시 형태로 바꾸어 시집에 재수록한 것이라고 본다. 산문에서 산문시로의 장르적 변이는 정지용의 산문시를 율문형에서 비율문형으로 나아가게 하고, 그것이 이후 정지용의 작가적 편력을 점점 산문으로 기울게 한 것이라고 볼 수 있다.

43　마광수, 「정지용의 시 '온정'과 '삽사리'에 대하여」, 『인문과학』 51, 연세대 인문과학연구소, 1984, 27쪽.

이제 산문에서 산문시로의 장르적 변이를 꾀한 정지용의 '비율문형 산문시'의 특성을 살펴보도록 하자.

　　거르랑이면 아스팔트를 밟기로 한다. 서울거리에서 흙을 밟을 맛이 무엇이랴.

　　아스팔트는 고무밑창보담 징 한 개 박지 않은 우피 그대로 사뿟사뿟 밟어야 쫀득쫀득 받히우는 맛을 알게된다. 발은 차라리 다이야 처럼 굴러간다. 발이 한사코 돌아다니자기에 나는 자꼬 끌리운다. 발이 있어서 나는 고독치 않다.

　　가로수 이팔마다 潑潑하기 물고기 같고 六月초승 하늘아래 밋밋한 高層建築들은 杉나무냄새를 풍긴다. 나의 파나마는 새파랏틋 젊을 수밖에. 家犬 洋傘 短杖 그러한것은 閑雅한 敎養이 있어야 하기에 戀愛는 時間을 甚히 浪費하기 때문에 는 그러한것들을 길들일수 없다. 나는 甚히 流暢한 푸로레타리아트! 고무뽈처럼 퐁퐁튀기어지며 간다. 午後四時 오피스의 疲勞가 나로 하여금 軌道一切를 밟을수 없게 한다. 작난감 機關車처럼 작난하고싶고나. 풀포기가 없어도 종달새가 나려오지 않어도 좋은, 폭신하고 판판하고 만만한 나의 遊牧場 아스팔트! 黑人種은 파인애풀을 통째로 쪼기여 새빨간 입술로 쪽쪽 드러킨다. 나는 아스팔트에서 조금 빗겨들어서면 된다.

　　탁! 탁! 튀는 生麥酒가 瀑布처럼 싱싱한데 黃昏의 서울은 갑자기 澎漲한다. 불을 컨다.

—「아스팔트」, 『白鹿潭』, 문장사, 1941

위의 시는 네 단락으로 구분되어 있는 산문시이다. 이 작품은 시집에 실리기에 앞서 「수수어·2」라는 제목으로 『조선일보』[1936.6.19]에 실린 바 있는데, 최초 발표지에서도 같은 형태로 실려 있다.

위의 「아스팔트」를 산문시로 보고 분석해 보면, 첫 번째 단락에서 화자는 "서울거리에서"는 "흙"보다 "아스팔트를 밟"는 "맛"이 더 좋다고 발화하고, 그 이유를 두 번째 단락에 밝힌다. "우피 그대로 사뿟사뿟 밟"았을 때의 "쫀득쫀득 받치는 맛"과 발이 "다이야타이어 처럼 굴러가"는 느낌 때문에 발이 자꾸 자신을 돌아다니게 만들고 그래서 자신은 "고독치 않다"는 것이다. 가장 많은 문장으로 이루어진 세 번째 단락은 아스팔트를 걸으면서 보게 되는 도시의 풍경을 비유적이고 감각적인 표현으로 발화하고 있는데, 가로수 이파리를 "물고기 같"다 하고, 고층 건물들이 "杉나무냄새를 풍긴다"하고, 아스팔트를 "나의 遊牧場"이라고 한 표현 등에서 도시의 여러 모습들이 시적 표현으로 탈바꿈되고 있음을 알 수 있다. 그러나 정지용의 '율문형 산문시'에 비하면 격조사들의 생략 없이 산문체의 문장으로 그대로 서술되고 있어 시적인 산문처럼 보일 뿐이다. 한편, 이 단락에는 "敎養"과 "時間"이 없어 "家犬 洋傘 短杖"과 "戀愛"도 "길들일 수 없"고, "오피스의 疲勞"로 "軌道一切를 밟을 수 없"는 도시인의 세속적인 삶의 모습이 직접적으로 제시되어 있다. 이렇게 볼 때, 세 번째 단락은 시적인 비유로 현대 도시인들의 삶의 모습을 표현한 부분이라고 할 수 있다. 이 시의 마지막 단락은 화자가 "生麥酒"를 마시며 황혼을 맞이하면서 "갑자기 팽창"하는 "서울"의 모습을 보고 "불을" 켰다는 것인데, 그것은 밤이 되면서 더 화려해지는 도시의 모습을 표현한 것이라 하겠다.

이렇게 볼 때, 「아스팔트」는 단락 구분이 있는 산문시의 형태를 통해 인과적 시간적 서술로 단락을 나누어 아스팔트가 깔린 도시의 풍경과 그 속에서 살아가는 도시인의 세속적인 삶의 모습을 보여주고 있다고 할 수 있다. 그러나 그것이 일반 산문보다 조금 짧고 시적인 비유로 표현되고 있을 뿐 그의 '율문형 산문시'에서 보여준 문장의 압축이나 긴밀성, 사건의 응축과 암시성이 결여되고 일반적인 산문체로 서술되고 있어 시로서의 긴장은 떨어진다고 볼 수 있다.

老人이 꽃나무를 심으심은 무슨 보람을 위하심이오니까. 등이 곱으시고 숨이 차신데도 그래도 꽃을 가꾸시는 양을 뵈오니, 손수 공드리신 가지에 붉고 빛나는 꽃이 매즈리라고 생각하오니, 희고 희신 나룻이나 주름살이 도로혀 꽃답도소이다.

나이 耳順을 넘어 오히려 女色을 길르는 이도 있거니 실로 陋하기 그지없는 일이오니다. 빛갈에 醉할수 있음은 빛이 어늬 빛일런지 靑春에 마낄것일런지도 모르겠으나 衰年에 오로지 꽃을 사랑하심을 뵈오니 거룩하시게도 정정하시옵니다.

봄비를 맞으시며 심으신것이 언제 바람과 해ㅅ빛이 더워오면 곻은 꽃봉오리가 燭불혀듯 할 것을 보실것이매 그만치 老來의 한 季節이 헛되히 지나지 않은것이옵니다.

老人의 古談한 그늘에 어린 子孫이 戲戲하며 꽃이 피고 나무와 벌이 날며 닝닝거린다는것은 餘年과 骸骨을 裝飾하기에 이러탓 華麗한 일이 없을 듯 하옵니다.

해마다 꽃은 한 꽃이로되 사람은 해마다 다르도다. 만일 老人 百歲後에

起居하시던 窓戶가 닫히고 뜰앞에 손수 심으신 꽃이 爛漫할 때 우리는 거기서 슬퍼하겠나이다. 그꽃을 어찌 즐길수가 있으리까. 꽃과 주검을 실로 슬퍼할자는 靑春이요 老年의것이 아닐가 합니다. 奔放히 끓는 情炎이 식고 豪華롭고도 횟횟한 부끄럼과 건질수 없는 괴롬으로 繡놓은 靑春의 웃옷을 벗은 뒤에 오는 淸秀하고 孤高하고 幽閑하고 頑强하기 鶴과 같은 老年의 德으로서 어찌 주검과 꽃을 슬퍼하겠읍니까. 그러기에 꽃이 아름다움을 실로 볼수 있기는 老境에서일가 합니다.

멀리 멀리 나─따끝으로서 오기는 初瀨寺의 白牧丹 그중 一 點 淡紅빛을 보기위하야.

의젓한 시인 포올 클토오델은 모란 한떨기 만나기위하야 이렇듯 멀리 왔더라니, 제자위에 붉은 한송이 꽃이 心性의 天眞과 서로 의지하며 즐기기에는 바다를 몇식 건늬어 온다느니보담 美玉과 같이 琢磨된 春秋를 진히어야 할가 합니다.

실상 靑春은 꽃을 그다지 사랑할배도 없을것이며 다만 하눌의 별물속의 진주 마음속에 사랑을 表情하기 위하야 꽃을 꺾고 꽂고 선사하고 찢고 하였을뿐이 아니었읍니까. 이도 또한 老年의 智慧와 法悅을 위하야 靑春이 지나지 아니치 못할 煉獄과 試練이기도 하였읍니다.

嗚呼 老年과 꽃이 서로 비추고 밝은 그어느날 나의 나룻도 눈과 같이 희어지이다 하노니 나머지 靑春에 다이 설레나이다.

— 「老人과꽃」, 『白鹿潭』, 문장사, 1941

위의 시는 『백록담』 5부에 실리기에 앞서 「수수어·4」라는 제목으로 『조선일보』^{1936.6.21}에 실린 바 있는데, 그 최초 발표지면에서는 연구분 없이 실려 있어 '시적인 산문'처럼 여겨진다. 정지용은 이 작품을 시집 『백록담』에 재수록하면서 제목을 「노인老人과 꽃」으로 바꾸고, 신문 수록분에 "남어지 靑春이 다시 설레나이다"였던 마지막 구절의 조사와 부사를 바꾸어 시집엔 "나머지 靑春에 다이 설레나이다"로 수록하였다. 또한 시집에서는 폴 클로델의 시를 인용한 부분의 앞뒤로 연을 구분하여, 전체 3연으로 처리하였다.

따라서 「노인과 꽃」은 한 단락으로 폴 클로델의 시를 인용한 부분을 포함하여 전체 3연으로 이루어진 '단락이나 연 구분이 있는 산문시'이다. 이 작품은 다섯 단락으로 이루어진 1연과 세 단락으로 이루어진 3연 사이에 폴 크로델의 시를 인용함으로써 무욕의 마음으로 꽃을 심는 노인의 태도에 의미를 더하고 있다.

1연에서 "우리"로 대표되는 현상적 화자는 "老人"이 "등이 곱으시고 숨이 차신데도" "꽃나무를 심으"시는 모습을 보면서 그것이 "무슨 보람을 위하심이오니까"라고 묻는다. 화자는 언제 죽을지도 모르는 노인이 공들여 꽃나무를 심어보아야 그 꽃의 개화를 보지 못할 수도 있기 때문에 그것을 무의미한 일이라고 여긴 것이다. 즉 화자는 꽃나무를 심는 주체가 그 꽃의 개화를 볼 때에만 의미 있는 일이라고 생각했다. 그러나 꽃을 심는 노인의 모습세계을 화자가 자아화하면서 어떤 "거룩"한 깨달음을 얻게 되고, 결국 이 시는 화자가 그 깨달음을 '세계의 자아화'로 발화하고 있는 것이다. 그래서 화자는 전체적으로 "-소이다", "-입니다", "-하옵니다", "-합니다", "설레나이다"와 같은 경어체의 문장으로 발화하고 있다.

1연의 3~5단락에서 화자는 노인이 꽃을 심는 일이 "老來"의 "한 계절"을 허무하게 맞지 않고, "老人의 枯淡한 그늘에 어린 子孫이 戱戱하며 꽃이 피고 나무와 벌이 날며 닝닝거"려 후손에게는 아름다운 놀이마당이 될 수 있고, 그것을 지켜보는 노인은 외롭지 않을 수 있기에 "餘年과 骸骨을 裝飾하기에 이러탓 華麗한 일"이 없음을 깨닫고 있다. 또한 "노인 百歲後에 起居하시던 窓戶가 닫히고 뜰앞에 손수 심으신 꽃이 爛漫할 때 우리는 거기서 슬퍼하겠나이다"라고 발화하고 있는데, 그것은 화자가 노인이 당장의 죽음을 두려워하지 않고, 자신보다 후손들을 위하며 먼 미래의 아름다움을 위해 오늘을 성실히 살고, 꽃의 진정한 아름다움을 즐기며 꽃을 심고 있다는 것을 깨달은 후의 참회라 할 수 있다. "꽃과 주검을 실로 슬퍼할자는 靑春"이며, "淸秀하고 孤高하고 幽閑하고 頑强하기 鶴과 같은 老年이 德"으로서는 "주검과 꽃을" 슬퍼하지 않는다는 것을, 그래서 "老境에서"야 "꽃이 아름다움을 실로 볼수 있"다는 것을 화자가 깨닫게 된 것이다.

이러한 깨달음 후에야 화자는 '폴 클로델'이 "初瀨寺의 白牧丹 그중 一點 淡紅빛을 보기위하야" "멀리"에서 왔다는 시 구절이 생각났고, 그것을 연으로 구분하여 한 연으로 처리하고 있다.

3연에서 화자는 "포올 클토오델"의 그러한 행동이 "꽃의 아름다움"을 보기 위한 노력이었다는 것은 알겠지만, "바다를 몇식 건늬어 온다느니보담 美玉과 같이 琢磨된 春秋를 진히어야" 진실로 "꽃의 아름다움" 볼 수 있을 것 같다고 발화하고 있다. "실상 靑春"은 "마음속의 사랑을 表情하기 위하야 꽃을 꺾고 꽂고 선사하고 찢고 하였을뿐"이지

진정한 꽃의 아름다움을 몰랐던 것이다. 이 모든 깨달음 후에 화자는 마지막 단락에서 "老年과 꽃이 서로 비추고 밝은 그어느날" 자신도 "나룻도 눈과 같이 희여"져 진정한 꽃의 아름다움을 볼 수 있을 것이라는 상상으로 "나머지 靑春"이 "다이 설레"인다고 표현하고 있다.

결국, 이 시의 화자는 '노인'이 '꽃'을 심는 모습을 보면서, 그것이 다가올 죽음을 두려워하지 않고, 자신의 노고에 대한 대가를 기대하지 않으며, 무위자연無爲自然의 경지에 이른 모습이라는 것을 깨닫고, 그러한 경지에 동화되고 싶은 마음을 발화한 것이라고 할 수 있다. 이렇게 볼 때, 「노인과 꽃」은 시적인 응축은 덜 하지만, 시적인 내용 및 감동을 중심으로 '단락이나 연 구분이 있는 산문시'의 형태로 '노인이 꽃을 심는 마음'과 '청춘이 꽃을 대하는 태도'를 대조적으로 결합하여 화자가 깨닫게 되는 정서의 변화를 단계적으로 표현하고, 중간에 폴 클로델의 시를 인용하여 "의젓한 시인"보다 노인의 '무위자연의 삶의 태도'가 오히려 높은 경지에 이른 것임을 일반적인 산문어로 발화함으로써 그러한 삶의 태도를 추구하고자 하는 화자의 정신적 지향을 적극적으로 드러내고 있는 '비율문형 산문시'라고 할 수 있다.

① 우리 書齋에는 좀 古典스런 양장책이 있을만치보다는 더 많이 있다고─그렇게 여기시기를.

② 그리고 키를 꼭꼭 맞워 줄을 지어 엄숙하게 들어끼여 있어 누구든지 끄내여 보기에 조심성스런 손을 몇 번식 드려다 보도록 書齋의品位를 우리는 維持합니다. 값진 陶器는 꼭 음식을 담어야 하나요? 마찬가지로 귀한 책은 몸에 병을 진히듯이 暗記하고 있어야할 理由도 없습니다. 聖畵와

함께 멀리 떼워놓고 생각만 하여도 좋고 엷은 黃昏이 차차 짙어갈제 書籍의 密集部隊앞에 등을 향하고 고요히 앉었기만 함도 敎養의 深刻한 表情이 됩니다. 나는 나대로 좋은 생각을 마조 대할때 페이지 속에 文子는 文子끼리 좋은 이야기를 잇어 나가게 합니다. 숨은 별빛이 얼키설키듯이 빛나는 文子끼리의이야기…… 이 貴重한 人間의遺産을 金子로 表裝하여야 합니다.

③ 레오·톨스토이가(그사람 말을 잡어 피를 마신 사람!) 주름살 잡힌 人生觀을 페이지 속에서 說敎하거든 그러한 책은 雜草를 뽑아내듯 합니다.

④ 책이 뽑히여 나온 부인곳 그러한 곳은 그렇게 寂寞한 空洞이 아닙니다. 가여운 季節의 多辯者 귀또리 한 마리가 밤샐 자리로 주어도 좋습니다.

⑤ 우리의 敎養에도 각금 이러한 文子가 뽑히여 나간 空洞안의 부인 하늘이 열리어야 합니다.

※

⑥ 어느 겨를에 밤이 함폭 들어와 차지하고 있습니다. '밤이 온다'－이러한 우리가 거리에서 쓰는 말로 이를지면 밤은 반드시 딴곳에서 오는 손님이외다. 謙虛한 그는 우리의 앉은 자리를 조금도 다치지 않고 소란치 않고 거룩한 新婦의 옷자락소리 없는 거름으로 옵니다. 그러나 큰 독에 물과 같이 充實히 차고 넘칩니다. 그러나 어쩐지 寂寞한 손님이외다. 이야말로 巨大한文子가 뽑히여 나간 空洞에 臨하는 喪章이외다.

⑦ 나의 거름을 따르는 그림자를 볼때 나의 悲劇을 생각합니다. 가늘고 긴 希臘的 슬픈 모가지는 어드메쯤 되는지 아모도 안어 본이가 없습니다.

⑧ 悲劇은 반드시 울엉 하지 않고 사연하거나 흐느껴야 하는 것이 아닙니다. 실로 悲劇은 黙합니다.

⑨ 그러므로 밤은 울기전의울음의 鄕愁요 움지기전의 몸짓의 森林이오 입술을 열기전 말의 豊富한 곳집이외다.

⑩ 나는 나의 서제에서 이 默劇을 感激하기에 조금도 괴롭지 안습니다. 검은 잎새 밑에 오롯이 눌리우기만하면 그만임으로. 나의 靈魂의 輪廓이 올빼미 눈자위처럼 똥그래질때 입니다. 나무끝 보금자리에 안긴 독수리의 흰알도 無限한 明日을 향하야 神祕론 生命을 옴치며 들리며 합니다.

⑪ 서령 반가운 그대의 붉은 손이 이書齋에 調和로운 古風스런 람프 불을 보름달 만하게 안고 골방에서 옴겨 올때에도 밤은 그대 不意의闖入者에게 조금도 황당하지 않습니다. 남과 사귈성이 爛漫한 밤의 性格은 瞬間에 花園과 같은 얼골을 바로 돌립니다.

—「밤」, 『정지용시집』, 시문학사, 1935(번호 표시 인용자)

일반적인 산문이나 시적 산문의 글이 기교적 표현에 주를 두는 것은 무엇보다 내용을 효과적으로 전달하기 위해서다. 즉 내용 전달에 목표가 있는 것이다. 그렇게 볼 때, 위의 「밤」은 일반적인 산문이나 시적 산문에 비해 내용이 그렇게 쉽게 파악되지는 않는다. 그만큼 비유적인 표현들 사이에 암시성을 내포하고 있는 빈틈이 존재한다는 것이다. 정지용이 이 작품을 시집에 재수록한 이유는 거기에 있을 것이다. 즉 이 작품은 일반적인 산문과는 달리 시적 특성을 동시에 지니고 있는 작품인 것이다. 따라서 이 글은 이 작품을 줄글 형태의 산문 형식과 비유적 표현의 시적 특성이 만나 시성을 확보하고 있는 산문시로 보고 분석해 보고자 한다.

위의 「밤」을 산문시로 보면 '단락이나 연 구분이 있는 산문시'에 해당한다. 현상적인 화자는 '우리'나 '그대'로 표명되는 현상적 청자 및 독자를 향하여 교양과 밤에 대한 견해 및 사유를 '※'로 연을 구분하여 차례로 발화하고 있다.[44]

우선 ①에서 현상적 화자는 청자를 향하여 '우리들의 서재에는 고전스런 양장책이 있어야 하는 것보다 더 많이 꼽혀 있다고 그렇게 여기'라며 비판적 어조로 발화하기 시작한다. ②에서 그 이유가 제시되고 있는데, 현상적 화자는 우리가 '서재의 품위'를 위하여 책의 '키를 꼭꼭 맞춰 줄을 지어 엄숙하게 들어끼어' 누구나 쉽게 그 책을 꺼내볼 수 없게 진열해 놓고 그 책들을 귀하게만 여기고 있다고 지적한다. 값진 도기에 꼭 음식을 담아야 하는 것이 아니듯 귀한 책은 몸에 병을 지니듯이 암기하고 있어야 할 이유가 없다며, '멀리 떼어 놓고 생각만 하여도 좋고 엷은 황혼이 차차 짙어갈 제' 고요히 앉아 생각만 해도 '교양의 심각한 표정'이 될 수 있다고 말한다. 그것은 곧, 진정한 교양은 그렇게 장식적으로 전시를 해두고 권위적인 위치에서 지식을 암기하는 것이 아니라는 것이다. '나는 나대로 좋은 생각을 마주 대'하면 되고, '쪽 속에 문자는 문자끼리 좋은 이야기를 이어 나가게' 하면 된다는 것, 즉 책^{지식}과 주체가 지배와 종속의 관계가 아니라 주체를 사유하게 하는 정도로만 책이 존재하면 된다는 것이다. 주체를 자유롭게 사유할 수 있

---

44 정지용의 경우, 연과 연을 구별하는 이른바 연의 경계 표지로 숫자 외에도 여러 가지를 사용하고 있다. 일반적으로 사용되고 있는 연의 경계표지는 연 단위와 연 단위 사이에 1행 내지 2행의 공백을 두는 것이지만, 정지용은 이것으로 만족하지 않고 자기 나름대로의 특별한 형식적 표지를 고안하고 있다. 즉 ※, …, 「」 등의 부호도 사용하고, 연과 연을 구별하면서 동시에 전체적으로 통합하는 기능을 가진 '고리 어구'를 삽입하기도 하고, 일반 연 단위와 구별하기 위하여 활자를 2자 정도 낮추어 배열하기도 한다. 이승복, 「정지용 시의 운율 체계 연구─1930년대 시창작 방법의 모형화 구축을 중심으로」, 홍익대 박사논문, 1994, 24쪽.

게 하는 책만이 '귀중한 인간의 유산'이 될 수 있기에, 우리가 '금자金子로 표장表裝하여야' 하는 것은 책이 아니라 오히려 '자유로운 우리의 사유'이다. 이러한 발화자의 생각은 ③~⑤에도 그대로 이어진다. 톨스토이가 '주름살 잡힌 인생관을 쪽 속에서 설교하거든 그러한 책은 잡초를 뽑아내듯' 책꽂이에서 뽑아버리고, 차라리 그 자리를 '가엾은 계절의 다변자多辯者 귀뚜리 한 마리가 밤샐 자리로 주어도 좋'다고 한다. 교훈적인 설교만 하고 있는 책은 주체를 사유하게 하지 않으므로 차라리 말 많은 귀뚜리에게 자리를 양보하고 귀뚜리의 애기를 듣는 것이 낫다는 것이다. 그래서 화자는 1연의 마지막 단락인 ⑤에서 '우리의 교양에도 가끔 이러한 문자가 뽑히어 나간 공동空洞 안의 빈 하늘이 열리어야 합니다'라고 역설한다.

이렇게 볼 때, 「밤」의 1연에서 화자는 권위적인 위치에서 장식화된 지식 및 교양은 주체의 사유를 지배할 뿐이므로 그러한 수동적 굴레에서 벗어나 능동적이고 자유로운 사유를 즐길 줄 알아야 한다고 권고勸告하고 있다고 볼 수 있다.

2연은 1연에서 화자가 권고한 '자유로운 사유'의 일환으로써 '밤'에 대한 화자의 자유로운 사유를 보여주고 있다. 즉 1연의 발화에 대한 예증으로 2연을 보여주고 있는 것이다.

⑥을 보면, '문자가 뽑히어 나간 공동 안의 빈 하늘'에 '밤이 함폭 들어와 차지'하고 있다. 밤에 대한 화자의 사유는 여러 비유를 동반하며 발화되고 있다. 밤은 '딴 곳에서 오는 손님'이며, '거룩한 신부의 옷자락 소리 없는 걸음'으로 오고, '큰 독의 물과 같이 충실히 차고 넘'치지만, '적막한 손님'이다. 화자는 밤에 대한 이러한 사유가 바로 '거대한

문자가 뽑히어 나간 공동에 임하는 상장喪章'이라고 발화한다. ⑦~⑨에서는 밤에 대한 사유가 더 깊어져 '밤은 지구를 따르는 비극'이며, 그 '비극은 묵默'하기에, 밤은 '울기 전의 울음의 향수'이며, '움직이기 전의 몸짓의 삼림'이며, '입술을 열기 전 말의 풍부한 곳집'이라고 표현하고 있다. ⑩~⑪에서 화자는 자신이 '밤'에 대해 그렇게 자유롭게 사유하고 있기 때문에 자신의 서재는 조금도 괴롭지 않고 오히려 영혼의 기쁨을 만끽하고 있으며, 누구와도 '사귈성이 난만한 밤의 성격'을 닮게 됨을 발화하고 있다.

이렇게 볼 때, 「밤」은 표면적으로 서사적인 내용이나 갈등 없이 화자의 일방적인 발화로만 이루어져 있지만, 연을 구분하여 발화자의 철학적인 견해와 그에 대한 예증을 시적으로 표현함으로써 시성을 확보하고, 무엇보다 인간 주체의 자유로운 사유에 대한 존재론적 의미에 주를 둠으로써 독자의 감흥을 유도하고 있기 때문에 단순한 내용 전달의 산문과는 다른 산문시로 자리할 수 있다고 본다. 그러나 화자가 든 비유적 표현들이 '압축의 원리에 의한 암시성'을 본질로 하는 것이 아니라 단순히 자유로운 사유에 대한 예증으로써 '축적의 원리에 의한 설명'의 일종이었다는 점에서 시적 울림은 크지 않다고 할 수 있다.[45]

다음으로 시집 『백록담』에 수록되어 있는 「예양禮讓」을 보자.

　　①電車에서 나리어 바로 뻐스로 連絡되는 距離인데 한 十五分 걸린다고
　　할지요. 밤이 이슥해서 돌아갈 때에 대개 이 뻐스안에 몸을 실리게 되니

45　김준오는『시론』(삼지원, 1999, 47쪽)에서 "산문이 '축적의 원리'에 의한 설명이지만 시는 '압축의 원리'에 의한 암시성을 그 본질로 한다"고 설명한 바 있다.

별안간 暴醉를 느끼게 되어 얼골에서 우그럭 우그럭하는 무슨 音響이 일든것을 가까수로 견디며 쭈그리고 앉아있거나 그렇지못한 때는 갑자기 헌솜 같이 疲勞해진것을 깨다를수 있는것이 이 뻐스안에서 차지하는 잠시동안의 일입니다. 이즘은 어쩐지 밤이 늦어 交朋과 衆人을 떠나서 온전히 제홀로된 때 醉氣와 疲勞가 삽시간에 急襲하여 오는것을 깨닫게 되니 이것도 體質로 因해서 그런것이 아닐지요. 뻐스로 옮기기가 무섭게 앉을 자리를 변통해내야만 하는것도 실상은 서서 씰리기에 견딜수 없이 醉했거나 삐친 까닭입니다. 오르고 보면 번번히 滿員인데도 다행히 비집어앉을만한 자리가 하나 비어있지 않았겠읍니까. 손바닥을 살짝 내밀거나 혹은 머리를 잠간 굽히든지하여서 남의 사이에 끼일수 있는 略小한 禮儀를 베플고 앉게 됩니다. 그러나 나의 疲勞를 잊을만하게 그렇게 편편한 자리가 아닌 것을 알었읍니다. 양 옆에 頑強한 젊은 骨格이 버티고있어서 그틈에 끼워 있으랴니까 물론 편편치못한 理由外에 무엇이겠읍니까마는 서서 쓸어지는이보다는 끼워서 혼들리는것이 차라리 安全한 노릇이 아니겠읍니까. 滿員뻐스 안에 누가 約束하고 비여놓은듯한 한자리가 대개는 辭讓할수 없는 幸福같이 반갑은 것이었읍니다. 사람의 日常生活이란 이런 대수롭지 않은 일이 되푸리하는것이 거의 全部이겠는데 이런 하치못한 市民을 위하야 뻐스안에비인 자리가 있다는것은 말하자면 '아모것도 없다는 것 보담은 겨우 있다는 것이 더 나은 것이다'라는 原理로 돌릴만한 일이 아니겠읍니까. 그래도 종시 몸짓이 불편한 것을 그대로 견디어야만 하는것이니 불편이란 말이 잘못 表現된 말입니다. 그 자리가 내게 꼭 適合하지 않었던것을 나중에야 알었읍니다. 말하자면 동그란 구녁에 네모진것이 끼웠다거나 네모난 구녁에 동그란것이 걸렸을 적에 느낄수있는 대개 그러한 齟齬感에 多少 焦

燥하였던것입니다. 그렇기로소니 한 十五分동안의 일이 그다지 대단한 勞役이랄것이야 있읍니까. 마침내 몸을 가벼히 솔치어 빠져나와 집에까지의 어둔 골목길을 더덕더덕 걷게되는것이었읍니다. ② 그이튿날 밤에도 그때쯤하여 뻐스에 올르면 그 자리가 역시 비어있었읍니다. 滿員뻐스안에 자리 하나가 반드시 비어있다는것이나 또는 그자리가 무슨 指定을 받은듯이나 반드시 같은 자리요 반드시 나를 기달렸다가 앉치는것이 異常한 일이 아닙니까. 그도 하로이틀이 아니요 여러밤을 두고 한갈로 그러하니 그 자리가 나의 무슨 迷信에 가까운 宿緣으로서거나 혹은 무슨 불측한 고장으로 누가 급격히 落命한 자리거나 혹은 洋服궁둥이를 더럽힐만한 무슨 汚點이 있어서거나 그렇게 疑心쩍게 생각되는데 아모리 드려다보아야 무슨 실쿳한 血痕같은것도 붙지 않았읍니다. 하도 여러날밤 같은 現像을 되푸리 하기에 인제는 뻐스에 오르자 꺼어멓게 비어있는 그자리가 내가 끌리지 아니치못할 무슨 검은 運命과 같이 보히어 실쿳한대로 그대로 끌리게 되었읍니다. 그러나 여러밤을 연해 앉고보니 自然히 자리가 몸에 맞여지며 도로혀 一種의 安易感 을 얻게된것입니다. 그러나 더욱 怪常한 노릇은 바로 左右에 앉은 두 사람이 밤마다 같은 사람들이었읍니다. 나히가 실상 二十안팎 밖에 아니되는 靑春男女 한쌍인데 나는 어느쪽으로도 씰릴수 없는 꽃과 같은 男女이었읍니다. 이야기가 차차 怪譚에 가까워갑니다마는 그들의 衣裳도 무슨 幻影처럼 絢爛한것이었읍니다. 혹은 내가 靑春과 流行에 대한 銳利한 判別力을 喪失한 나히가 되어 그런지는 모르겠으나 밤마다 나타나는 그들 靑春 한쌍을 꼭 한사람들로 여길수 밖에 없읍니다. 이 怪譚과 같은 뻐스안에 異國人과 같은 靑春男女와 말을 바꿀 일이 없었고 말었읍니다. 그러나 그 자리가 종시 불편하였던 原因을 追勢하여보면 아래 같이 생각되기도 합니다.

③ 1, 나의 兩옆에 그들은 너무도 젊고 어여뻣던것임이 아니었던가.

2, 그들의 極上品의 비누냄새 같은 靑春의 體臭에 내가 견딀수 없었던 것이 아닐지?

3, 실상인즉 그들 사이가 내가 쪼기고 앉을 자리가 아이예 아니었던 것이나 아닐지?

④ 대개 이렇게 생각되기는 하나 그러나 사람의 앉을 자리는 어디를 가든지 定 하여지는것도 事實이지요. 늙은 사람이 결국 아래목에 앉게되는 것이니 그러면 그들 靑春男女 한쌍은 나를 위하야 뻐스안에 밤마다 아랫목을 비워놓은것이나 아니었을지요? 지금 거울앞에서 아츰 넥타이를 매며 역시 오늘밤에도 비어있을 꺼어먼 자리를 보고섰읍니다.

— 「禮讓」, 『白鹿潭』, 문장사, 1941(번호 표시는 인용자)

위의 「예양」은 『백록담』 시집에 실리기 전 『동아일보』1939.4.14에 「야간夜間버스의 기담奇譚」이란 제목으로 먼저 발표된 바 있다. 같은 작품을 제목만 바꾸어 시집에 재수록한 것인데, 「야간버스의 기담」은 제목부터가 이야기를 담고 있다는 뜻이기에 산문적인 글임을 알 수 있지만, 「예양」은 '예의를 지켜 사양하다'는 의미의 보다 함축적인 제목이기 때문에 글의 형식을 제목만으로는 짐작하기 어렵다. 정지용은 이 작품의 제목을 함축적으로 바꾸고 이야기보다는 그 이야기에 담긴 의미를 더 강조하기 위해서 산문시로 장르를 변이시켜 시집에 재수록했던 것으로 보인다. 형식적으로는 산문과 별 다를 바가 없고, 오히려 글 중간에 요약적으로 번호를 붙여 정리한 부분까지 있어 그것을 시의 장르에

편입시키기엔 무리가 있어 보이지만, 산문시가 장르의 혼합 및 해체적 성격을 담고 있다는 점에서 산문시에 대한 정지용의 실험적인 시도로 산문에서 산문시로의 장르적 변이를 보인 것이라고 본다.

　위의 「예양」을 산문시로 보면 연 구분이 없고 단락으로만 구분되어 있는 산문시인데, 전체 세 단락으로 나누어져 있지만, 내용적으로 보면 네 부분으로 나눌 수 있기 때문에 임의로 번호를 붙여 보았다. 발화자인 현상적 화자는 자신이 일상생활에서 겪은 일에 대해 독자를 향해 높임의 구어체로 발화하고 있다. 우선 ①의 내용을 보면, 전차에서 버스로 갈아타고 귀가하던 중에 '폭취'를 느낀 화자가 만원 버스에서 비어 있는 한 자리를 발견하고 그 자리에 '약소한 예의를 베풀고 앉게' 된다. 그러나 그 자리는 '양 옆에 완강한 젊은 골격이 버티고 있어서' 자신의 피로를 풀 수 있을 만큼 편한 자리가 아니다. 그렇지만 '아무것도 없다는 것보다는 겨우 있다는 것이 더 나은 것'이기에 만원 버스에 비워져 있는 그 자리가 화자에겐 '사양할 수 없는 행복같이 반가운 것'이다. 그런데 화자는 그 자리가 자신에게 '꼭 적합하지 않았던 것을 나중에야 알았'다고 고백한다. 그 이유는 ③에서 요약적으로 발화된다. ②에서는 처음 이 작품의 제목이었던 「야간버스의 기담」이 제시되는 부분이다. 그것이 기담奇談인 이유는 '그 이튿날 밤에도 그때쯤 하여 버스에 오르면 그 자리가 역시 비어' 있고, 그것이 '하루 이틀이 아니요 여러 밤을 두고 한결로 그러하'며, '좌우에 앉은 두 사람이 밤마다 같은 사람들'이었고, '이십 안팎밖에 아니 되는 청춘남녀 한쌍'이었던 '그들의 의상도 무슨 환영幻影처럼 현란한 것'이었기 때문이다. 화자는 '이 괴담과 같은 버스 안에 이국인과 같은 청춘남녀와 말을 바꿀 일이 없'

었기 때문에 왜 그런 일이 생기는지 알 수 없고, 다만 혼자서 '그 자리가 종시 불편하였던 원인을 추세追勢하여' 본다. 그것을 ③에서 요약적으로 번호를 붙여가며 발화하고 있는데, 1, 2, 3으로 구분되어 있지만, 모두 자신이 '젊고 어여뻤던 청춘남녀'와는 너무나 대조적이었기 때문이라고 말하고 있다. 그들에 비하면 자신은 너무나 늙고, '극상품의 비누 냄새'가 아닌 '술 냄새'를 풍기고 있었기에 청춘남녀 사이를 자신이 '쪼개고 앉을 자리'가 아니었던 것이다. 그러나 ④에서 화자는 '사람의 앉을 자리는 어디를 가든지 정하여지는 것도 사실'이라며 '늙은 사람이 결국 아랫목에 앉게 되는 것'이니 그들 '청춘남녀 한쌍'이 자신을 위해 '버스 안에 밤마다 아랫목을 비워 놓은 것'이 아니겠냐며 위안을 삼는다. 그러나 그 위안은 오히려 자신이 늙었음을 인정하는 발화가 아닐 수 없다. 그래서 화자는 '거울 앞에서 아침 넥타이를 매며 역시 오늘 밤에도 비어 있을 꺼먼 자리'를 보고 서있다고 발화한다. 결국 젊은 청춘들이 예의를 지켜 양보하는 노약자석처럼 버스 안의 그 빈자리는 화자 자신이 늙었다는 것을 반증하는 '꺼먼 자리'인 것이다.

이렇게 볼 때, 「예양」이라는 이 작품의 제목은 화자의 입장에서 자신이 그 자리를 사양하지 않고 앉는 것은 자신의 늙음을 인정하는 것이기에 그 '꺼먼 자리'를 예의를 지켜 사양하고 싶다는 의미를 담고 있는 것이라 할 수 있다.

이처럼 정지용은 이 작품을 함축적인 제목으로 바꾸고 산문에서 산문시로 장르적 변이를 꾀하여 시집에 재수록 함으로써 '늙음'에 대한 또는 '늙어서 받게 되는 대우'에 대한 존재론적 의미를 보다 강하게 드러내고 있는 것이다. 즉 산문으로 이야기를 전달하기보다는 산문시로

그 이야기에 담긴 의미를 강조함으로써 독자에게 더 깊은 감흥을 주고
자 했던 것이다.

다음은 시집 『백록담』에 수록되어 있는 「육체肉體」이다.

① 몽―끼라면 아시겠읍니까. 몽―끼, 이름조차 맛대라기없는 이 연장
은 집터다지는데 쓰는 몇 千斤이나 될지 엄청나게 크고 무거운 저울추모
양으로 된 그 쇠덩이를 몽―끼라고 이릅데다. 標準語에서 무엇이라고 제
정하였는지 마침 몰라도 일터에서 일꾼들이 몽―끼라고 하니깐 그런줄로
알 밖에 없읍니다.

② 몽치란 말이 잘못 되어 몽―끼가 되었는지 혹은 월래 몽―끼가 옳은
데 몽치로 그릇된것인지 語源에 밝지못한 소치로 재삼 그것을 가리랴고
는 아니하나 쇠몽치중에 하도 육중한 놈이 되어서 생김새 등치를 보아 몽
치보담은 몽―끼로 대접하는것이 좋다고 나도 보았읍니다.

③ 크낙한 양옥을 세울 터전에 이 몽―끼를 쓰는데 굵고 크기가 전신주
만큼이나 되는 장나무를 여러개 훨석 우ㅅ등을 실한 쇠줄로 묶고 아래ㅅ
등은 벌리어 세워놓고 다시 가운데 철봉을 세워 그 철봉이 몽―끼를 꿰뚫
게 되어 몽―끼가 그 철봉에 꽂히인대로 오르고 나리게 되었으니 몽―끼
가 나려질리는 밑바닥이 바로 굵은 나무기둥의 대구리가 되어있읍니다.
이 나무기둥이 바로 땅속으로 모주리 들어가게 된것이니 기럭지가 보통
와가집 기둥만큼 되고 그 우로 몽―끼가 벽력 같이 떨어질 距離가 다시
그기둥 키만한 사이가 되어있으니 결국 몽―끼는 땅바닥에서 이층집 꼭
두만치는 올라가야만 되는것입니다. 그 거리를 몽―끼가 기여오르는 꼴
이 볼만하니 좌우로 한편에 일곱사람식 늘어서고보면 도합 열네사람에

각기 잡어다릴 굵은 참바줄이 열네가닥, 이 열네가닥이 잡어다리는 힘으로 그 육중한 몽-끼가 기어올라가게 되는것입니다. 단번에 올라가는 수가 없어서 한 절반에서 삽시 다른 장목으로 고이었다가 일꾼 열네사람들이 힘찬 呼吸을 잠간 돌리었다가 다시 와락 잡어다리면 꼭두끝까지 기어올라갔다가 나려질 때는 한숨에 나려 박치게 되니 쿵응 소리와 함끠 기둥이 땅속으로 문찍문찍 들어가게 되어 근처 행길까지 들석 들석 울리며 꺼져드는것 같습니다. 그러한 노릇을 기둥이 모두 땅속으로 들어가기까지 줄곳 하야만하므로 장정 열네사람이 힘이 여간 키이는것이 아닙니다. ④ 그리하야 한사람은 초성 좋고 장고 잘 치고 신명과 넉살좋은 사람으로 옆에서 지경닦는 소리를 멕이게 됩니다. 하나가 멕이면 열네사람이 받고 하는 맛으로 일터가 흥성스러워지며 일이 쉬하게 부쩍 부쩍 늘어갑니다. 그렇기에 멕이는 사람은 점점 흥이 나고 신이 솟아서 노래ㅅ사연이 별별 신기한것이 연달어 나오게 됩니다. 애초에 누가 이런 民謠를 지어냈는지 구절이 용하기는 용하나 좀 듣기에 면고 한데가 있읍니다. 대개 큰애기, 총각, 과부에 관계된것, 혹은 신작로, 하이칼라, 상투, 머리꼬리, 가락지 등에 관련된 것을 노래로 부르게됩니다. 그리고 에헬레레상사도로 리프레인이 계속됩니다. 구경꾼도 여자는 잠깐이라도 머뭇거릴 수가 없게되니 아무리 노동꾼이기로 또 노래를 불러야 일이 쉬하고 불고하기로 듣기에 얼골이 부끄러 와락 와락 하도록 그런 소리를 할것이야 무엇있읍니까. 그 소리로 무슨 그렇게 신이나서 할 것이 있는지 야비한 얼골짓에 허리아래ㅅ등과 어깨를 으썩으썩 하여가며 하도 꼴이 그다지 愛嬌로 사주기에는 너무도 나의 神經이 가늘고 弱한가 봅니다. 그러나 肉體勞動者로서의 獨特한 批判과 諷刺자 있기는 하니 그것을 그대로 듣기에 좀 찔리기도하고 무엇인지 생각케도 합니다. 이것도 肉體로 산다기보다 多分히 神經으로 사는 까닭인가 봅니다. ⑤ 그런데 몽ㅡ끼가 이자리에서 기둥을 다 밖고 저자리로 옮기랴면 불가불 일꾼의 어깨를 빌리게 됩니다. 실한 장정들이 어깨에 목도로 옮기는데 사람의 鎖骨이란 이렇게 빳잘긴것입니까. 다리가 휘창거리어 쓸어질가싶게 갠신갠신히 옮기게 되는데 鎖骨이 부러지지않고 백이는것이 희한한 일이 아닙니까. 이번에는 그런 입에 올리지못할 소리는커녕 영치기영치기 소리가 지기영 지기영 지기영 지기지기영으로 변하고 불과 몇걸음 못옮기어서 흑흑하며 땀이 물솟듯 합데다. 짓궂인 몽ㅡ끼는 그꼴에 매달려 가는 맛이 호숩은지 등치가 그만해가지고 어쩌면 하로 품파리로 살어가는 삯군 어께에 늘어져 근드렁근드렁거리는것입니까. 숫제 침통한 우승을 견딜수 없었읍니다. 그사람네는 이마에 땀을 내어 밥을 먹는다기보담은 시뻘건 살덩이를 몇점식 뚝뚝 잡어떼어 내고 그리고 그자리를 밥으로 때우어야만 사는가싶도록 激烈한 勞働에 견듸는 것이니 서령 외설하고 淫風에 가까운 노래를 부를지라도 그것을 입시울에 그치고 말것이요 몸동아리까지에 옮겨갈 餘裕도 없을가 합니다.

ㅡ「肉體」, 『白鹿潭』, 문장사, 1941(번호 표시는 인용자)

다소 긴 길이의 이 시는 『백록담』 5부에 실리기에 앞서 「수수어·3」라는 제목으로 『조선일보』1937.6.10에 실린 바 있는데, 연 구분 없이 길게 실려 있어 '시적인 산문'처럼 여겨진다. 정지용은 시집 『백록담』에 이 작품을 재수록하면서 제목을 「육체」로 바꾸고 거의 그대로 재수록하고 있는데, 작품의 길이나 언어가 산문과 거의 비슷하기 때문에 이 작품이 산문이 아닌 산문시라는 것을 증명하기란 그리 쉽지 않다. 그러나 작가의 의도를 좇아 이 작품을 단락이 구분되어 있는 산문시 형태를 취하고 있는 '비율문형 산문시'로 보고 분석해 보겠다.

우선, 「육체」는 전체 세 단락으로 나누어져 있는데, 가장 긴 세 번째 단락은 내용상으로 다시 세 부분으로 나눌 수 있기 때문에, 임의로 텍스트에 번호를 붙여 모두 다섯 부분으로 구분하여 살펴보도록 하겠다.

현상적 화자인 '나'는 객관적인 거리를 두고 구어체적인 어투로 "몽키"라는 연장에 대해 발화하고 있는데, ①과 ②에서는 '몽키'라는 연장의 이름과 생김새에 대해 ③에서는 '몽키'의 쓰임새에 대해 ④에서는 '몽키'를 사용하는 노동꾼들의 외설적인 노동요勞動謠에 대해 ⑤에서는 '몽키'를 옮기는 노동자들의 격렬한 육체적 노동을 보며 화자가 새롭게 깨닫게 된 육체의 의미에 대해 발화하고 있다. 이렇게 볼 때, 화자의 발화 목적이 단순히 '몽키'라는 연장에 대한 정보 전달이 아니라 몽키를 사용하고 옮기는 노동꾼들의 격렬한 육체적 노동에 대한 의미를 드러내고자 하는 데 있음을 알 수 있다. 즉 ①~④는 주제문인 ⑤를 뒷받침하기 위한 문장들로 구체적인 진술을 통해 주제문과 긴밀하게 연결되어 있는 것이다.

정지용이 이 작품을 신문에 '시적 산문'으로 발표했을 때와 「육체」라고 제목을 바꾸고 시집 『백록담』에 재수록했을 때는 한 작품에 대한 작가로서의 사명이 달랐을 것으로 생각된다. 그것은 자칫 일의적이고 확정적인 의미로 단순화될 수 있는 '몽키'라는 낯선 이름의 연장과 대수롭지 않게 느껴지는 육체적 노동을 산문시라는 장르 안으로 편입시킴으로써 단순한 소개나 전달이 아니라 다양하고 새로운 문물에 대한 인식과 그것을 다루는 육체적 노동의 의미를 드러내고자 한 의도가 있었던 것으로 보이기 때문이다. 즉 "시는 언어에 의한 존재의 건설이다"라는 하이데거의 명제처럼, 산문시라는 장르를 통해 육체의 존재론적 의미를 드러내고자 했던 것이다.

이렇게 볼 때, 정지용의 「육체」는 리듬 의식 없이 일상적인 산문의 어투로 쓰여진 '비율문형 산문시'로 '몽키'라는 낯선 연장과 "하로 품팔이로 살아가는" "노동꾼"의 '육체'를 구체적이고 진솔하게 발화하여 서민적 공감대를 형성하고, "이마에 땀을 내어 밥을 먹는다기보담은 시뻘건 살뎅이를 몇점식 뚝뚝 잡어떼어내고 그리고 그자리를 밥으로 때우어야만 사는가싶도록 激烈한 勞働에 견디는" 노동자들의 육체에 의미를 부여하여 시적 감동을 주고자 했다고 할 수 있다.

이와 같이 정지용의 두 시집 5부에 실린 작품들은 '시적 산문'과 별반 다를 것이 없어 보이지만, 작가 스스로가 산문에서 산문시로의 장르적 변이를 꾀한 작품이라고 볼 수 있기 때문에 정지용이 어떤 의도로 이 작품들을 시집에 재수록하였는지 따져 볼 필요가 있었다. 이에 이 글은 그 작품들을 '비율문형 산문시'로 보고 그 작품들이 어떤 미적 특징을 가지고 있는지 살펴보았다.

그 결과 정지용이 의도한 것은 내용을 획일적으로 전달하는 일반 산문과는 달리 내용이 담고 있는 의미를 부각시켜 독자의 정서를 의미적으로 환기시키고자 하는 데 있었음을 확인할 수 있었다. 즉 독자의 이해가 쉬운 일상적인 산문어로 구사하여 내용이 담고 있는 의미를 새롭게 인식시킴으로써 독자에게 감동을 전달하고자 했던 것이다.

그러나 정지용의 '비율문형 산문시'는 내용의 의미적 가치만 있을 뿐 문장의 압축이나 긴밀성, 사건의 응축과 암시성이 결여된 채 일반적인 산문의 문장으로 서술되고 있어 시로서의 미학적 자질은 떨어지는 작품들이었다. 그렇지만 산문이었던 작품들을 산문시로 장르를 바꾸어 시집에 재수록할 수 있었던 용기는 시의 형식에 대한 그의 실험 정신이 바탕이 된 것이라고 할 수 있다.

결국 정지용은 『백록담』을 통해 「비로봉」, 「구성동」, 「옥류동」, 「인동차」 등의 '2행 1연으로 된 단형시'와 「장수산 1」, 「장수산 2」, 「온정」, 「삽사리」, 「나비」 등의 '휴지 공간을 둔 율문형 산문시', 「백록담」, 「슬픈우상」과 같이 '연 구분을 한 산문시'에 이어 5부에 '비율문형 산문시'들을 수록함으로써 다양한 시적 양식을 보여주고자 한 것이다. 5부의 작품들은 정지용 개인의 독특한 시적 양식이 아니라 이미 보들레르를 비롯한 서구의 산문시들이 보여준 양식이고, 정지용이 그것을 수용했을 것이라는 추측은 얼마든지 가능하다고 본다. 단지, 처음부터 장르를 명확히 구분하지 않았다는 점은 아쉬운 부분이다.

詩語의 散文化에 접근하고자 하는 노력은 現代에 올수록 꾸준하였다. 우리는 그것을 J. 던에서 보았고, 한국의 辭說時調에서 보았고, 그리고 워어즈워드에게서 그것을 보았다. 우수한 詩人일수록 그들은 항상 口語體 言語로 詩語를 삼았고, 日常言語에서 詩의 活力과 새로운 時代感覺을 만들어 내고자 했던 것이다. T.S. 엘리어트는 詩人의 일은 '어떤 시대에 있어서도 口語體 言語의 변화를 좇는 것'이라고 말하고, 그 변화는 근본적으로 思想과 感性의 변화에서 생기는 것이라고 말하였다. 그러니까 20세기 詩人들은 이 변화를 뒤좇아서 그 변화된 口語에서 20세기 詩의 가능성을 시험했던 것이다. 포드 M. Ford 역시 현대 英美詩에서 맨먼저 詩를

'소위 詩처럼 쓸 것이 아니라 散文처럼 써야 한다'고 주장한 사람이다. 즉 그는 시골길 새소리 달빛 같은 現實生活과 동떨어진 것들을 막연하고 고운 말로 報告 report 할 것이 아니라, 現實과 밀착된 主題를 생활과 밀착된 言語로서 表現해야 한다고 주장한 사람이다.[46]

위와 같은 박철희의 설명처럼 정지용 역시 서구의 시적 변화에 발맞추어 시의 산문화에 관심을 가졌을 것으로 여겨지며, 그래서 이후 자신의 산문집이 아닌 시집에 산문 작품의 제목을 바꾸어 산문시로 재수록하였던 것으로 보인다.

이렇게 볼 때, 정지용은 『백록담』 시집을 통해 한국시가 "응축된 형태와 풀어진 형태의 그 둘 다에 견디어낼 수 있음"[47]을 보여주고 싶었던 것이었다고 할 수 있겠다.

3. 동양적 자연관과 교시적 태도

정지용의 두 번째 시집이자 마지막 시집인 『백록담』에 실린 작품들은 대체로 산수시山水詩로 구분되고 있다. 최동호는 「정지용의 산수시와 은일隱逸의 정신精神」에서 정지용 후기시의 정신적 특질을 동양적 전통에 회귀하는 산수시로 특징짓고, 정지용이 1930년대 후반에 동양의 정신주의에 침잠한 것은 신앙시 이후의 자기 초극을 위한 새로운 시적

---

46 박철희, 『문학개론』, 형설출판사, 1975, 149~150쪽.
47 김현, 「산문시 소고」, 『김현 문학 전집』 3, 문학과지성사, 1991, 101쪽.

모색이었으며, 일제에 의한 현실의 고통스러움을 견인堅忍의 정신으로 극복하고자 했던 것이라고 설명한 바 있다.[48] 배호남 역시 정지용이 『백록담』에 이르러 동양적 전통의 산수와 은일로 나아간 점은, 그가 서구의 기독교라는 모더니티 지향에서 실패한 정신주의적 초월을 동양적 전통으로의 회귀를 통해 이뤄보려는 시적 변모의 과정을 의미하는 것으로 보았다.[49]

이들의 견해처럼 정지용의 후기시는 형태뿐만 아니라 정신적으로 그의 의지적인 시도에서 비롯된 변화라고 볼 수 있다. 그것은 박용철이 『정지용시집』1935의 발문에서 밝힌 바와 같이 정지용은 "한 군데 自安하는 시인이기보다 새로운 詩境의 개척자이려"했기 때문이다. 결국 정지용의 『백록담』 시집은 '새로운 시경'을 위한 실험적 정신으로 구현된 것이라고 할 수 있다.

『백록담』에 수록된 여러 시 형태 중 산문시에 주목해 보면, 그의 산문시는 무엇보다 '새로운 율문형의 산문시'를 통해 산문의 형태에 운율을 조성하고 상징적인 사건의 응축과 암시성을 내포하는 특징을 보여주었고, 시적 완성도는 높지 않았지만 '비율문형의 산문시'를 통해 보다 쉬운 산문어로 내용이 담고 있는 의미를 부각시켜 독자의 정서를 의미적으로 환기시키고자 하는 특징을 보여주었다. 여기서는 정지용

---

48 최동호, 「정지용의 산수시와 은일의 정신」, 『민족문화연구』 19, 고려대 민족문화연구소, 1986, 106쪽. 최동호는 이 글에서 정지용의 시를 세 단계로 나누고, 초기시는 '1925년경부터 1933년경까지의 감각적인 이미지즘의 시', 중기시는 '1933년 「불사조(不死鳥)」 이후 1935년경까지의 카톨릭 신앙을 바탕으로 한 종교적인 시', 그리고 후기시는 「옥류동(玉流洞)」(1937), 「구성동(九城洞)」(1938) 이후 1941년에 이르는 동양적 정신의 시' 등으로 구분하였다. 위의 글, 79~81쪽.

49 배호남, 앞의 글, 81쪽.

이 이러한 표현 양상을 통해 발화하고 있는 것, 그 주제의 양상을 살펴보고자 하는데, 그의 산문시는 그의 후기시의 정신적 특질을 '동양적 전통의 산수와 은일'에 있다고 본 연구자들의 견해를 뒷받침해 주고 있다. 즉 그의 산문시에는 무엇보다 자연과의 합일을 추구하는 동양적 자연관이 담겨 있다.

이러한 주제 양상을 보다 구체적으로 살펴보기 위해 정지용 산문시의 화자의 어조語調에 주목하고자 한다. 어조란 말을 듣고 있는 상대방에 대한 자신의 자세 및 태도를 반영하여 내는 목소리라고 할 수 있다. 사람의 말씨는 청자의 사회적 수준이나 지성이나 감성에 대한 자신의 의식, 상대방과의 관계, 상대방에 대해 취하고 있는 자신의 자세 등을 미묘하게 드러낸다.[50] 정지용의 산문시에는 '그대'나 '우리', '노인' 등의 현상적 청자를 구체적으로 설정해 두고 그들을 향해 발화하는 산문시들이 많고, 화자의 발화가 화자 자신을 향하거나 독자를 향하는 경우에도 독특한 어조를 보여주고 있다. 따라서 화자의 어조가 어떠한 태도에서 어떤 어조로 발화되고 있는지 고찰해 볼 필요가 있다.

이에 정지용 산문시에서 화자가 자연과의 합일을 추구하는 동양적 자연관을 어떤 어조로 발화하고 있으며, 왜 그러한 어조로 동양적 자연관을 발화하는지, 그것이 정지용 산문시의 표현과 어떻게 결합하여 미적 구조를 형성하는지 살펴보도록 하겠다.

동양에서 자연의 정의는 '스스로 그러함自然, spontaneity'을 뜻하는 것으로 인간을 포함한 모든 만물의 존재 원리와 상호작용이 각기 스스

---

50 홍문표, 『현대시학』, 양문각, 1995, 368쪽.

로 존재한다고 본다. 동양에 있어 자연의 이해는 곧 인간의 이해이며 자연을 통해서 인간을 알고 인간을 통해서 인간 생명의 원천인 자연을 이해하며, 그 속에서 우주의 생성과 인간 존재의 본질을 깨닫는 데 있다. 동양의 자연관은 유儒-불佛-도道, 이 삼교三教에서 비롯된 것으로, 자연을 보는 관점은 조금씩 차이가 있으나 동양권에서 자연은 대부분 본받아야 할 대상이자 이상적인 삶의 모델로서 인식된다. 유교儒教의 천인합일天人合一 사상은 인간을 포함한 모든 만물이 하늘자연과 하나가 된다는 뜻으로, 자연과 인간의 합일을 통한 도道의 실현을 강조했다. 불교에서는 자연을 인간과 상하구분이 없는 자타불이自他不二로 보며, 모든 것은 끊임없이 변화하고 생성하고 소멸한다는 연기설緣起說은 인간뿐이 아닌 천지만물, 즉 모든 자연에 해당한다고 하였다. 불교佛教에서 자연은 끊임없이 있다가도 없고, 이것이 사라지면 저것이 생기며 순환해가는 것이다. 생성과 소멸이라는 윤회사상 아래 모든 생명은 계속해서 변화하며, 상호작용하는 현상 속에 나我라는 명확한 것은 없으며, 태어난 모든 것은 자연과 동일한 것이다. 한편, 도교道教는 인간이 마땅히 순응해야 할 자연과 그를 따르는 삶을 무위無爲로 표현하였다. 무위자연無爲自然은 도의 속성을 표현하는 것이면서 도에 이르는 방법론이다. 존재하는 흐름에 억지로 무언가를 변하게 하거나 어지럽히는 것이 아니라 있는 그대로를 따르면서, 자연에 인위人爲를 가하지 않고 그 자체의 천성을 이해하고 받아들이는 것이 무위를 실천하는 것이다. 무위의 삶을 행하는 것은 자연이라는 필연적 질서 속에 나를 합치시키는 도의 실천이다. 스스로 그러한 자연은 가장 완벽한 이치를 가지고 있어 도가에서 인간은 수정을 가하지 않은 그대로의

자연과 합일되어 조화하는 삶을 지향하였다.[51]

정지용의『백록담』에 실린 산문시에는 이러한 동양적 자연관이 주제적으로 드러나는데, 우선 표제작인「백록담」을 살펴보자.

1

絶頂에 가까울수록 뻐국채 꽃키가 점점 消耗된다. 한마루 오르면 허리가 슬어지고 다시 한마루 우에서 목아지가 없고 나종에는 얼골만 갸옷 내다본다. 花紋처럼 版박힌다. 바람이 차기가 咸鏡道끝과 맞서는 데서 뻐꾹채 키는 아조 없어지고도 八月한철엔 흩어진 星辰처럼 爛漫하다. 山그림자 어둑어둑하면 그러지 않어도 뻐국채 꽃밭에서 별들이 켜든다. 제자리에서 별이 옮긴다. 나는 여긔서 기진했다.

2

巖古蘭, 丸藥 같이 어여쁜 열매로 목을 축이고 살어 일어섰다.

3

白樺 옆에서 白樺가 髑髏가 되기까지 산다. 내가 죽어 白樺처럼 흴것이 숭없지 않다.

---

51 동양적 자연관에 대한 이론은 다음의 자료를 참조하여 정리하였다.
정규훈 외,『동양사상 — 해설과 원전』, 전통문화연구회, 2003; 외암사상연구소,『서양이 동양으로 걸어오다 — 인간과 자연에 대한 동서양의 철학적 관점』, 철학과현실사, 2009; 조현규,『동양윤리사상의 이해』, 새문사, 2002; 이유미,「동양적 자연관에 의한 인간 표현 연구」, 이화여대 석사논문, 1995; 박보람,「동양적 자연관의 회화적 표현 연구」, 숙명여대 석사논문, 2013.

4

鬼神도 쓸쓸하여 살지않는 한모롱이, 도체비꽃이 낮에도 혼자 무서워 파랗게 질린다.

5

바야흐로 海拔六千呎 우에서 마소가 사람을 대수롭게 아니녀기고 산다. 말이 말끼리 소가 소끼리, 망아지가 어미소를 송아지가 어미말을 따르다 가 이내 헤여진다.

6

첫새끼를 낳노라고 암소가 몹시 혼이 났다. 얼결에 山길 白里를 돌아 西 歸浦로 달어났다. 물도 마르기 전에 어미를 여힌 송아지는 움매—움매— 울었다. 말을 보고도 登山客을 보고도 마고 매여달렸다. 우리 새끼들도 毛色이 다른 어미한틔 맡길것을 나는 울었다.

7

風蘭이 풍기는 香氣, 꾀꼬리 서로 불으는 소리, 濟州회파람새 회파람부 는 소리, 돌에 물이 따로 굴으는 소리, 먼 데서 바다가 구길때 솨—솨—솔 소리, 물푸레 동백 떡갈나무속에서 나는 길을 잘못 들었다가 다시 측넌출 긔여간 흰돌바기 고부랑길로 나섰다. 문득 마조친 아롱점말이 避하지 않 는다.

8

고비 고사리 더덕순 도라지꽃 취 삭갓나물 대풀 石耳 별과 같은 방울을 달은 高山植物을 색이며 취하며 자며한다. 白鹿潭 조찰한 물을 그리여 山脈우에서 짓는 行列이 구름보다 莊嚴하다. 소나기 놋낫 맞으며 무지개가 말리우며 궁둥이에 꽃물 익여 붙인채로 살이 붓는다.

9

가재도 긔지 않는 白鹿潭 푸른 물에 하눌이 돈다. 不具에 가깝도록 고단한 나의 다리를 돌아 소가 갔다. 좇겨온 실구름 一抹에도 白鹿潭은 흐리운다. 나의 얼골에 한나잘 포긴 白鹿潭은 쓸쓸하다. 나는 깨다 졸다 祈禱조차 잊었더니라.

—「白鹿潭」, 『白鹿潭』, 문장사, 1941

    우선 위의 시는 문장 사이에 '휴지의 의미를 갖는 공간'[52]이 사용되지 않았으며, 마침표로 종결되는 완전한 산문체의 문장들이 모여서 한 단락을 이루고, 그것을 한 연으로 처리하여 각 연에 일련번호를 붙인 전체 9연으로 구성되어 있는 산문시이다.

    이 산문시에서 청자는 텍스트 표면에 나타나 있지 않다. 서정적 자아로서의 현상적 화자는 독자를 향하여 자신이 한라산을 등반하면서 보고 겪은 것을 담담한 어조로 발화하고 있을 뿐이다. 자신의 경험에 격한 감정이 실리거나 청자의 동요를 부추기고 있는 어조가 아니기 때

---

52 이현정, 「정지용 산문시 연구」, 연세대 석사논문, 2003, 58쪽.

문에 오히려 화자가 발화하는 대상 자체가 돋보이고 있다. 따라서 독자는 화자의 이러한 담담한 보고 형식의 어조를 통해 한라산의 자연 풍광을 화자가 발화하는 그대로 생생한 현장감을 느끼며 상상할 수 있는 것이다.

1연부터 순차적으로 살펴보면, 화자는 자신이 한라산 정상에 오를수록 "뻭국채"의 "꽃키"와 자신의 체력이 "消耗"되는 과정을 비유적으로 묘사하고 있다. "뻭국채"의 "허리가 슬어지고", "목아지가 없고", "얼골만 갸옷 내다"보고, "花紋처럼 版박"히고, 키가 "아조 없어지"는 "絶頂"에 도달했을 때, 화자는 "기진"해서 쓰러지지만, "뻭국채"는 "흩어진 星辰처럼 爛漫하다"가 "산 그림자 어둑어둑하면" 별이 되어 "뻭국채 꽃밭에서 별들이 켜"들고, "제자리에서 별이 옴"기듯 "咸鏡道끝과 맞서는 바람"에 흔들리고 있다. 이렇게 볼 때, 산의 높이와 반비례 되던 "뻭국채 꽃키"와 화자 자신의 체력이 "絶頂"에서는 서로 대조되는 모습을 보여줌으로써 '기진'하는 화자에 비해 강한 생명력과 정신력을 보여주는 "뻭국채 꽃"의 아름다움이 부각되고 있음을 알 수 있다. 그것은 "뻭국채 꽃"을 묘사한 앞의 6개 문장이 모두 현재형인데 비해 서정적 자아로서의 '나'를 드러내는 마지막 문장을 과거형으로 처리함으로써 "뻭국채 꽃"의 살아있음을 강조한 의도와 같다 하겠다.

2연에서 화자는 한라산의 불로초[53]로 알려진 "巖古蘭"이라는 "丸藥 같이 어여쁜 열매"를 먹고 다시 기운을 되찾는데, 여기서도 화자는 "巖

---

53 암고란은 제주도 한라산에 자생하는 다년생으로 흔히 불로초로 불리기도 한다. 이 나무에 가을에 익는 검은 열매를 진정제, 해열제와 같은 약용으로 사용한다. 권영민, 『정지용 시 126편 다시 읽기』, 민음사, 2004, 541쪽.

古蘭" 다음에 쉼표를 두고, 단 한 문장으로 연을 구성함으로써 "기진"한 자신을 다시 살게 한 "嚴古蘭"이란 열매의 효력을 부각시키고 있다.

3연에서는 살아있는 자작나무 옆에서 해골이 될 때까지 끝까지 살아내는 자작나무의 모습을 보며 "白樺"의 강한 생명력을 느끼고, 화자 자신 또한 "죽어 白樺처럼 흴" 모습을 상상하며 그러한 모습이 흉스러울 것 없겠다고 생각한다. 그것은 백화나 촉루의 백색이 순결성을 암시하고 화자가 그 순수의 세계와 하나가 되는 것이라고 생각하기 때문이다.[54]

4연에서는 "鬼神도 쓸쓸하여 살지 않는" 깊은 골짜기에 핀 도체비꽃의 고립을 보면서, 그 꽃의 보랏빛이 "낮에도 혼자 무서워 파랗게" 질려 있다고 표현하고 있다. 그것은 곧 산의 적막감을 표현하고 있는 것이다.

1~4연에서 식물에 대해 발화하던 화자는 시상을 바꾸어 5~6연에서는 동물에 대해 발화한다. 우선 5연에서 화자는 "海拔六千呎" 정상 부근의 고원에서 "마소"들이 "사람을 대수롭게 아니녀기"며 평화롭게 살고 있는 모습을 발화하는데, 권영민은 이 부분을 "말과 소들이 서로 어울려 살고 있는 모습을 그리고 있다"[55]고 해설하고 있지만, "말이 말끼리 소가 소끼리"라고 표현한 것으로 보아 화자는 서로 다른 동족이 서로를 해하지 않고 끼리끼리 평화롭게 사는 모습에 의미부여를 하고자 했던 것으로 보인다. 그것은 6연의 발화를 보면 더욱 확실해진다. 6연에서 화자는 "첫새끼를 낳노라고" "몹시 혼이" 난 암소가 "서귀포로 달"아나는 바람에 "어미를 여읜 송아지"가 울면서 "말을 보고도 등

---

54 이숭원, 『정지용 시의 심층적 탐구』, 태학사, 1999, 201쪽.
55 권영민, 앞의 책, 542쪽.

산객을 보고도 마고 매여달"리며 어미를 찾는 모습을 보며 "우리 새끼들도 毛色이 다른 어미한틔 맡"겨야 될 일을 생각하며 "울었다"고 발화하고 있다. 이숭원이 이 대목을 "민족의 동질성이 훼손되고 말 것이라는 데서 오는 비애감의 표현"[56]이라고 풀이했듯이, 화자는 동족끼리 살 수 없는 비극적 현실을 예상하며 슬픔에 잠겼던 것이다.

7연에서는 다시 시상을 전환하여 한라산 등반 과정에서 느끼는 풍란의 향기와 여러 소리들을 감각적 이미지의 시적 표현으로 발화하고, "길을 잘못 들었다가 다시" 찾으면서 "아롱점말"과 "문득 마조친" 에피소드를 발화함으로써 시적 요소와 산문적 요소를 적절히 결합하고 있다.

8연에서 화자는 여러 "高山植物"을 보며 그것에 반하여 "색이며 醉하며 자며"하면서 자연과 어우러져 "소나기"에 젖은 몸을 "무지개"로 말리고, "궁둥이에 꽃물 익여 붙인채로 살이 붓"는 자연과의 일체감을 느끼고 있다. 또한 "白鹿潭 조찰한 물"을 찾아 정상에 다다른 등산객들의 행렬을 "구름보다 장엄하다"고 표현함으로써 힘든 등반 과정을 이겨내고 자연과의 일체감을 느끼며 고지에 다다르고 있음을 알리고 있다.

마지막 9연에서 화자는 드디어 백록담에 이른다. 산을 오르며 고단했던 자신의 다리를 내려놓고 "가재도 긔지않"고, "좇겨온 실구름 一抹에도" 흐려질 정도로 맑고 깨끗한 "백록담"에 화자는 자신의 얼굴을 비추어본다. 그러나 화자는 "나의 얼골에 한나잘 포긴 白鹿潭은 쓸쓸하다"고 표현하고 있다. 여기서 "쓸쓸함"의 주체는 화자가 아닌 백록담이다. "絶頂"이며 "祈禱"를 하게 하는 위대하고 경이로운 곳인 백록담을

---

56 이숭원, 앞의 책, 196쪽.

화자는 왜 쓸쓸하다고 표현했을까. 그것은 화자가 백록담이란 "絶頂" 보다 그 절정에 도달하는 과정에 여러 자연으로부터 느꼈던 강한 생명력과 아름다움, 경이로움 등에 이미 마음을 빼앗겼기 때문에, 백록담 자신에게 감탄해야 할 화자가 "깨다 졸다 기도조차 잊"고 있으니 백록담은 쓸쓸할 수밖에 없는 것이다.

이렇게 볼 때, 한라산 등반 과정을 산문체의 문장으로 서술하면서도 단락을 나누어 연으로 구분하고 각 연에 일련번호를 붙인 이유는 화자가 산행의 과정을 순차적으로 보여주면서 그 과정에서 겪게 된 경험에 의미를 부여하고 독자의 생각이 담길 수 있게 호흡을 조절하여 산행 경험의 사실성과 서정성을 동시에 확보하기 위한 전략이었다고 할 수 있겠다.

이와 같이 「백록담」은 각 연에 일련번호를 붙인 연 구분이 되어 있는 산문시의 형태로 산행 과정에서 겪은 개별적 경험을 의미화하여 그것을 담담한 어조로 독자를 향해 발화함으로써 한라산 자연의 생명력과 아름다움, 경이로움 등을 부각시키고 결국 화자 자신이 그러한 자연에 동화되어 있음을 발화한 산문시라고 할 수 있다.

그렇다면 화자는 왜 이러한 한라산의 자연 풍광에 젖어 있는 것일까? 이 시의 6연에 다시 주목해 보면, 화자가 "우리 새끼들도 毛色이 다른 어미한틔 맡길것을 나는 울었다"라고 발화하는 부분이 있다. 이 부분은 화자가 한라산의 짐승들을 보며 그들처럼 동족끼리 살 수 없는 비극적 현실을 예상하며 슬픔을 내재한 어조로 발화하고 있는 부분인데, 이를 볼 때 화자가 한라산을 오르는 동안 현실 사회의 비극을 떨치지 못하고 있었다는 것을 알 수 있다. 식민지의 억압이 그만큼 컸던 것이다. 그러나 화자는 마침내 백록담에 도착해서 "깨다 졸다 祈禱조차 잊"고 한라산의 자연과 하나가 되어 있다. 결국 화자의 현실 사회의 비극적 슬픔이 자연을 통해 달래지고 있는 것이다.

웃절 중이 여섯판에 여섯번 지고 웃고 올라 간뒤   조찰히 늙은 사나히의 남긴 내음새를 줏는다?   시름은 바람도 일지 않는 고요에 심히 흔들리우노니   오오 견듸랸다   차고 兀然히   슬픔도 꿈도 없이   長壽山속 겨울 한밤내―

―「長壽山 1」 부분

피락 마락하는 해ㅅ살에   눈우에 눈이 가리어 앉다   흰시울 알에 흰시울이 눌리워 숨쉬는다   온산중 나려앉는   획진 시울들이   다치지 안히 ! 나도 내더져 앉다   일즉이 진달래 꽃그림자에 붉었던   絶壁 보이한 자리 우에 !

―「長壽山 2」 부분

위의 산문시편에서도 보이듯 정지용 시의 화자는 자연을 보고, 듣고, 느끼고 있으며 그런 자연과 하나가 되고 싶어 한다. 「장수산 1」에서 화자는 독자를 향해 자신의 시름이 고요 속에서도 "심히 흔들"릴 때, 장수산의 자연이 "차고 兀然히 슬픔도 꿈도 없이" "오오 견듸랸다"라고 하며 자신이 받은 감흥을 감탄과 경의를 표하는 들뜬 어조로 발화하고 있다. "견듸랸다"를 '견디련다'로 해석할 경우 그것은 주체의 강한 의지가 되고, '견디라 한다'로 해석할 경우는 자연의 소리를 간접 인용한 것이 된다. 둘 중 어느 하나로 해석하더라도 이 산문시에서 화자는 "장수산의 겨울 한 밤내" 깊고 고요한 자연 속에서 자신의 시름을 장수산의 고요와 같이 흔들리지 않는 상태로 만들고 싶어 한다. 즉 고요한 자연과 하나가 되어 '여섯 판에 여섯 번을 지고도 웃고 올라간' 웃절 중과 같이 자신도 변절과 친일을 강요하는 식민지 상황에서 흔들리지 않는 청정무심의 자연과 같이 존재하고 싶은 것이다. 「장수산 2」에서도 현상적 화자는 '피락 마락하는 해ㅅ살에' 눈이 녹을 수도 있는데, 눈들이 질서 있게 '가리어 앉'는 모습을 보면서 감탄과 경의의 어조로 독자를 향해 자연의 공존을 발화하고 있다. 서로를 배려하면서 질서를 지키기에 흰 언저리 아래 또 다른 흰 언저리가 숨 쉴 수 있고, 온산중 내려앉은 하얀 능선의 언저리들이 다치지 않는 것을 보면서, 자신도 '진달래꽃 그림자에 붉었던 절벽 보이한 자리' 위에 조심히 앉는다. 아직 눈이 숨 쉬고 있기에 '흰시울' 위에 앉지 않고, '절벽 보이한 자리' 위에 앉는다고 볼 수 있는데, 그 자리가 일직이 진달래 꽃 그림자에 붉었던 자리였다는 것은 화자가 자연의 질서와 순환을 깨달았음을 의미한다. 추운 계절을 서로 배려하며 견디고 있는 장수산에도 곧 봄이 올 것임을 느낀 것이다. 결국 화자는 자연의 질서와 순환을 보며 식민지 상황 또한 지나갈 것임을 믿고 기다리고 있는 것이다.

　　그대 함끠 한나잘 벗어나온 그머흔 골작이　이제 바람이 차지한다 앞낡 곱은 가지에 걸리어 파람 부는가 하니　창을 바로치놋다　밤 이윽쟈 화로ㅅ불 아섭어 지고　촉불도 치위타는양 눈섭 아사리느니　나의 눈동자 한밤에 푸르러 누은 나를 지킨다　푼푼한 그대　말씨 나를 이내 잠들이고 옮기셨다　조찰한 벼개로 그대 예시니　내사 나의 슬기와 외롬을 새로 고를 밖에!   땅을 쪼기고 솟아 고히는 태고로 한양 더운물   어둠속에 홀로 지적거리고   성긴 눈이 별도 없는 거리에 날리어라.

—「溫井」,『白鹿潭』, 문장사, 1941

위의 산문시에서 현상적 화자인 '나'는 '그대'라고 호칭되는 친구와 금강산 산행 중에 들린 온정리溫井里의 온천에서 저녁을 맞이하고 '그대'와 얘기를 나누다 '그대'가 다른 방으로 자리를 옮기고 홀로 남게 되는 상황을 발화하고 있는데, 화자의 발화는 현상적 청자인 '그대'를 향한다기보다는 마치 방백처럼 현상적 청자를 앞에 두고 자신이 머물고 있는 공간을 중심으로 그 안과 밖의 배경과 홀로 남겨지는 것에 대한 심정을 감탄조로 내뱉고 있다.

대구를 이루고 있는 처음 두 문장은 '그대와 함께 벗어나온 그 먼 골짜기엔 이제 우리 대신 바람이 차지하고 있는가'라는 설의와 '앞 나무의 굽은 가지에 걸리어 바람이 부는가 하더니 우리의 창을 바로 치는구나'라는 감탄의 반복구로 바람이 골짜기를 차지하고 창문을 치는 장면을 표현한 것인데, 그것이 연속 시행의 산문시에서 의미의 정지 또는 의미의 분산 없이 연결되어 서술됨으로써 그 바람이 골짜기에서부터 화자가 머물고 있는 공간의 창문에까지 추종하여 뒤따라 온 듯한 느낌을 준다. 이 때, 구절과 문장 사이의 '두 칸 이상 띄어쓰기'는 줄글 형태의 산문시에 운율을 형성하는 심미적 장치일 뿐만 아니라 골짜기의 깊이나 거리, 바람의 이동 공간을 표상한 것이라 할 수 있다.

밤이 깊어지자 화자가 머물고 있는 온천장의 화롯불도 꺼져가고 촛불도 추위를 타는 양 눈썹을 바르르 떨고 있는데, 화자의 눈동자만

이 한밤에 푸르러 누워있는 자신을 지키고 있다. 그러나 '푼푼한 그대 말씨'가 나를 이내 잠들게 만들고 그대는 다른 방으로 옮겨가고 없다. "옮기셨는다"라는 어조엔 그대가 정갈한 베개를 들고 다른 방으로 가 버린 것에 대한 서운함이 배어 있지만, "외롬을 새로 고를 밖에!"에선 혼자 남은 외로움을 어쩔 수 없이 받아들이겠다는 인내의 어조를 느 낄 수 있다. 마지막 문장에서 화자는 자기 밖의 자연물에 시선을 옮기 면서 감탄의 어조로 온천장의 온천물이 '땅을 쪼개고 솟아 고이는 태 고적부터 항상 더운물'이었고, 그 온천물이 "어둠속에 홀로 지적거리 고" 있으며, "성긴 눈이 별도 없는 거리에 날리어라"라며 발화하고 있 다. 이러한 감탄의 어조는 화자가 '그대'가 가고 혼자 남은 자신의 외 로움과 외부의 객관적 상관물인 '온천물'과 '성긴 눈'을 동일화함으 로써 자연물 또한 '홀로 지적거리고' '홀로 거리에 날리' 듯 모든 존 재가 태고적부터 고독하고 외로운 존재임을 깨닫게 되면서 비롯된 것이다.

이렇게 볼 때, 「온정溫井」은 자연을 보며 인간뿐만 아니라 이 세상의 모든 만물이 근원적으로 고독한 존재임을 깨닫고, 시적 자아의 고독과 외로움을 스스로 달래고 있는 것이라 할 수 있다.

모오닝코오트에 禮裝을 가추고   大萬物相에 들어간 한 壯年紳士가 있
었다   舊萬物 우에서 알로 나려뛰었다   웃저고리는 나려 가다가 중간 솔
가지에 걸리어 벗겨진채   와이샤쓰 바람에 넥타이가 다칠세라 납족이 업
드렸다   한겨울 내—흰손바닥 같은 눈이 나려와 덮어 주곤 주곤 하였다
壯年이 생각하기를 '숨도아이에 쉬지 않아야 춥지 않으리라'고   주검다

운 儀式을 가추어 三冬내 — 俯伏하였다   눈도 희기가 겹겹이 禮裝 같이
봄이 짙어서 사라지다.

— 「禮裝」, 『白鹿潭』, 문장사, 1941

위의 산문시에서 함축적 화자는 금강산 대만물상大萬物相에서 일어난
장년 신사의 자살 사건을 독자를 향해 담담하게 이야기 형식으로 발화
하고 있다. "있었다", "뛰였다", "업드렸다" 등과 같이 과거형의 서술어
문장으로 사건이 전개되고, 한 문장에 하나의 행동이 제시되고 있으며,
마지막 문장에만 기본형의 서술어가 사용되고, 마침표가 찍혀 있음을
알 수 있다. 서사적 자아의 발화를 따라가 보면, 우선 '장년 신사'가 만
물상 위에서 뛰어내렸다는 사건이 제시되고 있는데, 그 신사가 뛰어내
릴 때 자살을 의도하고 예장으로 갖춰 입었던 '모오닝코트'는 솔가지에
걸리어 벗겨져 버리고, 신사는 "와이샤쓰 바람에 넥타이가 다칠세라 납
족이 업드"려 죽음을 맞이했다. 그가 뛰어내리는 순간까지 넥타이를 신
경 쓴 것이 발화 주체인 서사적 자아의 생각인지, 발화 내용의 주체인
장년 신사의 생각인지는 알 수 없으나 그가 자살을 의도하고 있었음은
확실하다. 그가 그렇게 뛰어내린 것을 아무도 알지 못하고 한겨울 내내
눈이 내려와 그의 주검을 "덮어 주곤 주곤 하였다". 결국 장년 신사의
예장은 "흰손바닥 같은 눈"이 대신하고 있는 것이다. 서사적 자아는 전
지적인 시점으로 장년 신사의 생각을 발화하는데 그것은 춥지 않기 위
해서 아예 숨을 쉬지 않아야겠다는 생각으로 그것은 신사가 죽음다운
의식을 갖추고 겨울 내내 엎드려 있었다는 것인데, 무엇보다 장년 신사
나 서사적 자아가 죽음을 하나의 '의식'으로 생각하고 예를 다하고 있

다는 점에 주목해야 한다. 마지막 문장에서는 앞의 문장들과 달리 기본형의 서술어를 사용하여 그의 예장을 대신했던 '눈'도 봄이 되어 사라지고 없다는 사실을 제시하며 마침표로 사건의 내용을 종결하고 있다.

이렇게 볼 때, 「예장禮裝」은 장년 신사의 자살 사건을 보고 서사적 자아가 느낀 죽음 자체의 의미에 대한 발화인 것인데, 서사적 자아는 텍스트 문면 밖에서 장년의 자살 사건을 서사적 내용으로 발화하면서 그의 죽음을 둘러싼 자연의 태도, 즉 눈이 내려 그의 주검을 덮어주고 예장을 대신하고 있다가 봄이 되어 사라지는 자연의 모습을 함께 발화함으로써 인간의 죽음을 자연의 질서 속에 포함시키고 있다. 다시 말해, 계절이 변하고 순환하듯 인간의 죽음 또한 또 다른 삶으로 나아가기 위한 단계일 뿐이므로 슬픔이나 추한 모습으로 죽음을 맞이할 것이 아니라 예를 다하여 죽음을 맞이해야 한다는 것이다.

정지용은 이처럼 산문시의 형식 속에서 동양적 자연관을 서사적인 내용과 결합시키고 있다. 그것은 청자에게 보다 흥미롭게 자신의 세계관을 전달하기 위한 전략이었다고 할 수 있는데, 정지용 산문시는 동양적 자연관을 전달함에 있어서 청자 및 독자를 가르치려는 교시敎示적 성격을 보여준다. 결국 자연합일에 이르는 동양적 자연관 및 세상의 여러 이치를 독자에게 가르쳐 주고 싶은 욕구가 산문시 형식을 부른 것이라고 할 수 있다.

책이 뽑히여 나온 부인곳 그러한 곳은 그렇게 寂寞한 空洞이 아닙니다. 가여운 季節의 多辯者 귀또리 한 마리가 밤샐 자리로 주어도 좋읍니다. 우리의 敎養에도 각금 이러한 文子가 뽑히여 나간 空洞안의 부인 하늘이 열리어야 합니다.

—「밤」 부분

　사나운 김승일수록 코로 맡는 힘이 날카로워 우리가 아모런 냄새도 찾
어내지 못할적에도 쉐퍼-드란 놈은 별안간 씩씩거리며 제꼬리를 제가
물고 뺑뺑이를 치다시피하며 땅을 호비어 파며 짖으며 달리며 하는 꼴은
보면 워낙 길들은 김승일지라도 지겹고 무서운 생각이 든다. 이상스럽게
는 눈에 보히지아니하는 도적을 맡어내는것이다. (…중략…) 사람도 혹시
는 부지중 그러한 洗練되지못한 表情을 숨기지 못할적이 없으란법도 없
으니 불시로 침입하는 냄새가 그렇게 妖艶한 때이다. 그러기에 人類의 얼
골을 다소 莊重히 보존하여 불시로 焦燥히 흩으러짐을 항시 경계할것이
요 耳目口鼻를 골르고 삼갈것이로다.

—「耳目口鼻」 부분

　해마다 꽃은 한 꽃이로되 사람은 해마다 다르도다. 만일 老人 百歲後에
起居하시던 窓戶가 닫히고 뜰앞에 손수 심으신 꽃이 爛漫할 때 우리는 거
기서 슬퍼하겠나이다. 그꽃을 어찌 즐길수가 있으리까. 꽃과 주검을 실로
슬퍼할자는 靑春이요 老年의것이 아닐가 합니다. 奔放히 끓는 情炎이 식
고 豪華롭고도 홧홧한 부끄럼과 건질수 없는 괴롬으로 繡놓은 靑春의 웃
옷을 벗은 뒤에 오는 淸秀하고 孤高하고 幽閑하고 頑强하기 鶴과 같은 老
年의 德으로서 어찌 주검과 꽃을 슬퍼하겠읍니까. 그러기에 꽃이 아름다
움을 실로 볼수 있기는 老境에서일가 합니다.

—「老人과꽃」 부분

위의 산문시편들을 보면 발화자의 어조가 "주어도 좋습니다", "열리어야 합니다", "삼갈것이로다", "老境에서일가 합니다" 등의 청유형 또는 명령어로 발화되어 교시적 성격을 띠고 있음을 알 수 있다. 「밤」은 권위적인 위치에서 장식적으로 교양 서적들을 책꽂이에만 잔뜩 꽂아두고 있지 말고, 차리기 그 곳을 비워 자연의 소리를 듣는 것이 더 교양 있는 일이라는 것을 청자를 향해 가르치며 "우리의 敎養에도 각금 이러한 文子가 뽑히여 나간 空洞안의 부인 하늘이 열리어야 합니다"라고 주장하고 있다. 인위적이고 수동적인 지식보다 자연을 통한 자유로운 사유가 인간을 더 교양 있게 만든다는 것을 교시하고 있는 것이다.

「이목구비耳目口鼻」는 『백록담』 시집에 수록되기 이전에 「수수어·1」이라는 제목으로 『조선일보』[1937.6.8]에 발표된 바 있는데, 이 작품 역시 산문에서 산문시로의 장르적 변이를 꾀한 작품으로, '단락이나 연 구분이 없는 산문시'의 형태로 재수록되어 있다. 이 작품의 전체 내용은, 얼굴에 도둑이라고 표시되어 있지 않는데도 도둑을 찾아내는 '셰퍼드'란 개의 영리함을 발화하면서 사람이 죄를 지으면 육신이 영향을 입어 영혼으로부터 농후한 악취가 나는 것은 아닌가라는 추측을 하면서, 순수하고 깨끗한 영혼을 유지하여 '이목구비를 고르게 하고 삼갈 것'을 권고하고 있다. 사람의 영혼이 사람의 표정을 만든다는 것이다. 세퍼드란 개가 그것을 알아보고 짖는 것이니 항시 영혼과 이목구비를 다스리라는 교시를 산문시 형태로 발화하고 있는 것이다.

「노인과 꽃」에서는 화자가 꽃을 대하는 노인의 태도를 보며 깨달은 바를 발화하고 있는데, 다가올 죽음을 두려워하지 않고, 자신의 노고에 대한 대가를 바라지 않으며, '무위자연'의 경지에 이른 노인의 모습을 보면서 그러한 삶의 태도를 추구하고자 하는 화자의 정신적 지향을 드러내면서 동시에 독자의 동조를 바라고 있다.

이와 같이 정지용의 산문시는 자연합일에 이르고자 하는 동양적 자연관을 담고 있고, 그러한 주제로 독자들을 교시하고자 한다. 자연과 결부된 서사적인 내용을 운율감 있는 표현과 압축과 상징, 암시적인 시적 전개로 보여줌으로써 산문시의 미적 구조를 형성하는 한편, 시적 의미 전달에 취중한 나머지 시적 자질이 미약한 산문시를 보여주기도 했지만, 정지용의 산문시에 대한 형식적 실험은 시 장르의 지평을 넓히고자 한 노력이었다는 점에서 의미를 지닌다고 할 수 있다.

제6장

한국 근대 산문시의 시사적 위상

1930~1940년대 이상·오장환·정지용의 산문시는 근대 초기에 형성된 산문시들에 비해 놀라운 발전을 보여주었다. 그들은 산문시에 대한 뚜렷한 장르 인식을 가지고 형태적·표현론적·운율적으로 산문시의 미적 특성을 확립하여 충분한 시적 성취를 이루어냄으로써 산문시라는 양식적 틀을 다지는 데 기여했다.

이상·오장환·정지용은 행을 구분하는 자유시의 양식적 구조에 머물지 않고 산문시의 개방적 성격과 평이한 산문의 어법과 강한 서술성을 적극 활용하여 복잡 다변하는 근대적 삶의 양상을 산문시 양식에 적극적으로 반영하였고, 다양한 서술 전략과 시적 기교 및 운율을 통해 줄글 형태의 산문 형식으로도 시성詩性을 확보할 수 있음을 보여주었다.

이들 이후 한국 산문시는 조지훈, 박두진, 김구용, 서정주, 김춘수, 정진규 등을 비롯하여 2000년대 이후 젊은 시인들인 김경주, 김민정, 황병승, 오은 등에 이르기까지 많은 시인들에 의해 시의 한 양식으로 간주되어 꾸준히 창작되고 있다.

이 장에서는 1930~1940년대 이상·오장환·정지용이 보여준 산문시의 미적 특성이, 한국 산문시에 어떤 영향을 끼치며 계승되었는지 조지훈, 박두진, 김구용, 서정주의 산문시 몇 편을 통해 간략하게 살펴보겠다.

우선 청록파 3인의 공동 시집인 『청록집』에는 9편의 산문시[1]가 실

---

1 『청록집』(을유문화사, 1946)에는 모두 39편의 시가 실려 있는데, 그중 각 시인별 산문시는 다음과 같다.
   박목월 : 「연륜(年輪)」
   조지훈 : 「봉황수(鳳凰愁)」
   박두진 : 「향현(香峴)」, 「묘지송(墓地頌)」, 「별―금강산 시(金剛山詩) 3」, 「흰 장미(薔薇)와 백합(百合)꽃을 흔들며」, 「푸른 하늘아래」, 「설악부(雪岳賦)」, 「어서 너는 오너라」

려 있는데, 이 중 조지훈과 박두진의 산문시를 보자.

벌레 먹은 두리기둥 빛 낡은 丹靑 풍경 소리 날러간 추녀 끝에는 산새
도 비둘기도 둥주리를 마구 쳤다. 큰나라 섬기다 거미줄 친 玉座위엔 如
意珠 희롱하는 雙龍 대신에 두마리 봉황새를 틀어 올렸다. 어느 땐들 봉
황이 울었으랴만 푸르른 하늘 밑 鼇石을 밟고 가는 나의 그림자. 패옥소
리도 없었다 品席 옆에서 正一品 從九品 어느 줄에도 나의 몸둘 곳은 바이
없었다. 눈물이 속된 줄을 모르량이면 봉황새야 九天에 呼哭하리라.

―조지훈, 「鳳凰愁」 전문

우뚝 솟은 山, 묵중히 업드린 山 골골이 長松 들어섰고, 머루 다랫 넝쿨
바위 엉서리에 얼켰고 샅샅이 떠깔나무 옥새풀 우거진데 너구리, 여우,
사슴, 山토끼 오소리 도마뱀, 능구리等, 실로 무수한 짐승을 지니인,

―박두진, 「香峴」 부분

아아 아득히 내 첩첩한 山길 왔더니라. 인기척 끊이고 새도 즘생도 있
지 않은 한낮 그 화안한 골 길을 다만 아득히 나는 머언 생각에 잠기여 왔
더니라

白樺 앙상한 사이를 바람에 白樺 같이 불리우며 물소리에 흰 돌 되어 씻
기우며 나는 총총히 외롬도 잊고 왔더니라

―박두진, 「별―金剛山詩 3」 부분

복사꽃이 피었다고 일러라. 살구꽃도 피었다고 일러라. 너의 오래 정드리
고 살다 간집, 함부로 함부로 짓밟힌 울타리에 앵도꽃도 오얏꽃도 피었다고
일러라. 낮이면 벌떼와 나비가 날고 밤이면 소쩍새가 울더라고 일러라.

—박두진, 「어서 너는 오너라」 부분

우선 조지훈의 「봉황수鳳凰愁」를 보면 '단락이나 연 구분이 없는 산문
시'인데, 줄글의 형태 속에서도 조사를 생략하고 4·4 또는 3내지 4음
보를 바탕으로 하면서 일정한 운율을 형성하고 있으며, 무엇보다 '봉
황'을 통해 해방 후의 시대적 슬픔을 비유적으로 표현하여 시적 기능
및 시적 효과를 거두고 있다. 산문시의 양식 속에 운율감을 조성하고
있는 것은 정지용의 '율문형 산문시'가 보여준 특성을 계승한 것으로
보이고, 시대 및 사회적 상황에 대한 비판적 의식을 객관적 사물에 빗
대어 표현한 방식은 오장환의 산문시 「성벽城壁」이나 「온천지溫泉地」 등
에서 보여준 표현 방식과 흡사하다.

『청록집』에 실린 박두진의 7편의 산문시는 모두 '단락이나 연 구분
이 있는 산문시'에 속하는데, 그의 산문시에서는 정지용의 율문형 산문
시가 짧은 구절의 대구와 반복, 사물이나 동식물의 열거, 동일한 의고
체의 연결어미, 의성어 또는 의태어 사용 등의 심미적인 장치로 운율감
을 조성했던 방법과 비슷한 점을 발견할 수 있다. 이를테면, 「향현香峴」
의 "우뚝 솟은 山, 묵중히 업드린 山" 부분은 정지용의 「진달래」 중 "한
골에 그늘 딴골에 양지 (…중략…) 무지개 해쌀에 빗걸린 골 山벌떼 두
름박 지어 위잉 위잉 두르는 골" 부분의 표현 기법과, "너구리, 여우, 사
슴, 山토끼 오소리 도마뱀, 능구리等" 부분은 정지용의 「백록담」 중 "고

비 고사리 더덕순 도라지꽃 취 삭갓나물" 부분과, 「별-금강산시金剛山詩 3」과 「어서 너는 오너라」의 '-니라, -러라' 등의 의고체는 정지용의 「삽사리」나 「장수산」의 '-하이, -라니, -니라' 부분과 비슷하다.

박두진의 산문시는 이러한 표현 기법 뿐만 아니라 제재 및 주제적인 면에서도 자연을 제재로 동양적 자연관을 담고 있다는 점에서 정지용 산문시를 계승한 것으로 볼 수 있다.

한편 이상·오장환·정지용의 산문시에 나타난 바 있는 사회적 풍광의 묘사 및 시적 자아의 내면 의식 또는 서사 구조나 설화의 차용 등은 1950년대 이후 김구용, 서정주, 정진규, 최두석, 김춘수 등의 산문시에도 발견되는 양상이다. 여기서는 김구용과 서정주의 다음의 산문시를 통해 그러한 양상이 어떻게 이어지고 있는지 보겠다.

마음은 철과 重油로 움직이는 基體 안에 囚禁되다. 공장의 해골들이 핏빛 풍경의 파생점을 흡수하는 眼底에서 암시한다. 제비는 砲口를 스치고 지나 벽을 공간에 뚫으며 자유로이 노래한다. 여자는 골목마다 梅毒의 목숨으로서 웃는다. 다리(橋) 밑으로 숨는 어린 餓鬼의 표정에서 식구들을 생각할 때 우리의 自性은 어느 지점에서나 우리의 것 그러나 잡을 수 없는 제 그림자처럼 잃었다. 시간과 함께 존속하려는 기적의 旗가 바람에 찢겨 펄럭인다. 최후의 승리로, 마침내 命令一下! 精油는 炎熱하고 순환하여, 機軸은 돌아올 수 없는 방향을 전류 지대로 돌린다. 인간 기계들은 잡초의 도시를 지나 살기 위한 죽음으로 정연히 행진한다. 저승의 광명이 닫혀질 눈에 이르기까지 용해하는 암흑 속으로 금속성의 나팔소리도 드높다.

—김구용, 「인간 기계」, 1951[2]

나는 죽었다. 또 하나의 나는 나를 弔喪하고 있었다. 눈물은 흘러서 호롱불이 일곱 빛 무지개를 세웠다. 산호뿔 흰 사슴이 그 다리 위로 와서 날개를 쓰러진 내 가슴에 펴며 구구구 울었다. 나는 저만한 거리에서 또 하나의 이러한 나를 보고 있었다.

—김구용, 「희망」, 1951

김구용의 「인간 기계」는 한국전쟁 중이던 1951년에 쓰여진 작품으로 황폐한 전쟁의 뒷풍경을 담아내고 있는 '단락이나 연 구분이 없는 산문시'이다. '철과 증유로 움직이는 기체'를 탱크라고 본다면, 전쟁 속에서 인간의 마음은 그러한 무기 앞에 수금囚禁될 수밖에 없다. 탱크로 인해 파괴된 공장에서는 해골들의 "핏빛 풍경"이 난무하고, 여자들은 매춘으로 생계를 이어가고 있으며, 다리 밑에는 어린 거지들이 굶주리고 있다. 이와 같이 화자가 미학적 거리를 두고 대상을 초점화하여 묘사하는 방식은 오장환이 그의 서사적 산문시에서 보여주던 방식과 흡사하다. 산문시를 통해 근대적 풍경을 공유하고자 했던 오장환과 같이 김구용은 전쟁 공간에서 생존을 위해 기계처럼 살아가야 하는 인간의 모습을 '즉응적卽應的'[3]으로 담아내고자 한 것이다.

이 시대에 산문시 작품을 많이 썼던 김구용은 김종철과의 대담에서 그가 산문시를 지향했던 이유를 다음과 같이 밝히고 있다.

---

[2] 김구용의 시는 저자의 수정과 가필을 거친 『김구용 문학 전집』 1(솔출판사, 2000)에서 인용하되, 한자의 음은 최초 원문과 같이 병기하지 않는다.

[3] 전쟁 공간에서의 현실에 대한 대응은 정제된 시 형식을 통한 질서화의 노력보다는 산문으로의 즉응적인 표출이 보다 효과적이었을 것이다. 홍신선, 「해설 – 현실 중압과 산문시의 지향」, 위의 책, 412쪽.

6·25사변 중에 산문시를 많이 썼는데 그것은 그 당시 복잡한 시대적 어지러움 속에서 산문시로밖엔 나를 소화할 능력이 없었기 때문입니다. (…중략…) 시가 길어진 것은 사실 짧게 쓸 능력이 없었기 때문입니다. (…중략…) 나에게는 질적으로 압축시킬 능력이 없었습니다. 특히 압축시킬 여건이 그 당시 시대적 상황으로 불가능했기 때문입니다.[4]

즉 김구용은 전통 양식의 정제된 표현으로는 전쟁 중에 겪게 된 여러 체험들을 즉응적으로 표출할 수 없었기 때문에 산문시의 개방적인 특성을 활용한 것이다.

이렇게 볼 때, 시인들이 산문의 형식으로 시를 쓰는 이유는 '자유시형에 권태를 느낀 나머지 잠시 그 형식에서 벗어나려는 충동의 소치'[5]에서 비롯된 것이라기보다는, '내적 체험의 주관적 표출이나 언어의 긴축과 구조의 긴밀함'을 보여야 하는 자유시 형태로는 '복잡다단하게 전개되는 현대 사회의 변화를 적극적으로 반영'할 수 없었기 때문[6]이라고 할 수 있다.

한편, 김구용의 「희망」에는 자아의 분열이 일어나고 있고, 환유적인 비유를 통해 초현실적인 환상을 보여주고 있다. 예컨대, '죽은 나'와 '죽은 나를 조상하는 나'와 그러한 두 자아를 '저만한 거리에서 보고 있는 나'로 분열된 시적 자아와 '흰 사슴이 날개를 펴고 구구구 운다'는 비동일성의 환유적 관계가 환상적으로 연결됨으로써 시적 자아의

---

4 위의 책, 411쪽.
5 김종길, 「특집 : 산문시의 문제점 – 산문시란 무엇인가?」, 『심상』 9, 1974.6, 12쪽.
6 김영철, 「산문시와 이야기시의 장르적 성격 연구」, 『인문과학논총』 26, 건국대 인문과학연구소, 1994, 37쪽.

내면적 슬픔이 극대화되고 있다. 이숙예는 김구용의 산문시를 타자와 주체의 관계 양상을 중심으로 연구하여, 김구용 산문시에 등장하는 주체는 분열되고 소외되며, 수금되어 있고, 욕망하고, 환상을 쫓는, 그리고 그 환상을 가르는 주체로서 분열적인 현대적 주체의 모습을 압축적이고 다양하게 보여준다고 지적한 바 있다.[7]

이렇게 볼 때, 김구용의 산문시는 이상의 산문시와 닮은 점이 있다. 이상 또한 산문시의 사각四角의 공간을 통해 분열된 자아의 내면적 갈등을 표출하였고, 환유적이고 환상적인 표현과 문장 통사 구문의 일탈과 해체로 난해한 특성을 보여주었기 때문이다. 따라서 이상 산문시의 미적 특성이 김구용에 의해 계승되고 있다고 할 수 있다.

> 열대여섯살짜리 少年이 芍藥꽃을 한아름 自轉車뒤에다 실어 끌고 李朝
> 의 낡은 먹기와집 골목길을 지내가면서 軟鷄같은 소리로 꽃사라고 웨치
> 오. 세계에서 제일 잘 물디려진 玉色의 공기 속에 그 소리의 脈이 담기오.
> 뒤에서 꽃을 찾는 아주머니가 白紙의 窓을 열고 꽃장수 꽃장수 일루와요
> 불러도 통 못알아듣고 꽃사려 꽃사려 少年은 그냥 열심히 웨치고만 가오.
> 먹기와집들이 다 끝나는 언덕위에 올라서선 芍藥꽃 앞자리에 넹큼 올라
> 타서 방울을 울리며 내달아 가오.
>
> —서정주, 「漢陽好日」, 『冬天』, 민중서관, 1968

新婦는 초록 저고리 다홍치마로 겨우 귀밑머리만 풀리운 채 新郎하고 첫

---

7   이숙예, 「김구용 시 연구」, 중앙대 박사논문, 2007.

날밤을 아직 앉아 있었는데, 新郎이 그만 오줌이 급해져서 냉큼 일어나 달려가는 바람에 옷자락이 문 돌쩌귀에 걸렸읍니다. 그것을 新郎은 생각이 또 급해서 제 新婦가 음탕해서 그 새를 못 참아서 뒤에서 손으로 잡아다리는 거라고, 그렇게만 알곤 뒤도 안 돌아보고 나가 버렸읍니다. 문 돌쩌귀에 걸린 옷자락이 찢어진 채로 오줌 누곤 못 쓰겠다며 달아나 버렸읍니다.

그러고 나서 四十年인가 五十年이 지나간 뒤에 뜻밖에 딴 볼일이 생겨 이 新婦네 집 옆을 지나가다가 그래도 잠시 궁금해서 新婦방 문을 열고 들여다 보니 新婦는 귀밑머리만 풀린 첫날밤 모양 그대로 초록 저고리 다홍치마로 아직도 고스란히 앉아 있었읍니다. 안스러운 생각이 들어 그 어깨를 가서 어루만지니 그때서야 매운재가 되어 폭삭 내려앉아 버렸읍니다. 초록 재와 다홍 재로 내려앉아 버렸읍니다.

— 서정주, 「新婦」, 『질마재 神話』, 일지사, 1975

서정주의 위의 두 산문시는 이야기가 담겨있는 '서사적 산문시'인데, 두 작품 모두 함축적 화자에 의해 상황이 묘사되고 이야기가 전개되고 있다. 즉 서사적 자아가 미학적 거리를 두고 대상을 초점화하여 발화하는 방식을 취하고 있는데, 「한양호일漢陽好日」은 오장환의 「우기雨期」, 「모촌暮村」 등의 작품이나 정지용의 「호랑나븨」, 「도굴盜掘」, 「예장禮裝」 등의 작품과 표현 기법이 비슷하고, 「신부新婦」는 오장환의 「정문旌門」과 같이 설화적 서사 구조를 취하고 있다.

「한양호일」은 '한양에서의 어느 좋은 날' "열대여섯살짜리 少年"이 자전거 뒤에 꽃을 싣고 "꽃사라고 웨치"며 골목길을 지나가는데 뒤에서 아주머니가 불러도 통 못 알아듣고 그냥 지나간다는 일상의 소소한 이야기를 담고 있는 '단락이나 연 구분이 없는 산문시'이다. 그런데, 소녀가 아닌 소년이 꽃을 판다는 것과 꽃사라고 외치는 소년의 목소리가 "세계에서 제일 잘 물디려진 玉色의 공기 속"과 "脈"이 닿아있다는 것, 꽃을 팔면서도 꽃을 사겠다고 부르는 사람의 말을 못 알아듣고 골목 끝 언덕위에서 꽃을 지키기 위해 "芍藥꽃 앞자리에 넹큼 올라타서 방울을 울리며 내달아" 간다는 등의 표현들이 이 이야기를 신비화시킴으로써 독자의 정서를 이야기의 묘한 분위기 속으로 이끌고 있다. 다시 말해, 일상의 소소한 이야기를 신비화시켜 시적 긴장을 유발하고 독자의 상상력을 자극하고 있는 것이다. 그것이 곧 일반 산문이나 소설과는 다른 산문시의 미적 구조이다.

이처럼 산문시는 굳이 사건의 인과 관계를 서술하거나 개연성 및 현실성을 고려하지 않아도 된다. 독자의 정서를 환기시킬 수 있는 이야기를 선택하고 그것을 상징적으로 표현하는 서술 전략을 취하여 시적 긴장을 내포하면 되는 것이다.

「신부」는 설화를 차용하여 산문시로 표현한 작품으로 단락을 나눔으로써 사건의 시간적 변화를 제시하고 있는 '단락 구분이 되어 있는 산문시'이다. 이 작품은 오장환의 「정문」과 같이 봉건적 현실을 반영하는 설화적 서사 구조를 취하고 있지만, 오장환이 봉건적 인습을 수호하면서 살아가는 전통적 인물들을 비판적 의식으로 표현하고 있다면, 서정주는 설화 자체의 재미를 위해 설화를 신비화시켜 극적으로 표현하는 특징을 보인다.

이상에서 살펴본 바와 같이, 1930~1940년대 이상·오장환·정지용이 보여준 산문시의 미적 특성은 한국 현대 산문시의 전범典範이 되어 이후 한국 산문시에 창조적으로 계승되고 있다.

요컨대, 한국 산문시는 1930~1940년대 이상·오장환·정지용의 산문시를 토대로 미적 특성을 확립하고, 조지훈, 박두진, 김구용, 서정주 등에 의해 창조적으로 계승되었으며, 산문시 형식만을 추구하는 정진규를 비롯하여 많은 현대 시인들에 의해 하나의 시적 양식으로 인식되면서 문학적 입지를 굳히게 된 것이다.

따라서 이제는 정형시의 대립적 개념으로 운율적·형식적 제약으로부터 자유로운 다양한 시들을 단순히 자유시에 포함시켜 시의 형식적 구분을 정형시와 자유시로만 나누는 이분법적 사유를 지양하고, 한국 산문시를 정형시, 자유시와 구분되는 시의 또 다른 형식적 양식으로 여김으로써 한국 현대시 장르의 지평을 넓혀 가야 할 것이다.

무엇보다 산문시는 시와 산문의 결합으로 시가 누릴 수 없었던 산문의 영역을 시에 활용함으로써 새로운 시적 효과를 누릴 수 있게 해주었다는 점에서 중요한 시사적 위상을 차지한다 하겠다.

제7장

한국 산문시의 가능성

이 책은 한국 산문시의 개념을 규정하고 그 특성을 고찰하여 유형화함으로써 한국 산문시의 장르적 성격을 규명하고, 1930~1940년대 이상·오장환·정지용의 산문시 81편을 대상으로 한국 근대 산문시의 미적 특성을 밝혀내는 것을 목적으로 하였다. 이러한 연구는 근대 초기에 장르적 인식이 뚜렷하지 않은 상태에서 모방적 또는 실험적으로 시도되었던 한국 산문시가 이후에 어떤 미적 특성과 효용성을 가지게 되어 지금까지 시의 한 양식으로서 존재하고 있는 것인지, 그 양식적 존재 이유를 해명하고자 하는 시도이기도 하다.

지금까지의 논의를 요약하면 다음과 같다.

한국 산문시는 자유시와 더불어 근대 초기에 형성되어 오늘에 이르기까지 꾸준히 창작되고 있는 현대시의 중요한 양식이지만, 장르적 성격 규명이 충분히 이루어지지 않고 있었다. 이에 저자는 산문시의 개념 및 범주를 다음과 같이 규정하였다.

첫째, 형태적으로 산문시는 행 구분이 없는 시다. 이는 작자가 의도적으로 행을 파괴하여 외형상 산문과 동일하게 줄글prose의 형태로 표기된 시를 말한다. 행의 구분은 없지만, 단락paragraph이나 연의 구분을 통해 시적 분위기나 의미 등을 전환할 수 있다. 다시 말해, 산문시의 형태적 개념은 '행을 나누지 않는 줄글의 형태로 시적 분위기나 의미 등을 단락이나 연으로 구분할 수 있는 시'이다.

둘째, 화자의 표현론적 태도가 화자 자신을 지향하여 화자의 서정적 감정을 표현한 서정적 산문시가 있고, 시적 대상 및 지시적·외연적 맥락 등을 지향하여 서사적인 특성을 지니는 서사적 산문시가 있다.

셋째, 운율적으로 보면 산문시는 행의 파괴 속에서도 자유시의 내재율과 같이 운율이 느껴지는 산문시가 있고, 일반 산문과 같이 평이한 산문의 언어로 운율을 완전히 배제하고 쓰여진 산문시가 있다.

넷째, 일반 산문에 비해 이미지, 상징, 비유, 압축, 단절, 암시 등으로 표현의 밀도를 지니는 '시적 기능'이 우세하다.

이러한 규정을 바탕으로 산문시를 형태적, 표현론적, 운율적 특성에 따라 유형화시켜 각 유형의 특성을 밝혀 보았다.

우선 형태적 특성으로 볼 때, 산문시는 자유시와 달리 행을 구분하지 않지만, 문장 연결의 결속성에 따라 '단락이나 연 구분이 없는 산문시'와 '단락이나 연 구분이 있는 산문시'로 유형화될 수 있다. '단락이나 연 구분이 없는 산문시'는 시의 정서 및 의미의 분산을 막고 명료하게 그것을 전달할 수 있다는 장점이 있고, '단락이나 연 구분이 있는 산문시'는 미묘한 정서나 사건의 변화, 시공간의 흐름을 나타낼 수 있다는 장점이 있다.

무엇보다 산문시가 자유시와 달리 행을 나누지 않음으로써 얻을 수 있는 효과는 다음의 여섯 가지로 요약된다.

첫째, 산문시는 행을 나누지 않기 때문에 정서 및 의미의 분산을 막아 시의 주제를 통합하는 효과를 얻을 수 있다.

둘째, 분열된 정서나 다층의 의미가 행의 구분 없이 줄글의 형태로 연결되는 경우 역설적인 상황이 부각되어 오히려 시적 효과를 얻을 수 있다. 셋째, 줄글의 형태가 만드는 사각四角의 공간을 통해 폐쇄적인 분위기나 단절되고 소외된 상황을 표상하거나 부각시킬 수 있다.

넷째, 행을 구분하지 않기 때문에 이야기를 전개시키기 용이하고, 단락이나 연의 구분을 통해 사건의 흐름 및 시공간의 변화를 드러낼 수 있다.

다섯째, 문장의 다양한 구성과 배열을 통해 운율을 조성할 수도 있다.

여섯째, 행을 구분하지 않고도 이미지의 통합, 비약과 생략, 상징과 암시 등을 통해 시적 효과를 얻을 수 있다.

이처럼 산문시가 행을 나누지 않는 이유는 오히려 행을 나누지 않음으로써 얻을 수 있는 효과가 있고, 행을 나누지 않아도 유지할 수 있는 시적 효과가 있기 때문이다.

한편, 화자가 세계 및 대상을 인식하고 그것을 표현하는 태도가 무엇을 지향하느냐에 따라 산문시를 유형화하면 '서정적 산문시'와 '서사적 산문시'로 나눌 수 있다. '서정적 산문시'는 화자의 표현론적 태도가 화자 자신을 지향하여 화자의 순간적 내면 상태가 자아와 세계의 동일성으로 표현되고, '서사적 산문시'는 시적 대상 및 지시적·외연적 맥락 등을 지향하여 사건적인 어떤 화소話素를 담고 있거나 줄거리를 갖는 완결된 형태로 자아와 세계의 대립 및 갈등이 우세하게 서술된다.

'서정적 자유시'와 달리 행을 나눌 수 없는 '서정적 산문시'는 오직 줄글의 형태로 주관적 감정을 시적으로 표현해야 하기 때문에 줄글 형태의 다양한 구성과 배열을 통해 서술적인 전략을 취할 수밖에 없다. 따라서 구구한 설명조의 객관적 서술이 아니라 조사나 문장 성분의 생략, 문장 어순의 변화, 논리적 구성의 단절, 다양한 구어체 및 서술어 활용 등의 서술적 전략으로 서정성을 드러내야 한다.

'서사적 산문시'는 서사 지향적인 다른 시들에 비해 행을 나누지 않기 때문에 시적인 분위기를 환기시키는 기능은 덜하지만 줄글 형태의 산문 형식을 취하기 때문에 오히려 서사성을 더 강하게 드러낼 수 있는 장점이 있다. 그러나 서사적인 인물·사건·배경·시간 등에 대한 구체적인 묘사나 서술을, 생략하고 압축하여 특징적인 일면을 강조하거나 비약하고, 비유적 또는 암시적으로 서술한다는 점에서 일반 서사와는 다른 특징을 가진다.

시인들이 시에 서사성을 도입하는 이유는 자신의 경험 및 세계에 대한 인식을 '이야기하기'를 통해 전달함으로써, 인간과 삶, 세계에 대한 이해를 좀 더 넓고 깊이, 그러면서도 쉬운 방법으로 독자와 보다 가까이 소통하고 싶은 욕망이 있었기 때문이다.

다음으로 산문시의 운율적 특성에 따라 산문시를 유형화하면, '율문형 산문시'와 '비율문형 산문시'로 나눌 수 있다.

'율문형 산문시'는 행의 파괴 속에서도 시적인 리듬을 내재하고 있는 산문시를 말하는데, 이러한 산문시들은 내재적 리듬, 즉 정서의 반복이나 이미지의 반복, 병치나 대립, 열거나 점층 등의 표현 기교 등으로 내재율을 형성한다. 시인은 산문시를 통해서도 음성 층위, 통사 층위, 의미 층위, 시각적 형태 층위 등에서 소리를 배열하고 조직하여 운율을 만들 수 있는 것이다. 결국 그러한 운율이 산문시를 시일 수 있게 하는 중요한 자질이 된다.

'비율문형 산문시'는 리듬 의식 없이 일상적이고 평범한 산문으로 쓰여진 산문시를 말하는데, 이러한 산문시들은 운율이 느껴지지 않기 때문에 산문과 별반 다를 것이 없어 보이지만, '일반 산문'이 획일적인 내용 전달에 목적을 두고 그 내용을 효과적으로 전달하기 위해 전략적으로 여러 표현 방법을 사용한다면, '비율문형 산문시'는 내용 전달보다는 그 내용에 담긴 세계와 존재에 대해 새로운 의미를 부여하여 독자에게 새로운 사고 및 감동을 주기 위해 전략적으로 해석이 쉬운 산문어로 표현한 것이라 할 수 있다. 다시 말해, 시인들이 운율이 없는 평범한 산문어로 시를 쓰는 이유는 세계와 존재에 대한 새로운 발견 및 인식을 보다 쉽게 전달하기 위해서인 것이다. 난해한 시들로 인해 시와 독자의 거리가 멀어진 만큼 보다 쉬운 언어로 독자의 정서를 환기시킬 수 있는 방법을 찾은 것이라고 볼 수 있다. 따라서 '비율문형 산문시'에는 독자의 정서를 환기시킬 수 있는 세계와 존재에 대한 감동적 진실이 운율과 무관하게 쉬운 산문어로 담겨져 있어야 한다. 그러나 '비율문형 산문시'가 시로서 존재하기 위해서는 알레고리나 비유, 이미지 등의 시적 기교를 사용하고, 여러 서술적 전략을 통해 독자의 상상 및 유추類推를 자극할 수 있어야 한다.

이와 같이 산문시는 시의 한 양식으로서 형태적, 표현론적, 운율적으로 다양한 특성을 보여주기 때문에 시인들에게 보다 다양한 시도를 할 수 있는 가능성을 열어준다.

이러한 장르적 성격을 가진 한국 산문시는 1930~1940년대에 본격적으로 시 장르의 지평을 넓히면서 양식적 혁신을 보여준다. 그 중심에 있는 산문시가 바로 이상·오장환·정지용의 산문시이다.

이 글은 이들 세 시인의 산문시를 고찰하기 위해 우선 이들 산문시가 처음 발표되었던 최초 발표지의 원문을 확인하고 그것이 시집에 재수록되면서 어떻게 개작되었는지를 함께 살펴봄으로써 이들 세 시인이 산문시에 대한 뚜렷한 의식을 가지고 있었음을 확인하였다.

세 시인의 산문시 81편은 각 작품마다 형태적, 표현론적, 운율적 특성이 복합적으로 내재해 있지만, 각 시인마다 중점적으로 드러내고 있는 산문시의 특성이 있음을 발견하고, 이상 산문시의 경우 형태적 특성을 중심으로, 오장환은 표현론적, 정지용은 운율적 특성을 중심으로 그들 산문시의 미적 특성을 밝혔다.

　형태적 특성을 중심으로 이상의 산문시를 분석하면, 이상의 '단락이나 연 구분이 없는 산문시'는 줄글 형태의 산문시를 사각四角의 공간으로 인식하고 시적 대상이나 자아의 의식이 자아내는 이미지를 표상하는 특징을 보인다. 또한 이상은 그 공간에서 문법적인 규범을 위반하고, 낯선 이미지의 충돌을 보여주고, 재현적 진술을 거부하고 문장의 이해에 필요한 요소들을 생략하거나 의미를 단절시키는 등 일반적이고 규범적인 질서를 의도적으로 이탈하는 '미학적 위반'을 보여줌으로써 시적 긴장 및 시적 효과를 거두고 있다. 한편, 이상의 '단락이나 연 구분이 있는 산문시'는 정서 및 상황의 변화를 구분하고, 환상성이 도입된 내용을 단락이나 연의 구분을 통해 서사적 플롯으로 전개함으로써 긴장과 흥미를 유발하는 특징을 보여주었다. 이러한 이상의 산문시에 근대적 주체의 내면 세계와 부권적 질서나 규범적 삶에 대한 부정의식이 담겨있는 것으로 볼 때, 이상은 자아의 내면적 갈등을 자유롭게 표출하고자 그러한 산문시의 형태적 특성을 활용한 것이라고 할 수 있다.

　표현론적 특성을 중심으로 오장환의 산문시를 분석하면, 오장환의 '서정적 산문시'는 근대 사회에서 겪고 있는 서정적 자아의 절망과 비애감 또는 향수 등 감정 자체의 전달을 지향하고 있어 서정적 자아가 현상적 화자로 나타나 직접적으로 발화하는 특징을 보인다. 정서적 공감을 위한 서정적 자아의 직접적인 발화는 비유적인 표현, 연 구분을 통한 비교나 대조적 구성의 배열, 여운의 효과 및 감정의 변화 등을 통해 서정성을 강화함으로써 줄글의 형태에서도 서정적 자아의 주관적인 감정이 시적으로 표현될 수 있음을 보여주었다. 한편, 오장환의 '서사적 산문시'는 근대의 풍경에 대한 공유를 지향하면서 서사적 자아가 미학적 거리를 두고 대상이나 사회적 맥락 및 상황을 초점화하여 보여주기 방식으로 서술하는 특징을 보이는데, 그러한 서술 전략으로 당대 서민들의 힘든 삶과 모순된 근대의 사회적 단면을 효과적으로 형상화하였다. 오장환은 산문시를 통해 유교적 전통과 봉건적 인습을 수호하면서 살아가는 전통적 인물들의 폐쇄성을 표상하여 인습에 대한 비판의식을 표출하고, 항구를 비롯한 도시 저변의 공간에서 행해지는 도시인들의 타락상과 퇴폐적인 행위, 소외계층들의 처참한 일상 등 근대 사회에 착종되고 있는 여러 모순점을 부각시켜 보여주었다.

운율적 특성을 중심으로 정지용의 산문시를 분석하면, 정지용의 '율문형 산문시'는 '두 칸 이상 띄어쓰기' 및 '줄 간격 넓혀쓰기' 등의 전략을 통해 산문시에 새로운 운율을 조성하고, 상징적인 사건의 응축, 암시성, 다양한 비유적 표현으로 시적 긴장을 유지하여 운율과 의미의 조응을 이룸으로써 산문시의 새로운 경지를 보여주었다. 한편, 산문에서 산문시로의 장르적 변이를 꾀한 정지용의 '비율문형 산문시'들은 내용의 의미적 가치만 있을 뿐 문장의 압축이나 긴밀성, 사건의 응축과 암시성이 결여된 채 일반적인 산문의 문장으로 서술되고 있어 산문시로서 미학적인 구조를 가졌다고 보기는 어려웠다. 그러나 정지용은 그러한 장르적 변이로 내용을 획일적으로 전달하는 일반 산문과는 달리 내용이 담고 있는 의미를 부각시키고자 했고, 시 형식에 대한 실험

정신을 바탕으로 다양한 시적 양식을 보여주고자 했던 것이다. 정지용은 이러한 산문시의 형태로 자연합일에 이르는 동양적 자연관을 드러내고, 자신이 자연에 귀의하면서 깨달은 바를 서사적 내용으로 결합하여 독자를 교시하고자 했다.

이러한 미적 특성을 가진 세 시인의 산문시를 야콥슨이 제시한 의사소통의 기호학적 도식으로 설명해 보면, 이상의 경우는 지시적인 기능보다 메시지 자체를 지향함으로써 시적 기능이 우세한 산문시를 보여주었고, 오장환의 경우는 화자 자신을 지향하거나 맥락 자체를 지향함으로써 서정적이거나 서사적인 산문시를 보여주었으며, 정지용의 경우는 메시지, 수신자, 접촉 등을 두루 지향하여 시적이면서 서사적이고, 교시적인 산문시를 동시에 보여주었다고 할 수 있다.

이와 같이 이상·오장환·정지용의 산문시는 행을 구분하는 자유시의 양식적 구조에 머무르지 않고 시 장르의 지평을 넓혀 줄글 형태의 산문 형식으로도 시성詩性을 확보할 수 있음을 보여주었다. 행을 구분하지 않는 산문시에서도 시적 긴장을 유지할 수 있고, 얼마든지 운율이 형성될 수 있음을 보여주었으며, 무엇보다 시와 산문의 결합으로 근대적 주체의 내면적 갈등뿐만 아니라 근대 사회의 모순적인 문제들까지 폭넓고 깊이 있게 담아내는 시적 성과를 이루었다. 그들의 산문시는 한국 시사에 산문시의 양식적 틀을 이어갈 수 있는 미적 특성을 확립하고, 한국 현대 산문시의 전범典範이 되어 이후 조지훈, 박두진, 김구용, 서정주 등의 한국 현대 산문시에 창조적으로 계승되고 있다. 이와 같이 이상·오장환·정지용에 의해 미적 특성을 확립하게 된 한국 산문시는 점점 문학적 입지를 굳히면서 한국 시사에 시 장르의 지평을 넓혀주고, 산문시의 잠재적 효용성을 보여주면서 현대시에 무한한 발전 가능성을 열어주었다는 점에서 중요한 시사적 위상을 차지한다.

산문시에 대한 본 연구를 계기로 한국 산문시에 대한 관심이 높아지고, 보다 다양한 측면에서 더욱 활발한 산문시 연구가 이루어지길 기대한다.

참고문헌

1. 기본 자료

1) 잡지 및 신문

『조선지광』, 1927.6.

『문장』, 1939.3～4/1940.7/1941.1.

『삼천리문학』, 1938.1 · 4.

『시와소설』, 1936.3.

『시인부락』, 1936.11 · 12.

『시인춘추』, 1938.1.

『조광』, 1938.3.

『중앙』, 1934.9/1936.1.

『카톨릭청년』, 1933.7 · 9/1935.4/1936.2.

『풍림』, 1937.2.

『동아일보』, 1939.4.14.

『조선일보』, 1936.6.19～21/10.4～13/1937.6.8～11/1940.2.8～9/1940.8.5.

『조선중앙일보』, 1934.7.24～8.8/1935.9.15.

2) 시집

오장환, 『성벽』, 풍림사, 1937.

_____, 『헌사』, 남만서방, 1939.

_____, 『성벽』, 아문각, 1947.

_____, 『나 사는 곳』, 헌문사, 1947.

정지용, 『정지용시집』, 시문학사, 1935.

_____, 『백록담』, 문장사, 1941.

박목월 · 조지훈 · 박두진, 『청록집』, 을유문화사, 1946.

보들레르, 윤영애 역, 『파리의 우울』, 민음사, 2008.

서정주, 『동천』, 민중서관, 1968.

_____, 『질마재 신화』, 일지사, 1975.

3) 전집(이상, 오장환, 정지용, 김구용 순)

김주현 주해, 『증보 정본 이상문학전집』 1 - 시, 소명출판, 2009.

김재용 편, 『오장환 전집』, 실천문학사, 2002.

김학동 편, 『오장환 전집』, 국학자료원, 2003.

최두석 편,『오장환 전집』, 창작과비평사, 1989.

이숭원 주해,『원본 정지용시집』, 깊은샘, 2003.

김학동 편,『정지용 전집』(개정판), 민음사, 2003.

임양묵 편,『김구용 문학 전집』1 - 시, 솔출판사, 2000.

2. 국내 논저

강남주,「초창기 한국 산문시의 형성고」,『한국문학논총』3, 한국문학회, 1980.

_____,「한국 근대시의 형성 과정 연구 - 태서문예신보를 중심으로」, 부산대 박사논문, 1983.

강호정,「산문시의 두 가지 양상 - '지용'과 '이상'의 산문시를 중심으로」,『한성어문학』20, 한성어문학회, 2001.

_____,「오장환 시 연구 - 표현 기법의 특성을 중심으로」,『한성어문학』22, 한성어문학회, 2003.

강홍기,『현대시 운율 구조론』, 태학사, 1999.

고형진,「서정주의 '질마재신화'의 '이야기시'적 특성 연구」,『예술논문집』, 예술원, 1995.

_____,「한국 현대시의 서사 지향성 연구」, 시와시학사, 1995.

곽명숙,「오장환 시의 수사적 특성과 변모 양상 연구」, 서울대 석사논문, 1997.

구모룡,「90년대 산문시의 행방」,『현대시』9-9(통권105호), 한국문연, 1998.

권영민 편,『이상 문학 연구 60년』, 문학사상사, 1998.

_____,『정지용 시 126편 다시 읽기』, 민음사, 2004.

_____,『이상 텍스트 연구』, 뿔, 2009.

권혁웅,「한국 현대시의 운율 연구」,『어문논집』57, 민족어문학회, 2008.

_____,『시론』, 문학동네, 2010.

_____,「정지용 시의 리듬 연구」,『한국근대문학연구』29, 한국근대문학회, 2014.

김경숙,「오장환 시 연구」, 이화여대 석사논문, 1992.

김구용,「특집 : 산문시의 문제점 - 산문시는 왜 쓰는가?」,『심상』2-6(통권9호), 1974.

김권동,「한국 현대시의 산문시형 정착과 모더니즘 글쓰기 방식 - 김기림을 중심으로」,『어문학』통권 86호, 한국어문학회, 2004.

김기림,『김기림 전집』2 - 시론, 심설당, 1988.

김대행,『운율』, 문학과지성사, 1984.

_____,『정지용 연구』, 새문사, 1988.

김동환,「1930년대 말기의 산문정신과 글쓰기 유형」,『국어교육연구』창간호, 서울대 사범대학, 국어교육연구소, 1994.

김명인, 「1930년대 시의 구조연구」, 고려대 박사논문, 1985.

김미정, 『한국 산문시의 전개 양상 연구』, 건국대 석사논문, 2005.

김민수, 『이야기, 가장 인간적인 소통의 형식 - 소설의 이해』, 거름, 2002.

_____, 『이상 평전』, 그린비, 2012.

김병철, 『한국 근대 번역문학사 연구』, 을유문화사, 1975.

_____, 『한국 근대 서양문학 이입사 연구』, 을유문화사, 1988.

김성권, 「1910년대 산문시에 관한 고찰」, 『서강어문』 3-1, 서강어문학회, 1983.

김승희, 『이상 시 연구』, 보고사, 1998.

_____, 『현대시 텍스트 읽기』, 태학사, 2001.

김신정, 「정지용 시 연구-'감각'의 의미를 중심으로」, 연세대 박사논문, 1998.

_____, 『정지용 문학의 현대성』, 소명출판, 2000.

김영란, 「오장환 시 연구」, 경원대 박사논문, 2008.

김영미, 「정지용 시의 운율 의식」, 『한국시학연구』 7, 한국시학회, 2002.

김영철, 「산문시와 이야기시의 장르적 성격 연구」, 『인문과학논총』 26, 건국대 인문과
　　　학연구소, 1994.

_____, 「한국 산문시의 정착 과정 연구」, 『한국현대문학연구』 5, 한국현대문학회,
　　　1997.

_____, 『한국 근대 시론고』, 형설출판사, 1988.

김용섭, 「이상 시의 건축 공간화」, 이상문학회 편, 『이상 리뷰』 창간호, 역락, 2001.

김용직, 「특집 : 산문시의 문제점 - 해석·창작·수용의 궤적 - 한국 시단에 끼친 산문
　　　시의 발자취」, 『심상』 2-6(통권9호), 1974.

_____, 『한국 현대시 연구』, 일지사, 1974.

_____, 「시에 있어서 운율의 의의」, 『홍익어문』 7, 홍익대 사범대학 홍익어문연구회,
　　　1988.

_____, 「정지용론 完」, 『현대문학』 410, 현대문학사, 1989.2.

김욱동, 『대화적 상상력 - 바흐친의 문학 이론』, 문학과지성사, 1988.

_____, 『모더니즘과 포스트모더니즘』, 현암사, 1992.

김윤식, 『한국 근대문학 양식 논고』, 아세아문화사, 1980.

_____, 『이상문학 텍스트연구』, 서울대 출판부, 1998.

김은자 편, 『정지용』, 새미, 1996.

김은철, 「한국 근대 산문시의 모색과 갈등」, 『논문집』 10, 상지대, 1989.

김재홍, 『현대시와 열린 정신』, 종로서적, 1987.

김종길, 「특집 : 산문시의 문제점 - 산문시란 무엇인가?」, 『심상』 2-6(통권9호), 1974.

_____, 『시에 대하여』, 민음사, 1986.

김주현, 「이상 시 '절벽'의 기호학적 접근」, 『안동어문학』 2·3 합집, 안동어문학회,

1998.

_____ 주해, 『증보 정본 이상문학전집』 3, 소명출판, 2009.

김준오, 『한국 현대 장르 비평론』, 문학과지성사, 1990.

_____, 『도시시와 해체시』, 문학과비평사, 1992.

_____, 『한국 서술시의 시학』, 태학사, 1998.

_____, 『시론』(제4판), 삼지원, 1999.

_____, 『현대시와 장르 비평』, 문학과지성사, 2009.

김창수, 「보들레르의 산문시 연구」, 고려대 박사논문, 1999.

김춘수, 『한국 현대시 형태론』, 해동문화사, 1958.

_____, 「산문시와 이야기시의 전개 양상」, 『현대시』 4-7, 1993.

_____, 『김춘수 시론 전집』 I · II, 현대문학, 2004.

김학동 외, 『정지용 연구』, 새문사, 1988.

_____, 『오장환 연구』, 시문학사, 1990.

_____, 『정지용 연구』(개정판), 민음사, 1997.

김현, 「치욕의 시적 변용」, 이성복 편, 『남해 금산』, 문학과지성사, 1986.

_____, 『김현 문학 전집』 3, 문학과지성사, 1991.

김홍진, 「한국 근대 장시의 서사성 연구」, 한남대 박사논문, 2003.

김훈, 「정지용 시의 분석적 연구」, 서울대 박사논문, 1990.

_____, 「정지용 시의 리듬의 구조」, 『인문과학연구』 12, 강원대 인문과학연구소, 2004.

나희덕, 「서정주의 '질마재 신화' 연구 ─ 서술시적 특성을 중심으로」, 연세대 석사논문, 2000.

남기택, 「오장환 시 연구 ─ 초기 시세계를 중심으로」, 『비평문학』 37, 한국비평문학회, 2010.

남진우, 『미적 근대성과 순간의 시학』, 소명출판, 2001.

마광수, 「산문시의 쟝르적 특질고」, 『연세어문학』 13, 연세대 국어국문학과, 1980.

_____, 「정지용의 시 '온정'과 '삽사리'에 대하여」, 『인문과학』 51, 연세대 인문과학연구소, 1984.

맹문재, 「산문시의 정신」, 『열린시학』 16-2, 2011.

맹미경, 「보들레르 시에 나타난 현대성과 우울에 관한 고찰」, 연세대 석사논문, 1999.

문덕수, 『한국 현대시론』, 선명문화사, 1974.

_____, 『시론』, 시문학사, 1993.

민병욱, 『한국 서사시와 서사시인 연구』, 태학사, 1998.

민희식, 「『악의 꽃』에서 산문시 『파리의 우울』에 이르는 보들레르의미적 세계」, 『민족과문화』 1, 한양대 민족학연구소, 1993.

박근영, 「한국 초현실주의 시의 비교문학적 연구」, 단국대 박사논문, 1988.

박노균, 「1920년대의 산문시 형태」, 『개신어문연구』 4, 충북대 개신연구회, 1985.

박보람, 「동양적 자연관의 회화적 표현 연구」, 숙명여대 석사논문, 2013.

박슬기, 『한국 근대시의 형성과 율의 이념−자유시 리듬의 문제』, 소명출판, 2014.

박인기, 「한국현대시와 자유 리듬」, 『한국시학연구』 1, 학국시학회, 1998.

박정호, 「한국 근대 장시 연구−1910∼1930년대를 중심으로」, 한국외대 석사논문, 1986.

박정호, 「한국 근대 장시 형성 과정 연구」, 한국외대 박사논문, 1997.

박철희, 『문학개론』, 형설출판사. 1975.

박현수, 「이상 시의 수사학적 연구」, 서울대 박사논문, 1996.

_____, 「오장환 초기시의 비교문학적 연구」, 『한국시학연구』 4, 한국시학회, 2001.

배호남, 「정지용의 산문시 형성 과정에 관한 고찰」, 『국어국문』 55, 국어국문학회, 2013.

백수인, 「오장환 시의 문체 연구」, 『한국언어문학』 38, 한국언어문학회, 1997.

사나다 히로코, 「정지용 후기 산문시의 상징성과 사회성에 대한 고찰」, 『어문연구』 110, 한국어문교육연구회, 2001.

서우석, 『시와 리듬』, 문학과지성사, 1981.

서지영, 「한국 현대시의 산문성 연구−오장환·임화·백석·이용악·이상 시를 대상으로」, 서강대 박사논문, 1999.

석준, 「보들레르의 산문시 연구」, 『동서문화연구』 2, 홍익대 동서문화연구소, 1994.

성기옥, 『한국 시가 율격의 이론』, 새문사, 1986.

_____, 「고전시가에 있어서의 산문시 문제」, 『현대시학』, 1993.1.

송욱, 『시학 평전』, 일조각, 1969.

송재갑, 「한국 산문시의 연구」, 『한국문학연구』 6, 동국대 한국문학연구소, 1983.

송하춘·이남호 편, 『1950년대의 시인들』, 나남, 1994.

신경범, 「정지용 시 연구−산문시를 중심으로」, 중앙대 석사논문, 2003.

신석초, 「산문시와 산문적인 시」, 『현대문학』 189, 1970.9.

안상수, 「타이포그라피적 관점에서 본 이상 시에 대한 연구」, 한양대 박사논문, 1995.

안정희, 「프랑스 상징주의 이입과 수용 양상−서정주 초기시에 미친 보들레르 영향」, 고려대 석사논문, 2006.

안주헌, 「정지용 산문시의 문학적 특성」, 광운대 석사논문, 1993.

양동국, 「한일 근대 산문시 출현과 『현대시가』−폴 포르 수용을 중심으로」, 『일본언어문화』 11, 한국일본 언어문화학회, 2007.

양애경, 「오장환 초기시와 프랑스 상징주의시 비교 연구−보들레르와 랭보를 중심으로」, 『국어국문학』 119, 국어국문학회, 1997.

양왕용, 「정지용 시 연구」, 경북대 박사논문, 1987.

엄성원, 「한국 모더니즘 시의 근대성과 비유 연구」, 서강대 박사논문, 2002.

오강남 풀이, 『장자』, 현암사, 1999.

오규원, 『현대시 작법』, 문학과지성사, 1990.

오봉옥, 『서정주 다시 읽기』, 박이정, 2003.

오세영, 『한국 낭만주의 시 연구』, 일지사, 1980.

_____, 『문학 연구 방법론』, 시와시학사, 1993.

_____, 『문학과 그 이해』, 국학자료원, 2003.

오탁번, 『한국 현대시사의 대위적 구조』, 고려대 민족문화연구소 출판부, 1988.

외암사상연구소, 『서양이 동양으로 걸어오다 – 인간과 자연에 대한 동서양의 철학적
　　　　관점』, 철학과현실사 2009.

우재학, 「이상 시 연구 – 탈근대성을 중심으로」, 전남대 박사논문. 1998.

유종호, 『문학이란 무엇인가』, 민음사, 1989.

_____, 『시란 무엇인가』, 민음사, 1995.

_____, 『다시 읽는 한국 시인 – 임화, 오장환, 이용악, 백석』, 문학동네, 2002.

윤선희, 『정지용 산문시 연구』, 한양대 교육대학원 석사논문, 2007.

윤재근, 「특집 : 산문시의 문제점 – 이상의 산문시」, 『심상』 2-6(통권9호), 1974.6.

이건우 외 공저, 『한국 근현대 문학의 프랑스문학 수용』, 서울대 출판문화원, 2009.

이경호, 「밀고 당기는 몸과 산문시의 리듬」, 『작가세계』 72, 세계사, 2007.

이경희, 「시적 언술에 나타난 한국 현대시의 병렬법 연구」, 이화여대 박사논문, 1989.

이기철, 「한국 근대 초기시의 산문 지향성」, 『국어국문학연구』 16, 영남대 국어국문학
　　　　회, 1974.

이남호, 「「소영위제」에 대한 연구」, 『시안』 54, 2011.

이미순, 「이상 산문시의 모더니즘 담론」, 『어문연구』 92, 한국어문교육회, 1996.

_____, 「담론의 측면에서 본 이상 산문시의 장르적 특성」, 『한국현대문학연구』 5, 한
　　　　국현대문학회, 1997.

_____, 『한국 현대시와 언어의 수사성』, 국학자료원, 1997.

이병애, 「프랑스 산문시의 한 행로」, 서울대 박사논문, 1996.

이복숙, 「이상 시의 모더니티 연구」, 경희대 박사논문, 1987.

이상섭, 『언어와 상상 – 문학이론과 실제비평』, 문학과지성사, 1980.

_____, 『문학 비평용어 사전』(신장1판), 민음사, 1999.

이상옥, 「오장환 시 연구 – 담화 체계를 중심으로」, 홍익대 박사논문, 1993.

이수은, 「이상 시 리듬 연구」, 이화여대 석사논문, 1997.

이순옥, 「한국 초현실주의 시의 특성 연구」, 영남대 박사논문, 1998.

이숭원, 『현대시와 현실인식』, 한신문화사, 1990.

_____, 『정지용 시의 심층적 탐구』, 태학사, 1999.

이승복,「정지용 시의 운율 체계 연구」, 홍익대 박사논문, 1994.

_____,『우리 시의 운율 체계와 기능』, 보고사, 1995.

_____,「정지용 시의 운율 연구」,『인문과학논문집』32, 대전대 인문과학연구소, 2001.

이승하 외편,『한국 현대시문학사』, 소명출판, 2005.

이승훈,『이상 시 연구』, 고려원, 1987.

_____,『시론』(재판), 고려원, 1990.

이유미,「동양적 자연관에 의한 인간 표현 연구」, 이화여대 석사논문, 1995.

이정일,『시학 사전』, 신원문화사, 1995.

이현승,「한국 현대시 운율론의 가능성 – 정지용의 시를 중심으로」,『한국시학연구』 14, 한국시학회, 2005.

이현정,「정지용 산문시 연구」, 연세대 석사논문, 2003.

이호영,『국어 운율론』, 한국연구원, 1997.

장도준,『정지용 시 연구』, 태학사, 1994.

장만호,「산문시의 형성과 근대 문학 담당층의 산문시 인식」,『한국시학연구』15, 한국 시학회, 2006.

_____,「한국 근대 산문시의 형성 과정 연구 – 1910년대 텍스트를 중심으로」, 고려대 박사논문, 2006.

장부일,「한국 근대 장시 연구」, 서울대 박사논문, 1992.

장석원,「정지용 시의 리듬」,『한국시학연구』21, 한국시학회, 2008.

장인수,「한국 초현실주의 시 연구」, 성균관대 박사논문, 2006.

장철환,「1920년대 시적 리듬 개념의 형성 과정」,『한국시학연구』24, 한국시학회, 2009.

_____,「김소월 시의 리듬 연구 –「진달래꽃」을 중심으로」, 연세대 박사논문, 2010.

_____,「정지용 시의 리듬 연구 – 음가의 반복을 중심으로」,『한국시학연구』36, 한국 시학회, 2013.

전영근,「한국 현대시의 시행 구성 연구」, 조선대 박사논문, 2004.

정귀영,「이상 문학의 초의식심리학(하)」,『현대문학』, 1973.9.

정규훈 외,『동양사상 – 해설과 원전』, 전통문화연구회, 2003.

정끝별,「현대시에 나타난 시적 구조로서의 병렬법」,『한국시학연구』9, 한국시학회, 2003.

정대구,「산문시의 가능성」,『명지어문학』7, 명지어문학회, 1975.

정우택,『한국 근대자유시의 이념과 형성』, 소명출판, 2004.

정원술,「정지용「장수산」'두 칸 띄어쓰기'의 시적 의도와 문학 교과서 검토」,『한국어 문화교육연구』12, 한국어문교육연구소, 2012.

_____, 「정지용 '두 칸 이상 띄어쓰기' 기법의 연원과 후기 산문시의 의미」, 『한국근대 문학연구』 28, 한국근대문학회, 2013.

정재찬, 「1920~1930년대 한국 경향시의 서사 지향성 연구」, 서울대 석사논문, 1987.

정한모, 『한국 현대시문학사』, 일지사, 1974.

정현종 외편, 『시의 이해』, 민음사, 1983.

정효구, 「한국 산문시의 전개 양상 - 1960년대 이후 현재까지」, 『현대시』 4-7, 1993.7.

정희숙, 「김구용 산문시 연구」, 신라대 석사논문, 2011.

조동일, 『문학 연구 방법』, 지식산업사, 1980.

_____, 『한국 민요의 전통과 시가율격』, 지식산업사, 1996.

조영복, 「1930년대 문학에 나타난 근대성의 담론 연구」, 서울대 박사논문, 1996.

조용훈, 「운율, 미적 구조의 원리」, 『논문집』 38, 청주교육대, 2001.

조윤경, 「신체 분리의 욕망과 존재의 타자화 - 데스노스와 이상의 시를 중심으로」, 『비교문학』 31, 이화여대, 2003.

조의홍, 「한국 산문시의 형성 과정 연구」, 동아대 박사논문, 1993.

조재룡, 「산문시의 이론화와 그 문제점(1)」, 『프랑스학연구』 23, 프랑스학회, 2002.

_____, 『앙리메쇼닉과 현대비평』, 길, 2007.

조지훈, 『시의 원리』, 현대문학, 1993.

조창환, 「시의 산문화와 운문으로서의 본질 문제」, 『현대시학』 35-1, 2003.

_____, 『한국 현대시의 운율론적 연구』, 일지사, 1986.

_____, 『한국시의 넓이와 깊이』, 국학자료원, 1998.

_____, 「현대시 운율 연구의 방법과 방향」, 『한국시학연구』 22, 한국시학회, 2008.

조현규, 『동양윤리사상의 이해』, 새문사, 2002.

최동호, 「정지용의 장수산과 백록담」, 『경희어문학』 6, 경희대 국어국문학회, 1983.

_____, 『현대시의 정신사』, 열음사, 1985.

_____, 「정지용의 산수시와 은일의 정신」, 『민족문화연구』 19, 고려대 민족문화연구, 1986

_____, 『불확정 시대의 문학』, 문학과지성사, 1987.

_____, 편, 『다시 읽는 정지용 시』, 월인, 2003.

_____, 『정지용』, 한길사, 2008.

최두석, 『리얼리즘의 시정신』(개정판), 실천문학사, 2010.

최시한, 『소설, 어떻게 읽을 것인가 - 이야기의 이론과 해석』, 문학과지성사, 2010.

최진송, 「한국 산문시의 변천 과정 연구」, 『어문학교육』 12, 한국어문교육학회, 1990.

_____, 「산문시에 대하여」, 『새얼어문논집』 5, 동의대 국어국문학과 새얼어문학회, 1991.

최호빈, 「서정주 시의 서술시적 특성 연구」, 고려대 석사논문, 2009.

하종기, 「정진규 시 연구-산문시 창작 방법을 중심으로」, 중앙대 박사논문, 2013.

한계전, 『한국 현대시론 연구』, 일지사, 1983.

한상규, 「1930년대 모더니즘 문학의 미적 자율성 연구」, 서울대 박사논문, 1998.

한수영, 「근대시와 7·5조-육당과 소월의 거리」, 『한국시학연구』 5, 한국시학회, 2001.

_____, 「현대시의 운율 연구 방법에 대한 검토」, 『한국시학연구』 14, 한국시학회, 2005.

_____, 『운율의 탄생』, 아카넷, 2008.

허만하, 「한국 현대시사 최초의 산문시 정체론(正體論)」, 『현대시학』 통권 419호, 2004.2.

현대시학회 편, 『한국 서술시의 시학』, 태학사, 1998.

홍문표, 『현대시학』(개정 4판), 양문각, 1995.

홍신선, 「현실 중압과 산문시의 지향」, 『김구용 문학 전집』 1-시, 솔출판사, 2000.

황정산, 「한국 현대시의 운율론적 연구」, 고려대 박사논문, 1998.

Patrick Maurus, 「언어학적 리듬과 시적 리듬-한국 산문시의 문제 : 주요한의 경우」, 『대동문화연구』 29, 성균관대 대동문화연구원, 1994.

3. 국외 논저

柄谷行人, Karatani Kojin, 박유하 역, 『일본 근대문학의 기원』, 민음사, 1997.

Abrams, Meyer Howard, 최상규 역, 『문학용어 사전』, 보성출판사, 1998.

Beaugrande, Robert-Alain de · Dressler, Wolfgang, 김태옥 · 이현호 역, 『담화텍스트 언어학 입문』, 양영각, 1990.

Brooks, Cleanth, 이경수 역, 『잘 빚어진 항아리』, 문예출판사, 개역판 1997.

Chatman, Seymour, 김경수 역, 『이야기와 담화-영화와 소설의 서사 구조』, 민음사, 1990.

Dewey, John, 이재언 역, 『경험으로서의 예술』, 책세상, 2003.

Hamburger, Käte, 장영태 역, 『문학의 논리-문학 장르에 대한 언어 이론적 접근』, 홍익대 출판부, 2001.

Hernadi, Faul, 김준오 역, 『장르론-문학분류의 새방법』, 세종출판사, 1989.

Hruchovski, Benjamin, 박인기 편역, 『현대시의 이론』, 지식산업사, 1989.

Jakobson, Roman, 신문수 역, 『문학 속의 언어학』, 문학과지성사, 1989.

Jakobson, Roman · Halle Morris, 박여성 역, 『언어의 토대-구조 기능주의 입문』, 문학과지성사, 2009.

Kayser, Wolfgang, 김윤보 역, 『언어예술 작품론』, 대방출판사, 1982.

Langer, Susanne K, 이승훈 역, 『예술이란 무엇인가』, 고려원, 1982.

Lotman, Juri, 유재천 역, 『시 텍스트의 구조 분석 – 시의 구조』, 가나, 1987.

_____, 유재천 역, 『예술 텍스트의 구조』, 고려원, 1991.

Rimmon-Kenan, Shlomith, 최상규 역, 『소설의 현대 시학』, 예림기획, 1999.

Scholes, Robert · Kellogg, Robert, 임병권 역, 『서사의 본질』, 예림기획, 2001.

Staiger, Emile, 이유영 · 오현일 역, 『시학의 근본 개념』, 삼중당, 1978.

Wellek, René · Warren, Austin, 이경수 역, 『문학의 이론』, 문예출판사, 1987.

Brooks. C. · Warren. R. P., *Understanding Poetry*, Holt, Rinehart and Winston, 1960.

Danziger, Marlies K · Stacy johnson. W, *Literary Criticism*, Boston : D. C. Heath and Company, 1961.

Dewey, John, *Art as Experience*, New York : G. P. Putnam's Sons, 1958.

Eliot, T. S, *Literary Essays of Ezra Pound*, London and New York, 1954.

Hruchovski, Benjamin, "On Free Rhythms in modern Poetry", T.A. Sebeok(ed.), *Style in Language*, Cambridge Univ. Press, 1960.

Huret, J, *Enquête sur L'évolution littéraire*, Charpentier, 1891.

Jakobson, Roman, "Linguistics and Poetics", T.A. Sebeok(ed.), *Style in Language*, Cambridge Univ. Press, 1960.

Kirby-Smith, H.T, *The Origins of Free Verse*, Ann Arbor : The University of Michigan Press, 1996.

Perrine, Laurence, *Sound and sense*, Harcourt Brace Jovanovich, Inc, 1977.

Preminger, Alex. S.(eds.), *Princeton Encyclopedia of Poetry and Poetics*, Princeton Univ. Press, 1974.

Read, Herbert, *Collected Essays on Literary Criticism*, London : Fabe Faber LTD, 1953.

Richards, I. A, *The Principle of Literary Criticism*, London : Routledge&Kegan Paul, 1960.

Spears, M. K., *Dionysus and the City-Modernism in 20th century Poetry*, London : Oxford University Press, 1970.

Staiger, Emil, *Grundbegriffe der Poetik*, 6th extended ed, Zurich, 1963.

Stauffe, D. A, *The Nature of Poetry*, New York : Norton, 1946.

Todorov · Tzvetan, Catherine Porter(trans.),*Genres in Discourse*, Cambridge Univ. Press, 1990.

Wheelwright, Philip, *Metaphor and Reality*, Bloomington : Indiana Univ. Press, 1968.